Gertrud von le Fort

Das Schweisstuch der Veronika

Teil II: Der Kranz der Engel

Gertrud von le Fort

Der Kranz der Engel

Roman

Ehrenwirth

CIP-Titelaufnahme der Deutschen Bibliothek

LeFort, Gertrud von:
Das Schweißtuch der Veronika / Gertrud von le Fort. –
München : Ehrenwirth.

Teil 2. LeFort, Gertrud von: Der Kranz der Engel. –
12. Aufl. – 1990

LeFort, Gertrud von:
Der Kranz der Engel : Roman / Gertrud von le Fort. –
12. Aufl. – München : Ehrenwirth, 1990
(Das Schweißtuch der Veronika / Gertrud von le Fort ; Teil 2)
ISBN 3-431-02671-0

ISBN 3-431-02671-0

Einband: Walter Rupprecht-Freigang
Gesamtherstellung: Hieronymus Mühlberger GmbH, Gersthofen
Printed in Germany 1990 k

Wir standen miteinander auf der alten Brücke, unter deren schwingendem Bogen der noch ungefesselte Strom – Enzio sagte: der zur Fesselung verurteilte Strom – brausend in die Rheinebene hinauseilte, als wolle er zum letzten Male jubelnd seiner Freiheit innewerden, bevor des Menschen Werk sie unterwarf. Zur Linken stiegen die schwärmerisch bewaldeten Berge mit der Ruine des Schlosses empor: seine weit aufgebrochenen Dächer und Türme erweckten mit ihrem rötlichen, im Abendlicht fast purpurn glühenden Gestein die Vorstellung, es veranstalte dort droben die Natur eine mystische Wiederholung des Schicksals, gleichsam als brenne dieses Schloß noch einmal über dem Tal – so sagte wieder Enzio. Das Tal selbst mit den kleinen treuherzigen Schieferdächern der innig in seine Tiefen geschmiegten Altstadt war über und über mit einem zarten, träumerisch-blauen Duft erfüllt, der sich am rechten Stromufer mit den Flocken unzähliger weißer Blütenbäume mischte, die wie kleine fromme Lämmerherden an den Abhängen lagerten. Im Westen aber, wo zu beiden Seiten des Stromes die sanft aneinandergeschmiegten Berge sich wie mit plötzlichem heroischem Entschluß portalhaft vor der Ebene öffneten, verwandelte sich die zarte Träumerei dieses

Duftes in eine meerhaft wogende und brauende Unendlichkeit. Der Ausdruck ›mit heroischem Entschluß‹ stammte wiederum von Enzio.
Ich fing bereits an hellhörig zu werden für die eigenwillige Symbolik, die seiner Betrachtung dieses lieblichen Stadtbildes innewohnte. Ich selbst nahm kein brennendes Schloß wahr, keinen zur Fesselung verurteilten Strom, keine heroischen Entschlüsse der Berge, sondern ich war erfüllt von der schlichten, aber ergreifenden Wirklichkeit, daß ich zum ersten Mal in meinem Leben mit Bewußtsein eine deutsche Stadt erblickte, die Heimat meiner verstorbenen Eltern, meine eigene Geburtsstadt, aus der man mich als zartes Kind in das ferne Italien entführt hatte. Mein Herz flog der weit vor mir ausgebreiteten Landschaft entgegen wie ein Hölderlinsches Gedicht:

›Lange lieb' ich dich schon –‹

»Enzio«, sagte ich ergriffen, »wie schön ist Deutschland, wie lieblich ist es!« Er blickte unbeweglich geradeaus. »Ja«, erwiderte er zögernd, »Deutschland ist schön und meinethalben auch lieblich, aber vor allem ist es gefährlich. Diese Landschaft hat ein doppeltes Antlitz – sie ruft Entscheidungen auf. Siehst du, wie die Ruine dort droben über alle süße Träumerei des Tales hinweg die Ebene anstarrt? Du weißt doch, was dort draußen in der Ferne liegt?«
Unwillkürlich tastete ich nach unserer beider Vergangenheit – ich war mir hier noch nicht ganz über die Himmelsrichtungen klar. »Meinst du, dort in weiter, weiter Ferne liegt Rom?« fragte ich.
»Unsinn, dort liegt Speyer«, erwiderte er unfreund-

lich, »die deutsche Kaiserstadt, und Worms liegt dort, die einstige Burg der Nibelungen! Diese Ebene ist der Schicksalsraum der alten deutschen Kraft!« Und dann plötzlich meine Hand fast herrisch ergreifend, setzte er hinzu: »Rom ist vorüber, Spiegelchen, jetzt kommt nur noch Deutschland, hörst du wohl!«

Der einstige Kindername in seinem Munde und der Druck seiner Hand rissen endlich die Jahre nieder, die zwischen unserem einst so schmerzlichen Abschied und dem heutigen Tage lagen, denn – um ehrlich zu sein – unsere Begegnung hatte bisher einen etwas unzulänglichen Charakter getragen: er hatte mich steif, fast fremd begrüßt, er hatte mich nicht Spiegelchen, sondern Veronika angeredet; es war von seiner Seite noch kein einziges wärmeres Wort gefallen. Aber auch ich hatte nicht viel zu sagen vermocht: das lag indessen nur daran, daß es mich so sehr ergriff, Enzio wiederzusehen, den einzigen Menschen meiner frühen Jugendtage, den ich außer der treuen, aber fernen Jeanette noch mein eigen nennen durfte. Ich dachte an die unendliche Liebe, die meine teure Großmutter Enzio geschenkt hatte, an den tragischen Zusammenhang seines Lebens mit ihrem Leben und auch wohl mit ihrem Sterben. Ich dachte an alle Tränen, die mich der Abschied von ihm gekostet hatte, an die Jahre vollkommenen Schweigens, die ihm gefolgt waren, und an die leise, unfaßbare Verbindung, die trotz dieses Schweigens zwischen uns fortbestanden haben mußte: ich dachte vor allem an das Erlebnis jener Weltkriegsnacht, als ich, aus tiefem Schlaf aufschreckend, die Stimme des Freundes zu hören vermeint hatte, die wie

aus Todesnot meinen Namen rief. Dabei war es mir gewesen, als sehe ich irgendwo auf einem fernen, schauerlichen Schlachtfeld sein Gesicht wie einst im nächtlichen Kolosseum, als ich geglaubt hatte, ich müsse meine Seele wie ein kleines Licht in die Hand nehmen, damit sie der seinen in ihrer grenzenlosen metaphysischen Verlassenheit leuchten könne. Ich war in jener Kriegsnacht aufgestanden und hatte lange und heiß für das Leben des Freundes gebetet, bis es mir gewesen war, als habe Gott mir dieses Leben geschenkt. Seither hatten meine Gebete Enzio nicht mehr verlassen – waren sie es, denen ich das heutige Wiedersehen mit ihm zu verdanken hatte? Ich war während meiner ganzen Reise fest davon überzeugt gewesen, aber nun ich wirklich an Enzios Seite stand, spürte ich fast körperlich die außerordentliche Fremdheit meiner eigenen inneren Welt gegenüber einer starken äußeren, von ganz anderen Gesetzen erfüllten Wirklichkeit, aus der er selbst mir entgegenzutreten schien. Sie war in seinen Briefen nicht spürbar gewesen – wir standen seit dem letzten Jahr des Weltkriegs wieder miteinander in schriftlicher Verbindung. Damals hatte er mir plötzlich aus dem Lazarett geschrieben. Es war nur eine kleine, etwas hilflose Karte gewesen, die den Ernst seiner Verwundung nicht entfernt erkennen ließ. Seither waren kurze, nicht sehr inhaltreiche Grüße, die aber gerade durch ihr Ungenügen auf ein Wiedersehen hinzudrängen schienen, zwischen uns immer häufiger geworden.
Und nun hatte er mich in Heidelberg von der Bahn abgeholt, war mir bei der Ankunft in der Heimat als

deren erster Willkommensgruß entgegengetreten! Denn – um auch das gleich vorwegzunehmen – ich war, als ich seinerzeit von Rom nach Deutschland aufbrach, gar nicht mehr dort angelangt, sondern hatte den in eben jenen Tagen heraufdrohenden Weltkrieg, von dessen Nahen ich in Rom, ganz eingetaucht in die überzeitliche Wirklichkeit der Kirche, nicht das mindeste gespürt, in der gastlichen Schweiz verlebt. Ich betrat in diesem Augenblick zum ersten Mal mit Bewußtsein nicht nur meine Heimatstadt, sondern auch den Boden meines Vaterlandes.

»Ja, jetzt kommt Deutschland, Enzio«, sagte ich warm, »und du bist ganz und gar von ihm und seinem traurigen Geschick erfüllt!« Er hatte bisher nur von der drohenden Stromregulierung und dem für unser Vaterland so unglücklichen Frieden geredet. Es befremdete mich dies ein wenig für die erste Stunde unseres Wiedersehens, zumal ich früher nie bemerkt hatte, daß Enzio ein leidenschaftliches Verhältnis zu seinem Vaterland besaß. Auch empfand ich seine Äußerungen wie eine leise Gefährdung des Bildes, das ich selbst als Ergebnis einer langen liebevollen Vorbereitung von Deutschland mitgebracht hatte.

Er sah mich jetzt voll an. »Du hast das also gleich herausgebracht«, sagte er. »Ich sehe, du bist doch noch ganz dieselbe wie einst! Man muß dich nur mit deinem richtigen Namen anreden, und sofort trittst du in deine alten Funktionen ein. Ja, Deutschland ist mein Schicksal geworden, Spiegelchen! Denn siehst du, im Felde kommt eben für jeden die Stunde, in der er sich fragt: für wen wirst du hier eigentlich vor die Kanonen geworfen, in den Dreck, in das Grauen, in den Tod? Nun und da gab es doch nur die eine Antwort: für Deutschland! Es gab nur die Wahl, entweder ganz sinnlos zu verkommen und zu verenden, zum Krüppel oder in Fetzen geschossen zu werden oder diesen einzigen Sinn anzunehmen – und da habe ich ihn eben angenommen. Verstehst du dieses Erlebnis, Spiegelchen? Es war ein ungeheures für mich!« Ich wußte, was er meinte, denn zu ihm waren doch die Dinge sonst nur in der Scheingestalt der Dichtung gekommen: in der Dichtung, da hatten sie sich ausleben dürfen, wenn sie nur ihn selbst in Frieden ließen – so ungefähr hatte er es mir viele Male erklärt. »Ja, Enzio, ich verstehe es«, sagte ich, »und jetzt will ich dir helfen, Deutschland zu lieben mit all seinem Leid und Elend, gerade so wie es nun eben ist.«

Er machte ein bedenkliches Gesicht. »Nein, das geht nicht, Spiegelchen«, sagte er, »so wie es nun eben ist, darfst du Deutschland keineswegs lieben, sondern lieben mußt du ein ganz anderes Deutschland, von dem werde ich dir noch erzählen – es gibt nämlich mehr als eins: der Boden bricht hier auseinander. Merkst du, wie es unter unseren Schritten bebt?«

Ich fühlte nur, daß die Brücke, über die wir nun langsam weitergingen – die Brücke Hölderlins, die schöne Brücke Gottfried Kellers –, sich gegen ihre Mitte zu ein wenig hob wie von einer inneren Beschwingung getragen. Auch sah ich, daß sie aus demselben innigroten Gestein erbaut war wie droben das Schloß. »Was habt ihr hier nur für ein liebevolles Gestein?« fragte ich ablenkend. »Kommt es aus den deutschen Bergen?«

Er blickte bei dem Wort ›liebevolles Gestein‹ aufs höchste überrascht. »Wo hast du das schon wieder aufgefangen?« meinte er. »Liebevolles Gestein – weißt du, daß dies aus einem Gedicht stammt, das du unmöglich kennen kannst?« »Hast du dies Gedicht geschrieben?« fragte ich.

»Ja«, erwiderte er, »vor dem Kriege – das ist lange her. – Nein wirklich«, fuhr er immer aufgeschlossener werdend fort, »du bist noch ganz dieselbe wie vor zehn Jahren! Nur gewachsen bist du noch, du bist nur ganz wenig kleiner als ich, und auch deine Zöpfe sind, glaube ich, gewachsen, soweit ich das dicke Nest unter deinem Reisehut erkennen kann. Aber sonst hast du dich nicht die Spur verändert – Gott sei Dank!« »Hattest du gefürchtet, daß ich verändert wäre?« fragte ich. Er nickte stumm und ernst: ahnte er die große religiöse Entscheidung, die ich in den Jahren unserer Trennung vollzogen hatte? Wußte er, daß ich mich eine katholische Christin nennen durfte? Er war plötzlich stehengeblieben und sah mich mit jener merkwürdigen Verdunkelung seiner hellen, deutschen Augen an, die ich noch so gut kannte – es war, als wolle er mir bis auf den Grund der Seele blicken, dorthin, wo mir jenes Bild eingeprägt worden war, das ihn einst vor dem Altar meiner Namensheiligen, damals am Gründonnerstag in Sankt Peter, mit viel Unwillen und Abneigung erfüllt hatte. Der Schatten unserer Trennungsstunde schien sich plötzlich zu erheben – ach, niemals hatte ich auch nur ein einziges Wort jener schmerzlichen Unterredung vergessen können! »Mit dir«, so hatte er damals gesagt, »muß man im Innersten eins sein, sonst ist alles umsonst! Du hast es, und ich habe es nicht – ich könnte niemals knien.« Ich hatte ihm erwidert: »Was mein ist, Enzio, ist auch dein.« Es hatte ihn ergriffen, allein er hatte den gemeinsamen Besitz nicht angenommen, vielleicht weil er nicht an solche Möglichkeiten glaubte, vielleicht weil seine Abneigung dagegen zu tief gewesen. War sie es noch immer?

»Aber du wirst mich verändert finden?« fragte er jetzt. Ich konnte das nicht verneinen, obwohl mein Blick auf dem überfüllten Bahnsteig sofort an dem seinen hängengeblieben war, aber das bedeutete ein Erkennen mit dem Herzen – äußerlich hätte ich Enzio nicht so leicht unter der Menge herausgefunden. Zwar, sein Haar war nicht im geringsten nachgedunkelt: er war noch immer dieser unglaublich helle, unglaublich blonde deutsche Typ, um dessentwillen wir ihn einst in Rom scherzend ›König Enzio‹ genannt hatten. Aber es war da eine offenbar nicht ganz ausgeheilte Kriegsverletzung, die seinen Gang ein wenig hemmte, ihm aber durch die fortgesetzte Überwindung dieser Hemmung auch etwas Zähes und Entschlossenes gab, Eigenschaften, die ich früher nie an ihm bemerkt hatte, die er aber jetzt besitzen mußte, wie er sich denn auch gleich meines etwas umfangreichen Handgepäcks und meiner Koffer mit großer Bestimmtheit und fast militärisch sicherer Umsicht angenommen hatte. Vor allem aber war da ein ganz anderer Ausdruck in seinem kleinen, sehr eckig gewordenen Gesicht, das wie umgeprägt erschien, so als habe man diesen, ehedem doch nur in einem geistreichen

Sinne kühnen Zügen eine mir ganz fremde Maske aufgedrückt, deren Namen ich noch nicht zu nennen wußte. Gewiß war nur: Enzio sah ganz anders aus, als ich ihn seit jener Kriegsnacht in meinem Innern zu erblicken geglaubt, ganz anders als damals im nächtlichen Kolosseum! »Ja, du hast dich sehr verändert«, sagte ich. »Enzio, ich wollte, ich hätte den Krieg in Deutschland erlebt, nein, ich wollte, ich wäre im Kriege bei dir gewesen!«

Er verstand sofort, was ich meinte. »Aber du bist doch sozusagen mit mir im Kriege gewesen, Spiegelchen«, erwiderte er, »wußtest du das nicht?«

Ich wußte nur um meine Gebete für ihn – sie waren in der letzten Zeit immer mehr zur Fürbitte um eine religiöse Wandlung seines Innern geworden. Hatte er auch das geahnt? Spürte er, daß er selbst seit jener Kriegsnacht ein religiöses Erlebnis für mich bedeutete? Er sah mich jetzt abermals an, als wolle er mir bis auf den Grund der Seele blicken, allein er sagte nichts, sondern es war, als schiebe er in seinem Innern irgend etwas ganz einfach und entschlossen beiseite: ich hatte plötzlich die Empfindung, das Bild in meiner Seele stand nicht mehr zwischen uns. Das rief aber sonderbarerweise keine freudige Erleichterung in mir hervor, sondern eine beklemmende Frage, die ich nicht auszusprechen vermochte.

Unser Weg folgte jetzt am andern Ufer des Neckars einer behaglichen Fahrstraße; auf der einen Seite säumte sie der Strom, auf der anderen eine Reihe älterer Landhäuser, deren schlichte Absichtslosigkeit von den zweckbewußten Bauten der Gegenwart noch weltenweit entfernt schien. Schöne geruhsame Gärten blickten über die hohen Mauern, die teilweise mit Efeu und Glyzinien überschüttet wurden. Die Glyzinien waren noch kahl, ein Gewirr von schlangenhaft verflochtenen bräunlichen Zweigen, aber durch die vergitterten Tore schimmerte die zärtliche Farbe der Mandelblüte und die leuchtende der Pyrrhussträucher und Forsythien. Es duftete nach Primeln, Märzbechern und Veilchen. Die Luft war lind wie die eines Sommerabends, dabei zart und duftig wie am frühen Morgen.

»So«, sagte Enzio mit völlig verändertem Ton, »jetzt müssen wir uns auf deine Gastgeber umstellen« – es war, als schiebe er abermals eine aufsteigende Bedrohung entschlossen beiseite. »Gleich wird Frau Seide dich in die Arme schließen, und zwar mit Überschwang. Wir möchten manchmal noch Romantik spielen genau wie diese Häuser. Mein Gott, welche Verspätungen!« »Heißt sie wirklich Seide?« fragte ich erstaunt. Ich hatte mir die Frau meines Vormunds bisher nur unter dem Titel ihres Mannes vorgestellt. Er erwiderte, sie sei natürlich anders getauft, aber jedermann nenne sie Seide, und ich würde schon noch innewerden, warum. Aber da sei sie selber!

Er hatte bei den letzten Worten das Tor einer Gartenmauer geöffnet, dessen Schild den Namen und den Professorentitel meines Vormunds zeigte. Wir betraten einen kleinen bepflasterten Hof, der teils durch das Haus und die Mauer einer breit hingelagerten Terrasse, teils durch einen baumreichen Garten begrenzt wurde, der, eine zweite und dritte Terrasse bildend,

am Berge emporstieg. Auf der obersten Treppenstufe, die zu der Terrasse führte, erblickte ich eine schön angezogene Dame. Sie hielt zwei reizende kleine Jungens an den Händen, die ihrerseits je einen dicken Blumenstrauß mit derben Fäustchen umklammerten. Die Kinder, in der Größe einander vollkommen gleich und sich auch sonst sehr ähnlich, standen der Dame so gut zu Gesicht, daß wohl jeder an meiner Stelle gemeint hätte, sie seien ihre eigenen. Indessen wußte ich, daß die Frau meines Vormunds keine Kinder besaß. Ich sah sofort, daß ihr Gesicht noch jung und schön war oder doch etwas Ähnliches wie jung und schön – ganz deutlich vermochte ich meinen Eindruck noch nicht zu benennen, so sehr erfüllte es mich, daß mir die Frau meines Vormunds nun wirklich gegenüberstand, nachdem sie mir so viele und, wie mir schien, so mißverständliche Briefe geschrieben hatte. Sie kam nämlich jetzt die Stufen der Treppe herab und schloß mich, wie Enzio vorausgesagt hatte, in die Arme. »Willkommen, meine Liebe«, rief sie, »tausendmal und herzlich willkommen!« Dann den Kopf etwas zurückbiegend und mich mit ihren wassergrauen Augen zärtlich anschimmernd, setzte sie hinzu: »Oh, wie froh bin ich, daß Sie endlich, endlich da sind!«
Ich war von dieser doppelten Beteuerung freudig überrascht, denn ich hatte eigentlich immer das Gefühl gehabt, daß sie mein Kommen durchaus nicht ersehne, sondern es eher vermeiden wolle – ich hatte diesen Eindruck, zwar ganz flüchtig, bereits bei Kriegsausbruch gehabt, als mich mein Vormund, der damals ins Feld gerufen worden war, nicht seiner Gattin, sondern

seinen Schweizer Freunden anvertraut hatte. Dieser Eindruck war dann nach dem Kriege noch befestigt worden, denn jedesmal, wenn mich einer der kurzen herzlichen Briefe meines Vormunds eingeladen hatte, die Ferien in seinem Hause zu verleben – ich bereitete mich in der Schweiz auf die Matura vor –, so war unfehlbar gleich darauf ein zweiter Brief gekommen, in dem mir seine Gattin auseinandergesetzt hatte, daß sie leidend sei, daß Handwerker oder ein anderer Gast erwartet würden, kurz, daß mein Kommen wiederum unmöglich sei. Ich hatte dieses beständige Absagen wirklich nicht mehr als Zufall oder Tücke des Schicksals auffassen können. Und nun trat sie mir in einer Weise entgegen, daß ich mich fragen mußte, ob nicht alles nur mein eigener, durch nichts begründeter Argwohn sei?

Sie hatte inzwischen die beiden Kinder, die sie als ›unsere Doublettchen‹ vorstellte, veranlaßt, mir ihre Blumensträuße zu überreichen, wobei sie einen kleinen Vers aufsagen mußten, was sie aber offenbar nicht gerne taten, denn sie rissen sich, während sie noch die letzten Worte hervorstießen, von den Händen, die sie hielten, los und jagten auf ein Loch in der Hecke des Nachbargartens zu, in dem sie verschwanden, so als wollten sie höchst energisch zum Ausdruck bringen, daß sie nicht hierher gehörten.

Indessen fuhr Seide fort, mich mit ihren zärtlichen Augen anzuschimmern. »Warum haben Sie mir nur so selten geschrieben?« fragte sie. »Ich freue mich doch immer so auf Ihre Briefe!« (Ach, auch diese Freude hatte ich ihr niemals angemerkt!) »Ich bin nämlich oft sehr einsam«, fuhr sie fort, dabei knisterten und rauschten ihre schönen Kleider bei jeder Bewegung, als ob sie aus einer ganz großen Gesellschaft auf mich zukäme. Sie schob meinen Arm unter den ihren und sagte, indem sie ihn schmeichelnd an sich drückte: »Sie sollen dieses Haus, das künftig Ihre Heimat sein wird, nur an meinem Arm betreten, kleine Veronika – nicht wahr, ich darf Sie doch mit Ihrem Vornamen anreden?« Worauf ich erwiderte – denn ich begann mich meines Mißtrauens gegen sie zu schämen –, daß ich sehr dankbar für diese Vertraulichkeit sei.

Wir gingen nun über einige weitläufige Flure und Treppen – dieses Haus strebte in seinem Innern noch nicht wie die modernen Häuser nach dem Fortlassen alles Überflüssigen, sondern es schwelgte geradezu im Überfluß. Man ahnte allerlei Kammern und Gelasse, geräumige Böden und Keller, die von keinem andern Zweck zu wissen schienen, als daß große Vorräte von Äpfeln darinnen angehäuft, alte, unbrauchbar gewordene, aber reizvolle Gegenstände bis in alle Ewigkeit aufbewahrt würden, junge Kätzchen ihre verschwiegenen Nester fänden oder eine muntere Kinderschar darinnen Verstecken spielte. Im oberen Stockwerk aber, zu dem wir nun emporstiegen, fühlte man sich überzeugt von gastlichen Fremdenzimmern, die gewohnt waren, auf wochenlang eingerichtete Gäste zu warten.

Auch mein eigenes Zimmer, in das mich Seide geleitete, war sehr weitläufig, aber es kam mir so anheimelnd vor, als sei es von vertrauten Personen bewohnt. Das hing wohl mit einer großen Anzahl Por-

träts zusammen, die man darinnen angesiedelt hatte, meist alte Stiche in schmalen bräunlichen Rahmen, aber auch einige Federzeichnungen, leicht mit Tusche übermalt, waren darunter.
»Dies ist jetzt sozusagen ihre Ahnengalerie geworden, kleine Veronika«, sagte Seide auf die Bilder deutend. »In Ihrer Eigenschaft als Gast dieses Hauses haben Sie nämlich überaus erlauchte Vorfahren. Achim von Arnim, Clemens Brentano, Bettina, die Günderode, Eichendorff, sie alle sind einst bei der mütterlichen Familie meines Mannes drüben in dem alten Haus am Schloßberg aus und ein gegangen. Alles ist bei uns noch voller Schätze und Erinnerungen.«
Die Namen, die sie nannte, berührten mein Ohr wie die Melodie tiefer Wälder und Brunnen – ich fühlte beim Anblick dieser Bilder eine ähnliche Bewegung wie vorhin auf der alten Brücke: das war wieder Deutschland, jenes Deutschland, auf das ich mich so lange und so innig vorbereitet hatte.
Unterdessen waren meine Koffer gebracht und geräuschvoll auf dem Flur niedergesetzt worden. Seide eilte hinaus, um mit dem Gepäckträger abzurechnen, indem sie mich, als ich es selbst tun wollte, zärtlich zurückdrängte. Während ich allein blieb, sah ich mich weiter im Zimmer um. Über dem schmalen Mahagonibett hing eine kleine Plastik, die mir bekannt vorkam. Sie stellte zwei kindliche Engel mit hochaufgerichteten palmenartigen Flügeln dar, die eng aneinandergeschmiegt, gemeinsam einen Kranz hielten. Während ich noch darüber nachsann, wo ich ihr Urbild unterzubringen hatte, kehrte Seide zurück, um mir zu sagen,

daß sie mich in einer halben Stunde zum Abendessen erwarte; es sei noch Zeit genug, mich umzukleiden – ob ich wohl ein weißes Kleid mitgebracht habe? Und als ich dies bejahte, war sie sichtlich hocherfreut. Dann müsse sie im Namen meines Freundes Enzio darum bitten, daß ich es anziehe, sagte sie, denn er spreche immer noch von meinem weißen Mäntelchen, das ihm wie eine kleine Fahne durch die römischen Kaiserfora vorangeflattert sei. Auch wolle sie meinen ersten Abend hier festlich gestalten, dazu müsse ich mich schön machen. Es kämen noch einige junge Freunde des Hauses – von meinem Vormund war mit keinem Wort die Rede, wie er sich denn auch bei meiner Ankunft nicht gezeigt hatte. Dieser letzte Umstand betrübte mich ein wenig, denn mein Vormund hatte mich doch schließlich hierher eingeladen: ich war mir bewußt, weniger der Gast seiner Frau als der seinige zu sein. Ja, ich hatte mich auf ihn wie auf einen Vater gefreut, und ich glaubte, Grund dazu zu haben. Vor meiner Erinnerung stand die kurze, aber unaussprechlich eindrucksvolle Begegnung mit ihm in den atemlosen Tagen unmittelbar vor Kriegsausbruch, als er mir in Lugano, wo ich übernachten sollte, ganz unerwartet entgegengetreten war. Ich dachte an die Ergriffenheit, die wir beide gefühlt hatten, er in Gedanken an seinen verstorbenen Freund, meinen Vater, ich im Bewußtsein, daß er durch dessen letztwillige Verfügung seine Stelle einnahm. Er hatte damals im knappen Rahmen weniger Stunden – mehr stand nicht zur Verfügung, bevor er in seine Garnison eilen mußte – meine Zukunftspläne mit mir durchgesprochen auch für den Fall, daß er nicht aus dem Felde zurückkehren sollte. Die Möglichkeit, die er mit dieser letzten Wendung andeutete, schien ihn in meinen Augen dem verstorbenen Vater noch ergreifender nahezurücken: ich hatte mich gefragt, ob er vielleicht nur noch gekommen sei, um dem toten Freund die Grüße seines Kindes in die Ewigkeit mitnehmen zu können? Aus dieser Vorstellung hatte sich ihm gegenüber für mich eine fast feierliche Aufgeschlossenheit und letzte Vertrauensbereitschaft ergeben. Ich hatte ihm freimütig gesagt, daß mein einziger Zukunftsplan der Wunsch sei, sobald ich das vorschriftsmäßige Alter erreicht habe, nach Rom zurückzukehren, um eine Klosterfrau in der Via Lucchesi zu werden. Er war zunächst betroffen gewesen. Sein Blick – dieser elementar-mächtige und doch so geistige Blick – hatte unter den Brillengläsern hervor fast unwillig auf mir geruht. Dann aber war meine Rechte von der seinen doch sehr warm umschlossen worden und, die Linke fest darüber legend, hatte er bestimmt erklärt, daß er sich mit meinem verstorbenen Vater eines Sinnes wisse, wenn er meinem religiösen Weg nicht entgegentrete, der ja auf der Linie meiner katholischen Voraussetzungen läge. Er fordere aber unbedingt, daß ich den Schritt, den ich vorhabe, erst nach reiflicher Prüfung und eingehender Fühlungnahme mit der Welt tue. Er wünsche also, daß ich warte, und zwar noch über die Erreichung meines ›kanonischen Alters‹ hinaus – diese kleine scherzhafte Wendung gebrauchte er: sie erschien mir späterhin, mitten in dem tiefen Ernst der Stunde auftauchend, immer überaus bezeichnend für die Unabhängigkeit

und Überlegenheit seines Geistes. Im übrigen hatte ich damals das Gefühl gehabt, daß ich zwar mit einem Nichtkatholiken, aber mit einem Christen sprach.
Dieser Aufschub war nun allerdings das genaue Gegenteil meiner eigenen Wünsche gewesen. Trotzdem hatte ich meinem Vormund das geforderte Versprechen ohne das leiseste Zögern gegeben, um meinem nie gekannten Vater in die Ewigkeit hinüber meine Ehrfurcht und Hingebung zu beweisen. Er hatte mir dann noch gesagt, wie er sich diese Wartezeit im Näheren denke. Zunächst sollte ich in der Obhut seiner Schweizer Freunde, in deren Haus wir uns getroffen hatten, bleiben, um – wie ich schon sagte – die Maturareife zu erlangen. Für später hatte er mir vorgeschlagen, ein Universitätsstudium zum Abschluß zu bringen, damit ich eine berufliche Aussicht besitze für den Fall, daß mir mein klösterliches Ziel doch einmal fraglich werden sollte – eine Möglichkeit, bei der er gelassen verharrte trotz meinem ungläubigen Lächeln. Für die Zeit des Universitätsstudiums hatte er mir wiederum sein Haus als Heimat angeboten, wenn es ihm bestimmt sein sollte, glücklich aus dem Felde heimzukehren. Im anderen Falle sollte ich mich weiterhin an seine Schweizer Freunde halten. Ich hatte ihm auch die Matura und die Universität ohne Zögern versprochen. Und nun war ich gekommen, den letzten Teil meines Versprechens einzulösen – ich konnte nicht verstehen, warum er mich nicht väterlich willkommen hieß?
Unterdessen war es aber hohe Zeit geworden, mich zum Abendessen fertigzumachen. Ich nahm also mein weißes Kleid aus dem Koffer und richtete seine etwas

zerdrückten Falten so gut es in der Eile gehen wollte. Es war noch dasselbe, das ich einst in Santa Maria in Lucchesi bei meiner Taufe und ersten Kommunion getragen hatte – noch immer paßte es mir, denn es war meine Sorge gewesen, es mit meinem Wachstum Schritt halten zu lassen. Von den vielen kleinen Säumchen, die den Abschluß des Rockes bildeten, hatte ich allmählich einen nach dem anderen auftrennen lassen – die Länge des Kleides stimmte. Im übrigen freilich hatte die Mode es ein wenig überholt, aber das schien mir nebensächlich im Vergleich zu der Bedeutung, die es für mich besaß – es war nicht nur eine solche des Erinnerns, sondern auch eine der Erwartung. Dieses Kleidchen, das Jeanettes Briefe bereits scherzend das ›heilige Kleidchen‹ nannten, gedachte ich bei meiner feierlichen Aufnahme in das Kloster zu tragen, ja, um die Wahrheit zu gestehen, es hing für mich fast etwas wie eine kleine orakelhafte Gewißheit daran, daß ich es jeden Augenblick für seinen Zweck bereit hielt – als junges Mädchen liebt man die Orakel. Ich zog es eigentlich nicht gern bei weltlichen Gelegenheiten an, allein ich wollte Enzio – denn in seinem Namen hatte Seide doch gebeten – den ersten Wunsch hier nicht abschlagen: er hätte mein Verhältnis zu dem ›heiligen Kleidchen‹ nicht verstanden, das war klar. Ich schlüpfte also gehorsam hinein und wollte eben die Treppe hinuntersteigen, als das Stubenmädchen seine tadellose Rüschenhaube durch den Türspalt steckte und mir einen Brief von Jeanette hineinreichte. Ich hatte gehofft, ihn hier bereits vorzufinden, denn Jeanette besaß noch immer jene nun aus weiter Ferne wirklich märchenhaft anmutende Fähigkeit, stets zu wissen, was man gerade brauchte. Ich brauchte Jeanettes Briefe sehr nötig! Schon um ihrer selbst willen stürmisch willkommen geheißen, hatten sie in letzter Zeit noch eine besondere Bedeutung für mich gewonnen. Pater Angelo, mein geistlicher Freund und Berater in Rom, hatte sich einer schweren Augenoperation unterziehen müssen, die es ihm vorerst unmöglich machte, meine Briefe zu lesen und zu beantworten. Ich ließ daher alle Fragen und Mitteilungen für ihn an die gute Jeanette gelangen, die es sich zur Aufgabe gemacht hatte, ihn regelmäßig zu besuchen und mir seine Antworten zu übermitteln. Sie enttäuschte mich auch heute nicht. ›Du weißt, Spiegelchen‹, schrieb sie, ›daß der Pater und ich Dich mit unseren Gedanken auf Deiner ganzen Reise treulich begleiten werden. Ich selbst nehme mir vor, in der Stunde Deiner Ankunft in den Sankt-Peters-Dom zu gehen und an derselben Stätte für Dich zu beten, wo Deiner jungen Seele einst das Bild Christi eingeprägt wurde, das Du nun, eine kleine Schwester Deiner großen Namensheiligen, in die Welt tragen sollst; so lautete doch der Auftrag, mit dem Dich Pater Angelo tröstete, als er Dir den verfrühten Eintritt in Santa Maria Lucchesi versagte, und den er dann wiederholte, als Dein Vormund Dir noch eine längere Wartezeit vorschrieb – Dein letzter Brief an mich ist ganz und gar von jenem Auftrag erfüllt! Ja, Du hast Dir bereits eine eigene kleine Theorie über seine Ausführung zurechtgelegt, und ich muß gestehen, daß sie mir nicht übel gefällt. Du hättest, schreibst Du mir, nun auch den letzten Schatten des

Bedauerns überwunden, wenn Du jetzt die sogenannte ,Welt' besuchen würdest – sie sollte niemals glauben, daß Du etwa nicht gerne zu ihr kämest, denn Du kämest gern zu ihr; wie jede Fügung Gottes wolltest Du auch diese innig in die Arme schließen! Du wolltest also nicht mit abgewandtem Antlitz nur an dieser sogenannten ,Welt' vorübereilen, sondern bei ihr stehenbleiben, ihre Freuden, ihre Leiden teilen, wirklich mit ihr leben, ihr Vertrauen gewinnen – alles voller Freude nach dem Worte: ,Königsbote, tue deinen Dienst mit leuchtenden Augen'; denn als Königsbote seist Du doch zu ihr gesendet – so schriebst Du mir.‹ Ich hatte das getan, das heißt, ich hatte mir im stillen vorgenommen, es mit der sogenannten ›Welt‹ so liebevoll zu halten wie Jeanette es mit ihr hielt. ›Kurzum‹, fuhr diese fort, ›ich sah in jedem Wort die Hingegebenheiten Deiner jungen unbedingten Seele wieder: Gott nehme sie in Seine Obhut, Spiegelchen – es geht bei Dir nicht ohne diese Hingegebenheiten! Auch Pater Angelo ist, glaube ich, der Meinung. Zwar wagte ich zuerst kaum, ihm Deinen Brief vorzulesen, denn er litt an diesem Tag besonders heftige Schmerzen. Du würdest ihn sehr verändert finden und nicht nur körperlich. Ich habe Dir schon neulich geschrieben, daß er den religiösen Zustand der abendländischen Christenheit sehr ernst auffaßt. Es kommt mir manchmal vor, als seien alle Dinge für ihn in dieselbe schmerzlich dunkle Nacht getaucht, die seine armen Augen überfallen hat. Wenn ich recht verstehe, hält er den Abfall für so groß, daß man die Mehrzahl der heutigen Menschen überhaupt nicht mehr bekehren, sondern nur noch durch stellvertretende Liebe retten könne. Ich glaube, Du mußt seine Antwort auf Dein Schreiben in diesem Sinn auffassen. Er sagte nämlich, nachdem ich ihm Deinen Brief vorgelesen hatte: ‚Ja, sie soll ihren Dienst mit leuchtenden Augen tun; allein auch Tränen können leuchten – schreiben Sie ihr das.‘‹ – Jeanette fügte noch einige zärtliche Grüße und Wünsche von sich selbst hinzu und brach dann, wie ich es an ihren Briefen schon gewohnt war, mit einem kleinen anmutsvollen Scherze ab, ohne jeden Schluß, so als lohne es sich überhaupt nicht, einen sol-solchen zu machen, weil sie mir ja doch gleich wieder schreiben werde, oder auch, als gehe sie wie einst, da wir noch beieinander waren, nur auf einen Augenblick ins Nebenzimmer, von der ungeduldigen Klingel ihres Gatten abgerufen, an dessen Rollstuhl ich sie immer noch gefesselt wußte. Aber auch für mich war es nun hohe Zeit geworden, abzubrechen. Ich konnte mich, wenn ich pünktlich zu Tisch erscheinen wollte, nicht mehr in Pater Angelos Worte vertiefen, sondern fühlte nur, während ich die Treppe hinabstieg, daß sie, wenn auch in etwas schmerzlicher Form, mit meiner innigen Bereitschaft hier zusammenklangen.

An der untersten Stufe erwartete mich Enzio. Die Treppenläufer hatten meinen Schritt gedämpft: er war mein Nahen nicht gewahr geworden – ich konnte ihn ungestört betrachten. Sein Profil, vom Fenster her ein wenig beleuchtet, sprang hart und eckig aus der weichen Dämmerung des Flures heraus. Es lag eine etwas ungemütliche Falte zwischen seinen Brauen, er stand da so fest und selbstgewiß, als ob ihn nichts und niemand in der Welt anfechten könne. Nein, ich vermochte mir bei seinem Anblick wirklich nicht mehr vorzustellen, daß ihn jene Schauer metaphysischer Verlassenheit schütteln könnten wie damals im Kolosseum, als ich gemeint hatte, meine Seele wie ein kleines Licht in die Hand nehmen zu müssen, damit sie der seinen leuchte. Sondern ich konnte mir im Gegenteil vorstellen, daß er sich in jener metaphysischen Verlassenheit zurechtgefunden hatte, daß er sich darin wohlfühlte, daß er daraus Kraft und Sicherheit gewann, sich gänzlich auf sich selbst zu stellen. Und nun wußte ich plötzlich auch, warum es mir vorhin gewesen war, als ob uns das Religiöse nicht mehr trennen werde – es war für ihn nicht mehr vorhanden. Die letzte Spur davon – eben jenes Grauen vor der metaphysischen Verlassenheit – es war versunken. Und dies, dies allein machte die ungeheure Veränderung aus, die ich vom ersten Augenblick an gespürt hatte. Sie bedeutete das nackte Gegenteil von der Erwartung meiner gläubigen Gebete: Gott hatte sie nicht erhört – sein Unglaube war offenbar viel mächtiger gewesen als sie! Und diese Entdeckung traf mich um so erschütternder, als ich bisher die Macht des Gebets in ungewöhnlich hohem Maß erfahren hatte, war ich doch selbst als Christin eine Frucht der Fürbitte meiner Tante Edelgart, warum konnte Enzio nicht die Frucht der meinen sein? Wie gelähmt blieb ich auf dem Treppenabsatz stehen. Enzio kam mir plötzlich so fern und unerreichbar vor, als sei er auf einen ganz anderen Weltkörper versprengt, wo man jedem Grauen ausgesetzt, aber auch jedem Grauen gewachsen war. Ich hatte die Vorstellung, ich müsse, um die wenigen Stufen zu ihm hinabzueilen, gleichsam über hundert Jahre hinwegspringen, hinein in eine ganz andere Zeit, in der ich dann ebenso einsam auf mich selbst gestellt sein würde, wie er dort unten. Und nun sank auf einmal alles dahin, was ich mir von meiner eigenen Sendung in die Welt versprochen hatte: erst in diesem Augenblick kam mir ganz zum Bewußtsein, wie innig ich sie mit dem teuren Jugendfreund verknüpft hatte – seine Wandlung war für mich ihr erster, schönster, nein ihr eigentlicher Sinn gewesen! Dabei hatte ich mir ausgemalt, er werde unter dem erschütternden Eindruck der Schlachtfelder meinem Auftrag geöffnet sein, innerlich bereit, die Kluft, die uns getrennt, zu überwinden. Ich wußte jetzt, er hatte sie schon überwunden, aber diese Überwindung trennte uns nur tiefer! Und nun war es mir, als lägen nicht nur hundert Jahre zwischen uns, sondern die ganze lange Ewigkeit! Eine beklemmende Angst vor seinem Unglauben überfiel mich; während ich noch eben gemeint hatte, meine Seele wie ein kleines Licht in die Hand nehmen und mit ihr der seinen leuchten zu können, fühlte ich jetzt das heftige Verlangen, meine Seele vor dem Freund zu retten, fast als dürfe ich nun überhaupt nicht mehr an ihn, sondern nur noch an die eigene Sicherheit und Seligkeit denken. Es fehlte nicht viel, so wäre ich auf meinem Treppenabsatz wieder umgekehrt. Allein jetzt hatte er mich dort bemerkt. Er fuhr jäh zusammen und wandte den Blick: die fremde Maske fiel, eine dunkle Welle überstürzte seine Züge. Einen Augenblick lang sah er mich sprachlos an, dann

sagte er – es war wunderbar, aber er sagte es wirklich: »Du stehst da oben in deinem weißen Kleid wie eine Kerze und bei mir ist es schon reichlich dunkel. Willst du nicht herunterkommen und mir etwas leuchten?« Er sagte ›leuchten‹, wirklich er sagte es!
Ich fühlte eine tiefe Scham wegen der Angst um meine eigene Seele. Die hundert Jahre versanken: ich flog die Treppe hinab. Dabei war es mir, als trüge ich nun wirklich meine Seele, einem kleinen Lichte gleich, in der Hand, denn sein Gesicht erhellte sich jetzt, wie von einem solchen angestrahlt, immer mehr, so als steige in seinem Innern ein unaussprechlich beglückendes Gefühl auf – ein Gefühl, das aus einer völlig anderen Welt zu kommen schien, als sein ganzes sonstiges Wesen, nein, das überhaupt nicht ganz von dieser Welt sein konnte, sondern einer anderen, seligeren angehören mußte. Der unbekannte schauerliche Schicksalsraum, aus dem der Freund nach mir gerufen hatte, schien plötzlich dem meinen geheimnisvoll nahezurücken, mit ihm in unfaßliche Verbindung zu treten, fast mit ihm ein einziger Raum zu werden! Einige Sekunden lang strahlten wir uns wie in seliger Überraschung an, während ich von meinem Treppenflug hochatmend vor ihm stand. Dann sagte er leise: »Also um mir Licht zu machen, bist du hergekommen, Spiegelchen?« – Es klang sonderbarerweise auch wie außer Atem. »Ja, um dir Licht zu machen, bin ich hergekommen«, wiederholte ich, »Enzio, laß uns über alles ruhig sprechen, was uns einst getrennt hat.« Nun sah er plötzlich grenzenlos enttäuscht aus. »Ach, das meintest du«, erwiderte er gedehnt, »aber das spielt doch

überhaupt keine Rolle mehr für mich, nein, das spielt für mich nicht die geringste Rolle – das ist gar nicht mehr für mich vorhanden.« Es kam mir wieder vor, als schiebe er in seinem Innern entschlossen etwas beiseite – nein, dieses Mal, als wolle er es auch in meinem Innern beiseite schieben, so als solle, was für ihn nicht mehr vorhanden war, auch für mich nicht mehr vorhanden sein. Und nun war es plötzlich doch, als sei ich da in einen völlig fremden Schicksalsraum hineingeraten, und während mir der Freund ritterlich einen Sessel und ein Kissen zurechtrückte, hatte ich die Vorstellung, als werde ich ihm schutzlos preisgegeben.
Er hatte mich nämlich unterdessen in einen schönen Biedermeiersalon geführt, wo ich, wie er sagte, noch ein wenig warten müsse, denn Seide habe sich beim Umkleiden verspätet. Das sei immer so bei ihr. Drillinge könnten nicht mehr Zeit und Arbeit kosten als die Toilette dieser einen Frau, die leider keine Kinder besäße. Er fuhr in diesem Tone fort, als gäbe es auf einmal gar nichts anderes zwischen uns zu sprechen als Seides Toiletten oder auch, als dürften wir im Grunde überhaupt nicht miteinander sprechen.

Indessen steckte wieder das kleine Stubenmädchen seine tadellose Rüschenhaube durch die Tür und meldete, daß man auf der Terrasse speisen werde. Enzio möge doch für einen Augenblick hinauskommen, um beim Anzünden der Lampions behilflich zu sein, worauf er etwas von einem kleinen Kitsch murmelte, den man mir zu Ehren vorbereite.
Während er sich anschickte, dem Mädchen zu folgen, faßte ich mir ein Herz und fragte, ob ich unterdessen

meinem Vormund guten Tag sagen könne, denn ich fühlte jetzt ein beinah ängstlich dringendes Verlangen nach einer väterlichen Nähe. Auch hatte ich mir seine Abwesenheit inzwischen dahin zurechtgelegt, daß es doch vielleicht an mir sei, ihn zu begrüßen, statt umgekehrt. Enzio machte ein etwas bedenkliches Gesicht: »Da mußt du nicht mich, sondern Seide fragen, oder nein, frage sie lieber nicht, Spiegelchen – ich glaube, es ist besser. In kinderlosen Häusern sind die kindlichen Gebärden zuweilen unerwünscht.«
Er folgte dann dem weißen Rüschenhäubchen, und ich blieb allein zurück. Von meinem Sessel aus konnte ich durch einige offenstehende Flügeltüren in die Flucht mehrerer Zimmer blicken. Sie waren, wie alles in diesem Hause, von verschwenderischer Weitläufigkeit, die mich aber unter dem Eindruck von Enzios letzten Worten mit Wehmut erfüllte. Mein Vormund hat keine Kinder, und es scheint, ich soll keinen Vater an ihm finden, dachte ich, indem ich mich daran erinnerte, daß ich mir auf der Reise vorgenommen hatte, mich ihm gegenüber immer wie eine Tochter zu verhalten. Es kam mir vor, als teile sich der Eindruck meiner Enttäuschung allen Dingen dieser schönen Räume mit: den sanften Linien und den freundlich hellen Hölzern der Biedermeiermöbel, den eifrig zitternden Pendeln der alten Stutzuhren, vor allem aber den vielen, vielen Porträts, die auch hier, wie in meinem Zimmer oben, alle Wände schmückten: teils Stiche und Gravüren in bräunlichen Holzrahmen, teils Ölgemälde in schmalen goldenen Medaillonfassungen. Diese vielen, vielen Porträts längst verstorbener

Menschen, im Zwielicht des Abends nur noch undeutlich erkennbar und wie in Fernen verschwimmend, erweckten die Vorstellung zu Ende gehender Geschlechter und erfüllter Geschicke. Es war, als ob all diese Schätze und Erinnerungen einer ergreifenden Vergangenheit – wie mein Vormund – keinen Erben mehr besäßen, ja als warteten diese schönen gepflegten Räume schon heimlich auf das Auseinanderfallen ihrer kostbaren Inhalte. Ich glaubte plötzlich Enzios Frage auf der alten Brücke zu verstehen: Spürst du, wie der Boden unter deinen Füßen bebt? Und während ich mich vorhin bei seinem Anblick vor einer unbekannten Zukunft erschauern gefühlt hatte, war es mir jetzt, als sei alles, was mich hier erwarte, gänzlich zukunftslos. Unwillkürlich schloß ich die Augen. Dabei fühlte ich das heftige Verlangen, es möchte jetzt irgend jemand auch zu mir sagen: Ich komme und mache Licht!

Als ich wieder aufsah, fiel der Schein einer Lampe auf mein weißes Kleid – im letzten Raum der vor mir liegenden Zimmerflucht hatte wirklich jemand Licht gemacht. Die dort hängenden Bilder waren voll und warm beleuchtet, ich konnte sie deutlich erkennen. Und nun wußte ich auch wieder: es waren gar nicht die Bilder längst Verstorbener, sondern es waren die der großen Fortlebenden, wie sie auch droben in meinem Zimmer hingen: sie schienen mir tröstlich zuzuwinken – der Spuk zerrann. Ich erhob mich und ging auf sie zu.

Die Zimmerflucht lag still und leer vor mir; es schien niemand da, den ich hätte stören können. Ich durchschritt einige dunkle Räume und – fand mich plötzlich meinem Vormund gegenüber.

Er stand seitlich der Tür vor einem bis zur Decke reichenden Bücherregal über einen herausgenommenen Band gebeugt. Bei meinem Eintritt wandte er den Kopf mit der mächtigen Stirn um – mein Blick traf den seinen: diesen tiefen, elementar-gewaltigen und gleichzeitig so geistigen Blick, der die Materie der Augen, aus denen er hervorbrach, völlig vernichtet zu haben schien – ich hatte mich ihrer Farbe und ihres Schnittes niemals deutlich entsinnen können, sondern immer nur ihres Ausdrucks. Die Begegnung war genau so plötzlich wie die erste. Damals war er mir unerwartet entgegengetreten – heute hatte ich ihn überrascht: sein Gesicht drückte die größte Verwunderung aus, die indessen sofort in unverhohlene, sehr herzliche Freude überging. »Aber wo kommen denn Sie her? Was ist denn das für eine Überraschung!« rief er einmal über das andere. Es konnte wirklich nicht der geringste Zweifel darüber bestehen, daß ihm meine Gegenwart gänzlich unbekannt geblieben war. Der Übergang meiner schmerzlichen Enttäuschung zur Freude war so plötzlich, daß ich zunächst gar nichts zu sagen vermochte. Er schüttelte mir indessen immer wieder die Hand, und ich glaube, er fragte mich nach meiner Reise, nach meinem Examen oder meiner Gesundheit – alle diese Fragen waren ja an sich nicht wichtig, sondern nur der Ausdruck seiner Herzlichkeit und Freude. Schließlich erkundigte er sich auch, wer mich denn hier zu ihm in die Bibliothek geschickt habe?

»Diese Bilder haben mich geschickt«, erwiderte ich.
»Ah, die Romantiker«, sagte er erfreut. »Nun, da haben Sie ja gleich die guten Geister dieses Hauses und dieser Stadt gefunden! Doch davon später – kommen wir zunächst zu Ihnen selber: ich hatte manchmal schon gefürchtet, Sie würden sich doch nicht mehr die Zeit zum Studium nehmen!« Das ging auf meine Sehnsucht nach Santa Maria in Lucchesi.
»Aber ich hatte Ihnen doch versprochen, mich nach Ihren Anordnungen zu verhalten«, sagte ich.
Er meinte lächelnd: diese Anordnungen seien inzwischen durch die Ereignisse überholt. Er habe hier im Grunde keine Anordnungen mehr zu treffen, ich sei nun mündig und mein eigener Herr geworden. Diese Äußerung tat mir ein wenig leid, denn unser Verhältnis war doch eben nicht nur auf eine gesetzliche Vormundschaft gegründet, die mit meiner Großjährigkeit ihr Ende finden konnte, sondern es war ein Vermächtnis. Ich erwiderte also, daß mein volljähriges Alter nichts an dem Versprechen, das ich ihm gegeben habe, ändern könne. Für mich werde er immer der Vertreter meines verstorbenen Vaters bleiben. Darauf ging ein sehr warmer gütiger Ausdruck über sein Gesicht. Er sagte, das sei nun in der Tat eine ganz unmoderne Ansicht, auf die er eigentlich nicht habe rechnen können – die väterlichen Autoritäten gälten bei der heutigen Jugend nicht sonderlich viel. Aber es sei recht, wenn ich Vertrauen zu ihm habe, und so solle es auch zwischen uns bleiben. Ob ich übrigens wisse, daß hier nicht nur die Erinnerung an die Romantiker lebe, auch mein eigener Vater und meine Mutter seien

in diesem Hause aus und ein gegangen – nein, sie hätten sogar eine Zeitlang hier gewohnt: seine Eltern hätten damals einen Teil des übergroßen Hauses an die meinen vermietet gehabt; das müsse gewesen sein – er rechnete die Jahreszahlen aus.

»Aber dann bin ich ja in Ihrem Haus geboren worden«, rief ich aufs höchste überrascht aus. – Daran hatte er offenbar noch nie gedacht! »Dann bin ich also hier in meinem einstigen Elternhause«, fuhr ich beglückt fort, »dann habe ich als kleines Kind in diesen vielen leeren Räumen gespielt – dort unten, wo man sich so gut verstecken könnte!«

Er hatte, während ich das sagte, die Brille abgenommen. Seine Augen sahen ohne die Gläser weit weniger glänzend und kühn aus, sondern eben wie Augen, die der Gläser bedürfen, ohne diese aussehen: ein wenig müde und überarbeitet. Er blickte mich unter leicht zusammengezogenen Lidern kurz und schnell an. Es war trotz dieses Zusammenziehens etwas sehr Offenes in seinen Augen, ja fast etwas Schutzlos-Offenes und auch etwas sehr Menschliches. »Ja, dann haben Sie also als Kind in diesen Räumen gespielt«, sagte er nachdenklich. »Aber es freut mich«, setzte er schnell und warm hinzu, »es freut mich wirklich, denn dann gibt es einen Grund mehr, daß Sie sich hier daheim fühlen.«

Indessen hörte man Seide im vorderen Zimmer sprechen. Mein Vormund und ich gingen nun gemeinsam zu ihr zurück. Sie hatte sich tatsächlich nochmals umgezogen, obwohl sie schon vorhin so schön gekleidet gewesen, und erschien nun in einem wassergrauen

schimmernden Stoff, der die Farbe der Augen fast vollkommen wiederholte. Das Kleid war eigentlich für die Gelegenheit zu prächtig, allein sie sah wundervoll darinnen aus – ich glaubte, seit dem Tode meiner teuren Großmutter keine Frau erblickt zu haben, deren Erscheinung einen so starken Eindruck machte. Dabei erinnerte sie mich aber nicht im mindesten an meine Großmutter, obwohl sie doch wie jene eine ganz große Dame war – oder etwas Ähnliches wie eine solche: unwillkürlich kam ich bei diesem Urteil wieder auf die Formel zurück, die sich mir beim ersten Eindruck über ihre Jugend und Schönheit aufgedrängt hatte.
Mein Vormund fragte nun seine Frau, warum er denn bei meiner Ankunft nicht gerufen worden sei, er habe diese doch unmöglich wissen können, da man mich ursprünglich erst mit dem Nachtzug erwartet hätte. Sie erwiderte, dies sei wohl ein Mißverständnis von ihm, das sich leicht erkläre, da er doch stets nur mit halbem Ohr zuhöre, wenn es die Dinge des Lebens und nicht die seiner Wissenschaft gelte. Das klang indessen nicht vorwurfsvoll, sondern verständnisinnig gemeint, und sie sah ihn dabei mit ihren schimmernden Augen sehr zärtlich an. Er schüttelte zwar ungläubig den Kopf, nahm es aber gutmütig schweigend hin, so als sei vielleicht doch etwas Wahres daran.
Wir traten nun auf die Terrasse hinaus, wo Enzio mit einigen jungen Leuten eben dabei war, farbige Lampions anzuzünden – das war vermutlich der ›kleine Kitsch‹, von dem er gesprochen hatte. Auch unter den Bäumen des am Berge ansteigenden Gartens hingen Lampions – es war, als komme in der späten Dämme-

rung des Frühlingsabends dort ein Fackelzug von der Höhe herab und bilde auf der Terrasse um die festlich geschmückte Tafel einen Lichterkranz.

»Nun, wie gefällt Ihnen meine italienische Nacht?« fragte mich Seide. Aber noch ehe ich antworten konnte, ergriff mich mein Vormund bei der Hand und führte mich aus dem Bereich der Lampions an den dunklen Rand der Terrasse: »Warten Sie«, sagte er, »Sie müssen erst das Allerschönste sehen!« Und nun kam in der Tat etwas Wunderschönes! Die Illumination der Terrasse und des dahinter aufsteigenden Gartens war nämlich nur die Wiederholung einer anderen, durch die erleuchteten Fenster der Stadt gebildeten, die am anderen Ufer des Neckars die ganze Breite des Tales füllte, um dann, wie eine Pyramide an den Bergen aufsteigend, schmäler und schmäler werdend, unter den nächtlichen Wäldern und schließlich unter den Sternen des Himmels zu verschwinden.

»So, jetzt äußern Sie sich zu der italienischen Nacht meiner Frau!« sagte mein Vormund.

»Das ist keine italienische Nacht«, erwiderte ich, »das ist, als brenne über dem Tal ein großer deutscher Christbaum!«

»Genau so drückt sich Ihr Freund auch immer aus«, sagte mein Vormund, indem er sich an Enzio wandte, worauf dieser erwiderte: »Nur sage ich nicht Christbaum, Herr Professor, sondern Weihnachtsbaum.« Darauf fing mein Vormund an zu lachen. Er hatte ein herrliches, ich möchte fast sagen königliches Lachen: alle Dinge, denen es galt, schienen darunter ihre Schwere zu verlieren. Zwar, sie wurden nicht etwa geringfügig oder verächtlich, sondern eher rührend, als seien sie in aller menschlichen Fragwürdigkeit dennoch liebenswert oder doch wenigstens verzeihenswert. Seide aber legte plötzlich ihren Arm um mich, so daß ihr weiter Ärmel meine Schulter wie ein Fittich bedeckte, und sagte etwas pathetisch: sie verbiete, daß man mich am ersten Abend meines Hierseins beunruhige. Der Unterschied von Weihnachtsbaum und Christbaum dürfe in meiner Gegenwart keinesfalls erörtert werden. –

Wir setzten uns nun an die Tafel, die mit feinem altem Porzellan und gediegenem Silber gedeckt war. Ich mußte neben Enzio Platz nehmen. Seide ließ sich an meiner andern Seite nieder. Mein Vormund saß mir gegenüber, die jungen Leute – sie waren ausnahmslos Studenten und seine Schüler – schlossen rechts und links die Reihe um den runden Tisch, dessen natürlichen Mittelpunkt er bildete. Er hatte beim Sprechen eine große, kühne, mitreißende und äußerst überlegene Art, die aber gleichzeitig ohne jeden Anspruch war – er erschien mir gar nicht so, wie man sich einen Professor gewöhnlich vorstellt, sondern völlig unbekümmert um seine Würde, menschlich, schlicht, unbefangen und heiter. Und obwohl er in den Jahren, in denen ich ihn nicht gesehen hatte, stark ergraut war, wirkte seine Persönlichkeit ganz ungebrochen und äußerst zuversichtlich. Er beherrschte die Unterhaltung vollkommen. Nicht etwa, daß er sie an sich gerissen hätte, sondern so, als gäbe es in unserer Mitte einen Genius der Unterhaltung, der ihm alle Anwesenden ohne weiteres zubeugte. Nur Seide schaltete sich zuweilen mit einer eigenwilligen Bemerkung ein, die immer etwas Überraschendes, um nicht zu sagen Beziehungsloses hatte, aber so sicher vorgetragen wurde, daß sie bei mir die Meinung erweckte, die Sprecherin könne wohl, wie meine Großmutter, über alle geistigen und wissenschaftlichen Dinge mitreden. Mein Vormund bestärkte mich in dieser Meinung, denn er bemerkte die Äußerungen seiner Frau immer auf das freundlichste und stellte sie – freilich ein wenig zurechtgerückt – in den Rahmen seiner Gedanken hinein, wo sie sich dann wirklich recht gut ausnahmen. Von den Studenten mischte sich nur ein junger aristokratischer Mensch, dessen Haltung den einstigen Offizier verriet, von Zeit zu Zeit in die Unterhaltung ein, die anderen nannten ihn Starossow. Er fiel mir durch den regelmäßigen Schnitt seines Gesichtes auf und dadurch, daß seine Einwände fast immer eine gewisse Kritik bedeuteten, während die übrigen Studenten, wofern sie nicht schwiegen, meinem Vormund ehrfurchtsvoll zustimmten. Ich bemerkte, daß alle förmlich an seinen Lippen hingen, sogar Enzio stand scheinbar unter seinem Bann, denn er kümmerte sich nun äußerlich gar nicht mehr um mich. Seide mußte damit unzufrieden sein, sie machte mehrmals den Versuch, ihn zu einer Unterhaltung mit mir anzuregen, wurde dabei aber weder von ihrem Gatten, noch von Enzio unterstützt, und daher unterstützte ich sie auch nicht, sondern schwieg. Dieses Schweigen tat mir aber sonderbarerweise so wohl, als könne es in diesem großen Kreise zwischen Enzio und mir gar nicht anders sein und mein Vormund, indem er jenen fesselte, habe dies sehr wohl gefühlt und komme uns gleichsam zu Hilfe. Es war, als ob Enzio und ich uns plötzlich viel besser verstünden als zuvor, so als gäbe es unter allen Reden dieser angeregten Tafelrunde eine Mitteilung zwischen ihm und mir, die keiner Worte bedurfte. Und als wir nun, wie alle übrigen, miteinander anstießen, schienen unsere Herzen geschwisterlich zusammenzuklingen wie der zarte, helle Ton der beiden Gläser im Raum der Nacht. Ich hatte jetzt nur noch das Gefühl, wie gut es sei, an seiner Seite zu sitzen und zu wissen, daß wir fraglos und unerschütterlich zusammengehörten wie einst.

Dabei entging mir aber doch kein Wort der allgemeinen Unterhaltung – dieser Abend war wie eine Symphonie, in der jede Stimme auf die andere abgestimmt war. Überhaupt hatte jetzt alles einen völlig veränderten harmonischen Charakter angenommen. Es war wirklich, als sei mit dem Erscheinen meines Vormundes jede Spannung, Beklemmung und Enttäuschung verschwunden, jedes Ding in den Bereich einer schützenden väterlichen Autorität eingetreten und zu seiner beglückenden Sicherheit zurückgekehrt – eben zu jener, die ich hier erwartet hatte. Es war mir, als sei ich erst jetzt wirklich in Deutschland angekommen: so hatte ich mir mein Vaterland, so hatte ich mir Heidelberg vorgestellt! So mußte es hier sein! Von dem Pfeiler der alten Brücke her rauschte der Strom klar und freudig durch die Stille des Abends, als habe ein Zauberspruch ihn gegen jede Bedrohung seiner Kraft gefeit. Das zerstörte Schloß, nur noch in sanft gewordenen Umrissen erkennbar, lag da wie ein stolzes Mal der Vorzeit. Die Lichter des unsichtbaren Christbaums funkelten immer herrlicher über dem dunkler und dunkler werdenden Tal, aus dessen Wäldern und Gärten die zarten Wohlgerüche des Frühlings aufstiegen und sich mit dem Duft des Weins in unseren Gläsern mischten. Von Zeit zu Zeit, wenn die Nacht tiefer atmete, wehten von einem über uns blühenden Baum ganze Schauer weißer Flocken auf uns nieder. In der Ferne tönte der Gesang eines Liedes, das eine sehr einfache, aber wunderbar überwältigende, ja geradezu gebieterische Melodie hatte. Sie begleitete uns fast den ganzen Abend. Manchmal verstummte sie für eine Weile, aber wenn dann der Gesang neu anhob, ertönte immer wieder dasselbe Lied, so als könnten sich die Sänger – oder die Hörer – nicht satt daran trinken. Manchmal klang es fern wie eine namenlose Stimme der Natur, dann wieder hatte ich die Vorstellung, es klänge dort im Dunkeln irgendwo ›Des Knaben Wunderhorn‹.

Mein Vormund nämlich sprach jetzt von dem kleinen Haus am Neckar, das sozusagen die erste Schatztruhe dieses goldenen Liederhortes gewesen sei, von der Zeichnung, die er noch von jenem unscheinbaren Haus besitze, von den Schatzgräbern und Schatzhütern, die dort am Werk gewesen – abermals fielen Namen, die mich wie die Musik alter Brunnen und Wälder berührten. Dann wieder kam mir mein Vormund selbst vor wie der Träger eines jener großen Namen, die er nannte, so herrlich wußte er von jenen alten Schätzen zu sprechen, so tief und unmittelbar lebendig schien er mit ihrem Besitz verbunden zu sein. »Herr Professor«,

sagte schließlich einer der Studenten – es war wieder der ehemalige Offizier mit dem schönen regelmäßigen Gesicht, den die anderen Starossow nannten – »wollen Sie uns eigentlich überreden, daß wir alle unser Heil in der Romantik suchen sollen: gerade so sprechen Sie nämlich.«
Mein Vormund lachte – es war fast, als ob ihn der Vorwurf erfreue. »Nun«, sagte er, »das wäre ja noch nicht das Schlimmste, was geschehen könnte.«
»Aber wäre es nicht das Unmöglichste, Herr Professor?« wandte Starossow ein, indem er einen Blick auf Enzio warf, als wisse er sich mit ihm einig. Ich fühlte dabei wieder eine flüchtige Beunruhigung, allein Beunruhigungen kamen in der Nähe meines Vormunds offenbar nicht auf.
»Warum unmöglich?« fragte er zurück. »Es handelt sich um Kräfte unseres Volkes, die immer wieder zur Erneuerung führen werden. Die Vergangenheit ist ein Vermächtnis, das wir zu erfüllen haben.« Starossow fragte jetzt mit seiner schweren, etwas monotonen Stimme, wie man sich diese Erfüllung des näheren vorstellen solle? Darauf gab mein Vormund zunächst keine Antwort, sondern er zog noch einige andere Kapitel der Geistesgeschichte zum Vergleich heran. Das Gespräch glitt jetzt schnell von einem Gegenstand zum anderen, ich vermag es aber nicht wiederzugeben. Ich fühlte nur sehr deutlich, daß mir darinnen immer aufs neue die Gewißheit und Geborgenheit dessen bestätigt wurde, was ich in Deutschland zu lieben und zu verehren erwartet hatte. Es war, als ob alles, was mein Vaterland an guten Geistern je besessen habe, in mei-

nem Vormund seinen Beschützer, seinen lebendigen Vertreter, seine Gegenwart und seine Zukunft fände. Ich war überzeugt, daß es nichts Großes und Würdiges im Reich des Geistes gäbe, dessen er sich nicht mit einem Verständnis anzunehmen vermöchte, das nur einer tiefen Zugehörigkeit entsprechen konnte.

Einmal – es war wohl wieder im Zusammenhang mit der Romantik – streifte mein Vormund auch die Kirche, das heißt er sagte nicht ›die Kirche‹, sondern ›die Kirchen‹.

»Sie rechnen also auch das Christentum zu den großen Vermächtnissen, die wir zu erfüllen haben, Herr Professor?« fragte Starossow jetzt. »Und doch habe ich immer den Eindruck, daß Sie selbst kein Christ mehr sind.«

»So, haben Sie diesen Eindruck?« fragte mein Vormund zurück. Zum ersten Mal trat etwas wie professorenhafte Unnahbarkeit an ihm zutage. Ich weiß nicht, ob ich eine unwillkürliche Bewegung machte, denn er wandte sich mir plötzlich zu – ich dachte in diesem Augenblick an meine Begegnung mit ihm in Lugano, als ich so bestimmt zu wissen geglaubt hatte, daß er ein Christ sei. Starossow schwieg verstockt vor sich nieder. Dabei sah man, daß sein Mund eine gewisse Bitterkeit des Ausdrucks hatte, die nur durch die Schönheit seines Schnittes etwas verhüllt war. »Aber einmal ist doch alles zu Ende«, sagte er nicht ohne Schärfe. »Einmal muß alles zu Ende sein. Wo keine Erben mehr vorhanden sind, können auch keine Vermächtnisse mehr erfüllt werden. Es gibt doch auch im geistigen Sinne aussterbende Geschlechter, sozusagen kinderlose Häuser.« Mein Vormund war einen Augenblick still, irgend etwas schien ihn außerordentlich unangenehm zu berühren. Ich weiß nicht, was er schließlich erwiderte, denn ich selbst wurde jetzt durch den Gesang abgelenkt, der uns schon die ganze Zeit über aus der Ferne begleitet hatte und der sich nun plötzlich zu nähern begann. Die Sänger saßen offenbar in einem Nachen, der bisher stillgelegen hatte oder langsam hin und her geschwommen war, nun aber schnell und unaufhaltsam den Strom herabkam. Zum ersten Mal wurden einige Worte des Liedes vernehmbar – sie entstammten nicht ›Des Knaben Wunderhorn‹, sondern waren mir völlig unbekannt. Besonders zwei Zeilen, die am Schlusse jeder Strophe wiederkehrten und von einer einzelnen Frauenstimme aus dem Chor herausgehoben wurden, prägten sich mir unauslöschlich ein. Sie lauteten:

›Und ich komme immer, wann ich komme,
Und ich gehe immer, wann ich geh –‹

Obwohl mir der Sinn des Refrains dunkel blieb, schien mir doch, als strömten seine Worte eine geheimnisvolle, unabwendbare, ja geradezu majestätische Sicherheit aus, die wunderbar zu der Melodie paßte. Auch mein Vormund wurde plötzlich auf sie aufmerksam. Er unterbrach die Auseinandersetzung mit Starossow und fragte, was das eigentlich für ein Lied sei und wer darinnen unaufhörlich komme und gehe? Die Studenten waren verschiedener Meinung: einige behaupteten, es sei das Schicksal gemeint, andere die Leidenschaft oder der Tod. Seide bestand darauf, daß es die Liebe sein müsse. Alle kannten das Lied, aber niemand wußte Bescheid.

Schließlich nahm Starossow wieder den Faden der Unterhaltung auf und warf das Wort ›die Krise der jungen Generation‹ in die Auseinandersetzung mit meinem Vormund. »Ah, da haben Sie ja glücklich Ihr Stichwort gefunden«, sagte dieser. »Die Krise der jungen Generation! Geben Sie nur acht, daß Sie Ihre Jugend nicht zu ernst und wichtig nehmen, damit fängt nämlich immer das Älterwerden an. Wirklich junge Leute denken überhaupt nicht über ihre Jugend nach!« Er sagte das mit einem kleinen Anflug von Spott, der aber etwas sehr Gutherziges und Warmes hatte – mein Vormund erschien mir in diesem Augenblick in einem zeitlosen Sinne jugendlicher als alle anderen. »Und im übrigen«, fuhr er fort, »gibt es gar keine besondere ›Krise der jungen Generation‹, sondern es gibt nur eine einzige wirklich ernsthafte Krise, die jung und alt gleicherweise angeht, es gibt ganz einfach die religiöse Krise. Und ob Sie oder ich noch Christen sind oder nicht, das ist nur die private Form, in der der einzelne das Allgemeine miterlebt.« Und nun begann er diese Krise zu schildern, aber nicht, wie ich erwartete, als etwas Ungehöriges und Abzulehnendes, sondern es hatte auf einmal den Anschein, als könne er jeden Zweifel der Welt sehr wohl verstehen, ja es war geradezu, als stelle er alle Gewißheiten, die er verheißen hatte, wieder in Frage. Allein er konnte sie doch nur so kühn in Frage stellen, weil er sie im Grunde unerschütterlich besaß! Würde er sie nun aussprechen – würde er Starossow endlich darauf Antwort geben,

wie man jene großen Vermächtnisse zu erfüllen habe? Ich sah ihn mit atemloser Erwartung an.
Aber nun schaltete sich Seide plötzlich wieder ein. »Mein Himmel«, sagte sie, »denkt denn niemand an dies arme kleine Mädchen hier an meiner Seite? Muß es wirklich gleich am ersten Abend aufgeschreckt und beunruhigt werden?« Sie legte wieder den Arm um mich, als wolle sie mich, wie vorhin vor Enzio, nun vor ihrem Manne schützen.
Mein Vormund fragte etwas verwundert: was er denn vor mir nicht habe sagen sollen? Soviel er wisse, sei ich hier, um zu studieren. Sie erwiderte: ja, davor habe sie auch meines Glaubens wegen die größte Angst.
Ich merkte, daß meinen Vormund diese Bemerkung ärgerte. Aber er brach das Gespräch trotzdem gehorsam ab und sagte, seine Frau habe eigentlich ganz recht: es sei mein erster Abend hier, und ich könne daher verlangen, daß irgend etwas für mich geschehe. Was ich mir nur bei all diesen Gedankenfilmen vorgestellt habe? Ich weiß nicht, welche Scheu mich davon zurückhielt zu erwidern: Ich habe mir vorgestellt, Sie seien ein Christ. Jedenfalls sagte ich nur, daß man wohl einen tiefen Besitz haben müsse, wenn man sich so unbekümmert allen Zweifeln überlassen könne.
Er sah überrascht aus, als habe er etwas ganz anderes erwartet. Dann erwiderte er freundlich: »Ja, wenn Sie die Dinge so auffassen, braucht sich meine Frau wirklich keine Gedanken zu machen, denn dann darf man Ihnen unbesorgt erlauben, zu studieren, was Sie wollen: doch das können Sie ja überhaupt.« Er wollte offenbar wieder sagen, er habe mir nichts zu erlauben,

ich sei mündig. Allein er hielt inne: in diesem Augenblick dachten wir beide an unsere Unterredung in der Bibliothek. »Ich weiß schon«, sagte er, sich lächelnd unterbrechend, »Sie wollen gar nicht mündig sein, ich habe eine kleine Tochter.« Gleich darauf wandte er sich an seine Frau und meinte gutgelaunt: sie möge also vorschlagen, wie man mich an meinem ersten Abend noch ein wenig feiern könne? Er sei zu allem bereit und werde nicht wieder stören. Aber nun wollte Seide plötzlich nichts mehr von einer Feier meines ersten Abends wissen. Sie hob ohne jede Vorbereitung die Tafel auf, indem sie behauptete, es sei schon viel zu spät für einen neuen Anfang. Ich müsse todmüde sein, und man könne nichts mehr für mich tun, als mich zu Bett zu schicken. Anscheinend gab es keinen Widerspruch gegen ihre Anordnungen, denn alle – auch mein Vormund – fügten sich ihr augenblicklich.

Als wir uns erhoben, bemerkte ich erst, daß ich über und über mit Blütenblättern bestreut war. Während ich sie von meinem Kleid und aus meinen Haaren schüttelte, trat Enzio zu mir. Ich konnte sein Gesicht nicht mehr genau erkennen, denn Seide hatte an der Tafel schon einige Lichter ausgeblasen. »Du brauchst keine Feier mehr, Spiegelchen«, sagte er leise, »der deutsche Frühling hat dich gefeiert, du hast einen richtigen Kranz auf wie eine Braut.«

Unglücklicherweise fing Seide diese Worte auf. »Ja, nicht wahr, Enzio, sie sieht wie eine kleine weiße Braut des Himmels aus«, sagte sie. Es klang schalkhaft, aber zugleich herausfordernd. Er fuhr unwillig zusammen. Ich erwartete in der matten Dunkelheit, die seine dunkle Gestalt umriß, wieder die beiseite schiebende Bewegung – ich erwartete die Antwort: Ach, das alles ist doch gar nicht mehr für mich vorhanden. Aber beides blieb aus. Dann war es auf einmal, als wiederhole sich unsere Begegnung von vorhin auf der Treppe, nur mit blitzschnell vertauschten Rollen. Jetzt erschrickt er sich vor meiner Frömmigkeit, wie ich mich vorhin vor seiner Gottlosigkeit erschrocken habe, durchzuckte es mich. Gleichzeitig wurde ich inne, daß ich selber alle Furcht vor dieser verloren hatte. Was war geschehen? Ich wußte wieder nichts, als daß wir unerschütterlich zusammengehörten, daß alles, alles zwischen uns gemeinsam war! Lieber Enzio, wollte ich sagen, lieber Enzio, fürchte dich doch nicht vor meiner Frömmigkeit, sie gehört dir ja mit! Aber eine tiefe, beseligte Freude verschloß mir den Mund. Und schon hatte er sich selbst gefaßt und sagte mir sehr herzlich gute Nacht. Auch die anderen verabschiedeten sich schnell, der Abend war zu Ende. –

In meinem Zimmer, lange nachdem ich das Licht gelöscht hatte, glaubte ich dann noch einmal jenes wunderbare

›Und ich komme immer, wann ich komme‹

zu vernehmen. Es klang leise wie aus großer Ferne, zugleich aber so überwältigend nah, als singe es mir jemand ins Ohr, oder als triebe ich nun selbst, von der holden Majestät der Melodie fortgerissen, unaufhaltsam den nächtlichen Strom hinab. Dann vernahm ich nur noch diesen – es war, als sänke ich darinnen unter: ich hatte die Vorstellung des Ertrinkens, fühlte aber sonderbarerweise nicht die geringste Angst – ganz unvermutet mußte ich an Enzio denken. Die Augen öffnend, fand ich mich langsam im Zimmer zurecht. Das Rauschen des Neckars drang stark und schön durchs offene Fenster herein, mein Gemach mit seinem Stromlaut füllend, wie einst in Rom die Stimme des kleinen silbernen Brunnenstrahls mein Gemach erfüllt hatte, oder auch, als habe dieser sich mit jenem vereinigt – wieder mußte ich an Enzio denken. Indem fiel mein Blick auf die vom Mond beglänzte Wand über meinem Bett, wo die beiden geschwisterlichen Engel hingen, ihre hochaufgerichteten Flügel schimmerten wie in Wasser getauchte Palmenzweige, der Kranz in ihren Händen war blütenweiß von Licht. Obgleich ich noch immer nicht ganz wach war, hatte ich die Vorstellung, dieses liebliche Symbol dort an der Wand bedeute ein Gleichnis, stelle Enzios und mein Schutzengelpaar vor, wie es in der himmlischen Ordnung zueinander gehörte. Und als ich gleich darauf wieder tiefer in die Arme des Schlummers zurückglitt, glaubte ich in meinem Innern diese Worte zu vernehmen: Ja, alles, alles zwischen euch ist nun gemeinsam! Wir, eure Engel, halten ein und denselben Kranz – es ist der deine, aber alles, was dein ist, es ist vor Gott sein. – –

Es vergingen nun einige Tage, die mit den notwendigen Schritten zur Vorbereitung meines Studiums ausgefüllt waren. Ich hatte erwartet, daß mein Vormund mich dabei beraten werde, allein Seide sagte mir, Enzio habe sich schon ausbedungen, dies tun zu dürfen, und sie müsse dem zustimmen, denn ihr Gatte sei sehr überlastet: die Fakultät, die Vorlesungen, die

Seminare nähmen seine Tage vollkommen hin; was am Abend übrigbleibe, gehöre dem einsamen Licht seiner Studierstube. Ich sollte mich also mit allem, was die Universität betreffe, an Enzio halten, er kenne sich mit ihr gründlich aus, und im übrigen sei sie jederzeit für mich zu haben; es bedeute ihr die größte Freude, meine Wünsche zu erfüllen und mir nützlich zu sein. Denn sie sei so dankbar für meine Anwesenheit in ihrem Hause, das Zusammenleben mit mir übertreffe ihre schönsten Erwartungen. Ja, sie behauptete nun auch von sich – wie mein Vormund am ersten Abend –, daß sie an mir eine junge Tochter habe, wobei sie mir zärtliche Augen machte wie einem Kinde. Allerdings, setzte sie meistens schnell hinzu, sie sei eigentlich noch zu jung, um eine erwachsene Tochter ihr eigen nennen zu können. Sie komme sich eher wie meine ältere Schwester vor und so sei es auch viel besser: Schwestern vertraue man sich leichter an als Müttern. Ich fürchtete diese letzte Wendung ein wenig, denn ich hatte dabei das Gefühl, sie erwarte, daß ich ihr von Enzio sprechen werde. Sie selbst nämlich brachte das Gespräch immer wieder auf ihn, indem sie nicht müde wurde, ihn zu loben und herauszustreichen, wie sie ihn denn auch sichtlich vor anderen Studenten bevorzugte, die bei ihr verkehrten und für die sie immer im großen Stil offenes Haus hielt. Ich glaubte anfangs, sie nähme sich dieser jungen Leute wohl an, um sich über die Kinderlosigkeit ihres Hauses zu trösten, das mir immer gleicherweise viel zu groß und weitläufig erschien, obgleich zuweilen jene beiden kleinen Racker aus der Nachbarschaft, die mir bei meiner Ankunft als ›unsere Doublettchen‹ vorgestellt worden waren, durch das Heckenloch in unseren Garten schlüpften. Seide sagte, die Kinder hingen unbeschreiblich an ihr, allein ich selbst hatte den Verdacht, daß sie nur wegen einer Tafel Schokolade kamen, die Seide als Lockspeise immer für sie in Bereitschaft hielt. Hatten sie diese in Empfang genommen, so drehten sie sogleich entschlossen wieder um, und Seide wußte auch nichts Rechtes mit ihnen anzufangen. Sie versuchte zwar zuweilen, sie auf den Schoß zu nehmen und zu liebkosen, was ihr sehr gut stand, aber das mochten die Doublettchen nicht leiden. Sie schnitten dann süß-brummige Gesichter und ließen keine Zweifel darüber, daß sie fort wollten. »Es ist auch besser, wenn sie wieder gehen«, sagte Seide, »denn sie würden meinen Mann bei der Arbeit stören, er kann Kinder gar nicht brauchen.« Es klang fast, als sagte sie: Gut, daß wir keine haben. – Seide also brachte das Gespräch auf Enzio. Er sei, meinte sie, der begabteste Schüler ihres Mannes. Dieser halte große Stücke auf ihn, und das sei auch der Grund, weshalb sie sich seiner besonders annehme. Sie wies gerne darauf hin, daß sie etwas ihres Mannes wegen tue. Dieser nämlich, so sagte sie, verstehe seine Schüler nur wissenschaftlich, aber ihr vertrauten sie ihre Herzen an. Sie lobte dann ferner die Anhänglichkeit und Treue von Enzios Charakter, die er unter einem äußerlich schroffen, ja aufreizenden Benehmen verberge, und – was mich zunächst erstaunte – die Genügsamkeit und Standhaftigkeit, die er im Unglück beweise, Eigenschaften, die wohl auch mit seinem großen Wandel durch den Krieg zusammenhängen mußten, denn er war doch früher jedem Ungemach gegenüber sehr reizbar gewesen. Unwillkürlich dachte ich an seine Krankheit in Rom, an sein Bedürfnis, sich von seiner Mutter pflegen und verhätscheln zu lassen, an seine ganze anspruchsvolle und empfindliche Geistigkeit.

Das Vermögen seiner Mutter, so fuhr Seide fort, sei nämlich, wie ja auch der Rest des meinen, in einem schrecklichen, mir beiläufig gesagt etwas dunklen Prozeß, der sich Inflation nannte, verlorengegangen. Frau Wolke, das heißt Seide sagte nicht Frau Wolke, denn dies war ja nur der Spitzname gewesen, den wir ihr wegen der Wirkungen ihrer Puderquaste gegeben hatten, Enzios Mutter also hatte sich entschließen müssen, in Heidelberg eine kleine Fremdenpension aufzumachen, um das Notwendige zum Abschluß der im Krieg unterbrochenen Studien ihres Sohnes zu beschaffen; denn von Gedichten, sagte Seide, könne Enzio nicht leben. Sie verbarg mir nicht, daß die seinen – früher gefeiert – jetzt nicht mehr die gleiche Beachtung erwarten dürften. Dichtung müsse eben auf das Gegenwartserlebnis der Menschen eingestellt sein, von dem er leider gar nichts wissen wolle. Während jedermann sich dem Frieden zugewandt habe, gehöre er zu denen, die nicht mit dem Kriege fertig würden. Er wolle sich mit seinem traurigen Ausgang nicht abfinden, sondern führe ihn in seinem Innern eigenwillig weiter, wobei er sich natürlich oft vereinsamt und verkannt fühle. Mir selbst war schon aufgefallen, daß er fast nie mehr von seinen Gedichten sprach, diesen schönen, rauschenden Gebilden, die wir beide einst so innig geliebt hatten.

Ich fühlte beim Gedanken, daß man sie nicht mehr beachte, einen heißen Schmerz, den mir Seide offenbar ansah, denn sie meinte tröstend, Enzio selbst lege keinen allzu großen Wert mehr auf seine Dichtung, ein Gedanke, der mir freilich noch viel schmerzlicher und unvorstellbarer war. Ich vermochte einfach nicht daran zu glauben!

Wenn Seide nicht mit mir von Enzio sprach, so sprach sie meistens mit mir von sich selber – das heißt, sie sprach auch von sich selbst, wenn wir von Enzio sprachen, denn sie versäumte dann nie, darauf hinzuweisen, wie gut sie sich auf ihn und überhaupt auf fremde Wesensart verstehe. Aber auch bei jedem anderen Thema kamen wir sehr bald auf sie zu sprechen. So versicherte sie mir wiederholt, sie könne von den berühmten Frauen aus der Romantikerzeit, deren Porträts in ihrem schönen Biedermeiersalon hingen, Dinge erzählen, die in keiner Literaturgeschichte stünden, aber sie endete zunächst immer dabei, daß sie selbst mit diesem oder jenem der Porträts Ähnlichkeit besitze, und fragte mich, ob ich das nicht auch fände – sie wollte immer gerne wissen, was ich von ihr dachte. Ich fand das nicht, obwohl sie irgendwie zu den alten Möbeln ihres Salons paßte: ich fand, daß sie sich schön und jung zwischen ihnen ausnahm und daß die zarten grünen Überzüge der Sessel und Sofas wie zu ihrem Gesicht ausgewählt erschienen. Ich fand ferner, daß sie einen Haushalt führen konnte, in dem alles tadellos war, wie das Rüschenhäubchen ihres kleinen Zimmermädchens. Ich fand, daß es keine Frage gab, auf die sie nicht eine Antwort gewußt, keinen Gegenstand, über den sie sich nicht augenblicklich zu äußern vermocht hätte. Aber das alles war doch schließlich vordergründig. Was nun eigentlich dahinter war, darüber hätte ich nicht das geringste sagen können. Zwar, sie besaß durchaus nichts Geheimnisvolles, im Gegenteil, wie es für sie keine Geheimnisse zu geben schien, so umgab sie auch kein solches. Und doch war sie für mich ein undurchdringliches Geheimnis! Ja, diese Undurchdringlichkeit war eigentlich das einzige, das ich mich getraut hätte, mit Sicherheit von Seide zu sagen, so als seien alle andern Eigenschaften, sogar die, welche sie offensichtlich besaß, nicht ganz wirklich, sondern – um noch einmal meine erste Formel anzuwenden – immer nur etwas Ähnliches wie –. So war ihr Mund im Grunde viel zu groß und namentlich viel zu unruhig. Sie zog ihn, wenn sie sprach und zuweilen sogar wenn sie schwieg, ein wenig schief, dennoch wirkte er in ihrem Gesicht merkwürdig fesselnd, aber schön war dieses Gesicht bei näherer Betrachtung nicht. Es war auch nicht mehr jung, aber es blendete durch seinen unwiderstehlichen Anspruch, jung und schön zu sein. Auch Seides Haushalt war nicht ganz so perfekt, wie man zunächst immer wieder meinte, denn unter dem tadellosen Rüschenhäubchen ihres kleinen Zimmermädchens saß ein keckes und verlottertes Gesichtchen, auf das nicht der geringste Verlaß war. Ja, selbst Seides schöne Biedermeiermöbel überraschten mich eines Tages durch die Entdeckung, daß sie, im Gegensatz zu der übrigen Einrichtung des Hauses, die aus der Familie meines Vormunds stammte, nicht alt, sondern nur vollkommen stilgerecht nachgeahmt waren. Mit Seides Unterhaltung aber erging es mir am allersonderbarsten: worüber sie sich auch geäußert haben mochte – und sie konnte sich doch eben über alles äußern –, wenn ich mich hernach fragte, was sie eigentlich gesagt hatte, so fiel mir nicht mehr das geringste ein. Aber vielleicht hingen diese Eindrücke weniger mit Seide als mit meiner eigenen Urteilskraft zusammen, denn meine einstige kindliche Fähigkeit, das Sein und Wesen anderer durch einen mir selbst etwas dunklen Vorgang gleichsam in meinem eigenen Innern abzulesen, hatte, seit ich eine katholische Christin geworden war, von mir aus gewisse Korrekturen empfangen. Ich steckte, wie Jeanette sich in einem ihrer Briefe scherzend ausgedrückt, zuweilen das ›Spiegelchen hinter den Spiegel‹, wenn es sich nämlich anschickte, ein ungutes Bild von meinen Mitmenschen abzugeben, was ich nicht für christlich hielt. Dadurch kam dann freilich eine gewisse Zwiespältigkeit und Unsicherheit in mein Urteil, die mir auch nicht recht gefiel, zumal in diesem Fall, bei dem ich mir sagen mußte, daß Seide eigentlich für mich die freundliche Enttäuschung dieses Hauses bildete. Ich entschloß mich daher eines Tages, diesen ganzen Rätseln über sie einfach ein Ende zu machen und ihr alle meine Zweifel abzubitten, indem ich mir sagte, daß sie eine gute Eigenschaft von höchster Wirklichkeit besaß, in die sicher viele andere äußerst gute eingeschlossen sein mußten: sie war die Gattin meines Vormunds, und es schien undenkbar, daß die Frau, die er gewählt, ihm nicht das Wasser reichte. Denn bei meinem Vormund waren alle guten Eigenschaften klarste Wirklichkeit.

Inzwischen aber hatte ich mir noch einen andern Entschluß abgerungen, der mir wesentlich schwerer gefallen war. Nachdem ich einige Tage vergeblich darauf gewartet hatte, Enzio werde mich einladen, seine Mutter zu besuchen, nahm ich an, daß er dies aus Zartgefühl nicht wagte in Erinnerung an den letzten schmerzlichen Auftritt jener mit meiner teuren Großmutter damals in Rom. Und in der Tat, ich fühlte im Gedanken an dieses Wiedersehen einige Hemmungen. Aber ich durfte mich wohl nicht darüber täuschen, daß meine Großmutter selbst, wenn sie noch lebte, in ihrer Hochherzigkeit diesen Besuch bestimmt von mir verlangt haben würde, und auch Enzio, fand ich, konnte ihn von mir erwarten.
Ich raffte mich also zu dem schweren Gang auf. Die Wohnung lag auf derselben Seite des Neckars wie die meines Vormunds, nur etwas weiter stromab. Es gab auch dort eine Brücke in der Nähe und hinter dem Hause einen Berggarten, aber alles ließ sich etwas nüchterner und neuer an. Man führte mich in ein großes, schmales Eßzimmer, an dessen Tafel für die Gäste der Pension gedeckt war. Auch hier empfing mich eine Reihe von Porträts, offenbar die Familienbilder mehrerer Generationen. Sie erschienen mir über dem stimmungslosen Pensionsmittagstisch etwas herabgewürdigt. Das letzte und sichtlich jüngst gemalte Bild der langen Reihe stellte wahrscheinlich Enzios Vater dar, den Mann, den meine Großmutter so unaussprechlich geliebt hatte und der das große Schicksal ihres Leben gewesen war. Ich betrachtete sein Gesicht mit ehrfürchtiger Scheu. Die Ähnlichkeit mit Enzio

trat sehr stark zutage – den Zügen nach, der Ausdruck war ganz anders. Güte, Menschlichkeit und Ehrfurcht, aber auch schlichte Lebensfreude und Humor prägten sich darin aus, wie denn alle diese Gesichter im Vergleich mit dem seinen etwas unbeschreiblich Gutartiges, Durchsichtiges und in einem edlen Sinne Bescheidenes hatten, Eigenschaften, die mich gerade unter diesen wohlbekannten Zügen – denn der Typ des Geschlechtes lief fast lückenlos durch – eigentümlich bestürzten, so als werde ich mir ganz plötzlich bewußt, was die völlige Abwesenheit dieser Eigenschaften eigentlich bedeute. In den älteren bezopften und gepuderten Generationen trat dann etwas zutage, das an Pietismus denken ließ: man konnte sich vorstellen, daß diese Männer sehr gottesfürchtig gewesen und viel in der Bibel gelesen hatten. Dann brach die Folge ab, und den Beschluß bildete das Bild eines jungen Ritters auf einer goldgrundierten Holzplatte, das ich zunächst nicht als Familienporträt angesprochen hätte, sondern eher als das Bruchstück eines spätgotischen Altargemäldes, wie es irgendwo beim Antiquar erstanden sein mochte. Der junge Ritter trug eine Fahne in der Hand. Seine über dem Schaft gefalteten Hände zeigten an, daß er – vielleicht vor der Schlacht – bete. Man hatte die Überzeugung, er knie. Die Ähnlichkeit mit Enzios Zügen war hier am allerauffälligsten, aber seltsamerweise fiel jetzt der Ausdruck des Gesichtes wieder mit dem seinen zusammen – er war dem ähnlich, der mich auf der Treppe, als ich auf ihn zuflog, so erschüttert hatte.

Ich stand noch ganz vertieft in dieses Bild, als die einstige ›Frau Wolke‹ eintrat. Ich sah sofort, daß dieser Spitzname nicht mehr für sie paßte: mit dem Inhalt ihrer Puderdöschen war es offenbar zu Ende. Sie hatte sich aus der einstigen gut angezogenen, gepflegten und behaglichen Dame in eine reichlich abgehetzte Hausfrau, ja fast schon in eine Wirtschafterin verwandelt, die mit hochrotem Gesicht und verarbeiteten Händen aus der Küche kam, aber im übrigen waren die Jahre an ihrem Äußeren ziemlich spurlos vorübergegangen: sie schien um ihres Sohnes willen jetzt mit der gleichen Rüstigkeit und Kraft den Kochlöffel zu schwingen, mit der sie einst in Rom seine unermüdliche Krankenpflegerin gewesen war.

Der Besuch ließ sich zunächst viel besser an, als ich gefürchtet hatte. Sie gab mir ohne jede sichtbare Erinnerung an den schlimmen römischen Abschied einen herzhaften Kuß, zeigte ehrliches Bedauern, mich verwaist zu sehen und erkundigte sich dann teilnehmend, aber durchaus gefaßt, nach den näheren Umständen, unter denen meine Großmutter und meine Tante Edelgart gestorben seien, was Enzio noch mit keinem Wort getan hatte. Doch legte ich ihm dies nicht als Gefühllosigkeit, sondern eher als die Scheu einer sehr begreiflichen Empfindung aus. – Sie gab dann fernerhin zu verstehen, daß sie sich für ihren Sohn über mein Kommen freue und lud mich gutmütig ein, jede Freistunde zwischen den Vorlesungen zu benutzen, um ein zweites warmes Frühstück in ihrer Pension einzunehmen. Dieses warme Frühstück werde mir, so meinte sie, sehr gut bekommen, und vielleicht würde sich dann auch ihr Sohn entschließen, ein solches bei ihr einzunehmen, was er leider sehr oft versäume – ich merkte, Enzios Frühstück war der eigentliche Haupt- und Hintergedanke dieser sorglichen Einladung. Sie stellte mich denn auch sehr bald ganz offen an, doch etwas auf ihren Sohn achtzuhaben, ihn zu ermahnen sich nicht zu erkälten und zwischen den Vorlesungen ein gewisses stärkendes Präparat zu nehmen, das der Arzt ihm empfohlen habe – ganz wie sie einst meine Großmutter angestellt hatte, nur daß dies heute nicht mehr meinen übermütigen Kinderspott erweckte, sondern ich fühlte mit Staunen, nein mit Erschütterung, daß während meine Großmutter und meine Tante Edel den großen Wandel aus der Zeit in die Ewigkeit vollzogen hatten, sich diese Frau überhaupt nicht verändert oder auch nur bewegt hatte und daß selbst die ungeheure Wandlung Enzios ihr gänzlich entgangen zu sein schien.

Sie erzählte mir nun in ihrer etwas breiten Weise, wie sie während des Krieges, über alle Stabsärzte und Lazarettvorstände triumphierend, ihren verwundeten Sohn aus dem Feld geholt und selbst in Pflege genommen habe – ganz so, wie sie ihn während seiner Krankheit in Rom aus den Händen meiner Großmutter genommen hatte und wie sie ihn, das spürte ich, jedem aus den Händen nehmen würde, wenn sie es für gut befand. Aus einem mir unerklärlichen Grunde fühlte ich mich innerlich zur heftigsten Parteinahme für die entrechteten Stabsärzte und Lazarettvorstände gedrängt.

Sie fuhr indessen fort, mir von Enzios schwerer Verwundung zu berichten. Ich vernahm, daß ihn einige ruhelose Granatsplitter, die er immer noch mit sich herumschleppe, wohl lebenslang nicht mehr in Frieden lassen würden, was mich tief bestürzte, denn der Gedanke, Enzio sei durch den Krieg unheilbar verletzt, war mir noch nie gekommen; er selbst tat immer so, als habe er sich diese Granatsplitter mit Fleiß aufbewahrt, um sich dadurch zu erinnern, daß der Krieg im Grunde nicht vorüber sei. ›Er geht in mir um‹, pflegte er zu sagen, wenn sein Arm bei gewissen Bewegungen schmerzhaft zusammenzuckte. Zu den großen Veränderungen, die ich an ihm wahrnahm, gehörte auch eine außerordentliche physische Härte gegen sich selbst. Seide aber, so gerne sie sonst von ihm sprach, hatte das Kapitel seiner Verwundung nie zu mir erwähnt – es kam mir plötzlich der Gedanke, sie fürchte, es könne mich an Enzio stören, daß er fast ein Invalide sei. Seine Mutter nämlich sprach eben dieses schreckliche Wort aus, indem sie sich in Klagen darüber erging, daß sie selber schon bei Jahren sei und ihr, nun Enzio sie viel dringlicher als früher brauche, ebenso schnell etwas zustoßen könne, wie es meiner Großmutter geschehen sei. Sie hoffe deshalb, daß er sich recht bald verheiraten werde, und zwar mit einem vermögenden Mädchen, das ihm, wie sie es jetzt tue, die wirtschaftlichen Sorgen abnehme; er selber dürfe niemals mit dem Kampf um seine Existenz belastet werden, das würde ich gewiß verstehen. Wir müßten einen Bund zu seiner Wohlfahrt machen – es klang beinah, als solle ich gemeinsam mit ihr eine reiche Frau für Enzio suchen! Darüber mußte ich nun einfach lachen, denn ich konnte mir nicht vorstellen, daß Enzio sich hinterrücks verheiraten ließe. Überhaupt – Enzio verheiratet – eine Vorstellung, die ich nie zuvor gehabt hatte, wie merkwürdig war sie! Aber ich konnte nicht weiter darüber nachdenken, denn nun schien der einstigen ›Frau Wolke‹ plötzlich ein Argwohn durch den Kopf zu gehen. Sie brach das Gespräch über Enzio ab und fragte mich ganz unvermittelt, ob es eigentlich wahr sei, daß meine Tante Edelgart gegen Ende ihres Lebens, wie sie es ja immer vorgehabt, katholisch geworden sei und auch mich bestimmt habe, es zu werden. Es heiße ja sogar, daß ich ins Kloster wolle? Ich bejahte das, stand aber gleichzeitig auf, um mich von ›Frau Wolke‹ zu verabschieden, denn die Worte ›Kloster‹ und ›katholisch‹ nahmen sich in ihrem Munde so fremdartig aus, als probiere sie eine ihr ganz unbekannte Sprache. Sie schien aber auch mit meiner kurzen Antwort zufrieden, ja, sie kam mir auf einmal von ihrem unbekannten Argwohn befreit und erleichtert vor. Sie äußerte sich dahin, daß es sie freue, mich in dieser schweren Zeit, die ja auch mich meines Vermögens beraubt habe, versorgt – sie verbesserte sich und sagte ›geborgen‹ – zu wissen. Klöster seien doch so reich, auch lägen sie wie Schlösser meist in schöner Landschaft. Es müsse herrlich und vor allem sehr romantisch sein, in einem solchen zu leben – sie schien auf das Romantische für mich besonderen Wert zu legen.

Während sie mich zur Tür begleitete, wiederholte sie noch einmal die tägliche Einladung zu ihrem warmen Frühstück, worauf ich ihr versprach, dafür zu sorgen, daß Enzio das seine regelmäßig einnähme. Sie

ließ nun das meine sofort fallen, und wir trennten uns im besten Einvernehmen.
Als ich nach Hause kam, fragte Seide, die sofort bemerkte, daß ich mich im Besuchsanzug befand, wo ich gewesen sei? Da ich mich über Enzio immer so schweigsam verhalten, ergriff ich die Gelegenheit, ihr etwas Vertrauen zu zeigen, wozu ich mich nun doch entschlossen hatte. Ich erzählte ihr also von meinem Besuch bei Enzios Mutter, nur den Heiratsplan, mit dem ich sie lächerlich zu machen fürchtete, verschwieg ich. Es fand sich aber, daß Seide ihn bereits kannte. Als ich geendet hatte, machte sie mir zärtliche Augen und fragte: »Und wie steht es mit der reichen Frau für Ihren Freund? Wollte seine Mutter nicht mit Ihnen einen Bund zu seiner Wohlfahrt gründen?« Ich mußte wider Willen lachen, sagte aber nichts – ich glaubte dieses Schweigen Enzios Mutter schuldig zu sein. Sie lachte nun ebenfalls und meinte dann: sie wolle mit mir einen Konkurrenzbund zu Enzios Wohl gründen, das sie besser zu kennen glaube als seine Mutter. Ob ich damit einverstanden sei? Damit war ich eigentlich nicht einverstanden; denn obwohl mir dieses Gespräch wieder einmal bewies, wie vertraut Enzio mit Seide stand, kam er mir selber immer vor, als ob er dieses Vertrauen nachträglich bereue, ja als ob sein Verhältnis zu ihr überhaupt keine rechte Linie habe. Als ich einmal meine Frage wiederholte, warum sie eigentlich ›Seide‹ genannt werde, denn das könne doch unmöglich ihres schönen Anzugs wegen sein, erwiderte er lakonisch: »Aber bei ihr ist ja alles nur schöner Anzug.« Auch fand ich, daß er sehr zurückhaltend

gegen sie war, wenn er kam, um mich zur Universität abzuholen. Sie hatte ihm dies nämlich nahegelegt, wie sie es denn auch aus einem mir unerfindlichen Grund für geboten hielt, ihn jedesmal, ehe wir fortgingen, ausdrücklich zu ermahnen, mich ritterlich zu betreuen, denn ich sei kein modernes Mädchen, das sich allein durchsetzen wolle – eine Vorsorge, die mich stets sehr ungeduldig machte. Ich kam mir gar nicht hilflos vor, auch merkte ich, daß es Enzio verdroß, an eine Rolle erinnert zu werden, die er doch bereits freiwillig übernommen hatte. Denn in der Tat war er in diesen Tagen unermüdlich mit meinen Angelegenheiten beschäftigt. Er ging für mich aufs Sekretariat, er betrieb meine Immatrikulation, er studierte mit mir das Vorlesungsverzeichnis, er belegte Plätze in den Hörsälen, schrieb für mich nach, wenn ich noch nicht mitkam, ja er begleitete mich eigens zu diesem Zweck in verschiedene Vorlesungen, die ihn selbst gar nichts angingen. Mit seiner Doktorarbeit beschäftigt, hörte er überhaupt kein Kolleg mehr außer einem vierstündigen meines Vormunds. Kurzum, er betrug sich gegen mich wie ein guter, hilfreicher und ritterlicher Bruder, manchmal allerdings auch wie ein treuer, aber etwas bissiger Hund, der jeden sofort anfiel, der mir nach seiner Meinung nicht höflich genug begegnete, oder auch wenn jemand mir sehr höflich kommen wollte. Das letztere konnte er noch weniger vertragen als das erste, ich mußte immer Obacht geben, daß mir in der Garderobe niemand in den Mantel half – er nahm das geradezu übel. Nur Starossow, jener ehemalige Offizier, der am Abend auf der Terrasse meinem Vormund so hartnäckig widersprochen hatte, bildete eine Ausnahme: er durfte mit mir reden, ja, er durfte mir sogar in den Mantel helfen. »Wir sind nämlich Kriegskameraden«, sagte Enzio, »und das bedeutet eine Art von Blutsbrüderschaft. Eigentlich sind wir immer noch zwei abgekämpfte Frontsoldaten aus den Schützengräben, die durch dick und dünn zusammenhalten. Du mußt auch mit ihm zusammenhalten, Spiegelchen!« Ich wollte das gerne tun, allein es kam mir vor, als ob Starossow nicht mit mir zusammenhalten wolle, ja als könne er mich nicht gut leiden. Ich hatte die hartnäckige Überzeugung, daß ihm Enzios Freundschaft mit mir nicht recht sei und er sich nur auf dessen ausdrücklichen Wunsch und wenn jener abwesend war meiner annahm, das heißt notgedrungen mit mir zusammenhielt. Er sprach dann sogar manchmal mit mir über Enzio, aber auf eine Art, als ob ich jenen nicht ganz verstünde. So zeigte er mir einmal ein Manuskript von ihm und fragte mich, ob ich es lesen wolle, ich würde daraus seinen Freund viel besser kennenlernen. Ich sagte, daß ich diesen selber darum bitten wolle, später erkundigte ich mich bei Enzio, ob er jetzt Geschichten oder Dramen schriebe, denn das Manuskript war mir für Gedichte zu lang erschienen.

Er schüttelte, etwas befangen werdend, den Kopf und meinte, nein, es stehe – wenigstens für meine Augen – etwas schlimmer um sein Schrifttum, er werde mir das später noch erklären. Sehr bald aber kam ich von selbst dahinter, daß er sowohl wie Starossow Aufsätze verfaßte, die dem Gang der öffentlichen Angelegenheiten, dem schweren Frieden und der Kritik an allen möglichen Bezirken der Kultur und der Gesellschaft gewidmet waren – so drückt man sich in solchen Fällen ja wohl aus? Starossow, der zum Teil dieselben Vorlesungen hörte wie ich, hatte nämlich seinen ständigen Platz auf der Bank vor mir, und unfreundlich zurückhaltend, wie er sich nun einmal zu mir stellte, setzte er sich, wenn Enzio bei mir war, stets nach kurzer steifer Begrüßung sofort nieder, ohne sich weiter um uns zu kümmern. Enzio ging dann manchmal auf einen Sprung zu ihm hinüber, denn die beiden hatten immer etwas zu bereden, meist betraf es jene Manuskripte. Da ich, wie gesagt, dicht hinter Starossow saß, konnte ich nicht vermeiden, zuzuhören. Ich mußte dann jedesmal daran denken, wie ich in der allerersten Zeit von Enzios Anwesenheit in Rom im Salon meiner Großmutter heimlich gelauscht hatte, wenn er dort seine Gedichte vorlas. Und wirklich war auch von ganz denselben Dingen die Rede wie damals. Ich vernahm wieder diese unglaublich aufregenden Aussagen über große grausame Maschinen, welche wie künstliche Tiere die Seelen und Leiber der Menschen fräßen, von Wissen und Verstand, das klar, kalt und herzlos mache, von Riesenstädten, die aus dem Zusammenhang mit der Natur gerissen seien, von Krieg und Stahlgewittern, die, am Horizont aufsteigend, den Untergang einer verruchten Welt ankündigten – nur daß diese Aussagen nicht mehr, wie in jenen Gedichten, mit einem Schrei des Mitleids oder Entsetzens gleichsam zusammenbrachen, sondern der Schreiber dieser Essays, Enzio, schien dies alles, nicht gerade freudig, aber doch unbedingt angenommen zu haben und als ein unabwendbares Schicksal zu bejahen. Am meisten aber erstaunte mich die Sprache, in der diese Mitteilungen vorgetragen wurden. Sie war nüchtern, aber zugleich grell, eindrucksvoll, aber auch banal, mit allerlei geschmacklosen Wortbildungen durchsetzt, wie sie sich in den Zeitungen finden – kurzum die Sprache hatte weder Glanz noch Schimmer. Ich mußte mir bei jedem Satz sagen: es war so, wie Seide behauptete, Enzio legte keinen Wert mehr darauf, ein Dichter zu sein, und dies bedeutete die zweite ungeheure Wandlung, die ich an ihm wahrnahm. Wie das Grauen vor der metaphysischen Verlassenheit, so hatte er auch seine Muse überwunden! Aber wie war das möglich geworden? Unwillkürlich dachte ich an seine einstige Äußerung: Wenn man dichtet, so kann man nicht mehr leben, und wenn man lebt, kann man nicht mehr dichten. Wollte Enzio jetzt nur noch leben und konnte er deshalb nicht mehr dichten? Hing das wiederum mit seinem Kriegsschicksal zusammen, so wie er es mir auf dem Weg vom Bahnhof geschildert hatte, mit diesem gewaltigen Wirklichkeits-Einbruch des Vaterlandes in sein allereigenstes Dasein, wo sich sonst alles immer nur in der gleichnishaften Gestalt der Kunst hatte ausleben dürfen? Kein Zweifel, diese Schriftstücke waren ausschließlich der Möglichkeit einer deutschen Zukunft gewidmet, dem Aufbruch aus der tiefsten, ganz realen Not, oder – wie es in diesen Dokumenten immer wieder hieß – der wirtschaftlichen Not. Ich begriff, daß sich etwas Derartiges nur in nackter Prosa sagen ließ. Wie stark, nein, wie unheimlich stark, mußte Enzios Liebe zu Deutschland sein, wenn

er sich zu solchen Aufsätzen bequemte. Ich dachte an die fast rauschhafte Liebe zu seinen Versen, die er einst empfunden hatte – welch ein Schmerz mußte vorausgegangen sein, bevor er ihr entsagte! Ich war von dieser Überzeugung so bewegt, daß er es mir offenbar ansah. Einmal, als er von Starossows Bank zu der meinen zurückkehrte, trafen sich unsere Augen wie damals in dem alten Spiegel meiner Großmutter – er schien auch jetzt von meinem Ausdruck überrascht, denn er sagte fast betreten: »Ich merke, du hast zugehört und bist entsetzt.«
Ich erwiderte schnell: »Nein, ich bin nicht entsetzt, ich bin nur ergriffen, weil du Deutschland dieses Opfer bringen konntest.«
Nun fühlte er sich offenbar verstanden. »Spiegelchen, das hast du wieder einmal fein herausgebracht«, sagte er. »Ja, es kann heute keine Dichter bei uns geben, nur bedeutet das kein Opfer, sondern eine Selbstverständlichkeit – für Deutschland ist jedwedes Opfer selbstverständlich.«
»Enzio«, bat ich, »willst Du mir nicht mehr davon erzählen?« Aber nun sagte er nur: ja, das wolle er auch tun, wenn wir einmal richtig Zeit füreinander hätten.
Ich kannte diese Wendung bereits – er hatte nämlich im Grund ebensowenig Zeit wie mein Vormund –, dies schien hier zu allen Menschen zu gehören, was ein völlig neues Erlebnis für mich bedeutete. In Rom hatten wir immer Zeit gehabt. Meine Großmutter war mit der ihren ebenso verschwenderisch umgegangen wie mit ihrem Gelde – es war dies eine ihrer Formen gewesen, sich der Stadt ihrer Liebe anzupassen, die

sich die ›Ewige‹ nannte. Sie hatte auch mich zu der gleichen Verschwendung erzogen. Es wäre mir nie in den Sinn gekommen, mich bei irgend etwas zu beeilen, selbst für die Matura hatte ich mir reichlich Zeit gelassen. Aber auch Enzio war früher nie in jenes häßlich beschleunigte Tempo des hiesigen Lebens verfallen – wieviel Raum hatte er für sich und seine flüchtigen Launen verlangt! Jetzt kam er mir immer gehetzt vor. Er gab nämlich, um seine Mutter etwas zu entlasten, eine Anzahl Nachhilfestunden an zurückgebliebene Schüler und Studenten, was ihm innerlich ebenso zuwider war, wie es ihn körperlich anstrengte. Trotzdem unterzog er sich dieser Aufgabe mit einer zähen, zielstrebigen Entschlossenheit, wie er denn überhaupt alle Dinge nach einem ganz bestimmten, vorgefaßten Plan zu tun schien, von dem er sich unter keiner Bedingung abbringen ließ. So abgespannt er auch oft aussah, immer schien seinem kleinen eckigen Gesicht die heroische Überzeugung aufgedrückt: Man kann alles, was man will, und alles, was man will, kann man auch – eine Meinung, die nur durch ihre Unterstrichenheit und Gewaltsamkeit mit dem Enzio von einst verbunden zu sein schien, woran ich diesen dann doch plötzlich, zärtlich lächelnd, wiederzuerkennen glaubte. Ja, ich fand in solchen Augenblicken, daß der Enzio von heute, so verschieden er auch von dem einstigen war, doch recht gut zu jenem paßte. Er sagte ›ja‹, wo jener ›nein‹ gesagt hatte, aber er sagte es auf dieselbe eigensinnig übertriebene Weise. Wäre ich älter gewesen oder im Denken auf das Allgemeine hin geschulter, so hätte ich in Enzio ganz einfach gewisse Wandlungen der Zeit zu erkennen vermocht, etwa einen Typ des deutschen Menschen vor und nach dem Weltkrieg; aber solche Schlüsse lagen mir ganz fern. Für mich war Enzio etwas Einmaliges, niemand ähnelnd, und alle seine Wandlungen schienen mir im Grunde nur ihm selbst zu gleichen, womit ich dann freilich auch in einem allgemeinen Sinne unbewußt das Richtige getroffen hatte.

Ziemlich unverwandelt schien mir Enzio in seiner mangelnden Ehrfurcht vor geistigen Traditionen. Ich merkte bald, daß er einen Teil seiner Mission darin sah, mir die Meinung beizubringen, die Universität – Enzio sagte ›die heutige Universität‹ – bedeute ein notwendiges Übel, um in der Welt – Enzio sagte ›in der heute noch bestehenden Welt‹ – voranzukommen. Er erging sich in verschwenderischer Kritik an allen Vorlesungen, nur die meines Vormunds schienen eine Ausnahme zu bilden. So war er denn auch gleich bereit gewesen, als ich den Wunsch äußerte, ihn einmal in dieses Kolleg zu begleiten, das leider nicht zu den Notwendigkeiten meines eigenen Studiums gehörte, auf die er mich etwas pedantisch beschränkt hatte. Wir machten aus, an einem der folgenden Tage gemeinsam hinzugehen, wo ich dann, wie er ein wenig spöttisch hinzusetzte, vermutlich in die Knie sinken würde. Ich selbst fühlte nämlich beim Betreten der strengen kahlen Auditorien immer etwas Ähnliches wie einst in Rom an der Seite meiner Großmutter, etwa auf dem Kapitol oder in einem der stolzen Museen, welche die Schätze der Ewigen Stadt bargen. Ja, diese Erinnerung, so fand ich, war die einzig würdige, die ich hier als Vergleich einsetzen durfte. Durch meine Großmutter, die mit so vielen deutschen Gelehrten befreundet gewesen, zur höchsten Ehrfurcht vor der Wissenschaft erzogen, meinte ich nicht anders, als das schön geschwungene Dach des alten vornehm-schlichten Universitätsgebäudes trage eine unsichtbare Krone, vor der man sich innerlich tief verneigen müsse. »Du bist eben eine kleine Vorkriegserscheinung, Spiegelchen«, sagte Enzio kopfschüttelnd, wenn ich etwas Derartiges äußerte, worauf ich ihm erwiderte, er habe doch damals auf der alten Brücke gesagt, ich sei mit ihm im Kriege gewesen, eine Behauptung, die er freilich nicht näher erklärt hatte. Er gab auch heute keine näheren Erklärungen ab, sondern er beschäftigte sich angelegentlich mit seinem Füllfederhalter, den er eben richtete, um für mich nachzuschreiben.

Sein Verkehr mit mir in diesen ersten Tagen war, wie man hier sagte, ganz ›sachlich eingestellt‹, den Nützlichkeiten und Notwendigkeiten meines Studiums hingegeben. Wir sprachen eigentlich nur von diesem. Aber daneben war es immer, als sprächen wir noch eine andere Sprache miteinander, jene, die wir auf der festlichen Terrasse an meinem ersten Abend in Heidelberg gelernt hatten. Diese Sprache war sehr einfach und innig, sie war vollkommen wortlos, aber auch vollkommen verständlich. Sie war beglückend reich, obwohl ihr die meisten Ausdrücke fehlten, ja, es gab in dieser Sprache eigentlich nur einen einzigen Ausdruck, den für unser tiefes, fragloses Zusammengehören. Es war, als wiederholten wir beständig die beglückende Versicherung, daß wir hinfort alles immer nur gemeinsam tun und lassen würden wie einst, da wir zusammen durch das Gräsermeer der Campagna schweiften. Und doch schien es zunächst bei dieser bloßen Versicherung bleiben zu wollen.

Wenn ich zur Universität ging oder irgendeine kleine Besorgung machte, winkten mir überall an meinem Weg die Traulichkeit und die Kostbarkeiten der alten deutschen Stadt zu. Ich sah ihre ehrwürdigen Kirchen, die barocken Fassaden schöner Adelshöfe und stattlicher Bürgerhäuser, liebliche Marienfiguren über Straßenecken oder Brunnengewässern, schmiedeeiserne Fenstergitter, schwarzen Spitzenschleiern nachgebildet; ich sah immer wieder am Ende der schmalen, gegen das Neckarufer leicht abfallenden Straßenzeilen die Ausschnitte der Landschaft: den schimmernden Strom und die sonnigen Abhänge des Heiligenberges, aber alles nur wie ein Kind am Weihnachtsabend durchs Schlüsselloch blickend, weil ich meinte, um mich richtig daran freuen zu können, müsse ich auf Enzio warten. Er hatte mir bereits am ersten Tag versprochen, daß er mir hier alles zeigen werde, voran natürlich das Schloß: ich dürfe es unter keiner Bedingung allein oder an der Seite eines anderen betreten. Denn er sah das Schloß mit eigenwilligeren Augen als ich – er sah darinnen nicht zuerst das schöne Wahrzeichen der Stadt und des Tales, sondern es war ihm das Symbol des deutschen Schicksals oder, wie er selbst sagte, ›das deutsche Mahnschloß‹, ›die deutsche Ruine schlechthin‹. Und ich wußte jetzt auch warum: so wie die Feinde einst durch einen verräterischen Überfall diese Mauern und Türme zerstört hätten, so, behauptete er, hätten sie jetzt ganz Deutschland zerstört – seine Fürstenthrone, seine Schwertkraft, seinen Reichtum, seinen Ruhm. Sie hätten das getan, ebenfalls durch einen verräterischen Überfall – denn Deutschlands Heer sei unbesiegt geblieben –, der Überfall sei ein Versprechen hinterlistiger Art gewesen, das dann hernach in diesem schweren Frieden nicht gehalten worden sei. So ungefähr hatte es mir Starossow erzählt, und Starossow war, das wurde mir mit jedem Tag klarer, der Widerhall der Stimme Enzios. Doch, sooft ich diesen nun auch fragte: ›Wollen wir nicht einmal ein Kolleg schwänzen und miteinander aufs Schloß gehen‹ – ich sagte bereits ›dein Schloß‹ –, meinte er, daß wir erst mein Studium unter Dach und Fach haben müßten, oder daß ihn heute seine Schüler erwarteten, kurz, daß eben keine Zeit sei, und dies, obwohl der Frühling jetzt im ganzen Neckartal, ich kann nur sagen ›ausgebrochen‹ war. Die Stadt erschien wie das Vineta eines einzigen Blütenmeeres, dessen weiße Schaumflocken von einem lautlosen Wellenschlag über alle Mauern und Dächer in die entlegensten Gärten und Gärtchen geschwemmt wurden. Aber das eigentliche Wunder meines ersten deutschen Frühlings, das ganz neue, im Süden so niemals erlebte, war doch der Buchenwald, wie er jetzt in seiner jungen, leuchtend grünen Herrlichkeit, einem zweiten, lieblicheren und lebendigen Schloß gleich, über dem Tal stand:

›aufgebaut so hoch da droben‹ –

Ich kannte ihn bereits in jeder seiner wundervollen Verwandlungen. Wenn ich morgens zur Frühmesse über die alte Brücke ging – die Sonne tauchte dann eben über dem Königsstuhl empor – trug jeder einzelne seiner Bäume, von rückwärts angestrahlt, einen runden Heiligenschein. Das liebliche Gedränge des Waldes erschien mir dann wie das grüne, goldgeränderte Gewölk der Erde über dem mit Duft gefüllten Tale, schwebend wie seine weißen Schwestern droben im Äther, oder auch wie das schimmernde Gelock des Frühlings, der sein junges Haupt zärtlich an die Berge schmiegte. Dann wieder wurde der Wald zur Melodie, die ich oft mitten im Kolleg zu hören glaubte, sobald ich den Blick aus dem offenen Fenster des Auditoriums über die Abhänge des Berges schweifen ließ. Es tönte oft den ganzen Tag in mir wie: ›Laub und Licht – Licht und Laub‹ – bis gegen Abend das Licht erlosch und das Laub dicht und dunkel wurde wie die feierlich zugezogenen Vorhänge der Landschaft, hinter denen sich alle Geheimnisse der deutschen Lieder und Märchen bergen mußten. Sooft mich Enzio fragte, was mir nun eigentlich in Deutschland am besten gefalle, erwiderte ich ohne Zögern: »Die Wälder.« »Also die Blaue Blume«, entgegnete er. »Ja natürlich, das sieht dir ähnlich.« Es klang ein wenig zögernd, aber zugleich auch, als setze er noch etwas in unserer stummen, beglückenden Sprache hinzu, aber er machte keine Anstalten, diese Blume mit mir zu suchen. Und als ich schließlich einmal ganz verzweifelt fragte – wir wollten eben ein Kolleg über deutsche Lyrik hören –, ob er meine, daß ich den Professor überhaupt verstehen könne, ehe ich deutschen Wald gesehen habe, erwiderte er: im Gegenteil, wenn ich erst den deutschen

Wald gesehen hätte, würde ich den Professor gar nicht mehr verstehen, die heutigen Professoren sähen keine Wälder, sondern nur noch Bücher an. Es war kein Zweifel, er suchte nach Gründen, diesen Gang hinauszuzögern, und je beglückender wir uns unserer Zusammengehörigkeit bewußt wurden, je weniger konnte er offenbar den Entschluß dazu fassen. Selbst meinem vielbeschäftigten Vormund schien nachgerade etwas aufzufallen. Er kam jetzt bei den Mahlzeiten – diese blieben nach wie vor die einzigen Gelegenheiten, bei denen wir uns sprachen – häufig auf die schöne Umgebung Heidelbergs zu sprechen. Zwar fragte er mich nicht wie Enzio, was mir denn hier in Deutschland am besten gefalle, sondern er sagte mir einfach auf den Kopf zu: »Sie zieht es natürlich vor allem in den deutschen Wald, oder sagen wir doch lieber gleich: zur Blauen Blume.« Und als ich das lachend bestätigte, fuhr er fort: »Aber warum sorgt denn Enzio nicht dafür, daß Sie einmal Veilchen pflücken können? Warum hockt dieser Pedant nur immer mit Ihnen im Kolleg?« Er begann dann des längeren darüber zu sprechen, daß im Neckartal nun auch die Maiglöckchen bald blühen würden: unermeßlich viele Maiglöckchen – Maiglöckchen, mit denen man ganz Heidelberg unter Duft setzen könne! Er beschrieb mir die Stellen, wo sie zuerst anfingen zu blühen, und dann die, wo sie hernach in Massen blühten – offenbar gehörte er nicht zu den Professoren, von denen Enzio behauptete, sie sähen keine Wälder, sondern nur noch Bücher an! Sondern er kannte den Wald und liebte ihn, er verstand sich auf seine Blumen ebenso wie auf die großen Dichter und Denker, obwohl er oft bis tief in die Nacht hinein ›Bücher ansah‹. Wenn ich manchmal aus dem Schlaf erwachte, konnte ich immer noch den Schein seines einsamen Lichtes erblicken, wie es aus dem Fenster seiner Studierstube in den dunklen Garten hinaus schimmerte. Die hohen Stämme der Bäume umgaben die blassen Rasenflächen unter meinem Fenster so feierlich-ernst wie einst in Rom die Säulenreihen den Hof meines kleinen rauschenden Freundes, des silbernen Brunnens, dessen sehnsüchtig aufgerichteter Strahl mir immer wie der lichte Flügel der schwarzen Erde vorgekommen war. Zuweilen dachte ich, daß dieses einsame nächtliche Licht wohl auch einen solchen Flügel bedeuten möge, und ich freute mich im Gedanken an Enzios Versprechen, mich demnächst in die Vorlesung meines Vormunds mitzunehmen. Meinen Vormund selbst nach seiner Vorlesung zu fragen, konnte ich nicht über mich gewinnen, denn ich sprach ihn immer nur in Seides Gegenwart, und das war sonderbarerweise ein Hindernis, wenn auch eins, das sich durchaus nicht begründen ließ. Einmal nämlich, als mein Vormund wieder mit mir über den Wald und die Maiglöckchen gesprochen hatte, schien ihn selbst die Sehnsucht danach zu überkommen, denn er stand plötzlich auf und sagte: »Ich gehe jetzt zum Philosophenweg. Gehen Sie mit?« Ich weiß nicht warum, ich mußte zunächst Seide ansehen. »Nun ja«, sagte sie, »machen Sie sich schnell fertig!« Ich sprang freudig auf, aber jetzt schien sich mein Vormund plötzlich zu besinnen, denn er sagte, er habe ganz vergessen, daß er etwas auf der Bibliothek erledigen müsse. –

Als wir allein waren, machte Seide mir wieder einmal zärtliche Augen wie einem Kinde. »Mit meinem Mann ist nichts zu wollen, kleine Veronika«, sagte sie bedauernd. »Wenn Sie wirklich den Wald sehen wollen, so müssen Sie Ihrem Freund Enzio etwas Mut machen: ich glaube nämlich, er hat Angst, mit Ihnen Maiglöckchen zu pflücken – soll ich Ihnen verraten, warum?«
Ich sagte: »Nein, bitte, nicht« – ich fühlte nämlich, daß Seide recht hatte: Enzio scheute sich davor, mit mir allein zu sein. Es war geradezu, als fürchtete er, dabei an irgendeine Grenze seiner Sicherheit und seines Willens zu gelangen, ja es war – so unglaubwürdig es auch schien –, als gebe es für ihn, der alles konnte, was er wollte, ihn, der jeglichem gewachsen war, nun auf einmal doch etwas, das er nicht ganz sicher konnte und dem er sich nicht gewachsen fühlte. Aber was mochte das sein? Ich wußte es nicht, und doch war es immer so, als ob ich es im Grunde wisse und nur nicht den rechten Ausdruck dafür finden könne, so zum Beispiel einmal, als wir in der Pause vor der Universität spazieren gingen. Ich hatte eben in einem kunstgeschichtlichen Kolleg erfahren, daß unter dem Ludwigsplatz die Reste eines alten Augustinerklosters begraben lägen, dessen Kreuzgang man kurz vor dem Kriege freigelegt und später wieder zugeschaufelt hatte. Aber Enzio, bei dem ich mich erkundigte, ob er jene Freilegung miterlebt habe, ging nicht auf das Thema ein, sondern verlangte plötzlich, daß ich meinen Hut abnehme, damit er meine Zöpfe sehen könne, die ich immer noch, wie meine Tante Edelgart

es mich gelehrt, höchst unmodern in einem dicken Kranz um meinen Kopf gewunden trug.

»Ich muß wissen, daß sie noch da sind, laß sie mich sehen«, bat er. Ich erfüllte seinen Wunsch sofort, aber er war nicht damit zufrieden. »Du wirst doch deine Haare nicht abschneiden lassen wie die verrückten anderen Weiber hier?« fragte er. Das ging auf die herrschende Mode der kurzen Frauenhaare. Ich schüttelte lachend den Kopf – nein gewiß, das würde ich nicht tun, ich war doch selber stolz auf meine Zöpfe!

»Wirst du es niemals tun?« beharrte er. Das konnte ich nun freilich nicht versprechen, denn bei meinem Eintritt in Santa Maria in Lucchesi würden meine Haare einmal fallen müssen. Dachte er jetzt auch daran? Allein er hatte die religiöse Frage ja doch ausgeschaltet, alles, was mit ihr zusammenhing, war gar nicht mehr für ihn vorhanden – so hatte er mir selber gesagt! War es denkbar, daß sie plötzlich doch für ihn vorhanden war – daß wir damals auf der festlichen Terrasse wirklich die Rollen getauscht hatten und er sich noch immer vor meiner Frömmigkeit fürchtete? Er sah mich jetzt fast böse an, seine hellen deutschen Augen waren wieder einmal schwarz geworden, die ungemütliche Falte lag erschreckend tief zwischen seinen Brauen. Und doch mußte ich auf einmal daran denken, wie es mir am ersten Abend auf der Treppe vorgekommen war, als grenze ein mir unbekannter Schicksalsraum in seinem Innern ganz, ganz nahe an den meinen – so nahe, daß ich nur die Tür aufzustoßen brauchte. »Enzio«, fragte ich, »was hast du eigentlich im Krieg noch erlebt außer Deutschland?«

Nun zog er wieder seinen Füllfederhalter hervor und machte sich daran zu schaffen – mitten auf dem Ludwigsplatz, wo er ihn doch gar nicht brauchte! Dabei überspülte sein herabgebeugtes eckiges Gesicht eine dunkle Welle, die es plötzlich fast weich machte. Die ungemütliche Falte verschwand.

»Aber du bist doch selbst mit mir im Kriege gewesen«, erwiderte er, »ich habe dir das längst gesagt, kannst du wirklich nicht verstehen, was ich damit meine?«

Es war, als setze er noch etwas in unserer stummen Sprache hinzu, und nun wußte ich auf einmal gar nichts mehr, als daß wir eben unerschütterlich zusammengehörten, und er wußte es auch – er wußte es genau so gut wie ich! Aber wenn dem so war, wie konnte er denn irgend etwas fürchten, das zu mir gehörte?

Ich selber hatte seit dem kleinen Angstanfall am Abend meiner Ankunft alle Furcht vor Enzios Unglauben verloren, so als sei ich damals, als ich die Treppenstufen zu ihm in die Dämmerung hinabflog, wirklich ein für allemal über meine Bangigkeit hinweggesprungen. Ich sorgte mich nicht mehr wegen des religiösen Gegensatzes zwischen uns, sondern dieser religiöse Gegensatz war für mich selbst zu etwas Religiösem geworden, denn daß wir so tief und fraglos zueinander gehörten, ohne jeden Grund, ja entgegen allen Gründen, das bedeutete doch eben, daß es nur von Gott selbst so gefügt sein konnte.

Zwar, wenn ich morgens bei der Frühmesse die Kirche betrat – und es war stets die Jesuitenkirche, die sich mir schon durch ihre Lage besonders empfahl –, so überfiel mich zunächst immer etwas Ähnliches wie angesichts der vielen ungenützten Räume im Hause meines Vormunds, obwohl der feierliche Barock dieser Kirche an die schönen Kirchen Roms gemahnte. Aber eine gewisse Prunklosigkeit, eine edle Stille und Zurückhaltung in der Ausstattung des Raumes, vor allem aber der warme rötliche Stein, aus dem der Bau gefugt war, redeten eine andere, innigere Sprache, eine so deutsche, aber freilich auch eine einsamere! Die Kirche erhob sich über einem kleinen stillen, scheinbar entlegenen Platze, der aber in Wirklichkeit dem der Universität sehr nahe war. Doch erreichte ihn dessen lebendiges Getriebe niemals. Es kam mir immer vor, als wäre diese Kirche leer – oder würde es in Zukunft einmal sein; denn tatsächlich war sie wohl nicht weniger bevölkert als andere Kirchen es am Werktag zu sein pflegen; nein, ich möchte nicht behaupten, daß sie wirklich leer gewesen sei! Sondern sie erschien mir nur so, weil mich dort im ersten Augenblick immer das Bewußtsein überkam, daß Enzio mich an diese Stätte nie begleiten werde. Für den Wald, für das Schloß, für die Stadt, überall durfte ich getrost auf ihn warten – hier durfte ich es nicht: ich fühlte die Unüberwindlichkeit seines Unglaubens immer am stärksten dort, wo keine Täuschung möglich ist – in der Nähe Gottes. Aber diese schmerzliche Gewißheit umschwebte mich stets nur wenige Augenblicke, sobald ich niedergekniet war, änderte sich das. Zwar ich hatte anfangs immer noch versucht, für eine innere Wandlung Enzios zu beten, wie ich es seit langer Zeit gewohnt gewesen, allein es war mich dabei niemals eine Hoffnung auf Erhörung überkommen. Sondern es war geradezu gewesen, als schüttle der Engel des Gebets liebreich aber streng das Haupt und spräche: Bitte nicht mehr, sondern schenke, schenke, wie du es doch selber vorgehabt hast! Und dann war eben jene Wendung eingetreten. Ich hatte meine Bitte fallen lassen und mich auf die Wandlung meines eigenen religiösen Besitzes in den des Freundes gesammelt. Er besaß den Glauben nicht, aber mein Glauben konnte ihm vor Gott mitgehören. Das Christusbild, das meiner Seele eingeprägt war, es würde auch seiner Seele eingeprägt werden – aber in der meinen. Mit diesem Gedanken begleitete ich die ganze Messe. Sobald der Priester beim Offertorium den Kelch erhob, bot ich Gott meine Seele wie eine Opferschale für den Freund dar. Ich warf Stück für Stück meines religiösen Besitzes hinein, des gegenwärtigen wie des zukünftigen – niemals vergaß ich den Gedanken an Santa Maria in Lucchesi, gerade er erschien mir besonders bedeutungsvoll – die Reparatrices weihen sich ja dem Gedanken der religiösen Stellvertretung. Je schwerer die Schale wurde, um so leichter schien sie zu werden, bis es denn bei der Wandlung war, als nähme sie der Engel aus meinen Händen. Und nun erschien der Raum der schönen Kirche nicht mehr leer, sondern erfüllt von dem, den ich hier so schmerzlich vermißt hatte: ich kniete ja an seiner Statt, ich feierte an seiner Statt die Messe und die Kommunion, er war gegenwärtig, wenn ich gegenwärtig war, er besaß alles, was ich besaß, denn alles, was mein war, war auch sein – mit dieser beseligenden Gewißheit verließ ich jedesmal die Kirche. – –

»Sie strahlen immer wie der junge Morgen, wenn Sie

aus der Messe kommen«, sagte Seide, zu deren vermeintlichen Pflichten es scheinbar auch gehörte, sich um mein religiöses Leben kümmern zu müssen und mich zuweilen in die Kirche zu begleiten. Es liege ihr so sehr am Herzen, sagte sie, daß ich auch am Werktag regelmäßig in die Messe komme – als ob ich dies von mir aus gern versäumt hätte! In Wirklichkeit kam ich freilich durch Seide nur zu häufig um die Messe, denn die Verabredungen mit ihr zwangen mich, morgens auf sie zu warten. Da sie aber beim Ankleiden sehr viel Zeit brauchte und auch immer noch frühstücken wollte, während ich der Kommunion wegen nüchtern blieb, war es oft schon zu spät für den Gottesdienst, wenn sie endlich erschien. Ich fürchtete daher diese Verabredungen einigermaßen, allein sie meinte es doch offenbar sehr gut mit ihnen, und wer konnte wissen, ob sie nicht dabei auch ein religiöser Drang erfüllte? Ich fand mich lieblos, nicht an solche Möglichkeit zu glauben und steckte also wieder einmal ›mein Spiegelchen hinter den Spiegel‹.

Eines Morgens nun, es war der, an dem mich Enzio mit in das Kolleg meines Vormunds nehmen wollte, hatte sich der Gottesdienst aus irgendeinem Grunde verschoben. Als wir in den Ludwigsplatz einbogen – Seide begleitete mich immer noch zu dem kleinen Café, wo ich zu frühstücken pflegte –, sahen wir schon von weitem Enzio ungeduldig auf und ab gehen. Der Anblick seines durch die Kriegsverletzung leicht gehemmten Ganges gab mir immer einen Stich ins Herz, besonders wenn ihn jemand warten ließ; unwillkürlich ging ich schneller. Seide hatte ihn auch bemerkt. Sie blieb plötzlich stehen und sagte: »Ah, nun wird er merken, wohin ich Sie geführt habe!« Dabei sah sie aus, als lese sie in einem äußerst spannenden Roman. Gleich darauf aber machte sie mir wieder zärtliche Augen wie einem Kinde und sagte: »Sorgen Sie sich doch um Gottes willen nicht, kleine Veronika, er hat wirklich weit mehr Grund zur Sorge als Sie. Er hat sich eben alles viel einfacher gedacht – er hat gedacht, er könne es mit Ihnen machen wie mit Starossow – wir können ja doch alles, was wir wollen«, sie ahmte mit einer leichten Grimasse den Ausdruck seines kleinen zielstrebigen Gesichtes nach.

»Was hat er mit Starossow gemacht?« fragte ich befremdet.

»Nun, er hat ihn umgestellt, wie er das nennt«, entgegnete sie, »er hat ihm das Religiöse abgewöhnt – Sie wissen doch, Starossow ist ein abgefallener Katholik. Nein, wissen Sie es nicht? Ach bitte, lassen Sie sich nicht dadurch erschrecken: Ihr Freund weiß ganz genau, bei Ihnen kann er das Religiöse nicht beiseite schieben, im Gegenteil, er fühlt, er hängt auf einmal gänzlich von ihm ab. Da hat sich das Schicksal wirklich eine äußerst feine Ironie geleistet, daß ausgerechnet er sich so zu Ihnen hingezogen fühlt!« Sie lachte amüsiert, man hätte wieder meinen können, sie lese einen spannenden Roman.

Inzwischen hatte Enzio uns bemerkt und kam uns entgegen. Sie flüsterte mir nochmals zu: »Bitte, bitte, machen Sie sich keine Sorgen! Sie haben ihn doch gänzlich in der Hand – wir sind sehr klein geworden, glauben Sie mir das!«

Ich wollte sagen – denn das Anhören dieser Mitteilungen kam mir geradezu wie ein Verrat an Enzio vor: Aber ich mache mir doch auch gar keine Sorgen! Allein nun hatte Enzio uns erreicht. Wir begrüßten einander. Ich sah sofort, daß sein eigenwilliges Gesicht ungewöhnlich blaß und von äußerster Gespanntheit war. Man hätte denken können, er habe die ganze Nacht bei seiner Doktorarbeit zugebracht oder auch mit seinen ruhelosen Granatsplittern. Ich dachte das aber natürlich nicht, sondern ich dachte, daß Seide wieder einmal etwas Ähnliches sei wie – in diesem Falle klug: Enzio und ich hatten tatsächlich Rollen getauscht, nur daß er nicht über seine Furcht hinweggesprungen war wie ich über meine, sondern ich mußte noch einmal – jetzt über die seine – hinwegspringen. Unterdessen erkundigte sich Seide mit einer gewissen Schalkhaftigkeit bei ihm, ob er ihr grolle? Er stellte sich verständnislos. »Warum grollen?« fragte er in dem etwas herausfordernden Ton, den die beiden zuweilen miteinander anschlugen. »Meinen Sie, weil Sie das Kleid tragen, das ich sonst nicht leiden mochte? Ich finde, es steht Ihnen heute.« Worauf sie erwiderte: er solle sich doch nicht so verstellen. Aber er blieb unzugänglich. »Nein wirklich, das Kleid steht Ihnen«, wiederholte er. Ich begriff, er wollte sie nicht an uns beide heranlassen, wobei er aber so elend aussah, daß ich ein unwiderstehliches Verlangen fühlte, meinen Entschluß augenblicklich auszuführen: Aber Seides Gegenwart verschloß mir den Mund – ich konnte nur versuchen, ihn mit den Augen zu erreichen, er wich ihnen indessen beharrlich aus.

Erst als Seide sich von uns verabschiedet hatte und wir die Universität betraten – es blieb mir heute keine Zeit zum Frühstücken – sah er mich unter seinen hellen Wimpern hervor sekundenlang erschreckend dunkel an. Ich blieb stehen, aber er strebte heftig weiter – die Treppen waren bereits leer, einige Professoren gingen schon in ihre Auditorien. Wir hätten höchste Eile, sagte er. Kein Zweifel, er wollte wieder einmal alles totschweigen und beiseite schieben. Aber nun hielt ich seinen Blick fest. »Was hast du?« fragte er unwillig. »Warum strahlst du mich die ganze Zeit so an?«
»Weil ich mich nie mehr und durch nichts von dir entfernen lasse, Enzio«, sagte ich. Nun blieb er wie vom Donner gerührt stehen und nun – ja nun sah er auf einmal gerade so aus wie damals, als ich die Treppe zu ihm hinabgeflogen war: ich erblickte in seinem Antlitz wiederum den Abglanz jenes unbeschreiblichen Gefühls, das aus einer völlig anderen Welt zu stammen schien als sein ganzes sonstiges Wesen, nein, das überhaupt nicht von dieser Welt sein konnte, sondern einer seligeren angehören mußte. Es durchzuckte mich: er besitzt ja selbst etwas, das ich ihm nicht erst zu erbitten oder zu schenken brauche, etwas, das ganz nahe dem Erbetenen und Geschenkten ist – so nahe wie der unbekannte Schicksalsraum in seinem Innern dem meinen. Und nun würden sich gleich dessen Türen öffnen! Allein es war bereits zu spät – hinter uns erklangen jetzt die schnellen festen Schritte meines Vormunds.
»Wo wollen Sie denn mit Fräulein Veronika hin?« rief er Enzio zu. Dieser gab keine Antwort, er sah noch immer vollkommen abwesend aus. Ich erwiderte statt

seiner: »Enzio will mich zu Ihnen bringen, Herr Professor.« Mein Vormund stutzte flüchtig, dann sagte er freundlich: »Nun, das ist schön, daß Sie mich auch einmal besuchen wollen. Ich fürchte nur, Sie werden keine große Freude dabei erleben, denn bei mir gibt es recht schwierige gedankliche Dinge, wenigstens für den, der ohne Vorbereitung kommt.«
Jetzt erwachte Enzio aus seiner Betäubung. »Spiegelchen braucht keine Vorbereitung, Herr Professor«, sagte er, »sie weiß alles, was man meint, von selber.« Seine Stimme klang fast übermütig. Ich fühlte, daß seine Worte mir, nicht meinem Vormund galten. Dieser lachte jetzt wieder einmal sein großes herzerfrischendes Lachen.
»Nun, wenn Fräulein Veronika alles weiß, was man meint, so nehmen Sie sich nur in acht, Enzio«, sagte er gutgelaunt, »in Ihren Meinungen gibt es so allerhand, was ihr mißfallen könnte.«
Während er dann noch einem vorübergehenden Kollegen Rede stand, traten Enzio und ich in das Auditorium ein. Es war bis auf den letzten Platz gefüllt. Er machte Miene, mir den seinen abzutreten und sich trotz seiner Kriegsverletzung an die Wand zu stellen, aber ich ließ das nicht zu, sondern schwang mich schnell auf das nächste Fensterbrett. Er wollte Einspruch erheben, doch schon kam mein Vormund herein und ging mit seinen kräftigen schnellen Schritten zum Podium. Ich konnte Enzio nur noch zulächeln, jetzt auch meinerseits etwas übermütig im Bewußtsein dessen, daß ich seine Furcht nun wirklich siegreich übersprungen hatte: es war ein ganz anderer Enzio

hier im Auditorium gegenwärtig als vorhin auf dem Ludwigsplatz. Jede Müdigkeit und Spannung schienen von ihm abgefallen.

Aber auch mein Vormund sah plötzlich anders aus als sonst. Es war etwas Unnahbares um ihn gebreitet, wie er jetzt auf dem Podium stand, etwas fast Majestätisches, das mir geradezu den Atem benahm. Einige lautlose Minuten kreiste sein mächtiger Blick wie ein Falke über den Zuhörern – groß, kühn, unter den Brillengläsern unwahrscheinlich glänzend, um sich dann im Augenblick des ersten Wortes gerade vorn an der Stelle festzulegen, wo ich tief im Saale auf der Fensterschwelle schwebte. Ich sah diesen Blick unbeweglich auf mich gerichtet, dabei glaubte ich aber mit absoluter Sicherheit zu wissen, daß er meiner Anwesenheit dort gar nicht inne wurde, er kehrte sich vielmehr an dieser Stelle von der äußeren Welt ab: die Schau seiner in der Konzentration leidenschaftlich verdunkelten Augen stürzte nach innen, von mir, von uns allen fort, in eine schwindelerregende Abstraktion. Und ich stürzte nach.

Es ist mir nun unmöglich, die Eindrücke dieses Kollegs wiederzugeben, denn natürlich ging es hoch über meinen Kopf hinweg. Ich begriff dem Verstand nach nur sehr wenig. Und doch war der Eindruck für mich geradezu überwältigend. Ich fand mich zum ersten Mal im Leben der Gewalt einer ungeheuren Rednergabe ausgeliefert und erschütternd hingebeugt, zunächst wie der Gewalt von etwas Elementarem – etwa der Gewalt des Meeres oder des Sturmes – dann aber doch sehr deutlich mit der Unterscheidung, daß dieses

Elementhafte nur der Träger oder Flügel eines Geistigen war.
Es handelte sich um eine große, religionsphilosophische Überschau oder – wie mir selbst schien – um eine Art geistiger Weltreise. Wir befanden uns in einem unsichtbaren Schiff und durchsegelten die Gedanken der Zeiten und Völker. Man sah ihre Systeme wie Landschaften ausgebreitet, man erblickte die Gedanken, die sie sich über Gott und Welt gemacht hatten, wie erhabene Gebirge oder wie die Schatten ragender, am Horizont auftauchender Dome, zuweilen auch wie Felsenriffe aus dem Meeresgrund leuchtend, über dem unser unsichtbares Schiff hinwegglitt. Denn obwohl all diese Gebilde ihren gedanklichen Charakter keinen Augenblick verleugneten, so erschienen sie doch durch die Darstellungskraft dieser ungeheuren Beredsamkeit in eine bildhaft-farbige und plastische Sinnlichkeit gehüllt, die fast einer künstlerischen Schau gleichkam. In alledem aber lag – und das war vielleicht das Merkwürdigste – gar nichts Unwahrscheinliches und Überraschendes, sondern es lag etwas ergreifend Vertrautes darinnen – es lag darinnen etwas wie ein Erinnern. Und plötzlich wußte ich: dieses alte vornehme Haus hier, in dem mir immer so ehrfürchtig zumute wurde wie einst in den Ruinen und Palästen Roms, es weckte auch dieselben Fähigkeiten in mir auf wie jene – es riß mich von meinem eigenen Ich los, über dieses hinaus, und die gleiche Kraft, die mich einst dem Schicksal der Vestalinnen und der römischen Kaiserfrauen vereinigt hatte, sie vereinigte mich hier den Geistern, die mein Vormund beschworen hatte, nein, dem

Geiste meines Vormunds selbst. Ich brauchte mich nur wieder völlig hinzugeben, dann verstand ich alles ohne Vorbereitung – wie Enzio es vorhin gesagt hatte. – –
Als die Vorlesung beendet war, trat dieser zu mir. »Enzio, das Kolleg war über alle Maßen herrlich«, rief ich ihm entgegen. Er lächelte mich glücklich an. »So, war es das?« entgegnete er zerstreut, »ich habe heute gar nicht aufgepaßt, aber daß du mitgegangen bist, das habe ich wohl bemerkt. Du bist mitgegangen, wie eben nur du mitgehen kannst, bis zuletzt! Es war wunderbar, dich anzusehen, dein Gesicht war wirklich wie ein Spiegel. Aber jetzt sollst du mit mir gehen, komm! Ich kann es kaum erwarten, daß du da von deinem Thron heruntersteigst!« Ich hing noch immer auf dem leise knackenden Fensterbrett.
»Du dachtest wohl, ich würde hier zusammenbrechen?« fragte ich.
Er lächelte jetzt wieder beinah übermütig. – »Ja – das dachte ich zuerst«, erwiderte er, »aber dann fiel mir ein, daß wir früher immer sagten, du seiest ein Fähnchen oder auch ein kleiner Vogel. Die Luft vom Fenster her bewegte deine Haare geradeso wie damals, als du in den alten Trümmern der Campagna herumklettertest bis in die wankendsten Spitzen, wo sich eben nur die Fähnchen und die Vögel halten können – da war ich beruhigt.« Dann plötzlich leise: »Kannst du auch noch fliegen wie damals?« Ich fühlte, er dachte jetzt daran, wie ich von dem alten Gemäuer herab in seine Arme gesprungen war – einen Augenblick lang kam es mir vor, als wären wir wieder ganz allein auf der Welt wie einst in der gräserwogenden Campagna.

Er half mir nun von meinem luftigen Sitz herunter und schlug mir mit plötzlich vertauschten Rollen vor, das nächste Kolleg zu schwänzen und mit ihm aufs Schloß zu kommen, es sei die allerhöchste Zeit, daß ich es kennenlerne. Und als ich meinerseits nach seinen Schülern fragte, schüttelte er sich wie ein Pudel und sagte: »Die sollen nur auch getrost einmal schwänzen, das schadet ihnen gar nichts!«
Wir traten aus dem munteren Stimmengewirr, das die Universitätsgänge während der Pause füllte, in die Stille des zarten Frühlingsmorgens hinaus. Mein Vormund hatte sehr früh gelesen, das linke Neckarufer lag noch in erwartungsvollem Schatten: die Sonne schickte sich eben an, die Höhe des Königsstuhls zu ersteigen. Wir schlugen die Richtung zum Kornmarkt ein. Das Schloß stand hoch und steil über ihm aufgerichtet wie eine duftig blaue Schattenburg, die jeden Augenblick den Überfall des Lichts erwartet. An den beiden muschelförmigen Giebeln des Friedrich-Baues lief schon, wie mit einem Silberstift gezogen, seine leuchtende Kontur hin, durch einige der offenen Fensterbögen blitzten die ersten Strahlenpfeile und verloren sich wieder im Duft, der alles wie mit bräutlichen Schleiern umhüllte. Wir tauchten nun in diese ein und betraten eine schmale Straße, die im Schatten des Schloßbergs zwischen hohen alten Mauern aufwärtsführte: sie schlossen unsere Blicke ein, als wollten sie uns rechts und links die Augen zuhalten, daß wir nur noch einander zu sehen vermochten. Die Straße war so einsam, als sei hier seit Jahrhunderten kein Mensch gegangen. Nur die Äste der hohen Bäume jenseits der

Mauern kreuzten unseren Weg und warfen ganze Büschel grüner Ahornblüten vor uns auf das alte Pflaster, das feucht und blank war vom Tau der Nacht. Zuweilen mußte auch ein Sonnenstrahl unversehens über die Mauer huschen, denn jedesmal, wenn wir uns ansahen, leuchtete es über unseren Stirnen auf. Jetzt waren wir wirklich wieder allein auf der Welt wie in der Campagna! Es ging mir plötzlich durch den Sinn, wie wir dort immer von den Kindern der Goten und Franken gesprochen hatten, die einst an jener Stätte herumgeschweift waren wie wir, so als seien wir im Grunde dieselben wie sie – es war auch jetzt so, als gehörten wir einander an seit unvordenklichen Zeiten und stiegen diese uralte Straße empor wie einen Weg, der uns von Ewigkeit her bestimmt war.
Er ergriff nun meine Hand und drückte sie sanft. Ich tat seiner Hand das gleiche. Wir gingen dann in dieser Haltung weiter. Nach einer Weile sagte er: »Ja, so ist es nun, Spiegelchen, so ist es, und es kann nicht anders sein.« Ich wußte, er meinte, was ich vorhin in der Universität zu ihm gesagt hatte. Ich erwiderte: »Ja, es kann nicht anders sein, nichts vermag mehr zwischen uns zu treten, endlich weißt du es auch!«
»Nein, endlich weißt du es«, erwiderte er strahlend, »ich habe es bereits vor Jahr und Tag gewußt – du warst doch selbst mein Kriegserlebnis, warum hast du das nur nie verstehen wollen?«
»Ich dachte, Deutschland sei dein Kriegserlebnis«, sagte ich. »Ja, aber das ist gewissermaßen dasselbe«, erwiderte er, immer gleicherweise strahlend. »Du warst für mich eben ein Stück Deutschland – du warst

die deutsche Frau, die einzige, die es für mich gab! Immer, wenn ich im Feld an Deutschland dachte, dachte ich auch an dich, und immer, wenn es am schrecklichsten herging, war es mir, als müsse ich dich rufen. Und dann« – er hielt plötzlich inne wie in einem letzten Rückfall von Verzagen oder Stolz.
»Und dann, Enzio«, sagte ich, seine Hand drückend, »dann hast du es wirklich getan, du wußtest doch, ich würde deinen Ruf über tausend Meilen weit vernehmen – nicht wahr, das wußtest du?«
Nun sah er mich wieder glückselig an, während er meine Hand bis an sein Herz emporzog, als wäre sie der Schlüssel, um es aufzuschließen. »Ja«, sagte er, »dann habe ich es wirklich getan. In der Todesnähe und den wilden Schmerzen der Verwundung habe ich nach dir gerufen. Ich mußte lange warten, ehe sie mich holten. Die Kameraden konnten mir nicht Hilfe bringen, denn wir waren damals zurückgegangen – ich rief gar nicht erst nach ihnen, ich rief nur nach dir. Rechts und links von mir schlugen die Granaten unaufhörlich ein – ich rief Stunde um Stunde bis tief in die Nacht. Alles wurde finster, alles hörte auf, nur nicht das höllische Feuer! Ich rief mit versagender Kraft wieder und immer wieder deinen Namen, bis es mir plötzlich war, als ob ich deine Antwort dicht an meinem Ohr vernähme: Ich bin bei dir, Enzio, ich verlasse dich nicht. Es war unglaublich, daß ich es vernahm, aber deine Stimme war so deutlich, als wäre der Kanonendonner überhaupt nicht vorhanden. Ich vernahm ihn nur noch wie aus weiter Ferne. Und dann wurde es ganz still, dann hörte der Krieg auf, dann lag mein

Kopf in deinem Schoß, und dann schlief ich ein. Und dann müssen sie mich geholt haben. Verstehst du nun, warum ich immer sage, du seiest mit mir im Krieg gewesen?«

Ich fühlte eine unsagbare Ergriffenheit, denn nun war ja die Tür zu dem unbekannten Raum seines Erlebens endlich aufgesprungen: er stieß wirklich an den meinen, er berührte sich mit ihm in seinen letzten Tiefen, er verband sich ihm zu einem einzigen Raum, beide waren jetzt taghell erleuchtet! Ich selber war des Freundes Kriegserlebnis gewesen, wie er mein religiöses Erlebnis gewesen war. Wunderbar überschnitten sich die Linien jener unvergeßlichen Gebetsnacht und der Nacht seiner Verwundung!

»Ich war auch bei dir, Enzio«, sagte ich erschüttert, »es kann nur in derselben Nacht gewesen sein, von der du sprichst. Ich erwachte von deinem Ruf, er kam wie aus unendlicher Verlassenheit. Ich sah dein Gesicht vor mir wie damals im nächtlichen Kolosseum. Ich stand auf und kniete nieder. Ich habe viele Stunden lang für dich gebetet in großer Angst, dann überkam mich die Gewißheit, daß mir Gott dein Leben geschenkt habe.« Seine hellen Wimpern zuckten jetzt leicht auf und nieder. »Mein Ruf hatte nichts mit Gott und Gebeten zu tun«, sagte er leise. »Ich habe keinen Gott mehr, den du für mich bitten könntest – ich weiß nicht das geringste von ihm.« Es klang scheu, abweisend, unaussprechlich gehemmt.

»Enzio«, stammelte ich, »sage nicht, daß du von Gott nichts weißt. Du hast etwas, das von ihm stammt und dich mit ihm verbindet. Ich sah es, als ich am ersten

Abend die Treppe zu dir hinabflog, in deinem Gesicht aufleuchten wie ein Gefühl, das den Himmel berührt, und dann vorhin sah ich es wieder! Du bist mir ganz, ganz nahe, Enzio.« – Unwillkürlich reichte ich ihm auch meine andere Hand dar. Er zog auch sie bis an sein Herz empor, wo die andere noch lag, dann beugte er sich darüber und küßte beide auf die innere Fläche. Es war, als lege er ein tiefergreifendes Geschenk hinein – eben jenes selige Gefühl, das den Himmel berührte – ich spürte, wie es auf mich überströmte: ich hätte seinen Kuß von meinen Händen küssen mögen!

Wir gingen dann stumm vor Bewegung die alte Straße zu Ende und traten in den Wald ein, der aber etwas von einem Park an sich hatte. Über uns wogte das lichte Grün der Buchen und Kastanien. Zu ihren Füßen lag statt einer Rasenfläche dunkelgrüner Efeu, kunstvoll wie von Gärtnerhand zu dichten Rankenteppichen gezogen. Es duftete nach allerlei Pflanzen aus fremden Ländern, als sei hier irgendwo unter den Bäumen ein wunderschöner Garten eingeschlafen und träume in ihren Armen wie eine Braut des Waldes.

Plötzlich sagte er: »Ich rufe jetzt wieder nach dir wie damals in der Schlacht – wirst du kommen?« »Enzio, lieber, lieber Enzio, ich bin ja schon gekommen«, hauchte ich. Er schüttelte den Kopf und sah mich an – es war, als hülle mich sein Blick von Kopf bis zu den Füßen in jenes selige Gefühl ein – völlig überwältigt ward ich inne: das Gefühl galt mir! Und nun war es auf einmal so, als wäre alles, was ich ihm zu schenken meinte, nur ein Dank gewesen – wieder wollte ich hilflos vor Zärtlichkeit seinen Kuß in meinen Händen küssen. Aber nun lag dieser Kuß bereits auf meinem Munde. –

Wir saßen dann lange Zeit auf einer Bank, dort wo der wunderschöne Garten, von den Bäumen des Waldes umschlungen, träumte. Dann gingen wir Arm in Arm tiefer in diesen hinein dem Schloß zu. Es leuchtete mit seinen rötlichen Trümmern wie eine mystische Rosenhecke durch das zarte Frühlingslaub der Bäume – sie waren immer noch feucht vom Tau oder Regen der Nacht, aber die Sonne stand jetzt voll darüber: jeder Tropfen, der herabfiel, schimmerte wie eine verklärte Träne. Es war nun, als seien wir selbst das Geheimnis des Waldes geworden, nach dem ich immer so unbeschreibliches Verlangen getragen. Wir hatten beide Tränen in den Augen wie er. So erreichten wir den Eingang des Schlosses. Das Tor lag vollkommen einsam da – wir schienen wirklich wie durch einen Zauberbann geschützt, so daß heute niemand unseren Weg kreuzen durfte.

»Jetzt führst du mich wie eine Prinzessin in dein Schloß«, sagte ich. Er drückte mich fester an sich, aber er sagte kein Wort mehr über das deutsche Mahnschloß, sondern er sagte: »Ja, jetzt führe ich dich wie meine Prinzessin hinein.«

Auch im Schloßhof war kein Mensch zu erblicken. Nur eine Silberweide, ganz in Morgensonne eingetaucht, neigte sich mit ihren langherabfließenden Zweigen wie ein lieblich verschleiertes Antlitz über die Verlassenheit, die aber nichts von der erschütternden Entrückung der römischen Ruinen hatte, denn –

und dies war nun die ungeheure Überraschung – das Schloß war ja gar keine Ruine! Seine einzelnen Paläste standen da, aus der Vielfalt der Zeiten so lebendig zusammengewachsen, die Gestalten seiner Nischen waren so adlig aufgerichtet, der Schmuck seiner Portale, die Umrahmung seiner Fenster – alles schien fast unversehrt, so als habe sich diese rauschende Pracht nur – einer überbordenden Woge gleich – in den Duft des Waldes ergossen, oder als hätten Wolken und Winde hier die Dächer ein klein wenig aufgehoben, um die Wipfel der Bäume in das Innere schauen zu lassen, während dessen Bewohner schliefen. Nein, diese Trümmer waren nicht, wie die des Forums, große Abgeschiedene mit dem Zeichen ewiger Vollendung auf den geisterhaften Stirnen – hier war nicht die ewige Vollendung, sondern hier hob der Zauber der Verwandlung an.

»Aber das deutsche Schloß lebt ja noch«, rief ich hingerissen. »Es ist gar nicht zerstört, es ist aus einem Fürstenschloß ein Schloß aus einem Eichendorffschen Gedicht geworden – vielleicht soll alles, was dich grämt, auch nur verwandelt werden?« Ich dachte jetzt an sein Deutschland, aber er ging sonderbarerweise wieder nicht darauf ein, sondern er entgegnete: »Mir kommt es in diesem Augenblick nur auf das Stück Deutschland an, das du selber bist – könntest du dich verwandeln?«

»Enzio«, erwiderte ich mit überströmender Bereitschaft, »ich kann alles, was du möchtest! In was soll ich mich verwandeln? Bitte, sage es mir!«

»Aber du hast dich doch bereits verwandelt«, erwi-

derte er mit bebender Stimme. »Betrachtest du dich immer noch als eine sogenannte Braut des Himmels? Ich liebe dich – liebst du mich etwa nicht?« Und nun – ja wirklich, nun erst kam mir zum Bewußtsein, daß ich nie auch nur mit einem einzigen Gedanken an die Möglichkeit gestreift hatte, mein inniges Zusammengehören mit dem Freunde könnte mich von Santa Maria in Lucchesi trennen. Er sah mir das mit maßloser Enttäuschung an – nein, nicht mit Enttäuschung, sondern dieser Augenblick war – ich erkannte das jetzt deutlich – die ganze Zeit über die geheime Erwartung seiner unerklärlichen Beklommenheit gewesen! Das selige Gefühl in seinem Blick versank, auf seinem kleinen eckigen Gesicht erschien der ungeheure Willenskrampf einer erschreckenden Auflehnung. Sekundenlang glaubte ich, er werde mich, ohne eine Antwort abzuwarten, an sich reißen, dann aber ganz plötzlich erblaßte gleichsam diese Auflehnung, wurde zur Ohnmacht. – – Er riß mich nicht an sich – er wußte, daß es ihm nichts helfen werde – er wußte, daß er in diesem Augenblick nicht mehr von mir, sondern von Gott abhing, denn nur ihm konnte ich die geforderte Entscheidung übergeben! Aber indem ich das tun wollte, fühlte ich auch schon: sie war bereits vorüber. Mein Herz hatte längst entschieden – es hatte der Entscheidung Gottes vorgegriffen: ich liebte ihn.
Er war inzwischen in unbeschreiblicher Erregung planlos tiefer in den Schloßhof hineingegangen. Jetzt geboten Mauern unseren Schritten Einhalt. Er blieb stehen und sagte, ohne mich anzublicken: »Ich ertrage diese Qual nicht länger.« Wie betäubt hob ich den

Blick. Wir standen dicht vor dem Eingang eines gotischen Tores, es war verschlossen; aber über ihm, dort wo die beiden Linien seines spitzen Bogens sich berührten, schwebte unter einer offenen Efeuwolke das Urbild jenes lieblichen Symbols der beiden Engel, die mir in meiner ersten Heidelberger Nacht als Enzios und mein Schutzengelpaar erschienen waren: ein und denselben Kranz haltend, eng aneinandergeschmiegt, wie es die himmlische Ordnung bestimmt hatte, schienen sie mich hier erwartet zu haben, um mir wieder, wie in jener Nacht, zuzurufen: »Alles, was dein eigen ist, es ist vor Gott bereits sein!«

Und nun fiel auf einmal die Betäubung von mir ab – alles wurde klar. Ja, mein Herz hatte entschieden, aber Gott hatte es zuvor getan: das verschlossene Tor, vor dem wir standen, öffnete sich wie die Efeuwolke über ihm – wieder sah ich – jetzt im Antlitz der zwei Engel – das geschwisterliche Schicksal jener geheimnisvollen Gebetsnacht, da mir Gott des Freundes Leben schenkte – er hatte es mir geschenkt, das hieß: das meine war bereits von ihm dem Freund verschenkt gewesen. Gott hatte seinen Ruf nach mir erhört, noch ehe ich ihn erhören konnte, er hatte seine Liebe zu mir angenommen, denn – und nun wurde die stumme Türe ganz zur offenen Efeuwolke der zwei Engel –, denn diese Liebe war ja selber Gottes Ruf an mich gewesen! Vor Freude traten mir die Tränen in die Augen, ich konnte zuerst nicht sprechen.

Er deutete mein Schweigen falsch. »Du willst dich also gegen mich für Gott entscheiden?« stieß er hervor. Ich sagte mit überströmenden Augen: »Nein,

Enzio, Gott hat für dich entschieden. Begreife doch: du bist ja selber Gottes Ruf an mich – er liebt deine Liebe.«
Noch immer faßte er nichts. Sein Gesicht sah jetzt gerade so aus wie damals im Kolosseum, starr, grau, versteinert. Ich mußte beide Arme um seinen Hals legen, und nun endlich, endlich begriff er: alles, was mein eigen war, war sein!
Wir blieben den ganzen Tag zusammen auf dem Schloß, im Walde, auf den luftigen Terrassen. Es kam uns überhaupt nicht in den Sinn hinabzusteigen, noch dachten wir daran, jemand über unser Ausbleiben zu verständigen. Kaum daß wir es über uns gewannen, irgendwo zu Mittag einzukehren. Hernach saßen wir lange Zeit in einem der beiden Türmchen seitlich des festlichen Altans vor dem Schloß, wo man wie in einem Vogelnest über dem Tale schwebte. Die Sonne lag jetzt wie ein einziger, nie endenwollender Kuß über ihm und der Ebene. Das Licht schien jede Grenze zwischen ihnen aufzuheben: alle Formen, alle Farben schimmerten wie im Perlmutter einer einzigen großen Muschel, deren Inneres das alte Heidelberg im Tal umschloß und an deren Rändern die fernen Städte und Fabriken nur noch wie ins Meer hinausgespülte Perlen glänzten. Auch hier berührten sich zwei Räume, waren wie die Räume unseres Schicksals nur ein einziger Raum. –
Die späte Dämmerung des Frühlingsabends war schon im Versinken, als wir uns endlich auf den Heimweg machten. Dieses Mal schlugen wir eine breite Straße ein, die in großen hellen Schleifen vor uns her

in den dunklen Duft des Tales hinabglitt. Die Stadt zu unseren Füßen lag eingekuschelt in ihr Blütenlager, friedlich wie ein Kind zum Schlaf bereit. Von den Anhöhen her, die wir hinter uns ließen, begleiteten uns die Stimmen der Wälder, das zutrauliche Flüstern der Winde und die weichen Schwingen der Nachtvögel, die dicht an uns vorüberstrichen. Aus den Gebüschen um die Schloßterrassen sangen uns die Nachtigallen zu. Dann, als wir uns der Stadt näherten, vernahmen wir die schöne Melodie des Tales – den Stromlaut des Neckars: er klang sanft und klar geworden wie die Lauterkeit der Nacht.

Wir gingen Hand in Hand durch die bereits sehr still gewordenen Straßen der alten Brücke zu – dort herum waren die Häuser schon ganz dunkel. Sie kamen mir enger aneinandergedrängt vor als bei Tage, traulichen Geschöpfen gleich, die sich gegenseitig für die Nacht zu bergen suchten und geborgen wußten. Alles schien auch hier von einem tiefen kindlichen Vertrauen zueinander erfüllt – alles schien befreundet und befriedet –, alles schien von einer ewigen Güte überwacht: ich hatte nun zum ersten Mal das Gefühl: hier ist wirklich meine Heimat! Und während ich an des Freundes Hand durch die nächtliche Stadt ging, war es mir, als gingen wir beide gleicherweise an Gottes Händen.

»Enzio«, sagte ich, »weißt du noch, wie du mich vor Jahren durch das nächtliche Rom führtest, damals, als wir vom Kolosseum zurückkehrten, von seinen Schatten verfolgt, bis wir den kerzenumstrahlten Altar sahen? Es war mir nachher immer, als sei ich mit dir durch die ganze Welt gegangen bis zu ihrem innersten

Heiligtum. Und nun werde ich wirklich mit dir durch die Welt gehen, und ich habe wiederum an deiner Seite ein Heiligtum erblickt, wo alles von unendlichem Licht überstrahlt wird – weißt du, was mir dies ›an deiner Seite‹ bedeutet?«
Er sagte sehr leise: »Ja.« – – –
Ich muß nun noch ganz kurz den Abschluß dieses Tages berichten. Auch er besaß eine entfernte Ähnlichkeit mit jener Nacht vor vielen Jahren. Wie einst meine arme verängstigte Tante Edelgart, so stand jetzt im Hause meines Vormunds – wesentlich gefaßter – Seide auf der Treppe, als uns das kleine Zimmermädchen – ohne Rüschenhäubchen, schon zur Nacht gerichtet – auf unseren späten Glockenruf hin einließ. Ich erinnere mich aber nicht, daß mich bei Seides Anblick die berechtigte Bestürzung über ein Versäumnis ihr gegenüber befallen hätte, obwohl sie mit großem Wortschwall versicherte, sie sei außer sich vor Sorge über mein Verschwinden – wozu es denn in aller Welt nur Telephone gebe? Sie habe mich zu jeder Mahlzeit vergeblich erwartet.
Ich vermochte mich auf keine passende Antwort zu besinnen – vielleicht hätte meine Großmutter auch heute zu mir sagen können: »Kind, wo warst du und wo bist du noch immer?« Dafür sprang jetzt Enzio, ganz entgegen seinen sonstigen Gepflogenheiten, für die gute Form ein, indem er inständig bat, heute abend keine Frage mehr an mich zu richten. Er nähme alles auf sich und sei bereit, es zu erklären. Ich schlüpfte also sogleich die Treppe hinauf, während er Seide in ihren Salon folgte.

Eine halbe Stunde später – ich stand noch am offenen Fenster und lauschte den verhallenden Schritten des Freundes durch den dunklen Garten nach – klopfte es an meine Tür, Seide trat herein, sie war offenbar tief bewegt. Enzio, sagte sie, habe ihr das Geheimnis dieses Tages anvertraut. Sie könne es nicht unterlassen, mich noch heute in die Arme zu schließen, denn dies Ereignis sei ja von Anfang an ihr heißer Wunsch gewesen! Deshalb habe sie die ganze Zeit die Hände über uns gebreitet – ach, es sei so wunderschön, die Hände über junges Glück zu breiten! – Ich merkte, daß sie sich in irgendeiner Weise ein Verdienst an dem unseren zuschrieb. Ich wußte zwar nicht welches, aber ich war in meinem Glück bereit, Gott und der ganzen Welt zu danken – weshalb sollte Seide dabei ausgeschlossen werden? Ich dankte ihr also, was sie äußerst zu befriedigen schien, sie küßte mich mit großer Zärtlichkeit und sagte, ich sei von nun an mehr denn je bei ihr zu Hause: sie werde jetzt in meinem Leben doch noch eine mütterliche Rolle spielen, wie sie solche auch bei Enzio übernehmen müsse, da seine eigene Mutter unsere Liebe leider nicht verstünde. (Das ging wahrscheinlich auf die reiche Braut, die jene ihrem Sohn zugedacht hatte.) Sie versicherte mir dann, daß sie alles aufbieten werde, um das Schiff unseres Glükkes vollends in den Hafen zu geleiten, ja, sie begann sich bereits unsere Hochzeit auszumalen, die natürlich auch in ihrem Hause stattfinden müsse, wobei sie lächelnd auf die kirchliche Trauung anspielte, die sie gemeinsam mit mir durchsetzen werde, und zwar ohne alle Schwierigkeiten. Überhaupt, ich solle mir in Hin-

sicht des Religiösen nicht mehr die geringsten Sorgen machen. Ich ahne ja gar nicht, wie Enzio davor gezittert habe, mich an das Kloster zu verlieren! Er sei wie erlöst durch mein Jawort – sie zweifle nicht, er werde sich nun auch in alles finden.
Und wirklich begann nun eine strahlende, durch keinerlei Sorge getrübte Zeit. Es war, als ob die ganze Welt in einen Jubelklang verwandelt worden sei. Himmel und Erde, Wald und Strom, alle Menschen und alle Dinge schienen im Verborgenen an unserer Liebe teilgenommen zu haben und nun durch sie beglückt und beseligt zu sein. Nie war Heidelberg so zauberhaft schön, nie war der morgendliche Duft des Neckartals so blau, nie war das abendliche Gold über dem fernen Haardtgebirge so verklärt gewesen! Nie hatte das sanfte Rot des deutschen Steins so liebevoll geglüht! Nein, die Welt war nicht mehr wiederzuerkennen – nichts war wiederzuerkennen – wir kannten uns selbst nicht wieder! Enzios kleines eckiges Gesicht zeigte im Zusammensein mit mir jetzt immer diesen wunderbaren Ausdruck, der mich damals auf der Treppe so ergriffen hatte. Er blieb auch, wenn wir unter Menschen waren, wie ein verhaltener Glanz darauf liegen, aus dem der volle Glanz aufleuchtete, sobald wir uns ansahen. Man hätte meinen können, er sei ein ganz neuer, nur von seiner Liebe erfüllter Mensch geworden, oder auch, es tauche da in seinem Antlitz ein anderer, längst verschollener Mensch empor, der, gleichsam in ihm begraben, plötzlich auferstanden sei. Immer wieder mußte ich bei seinem Antlitz an den jungen frommen Ritter mit der Fahne denken, der in seiner Ahnen-

reihe hing. Ich wußte jetzt, er bildete tatsächlich das Bruchstück eines einstigen Altarbildes, dessen Stifter einer seiner Vorfahren gewesen war. Gerade so wie er konnte Enzio jetzt aussehen! Führte die Liebe, wie sie von Gott stammte, auch zu Gott zurück? Ich glaubte damals mit allen Kräften meiner Seele daran. Wenn ich jetzt morgens in der Messe kniete, kam mir der langsam erglühende Raum des schönen Gotteshauses immer wie das Herz der Kirche selbst vor, das den Freund und mich gleicherweise umschloß, denn nun kniete ich ja wirklich hier an seiner Stelle! Er liebt mich, die ich Gott liebe, also liebt er Gott durch mich – das war mein unerschütterlicher Glaube. Gott selbst hatte diesen Glauben bestätigt, er hatte aus unser beider Leben ein Leben gemacht. Nie war ich so fromm gewesen, nie hatte ich mit solcher Innigkeit gebetet und kommuniziert als in dieser Meinung, und er, der Freund, ja er tat alles, um mich darin zu bestärken. Wenn ich jetzt nach dem Gottesdienst zur Universität ging, stand er nicht mehr blaß und dunkeläugig auf dem Ludwigsplatz, sondern ruhig wartend vor der Kirchtüre, als ob es für ihn selbstverständlich sei, mich dort abzuholen. »Hast du dich auch meinetwegen nicht beeilt, hast du auch nichts versäumt?« fragte er zärtlich, während wir miteinander zum Ludwigsplatz gingen. Einmal, als es gerade heftig regnete, nahm er mir das Missale aus der Hand. »Dieses Buch darf nicht naß werden, denn es ist dir sehr teuer«, erklärte er, es sorglich in seine Mappe steckend. Ich hätte seine Hand dafür liebkosen mögen, aber ich konnte sie auf offener Straße nur verstohlen drücken.

»Enzio«, sagte ich, »du machst mich unaussprechlich glücklich.« Er wurde vor Freude und Stolz rot. »Wirklich?« fragte er fast kindlich. »Aber so ist es doch in der Ordnung, Spiegelchen. Ich habe keinen anderen Ehrgeiz mehr, als dich glücklich zu machen.« »Und ich keinen als dich«, sagte ich ebenso kindlich wie er. Unsere Liebe war überschwenglich und doch unendlich zart, sie war bräutlich und zugleich geschwisterlich, sie war wie jede tiefe Liebe am Morgen ihres Aufbruchs wunschlos selig.

Wir unternahmen jetzt wieder wie einst in Rom täglich kleine Ausflüge miteinander, denn Enzio hatte plötzlich so viel Zeit, wie er nur wollte. Er fühlte nicht mehr die geringsten Hemmungen, seinen Schülern abzusagen und mich zu veranlassen, einen Teil meiner Kollegien zu schwänzen, nachdem er Starossow angestellt hatte, sie statt meiner nachzuschreiben, während er und ich miteinander durch die Landschaft schweiften. Wir pilgerten zur Stiftsmühle und zum einsamen Wolfsbrunnen, wir erstiegen den Königsstuhl und den Heiligenberg, wir durchzogen das liebliche Neckartal. Wir kehrten immer wieder als zu der geweihten Stätte unserer Liebe beim Schloß und seinen luftigen Terrassen ein. Jetzt erfüllte sich endlich meine Sehnsucht nach dem deutschen Wald! Denn der Wald war ja fast überall wohin wir kamen. Er begrenzte jeden Bergeshang, er begleitete jede Straße. Er lag grün und dunkel im spiegelnden Strom des Neckars, er berührte die Wolken, die darüber hinzogen, er schlang seine Laubgewinde um die alten Schlösser. Er war der Vertraute unserer Wanderungen, der uns, wenn wir rasteten,

sein herrliches Haus zur Verfügung stellte, ›das eigentliche deutsche Schloß‹.
Jeden Morgen fragte mich Enzio: »Wo möchtest du heute hin, Spiegelchen? Was freut dich am meisten?« Ich nannte dann irgendein idyllisches Seitental, ein altes Städtchen oder eine sagenhafte Burg. Er war immer restlos einverstanden und der liebenswürdigste Führer von der Welt. Aber wenn ich dann auch einmal fragte: »Wo möchtest du hin? Was freut dich?« so erwiderte er nur: »Du freust mich.« Es war wirklich so, als ob alles andere gar nicht mehr für ihn vorhanden wäre, nicht einmal das deutsche Schicksal – nein, nicht einmal dieses! Das war fast ein wenig schade, denn ich wollte doch nun alles wissen, was zu ihm gehörte, ich wollte wie in Rom der kleine treue Spiegel seines Innern sein. Aber er schien dessen gar nicht zu bedürfen. Wenn er so leicht und froh neben mir dahinging, merkte ich seinem Schritt die Kriegsverletzung kaum an, und er selbst fühlte sie scheinbar auch nicht, denn er sprach kein einziges Mal mehr von diesen greulichen Granatsplittern, die ihn daran erinnern müßten, daß der Krieg noch nicht zu Ende sei. Wenn die Sonnenstrahlen durch das goldgrüne Geflecht der Waldbäume auf seinen schmalen unbedeckten Kopf fielen, konnten seine Haare so unglaublich hell schimmern, daß ich sagte: »Jetzt werde ich dich wieder König Enzio nennen wie in Rom.« Er erwiderte: »Ja, so wirst du mich wohl nennen müssen, denn ich bin doch nun ein Gefangener geworden wie er.«
»Denkst du dabei an den Neckar?« fragte ich – der gefangene Strom war ihm doch immer das Bild des

deutschen Menschen und der deutschen Zukunft gewesen.

»Ach, Unsinn«, erwiderte er, »ich bin dein Gefangener, Spiegelchen, und denke an gar nichts anderes als an dich und unser Glück.«

Ich nahm solche Antworten immer entgegen wie seine Zärtlichkeiten, nur manchmal durchzuckte mich die Ahnung, daß darinnen noch etwas anderes enthalten sei als diese – es war dann, als streife ein Wolkenschatten, nein, nur der Schatten einer flüchtigen Vogelschwinge über eine Sonnenlandschaft.

»Enzio«, sagte ich aus meiner Verzauberung auflauschend, »ist es wahr, daß du alles, was du mir hier zeigst und was ich in Deutschland am meisten liebe, nur noch um meinetwillen liebst und selbst ganz, ganz weit davon entfernt bist?«

Er nahm meinen Kopf in seine Hände und sah mir mit einem eigentümlich verschleierten Blick in die Augen: »Du merkwürdiges Spiegelchen, was du nicht alles weißt!« Dann begann er meine Haare sanft, fast beschwichtigend zu streicheln. »Wenn ich etwas um deinetwillen liebe, dann liebe ich es doch eben«, sagte er. »Findest du das nicht für mich die allerschönste Art zu lieben?«

Er konnte das auf eine beseligende Art sagen, ich fühlte in solchen Augenblicken nur noch eine übergroße Zärtlichkeit, aber dann auf einmal fühlte ich, daß er mir auf meine Frage keine Antwort gegeben hatte. Und nun war es plötzlich, als hätte ich dies alles schon einmal erlebt. »Liebster«, sagte ich, »weißt du noch, wie damals in der Campagna deine große Dich-

tung über Rom auf dich zukam und wie du dich ihr entziehen wolltest? Ich stand zwischen deinen Augen und der fernen Stadt auf einem Trümmerhaufen ›wie eine kleine Wand‹, die dich vor deinem Werk beschützte, so sagtest du – du wolltest damals Rom nicht sehen, dir bangte vor deinem Werk, denn du konntest ja nur leben oder dichten! Und du wolltest damals leben. Genau so ist es heute wieder, genau so –«
»Aber ich bin doch gar kein Dichter mehr, den du vor seinem Werk beschützen mußt«, sagte er.
»Nein, du bist etwas anderes – was bist du, Enzio?«
Nun war es scheinbar an ihm zu erschrecken. »Ach, es ist doch alles ganz anders als damals«, sagte er hastig, »denn heute lebe ich wirklich!« Er zog mich mit Ungestüm in seine Arme. Und nun hörte jedes Erschrecken sofort auf, auch jede Frage und jedes Warten auf Antwort – wir sprachen nur noch in der stummen, eindringlichen Sprache der Liebe, wir sprachen nur noch mit der Liebe, wir sprachen nur noch über sie. An diesem Tage waren wir unendlich glücklich. Und doch kamen immer wieder solche jähen Augenblicke, wo die flüchtige Vogelschwinge über unsere Sonne glitt, aber sie schien nur dazu bestimmt zu sein, daß diese hernach um so strahlender leuchte.
Einmal saßen wir auf der Terrasse von Neckarsteinach, wo es den berühmten Griechenwein gibt. Wir waren die einzigen Gäste und konnten ungestört plaudern, nur der Neckar, der das alte Mauerwerk der Terrasse bespülte, redete leise mit. Der Abend lag sanft leuchtend über dem Tal. Die große Schleife, die der Strom an dieser Stelle zieht, schlang sich wie ein sil-

berner Arm kühn und innig um den Fuß des Dielsbergs, der mich mit seinem befestigten Dorf auf der waldlosen Kuppe immer ein wenig an die Castelli der römischen Campagna erinnerte. Ich weiß nicht, ob es an der Aussicht auf den Dielsberg lag oder an dem südlichen Wein in unseren Gläsern, wir fanden es beide an diesem Abend beglückend, von den Kindertagen unserer Liebe zu sprechen – auch Enzio widerstrebte jetzt nicht mehr den römischen Erinnerungen. »Wie hast du es nur angefangen, daß ich dich schon damals so lieben mußte?« sagte er, »wie hast du es nur angefangen? Du warst doch noch ein Kind.«
Ich selbst hielt nicht mit meiner Welt zurück, mein Vertrauen in seinen Mitbesitz dieser Welt war grenzenlos. »Das habe ich nicht angefangen«, sagte ich ernst, »das hat Gott angefangen. Die Liebe kommt von Ihm, Er hat sie dir ins Herz gegeben.«
Nun sah er eigentümlich verwirrt aus. »Wer hat dir das eigentlich gesagt, daß die Liebe von Gott kommt?« fragte er zögernd, fast wie gegen seinen Willen, »ist das eine Kirchenlehre?«
Ich glaube wohl, daß ich ihn sehr verwundert ansah: wie unbegreiflich war es mir, daß er selbst noch immer nicht verstand, was doch sein Gesicht beständig ausdrückte. »Du hast es mir gesagt, Liebster«, erwiderte ich, »du ganz allein. Du sagst es jedesmal, wenn du mich ansiehst. Ich weiß es nur durch dich – du bist doch Gottes Ruf an mein Leben.«
Nun wurde er noch verwirrter, endlich sagte er: »Ich verstehe, daß du das Höchste von meiner Liebe behauptest, was es für dich gibt, wie gut bist du gegen

mich, Spiegelchen, und wie rührend bist du in deinem Glauben, aber auch wie einsam! Ich hätte nie gedacht, daß es so etwas in der heutigen Welt noch gäbe! Es erschreckt mich manchmal geradezu, wie einsam du darinnen bist. Wenn ich könnte, würde ich deinen Glauben teilen, nur damit du nicht so allein mit ihm dastehst.« Er sagte das ein wenig scheu, aber doch sehr innig – es war mir, als überschritte er in diesem Augenblick alle Grenzen seines Wesens und berührte die meinen – ich konnte sie plötzlich nicht mehr deutlich unterscheiden.

»Enzio«, flüsterte ich, »früher in der Campagna hast du einmal zu mir gesagt: Jetzt bist du fast wie ich. Und heute –«

Er ergänzte: »Ja, Spiegelchen, heute bin ich fast wie du.« Wir waren auch an diesem Tage unbeschreiblich glücklich – wir waren so glücklich, daß wir wieder einmal die rechte Stunde zur Heimkehr vergaßen. Aber wir konnten uns das jetzt gestatten, denn Seide hielt wirklich, wie sie versprochen hatte, ihre Hände schützend über uns gebreitet. Sie war die nachsichtigste Hausfrau von der Welt, wenn es galt, die Tagesordnung für unsere gemeinsamen Unternehmungen umzustellen oder mich zu entschuldigen, wenn ich über unserem Glück die rechte Zeit zu Tisch verpaßte. Vor allem aber setzte sie ihre ganze gesellschaftliche Geschicklichkeit ein, um aufsteigende Gerüchte über uns unschädlich zu machen, was sehr notwendig war, denn unsere Verlobung sollte – ich vergaß dies zu erwähnen – vorerst noch geheim bleiben. Enzio hatte es mir gestanden, während ich ihn das erste Mal als Braut zu seiner Mutter begleitete, was ich öfter tat, denn ich konnte mein ihr gegebenes Versprechen, für das warme Frühstück ihres Sohnes sorgen zu wollen, nur gerade so weit halten, als ich selbst daran teilnahm. Heroisch eingestellt, wie Enzio vom Krieg her war, verweigerte er es für seine Person und ließ es nur noch für die meine gelten. – Auf dem Wege fragte ich ihn, wie er wohl glaube, daß seine Mutter unsere Verlobung aufnehmen werde? Er erwiderte ein wenig befangen, ihm erscheine es weit schöner, wenn wir das Geheimnis noch für uns behielten. Und als ich dagegen einwandte, daß seine Mutter in unserem Vertrauen doch eigentlich nicht hinter Seide zurückstehen dürfe, nannte er mich wieder einmal ›eine kleine, schwer mit Pietät belastete Vorkriegserscheinung‹, worauf ich mit schnellem Begreifen fragte, ob ich seiner Mutter als Tochter unwillkommen sei? Nun wollte er wissen, weshalb ich das glaube? Ich erzählte ihm also, wie sie mir anvertraut habe, er müsse sich mit einem reichen Mädchen verheiraten.

Er war erheitert und zugleich entrüstet: da habe sich ja seine Mutter wieder einmal unvergleichlich eindrucksvoll herausgestellt, meinte er. Für sie gebe es eben nichts als Wohlfahrt und Versorgung; für diese kämpfe sie wie um die höchsten Güter! Dabei habe seine Mutter mich auf ihre Art recht gerne, aber immer nur im Rahmen dessen, was ihr nützlich und bekömmlich scheine. So sei eben diese bürgerliche Welt! Nein, wir dürften keinesfalls mit seiner Mutter sprechen, das dürften wir erst tun, wenn er einmal ganz unabhängig wäre. Er deutete mir an, daß diese

Unabhängigkeit für ihn schwer zu erringen sei, das hänge mit dem fürchterlichen Frieden zusammen. – Und nun kam doch einen Augenblick seine eigene Welt heraus: er gestand mir damals, daß er den Beruf zu haben glaube, unser Volk von diesem fürchterlichen Frieden zu befreien – wie, sagte er nicht, aber es mußte wohl sehr schwierig sein, denn man vermochte vorerst keinen Haushalt auf diesen Beruf zu gründen.
»Du kannst mir nun«, schloß er, »den Vorwurf machen, daß ich dich auf eine derart ferne Sicht an mich gebunden habe, aber es bleibt mir eben keine andere Wahl als einfach alles einzusetzen, auch das höchste persönliche Glück, das eigene, wie das des geliebtesten Menschen.«
»Enzio, ich habe nur ein Glück«, sagte ich, »und das ist deines – setze es ein! Für mich kann es niemals schöner sein als heute.« Er drückte mir beglückt die Hand. »Ich wußte, daß du so sprechen würdest«, sagte er, aber als ich ihn dann um Näheres befragte, brach er das Gespräch merkwürdig rasch ab. Dagegen kam er nun plötzlich auf Seide zu sprechen: wie seine Mutter einstweilen besser nichts von unserer Verlobung erführe, so dürfe jene die Verspätung unserer Hochzeit nicht erfahren: unsere baldige Vermählung sei nämlich ihre Lieblingsvorstellung. Er habe sie wahrhaftig unlängst in der Stadt schon bei Besorgungen für meine Aussteuer angetroffen – es würde ganz verkehrt sein, sie dabei zu stören, denn sie fühle sich doch nun einmal als die Schutzpatronin unserer Liebe, dabei müsse man sie lassen. – Er sagte das wieder in einem spöttischen Ton, in dem er oftmals von ihr

sprach – ich konnte nicht umhin, ihn einmal zu fragen, warum er sie eigentlich zu unserer Schutzpatronin gemacht habe, er möge sie doch offenbar nicht leiden.
Er erwiderte: »Ja, das ist richtig, aber ich mußte das tun, denn sie durchkreuzte doch dein Kommen immer wieder, das wirst du ja wohl gemerkt haben, Spiegelchen? Glaube mir, es gab nur einen Weg, den, Frau Eitel bei der Eitelkeit zu packen – sie findet doch nun einmal ihren Spaß daran, sich mit dem Wahn zu schmücken, daß sie ganz und gar für andere lebe! Nun, und da habe ich sie eben so gepackt, wie sie es haben will. Du findest das nicht fein und edel genug, das sehe ich dir an, aber solche Bedenken gibt es für mich nicht, wenn es dich gilt! Ich hielt es ohne dich nicht länger aus, und dann gehörst du doch auch in dein Vaterland.«
Nun konnte ich ihn unmöglich tadeln, da es seine Liebe zu mir gewesen war, die ihn in diese unaufrichtige Freundschaft getrieben hatte! – Im übrigen war mir schon selber aufgefallen, daß Seide sich mit unserer baldigen Hochzeit trug. Wenn ich sie zuweilen in die Stadt begleiten mußte, um die vielen Pakete ihrer Einkäufe tragen zu helfen – Einkäufe waren ihre Leidenschaft –, so nahm sie regelmäßig die Gelegenheit wahr, mit mir in ein Möbelgeschäft oder Antiquariat einzutreten, denn, so sagte sie, wir müßten uns doch bald darüber klarwerden, in welchem Stil Enzio und ich uns einrichten wollten. Auch ließ sie sich Mustersendungen von Leinengeschäften kommen, um meinen künftigen Bedarf an Tisch-, Bett- und Küchenwäsche danach auszusuchen. Dabei verliebte sie sich

selbst derart in diese Sendungen, daß sie immer zunächst einmal ihren eigenen Bestand durch umfangreiche Bestellungen ergänzte, was – soweit ich Einblick hatte – gar nicht nötig war, sie indessen überaus beglückte. Vor allem aber dachte sie bereits an die Hochzeitstoiletten. Eines Tages zeigte sie mir einen entzückenden wasserfarbenen Seidenstoff – diese Tönung liebte sie besonders – und sagte, daß sie eben mit der Schneiderin über seine Verarbeitung einig geworden sei, denn sie wolle ihn bei meiner Hochzeit tragen. Was ich mir denn für mich selbst als Brautkleid gedacht habe? Ich hatte natürlich noch an nichts gedacht, allein, da sie mich fragte, war mir sofort klar, daß ich am Traualtar nur mein sogenanntes ›heiliges Kleidchen‹ tragen könne – es erschien mir dies wie eine ganz selbstverständliche Folgerung meiner ›Verwandlung‹. Ich sagte also, daß ich doch ein weißes Kleid besäße. Sie umarmte mich und meinte: ach wie rührend! In dem schlichten Kleidchen würde ich ja aussehen wie ein kleiner Engel. Aber es ginge trotzdem nicht mit ihm, denn wir brauchten eins mit einer langen Schleppe. Sie fragte mich nur, ob man dazu besser glänzende Seide oder matten Crêpe de Chine wähle. Der letztere passe besser zu mir, aber auch durch kontraste könnten sehr reizvolle Wirkungen erzielt werden. (Sie sagte wirklich: erzielt!) Auf alle Fälle habe sie von beiden Stoffen Proben schicken lassen.

Während sie mir diese zeigte, trat mein Vormund unerwartet ein. Er sah die Proben vor uns auf dem Tische ausgebreitet und sagte mit seinem liebenswürdigen Spott: ah, da komme er ja herzlich ungelegen, denn er

wisse schon, Probenaussuchen sei bei Damen eine der feierlichsten Angelegenheiten, die es gebe, und diese Proben hier hätten ja fast den Anschein, als gelte es ein Brautkleid auszuwählen.
Sie erwiderte: ach nein, es gelte nur ein Sommerkleidchen oder eine Bluse – weißer Crêpe de Chine sei jetzt die große Mode. Dabei machte sie mir ein verstohlenes Zeichen, als wisse sie mich mit sich einverstanden. In Wirklichkeit war mir ihre Antwort äußerst unangenehm, obwohl ich schon ähnliche gewöhnt war. Sie hielt es nämlich aus einem mir unerfindlichen Grunde für richtig, daß auch ihr Gatte einstweilen nichts von Enzios und meiner Verlobung erfuhr, was sie damit begründete, man könne eben das Geheimnis nur aufrechterhalten, wenn sie wirklich unsere einzige Vertraute bliebe. Ich fühlte bei dieser Begründung immer ein großes Unbehagen, ja ich machte mir deswegen geradezu Vorwürfe, denn es war doch zwischen meinem Vormund und mir ausgemacht, daß ich ihm jederzeit Vertrauen schenke werde. Ich nahm mir also vor, deswegen so bald wie möglich mit Enzio zu sprechen.
Er meinte zunächst wieder halb zärtlich, halb spöttisch: ich sei wirklich schwer mit Pietät belastet, die in diesem Fall noch doppelt überflüssig erscheine, weil ich ja doch mündig wäre. Ich erklärte ihm darauf, weshalb dies zwischen meinem Vormund und mir keine Rolle spiele. Er zuckte etwas nervös die Achseln und meinte schließlich: es sei aber aus gewissen Gründen klüger, ›den Professor‹ aus dem Spiel zu lassen – so drückte er sich aus. Und als ich mich nach diesen Gründen erkundigte, sah er mich prüfend von der Seite an,

als stellte er mir seinerseits die Frage: Wo hast du eigentlich das Spiegelchen gelassen? Schließlich meinte er ein wenig unbestimmt: das hinge mit den vielen ungenützten Räumen dieses Hauses und mit meinem Schwarm für väterliche Autoritäten zusammen. Ob ich denn noch nie darüber nachgedacht habe, weshalb sich ›der Professor‹ so gut wie gar nicht um mich kümmere? (Er sagte immer ›der Professor‹, nie ›dein Vormund‹.) Darauf mochte ich nicht weiter fragen, denn ich verstand jetzt plötzlich, was er meinte – es war, als habe er mit keckem Griff das Spiegelchen aus einem sehr verborgenen, aber mir doch recht gut bekannten Versteck hervorgezogen.
Zwar, ich selber hatte meinen ersten Eindruck des Hauses, auf den Enzio anspielte, jetzt ganz überwunden. Diese vielen weitläufigen Räume kamen mir durchaus nicht mehr so einsam und traurig vor wie bei meiner Ankunft. Da waren zunächst einmal die Doublettchen, von denen Seide immer behauptete, daß sich ihr Mann durch sie bei seiner Arbeit gestört fühle. Trotzdem war aber sein Erscheinen die einzige Gelegenheit, bei der sich die süße Brummigkeit ihrer Gesichter strahlend aufhellen konnte. Sobald er sich auch nur von fern im Garten zeigte, brachen sie sogleich aus ihrem Heckenloch hervor und waren einfach nicht mehr loszuwerden. Er gab dann allerlei Späße zum besten oder ließ sich herbei, mit ihnen Ball zu spielen. Einmal, gerade durch den Garten kommend, fing ich den Ball auf, als ihn die Doublettchen verfehlt hatten. Sie sprangen mit wildem Geschrei an mir in die Höhe, um ihn an sich zu reißen, aber ich

schleuderte ihn blitzschnell über ihre Köpfe hinweg meinem Vormund zurück, der sofort auf meine Nekkerei der Doublettchen einging und den Ball wieder mir zuwarf. Es gab einen regelrechten Kampf um ihn, wobei die Doublettchen wie zwei kleine Füllen über den Rasen jagten und trampelten, bis schließlich der Ball von diesem herunter ins Kellerloch des Hauses trudelte. Ich lief ihm nach, fand ihn und versteckte mich hinter einer angelehnten Tür, wo ich lautlos stehenblieb, während die Doublettchen in blinder Aufregung im Keller hin und her stürzten. Schließlich erschien mein Vormund, sah mich, sagte aber nichts, bis die Doublettchen außer Hörweite waren. Dann meinte er: »Nun haben Sie es ja glücklich so weit gebracht, daß hier wieder Verstecken gespielt wird wie in Ihrer Kindheit – das wollten Sie doch so gerne!« Er brach ab, denn jetzt hörte man auf einmal Seides Stimme: sie hatte die Doublettchen an der Kellertür gestellt und ermahnte sie, Ruhe zu geben, denn der ›Onkel‹ – das war mein Vormund – müsse jetzt nachdenken und schreiben. Darauf wurde dieser plötzlich unwirsch und schickte die heranstürmenden Doublettchen, die natürlich Seide wieder durchgegangen waren, selber weg. Sie trollten sich ohne Widerspruch, doch mit so vorwurfsvoll-betrübten Gesichtern, daß ich es nicht lassen konnte, sie bis an ihr Heckenloch zu begleiten und sie ein wenig zu trösten, was sie aber falsch verstanden, indem sie offenbar glaubten, ich wolle mir mit meinen Worten selber Trost zusprechen. Sie sagten nämlich, an dem Heckenloch angelangt, herablassenden Tones: »Na, komm nur mit, er hat dich ja auch fortgeschickt wie uns!« Ich war von dieser Äußerung so betroffen, daß ich fast erwidert hätte: Ja, aber er meint das doch ganz anders – es tut ihm selber leid! – Allein das würden die Doublettchen wieder nicht verstanden haben, und im Grunde verstand ich es ja auch nicht ganz oder wollte es nicht ganz verstehen. Ich wußte nur, wie völlig anders als meine Erwartung sich das Verhältnis zu meinem Vormund äußerlich gestaltet hatte – denn innerlich entsprach es der Erwartung; dies war mir völlig gewiß: im Hinblick auf meinen Vormund hing mein Spiegelchen nicht hinterm Spiegel! Es zeigte vielmehr sehr deutlich dieses Bild: er war und blieb, was er von Anfang an gewesen war, der Stellvertreter meines verstorbenen Vaters, und wenn Seide immer wieder beteuerte, daß ich in diesem Hause eine Heimat habe, so machte mein Vormund dies wahr – aber ohne Beteuerungen. Es war nämlich ganz unrichtig, daß er sich, wie Enzio sagte, so gut wie gar nicht um mich kümmerte, sondern er kümmerte sich um mich auf eine besondere – wie mir schien – sehr zartfühlende Weise. Ich spürte das immer ganz deutlich bei den Mahlzeiten, die nach wie vor fast die einzigen Gelegenheiten blieben, wo er sich mit mir unterhielt. Er richtete es dann häufig so ein, daß er auf die Zeit zu sprechen kam, als meine verstorbenen Eltern einen Teil dieses Hauses bewohnt hatten. Besonders von meinem Vater konnte er so lebendig erzählen, daß mir dessen bisher fast unbekannte Gestalt deutlich und deutlicher wurde, und zwar gerade in der Eigenschaft seines väterlichen Fühlens für mich. Ich sah ihn, den ernsten und etwas strengen Gelehrten, über die Wiege seines einzigen Kindes gebeugt – ich sah diese Wiege; sie hatte in dem Raum gestanden, der jetzt meines Vormunds Bibliothek umschloß und der damals das Zimmer meines Vaters gewesen war, während die Wochenstube meiner Mutter auf der entgegengesetzten Seite der langen Zimmerflucht gelegen hatte. Denn eben damals – unmittelbar nach meiner Geburt – war der Geist meiner Mutter zum ersten Mal von jener krankhaften, nachmals so verhängnisvollen Verdüsterung gegen meinen Vater ergriffen worden, so daß sie sich geweigert hatte, sein Kind in ihren Armen zu empfangen, ja auch nur mit ihren Augen zu erblicken. Man hatte mich aus ihrer Nähe entfernen müssen, ich wußte dies bereits, denn hiervon zu sprechen vermied mein Vormund natürlich feinfühlenderweise. Er sagte mir nur, daß mein Vater damals meine Wiege in sein eigenes Zimmer habe stellen lassen, bis meine Großmutter aus Rom angekommen sei – ich begriff, er hatte mich, tief erschüttert durch die Haltung seiner Gattin, in jenen ersten Tagen meines Lebens nicht nur der bezahlten Liebe einer fremden Pflegerin überlassen wollen, sondern er hatte versucht, mir die Nähe von Vater- und Mutterliebe in einem zu sein. Von hier aus fiel nun ein ganz neues und rührendes Licht auf das Bild meines Vaters. Ja, ich kann wohl sagen, daß mir mein Vormund durch solche und ähnliche Züge, die er auf eine einfache, aber wunderschöne Weise erzählen konnte, im eigentlichen Sinne des Wortes meinen Vater schenkte, also das tat, was ich von Anfang an von ihm erwartet hatte, nur eben auf eine ganz andere Weise als die erwartete. Und während ich ihn selbst immer an meines Vaters Stelle zu setzen suchte, war es sein Bemühen, gleichsam hinter jenem zurückzutreten und ihn selbst sichtbar zu machen. Aber trotzdem – oder vielmehr gerade darum – erschien mir seine Gestalt damals immer mehr als eine in einem geistigen Sinne wahrhaft väterliche.

Von meiner Mutter sprach mein Vormund selten. Ich glaubte, daß ihm das tiefe Unglück ihrer Ehe mit meinem Vater, seinem Freunde, hier wohl Zurückhaltung auferlegte. Bald aber merkte ich, daß er sich auch deshalb scheute, von meiner Mutter zu sprechen, weil Seide dann jedesmal Gelegenheit nahm, auf eine befremdend erregte, ja geradezu gereizte Weise für sie einzutreten. Sie lobte zum Beispiel ihre Schönheit, die, wie sie sagte, weit größer gewesen sei als die meiner Tante Edelgart, womit sie offenbar darauf anspielte, daß mein Vater, bevor er meine Mutter heiratete, mit meiner Tante Edelgart verlobt gewesen war und sie niemals hatte vergessen können – gerade dies war ja der Grund gewesen, daß sich die leidenschaftliche Liebe meiner armen Mutter zu meinem Vater allmählich in Haß verwandelt hatte. Ich schwieg daher peinlich berührt, und mein Vormund tat das gleiche. Seide fuhr indessen fort zu erzählen, wie sie selbst schon als junges Mädchen für diese schöne kranke Frau eine unbeschreibliche Sympathie empfunden habe – oder nein, meine Mutter habe solche für sie empfunden. »Ich verstand sie eben, und die übrigen Menschen verstanden sie nicht«, sagte sie mit Nachdruck – es klang fast wie eine Spitze gegen meinen Vater, oder galt die Spitze meinem Vormund?

Ich erschrak über diese Vorstellung, aber sie sollte in einer etwas veränderten Form auch noch bei anderen Gelegenheiten vor mir aufsteigen. Die vielen ungenützten Räume im Hause meines Vormunds hatten sich mir nämlich nicht nur durch die Bilder meiner eigenen Kinderzeit gefüllt. Ich war jetzt überzeugt, es stand mit den jungen Leuten, für die Seide immer offenes Haus hielt und von denen sie wie von den Doublettchen behauptete, daß sie unbeschreiblich an ihr hingen, wirklich durchaus so wie mit jenen: sie kamen nur meines Vormunds wegen. Mir selbst erschienen sie, um ihn geschart, an unseren Abenden immer wie seine großen und begabten Söhne, die dankbaren und verständnisvollen Erben seines Geistes, die es ihm wahrscheinlich leicht machten, auf eigene Kinder zu verzichten. Es war dann immer wieder wie bei meinem ersten Abend auf der festlichen Terrasse: alle hingen an den Lippen meines Vormunds, jeder einzelne schien auf ihn eingestellt und mit ihm einverstanden. Selbst wenn sich Diskussionen erhoben, so handelte es sich offenbar um keine Gegensätze, sondern nur um die Verdeutlichung und Aneignung dessen, was mein Vormund meinte. Starossow, der als einziger am Abend meiner Ankunft widersprochen hatte, ließ sich jetzt nicht mehr blicken. Als ich Enzio einmal nach ihm fragte, meinte er, daß er wohl mit der Ausarbeitung meiner Kollegien zu tun habe, die er doch für mich nachschreibe. Ich bat ihn daraufhin, ihn von mir zu grüßen und ihm herzlichen Dank zu sagen. Er meinte: ach, das sei eigentlich gar nicht nötig. Starossow tue ihm das gerne zu Gefallen. Ich konnte mich des Eindrucks nicht erwehren, daß jener kein großes Gewicht auf meine Grüße lege, wobei ich mich an Seides Bemerkung erinnerte, er sei ein abgefallener Katholik. Wahrscheinlich war dies auch der Grund, weshalb er mich nicht leiden mochte, sicher war ich ihm für Enzio nicht erwünscht.

Dieser verhielt sich jetzt während der Abende meines Vormunds nicht mehr so schweigsam wie bei meiner Ankunft, als ihn das stumme Zwiegespräch mit mir gefesselt hatte, sondern er ließ keinen Zweifel darüber, daß er wirklich, wie mir Seide gesagt hatte, der begabteste Schüler meines Vormunds war. Auch dieser schien ihn sehr zu schätzen, denn er wandte sich besonders oft an ihn, zumal wenn die Sache schwierig wurde, so als sei er überzeugt: du verstehst mich immer richtig, was mich jedesmal mit einem nicht geringen Stolz auf Enzio erfüllte, obgleich dann andererseits auch immer zutage trat, daß mein Vormund ihn um viele Hauptеslängen überragte, wie denn alle anderen neben ihm ganz eigentümlich klein oder unwesentlich erschienen. Es störte mich dies aber natürlich nicht im mindesten, denn Enzio war eben Enzio, ganz gleich, ob er sich nun groß oder klein ausnahm. – Ich saß immer wie am ersten Abend zwischen ihm und Seide, die zu diesen Veranstaltungen einen sehr verlockenden Teetisch aufzubauen pflegte, an dem sie mit ihren langen Schleierärmeln so eifrig hantierte, daß man unwillkürlich auf den Gedanken kam, sie selbst, der Teetisch und die langen Schleierärmel stellten den eigentlichen Zweck und Mittelpunkt der Abende dar. Ich mußte ihr dann die Teetassen zureichen und wieder abnehmen, auch die Zucker-, Kuchen- und Brötchenschalen in Bewegung setzen, wobei sie nicht müde wurde zu versichern, ›wie allerliebst‹ ich das mache, und wie ich für sie überhaupt nicht zu entbehren sei, worauf dann natürlich alle nach ihr und mir blickten. Wenn das überstanden war und ich wieder an meinem Platz saß, so legte sie mit zärtlichem Geflüster den Arm um mich, bis wir wieder aller Augen auf uns zogen, so daß ich mir zuweilen wie die Doublettchen vorkam, wenn Seide sie auf den Schoß nahm, was ihr doch immer so gut zu Gesicht stand; ich ertappte mich dann immer regelmäßig bei dem Wunsch, es möchte doch hier im Salon auch so etwas wie ein Heckenloch geben, durch das man wie jene entschlüpfen könne. Und vielleicht hätte ich auch wirklich irgendeine Möglichkeit mich zu entfernen wahrgenommen, allein ich fühlte mich von den Gesprächen meines Vormunds mit den Studenten steigend angezogen, denn ich war jetzt in der Lage, sie weit besser zu verstehen als im Anfang, ja es drängte mich zuweilen schon, selbst eine Frage oder Antwort einzuwerfen.

Das Kolleg meines Vormunds war nämlich das einzige, das Enzio und ich damals trotz unseren vielen Ausflügen mit größter Regelmäßigkeit besuchten. Ich hatte ihn nach meiner ersten Gastrolle dort gebeten, es für mich zu belegen. Er war zögernd darauf eingegangen, indem er meinte, es sei eigentlich für mich eine unnötige Belastung, da ich zu meinem eigenen Studium seiner nicht bedürfe. Aber dann hatte er meine Bitte doch nicht abzuschlagen vermocht – er schlug mir ja in jenen Tagen überhaupt nichts ab!

Das Auditorium war noch ebenso voll wie bei Semesterbeginn, nein, es wurde immer voller, denn es erschienen ständig neue Zaungäste aus anderen Fakultäten, die sich dann hernach wie ich nicht wieder losreißen konnten. Ich schwebte denn auch immer noch auf meiner Fensterschwelle als dem einzig freien Platz, obwohl es seinetwegen nicht nur mit Enzio, sondern auch mit anderen Studenten gelegentlich zu kleinen Höflichkeitsschlachten kam, in denen ich aber stets Sieger blieb, denn der Platz war mir so lieb geworden, daß ich ihn unter keinen Umständen mit einem anderen vertauscht hätte. Ich saß dort sozusagen am offenen Tor der Augen meines Vormunds, oder – was für mich dasselbe war – am offenen Tor seiner Gedanken, in die mich seine Augen gleichsam mitnahmen: diese Vorstellung hatte ich. Denn was sich seit meiner ersten Anwesenheit hier begeben hatte, das wiederholte sich in jedem Kolleg: sobald mein Vormund auf dem Podium stand, begannen seine Blicke einige Sekunden lang, majestätischen Adlern gleich, über dem Auditorium zu kreisen, um dann gerade an der Stelle, wo ich saß, innezuhalten, sich von der Außenwelt abzukehren und in jene gewaltige Konzentration einzutreten, wo dann für ihn offenbar nichts mehr vorhanden war als die Schau seiner Gedanken. Ich wußte nicht, war ich noch einen Augenblick lang der letzte Hörer, den er erkannte, oder zählte ich bereits zu den Verschwundenen. Zuweilen glaubte ich das erstere, aber dies war sicher eine Täuschung, denn er redete mich niemals auf das Kolleg an. Und obwohl sein nach innen gewandter Blick dann beim Sprechen oft noch minutenlang auf mir verweilte und immer wieder, offenbar gewohnheitsmäßig, dorthin zurückkehrte, war ich fest überzeugt, daß er mich nicht bemerkte, daß ich aber gleichwohl durch seinen Blick mit der Schau seines Geistes verbunden war – eine kindliche Vorstellung, die wohl ihren Grund in dem Bewußtsein hatte, daß mir eigentlich jede Voraussetzung zum Verständnis dieses äußerst anspruchsvollen Kollegs fehlte, daß ich es aber gleichwohl sehr gut verstand. Ich brauchte nur, wie am ersten Tage, gleichsam den Augen meines Vormunds in jene schwindelerregende Konzentration nachzuspringen, ich brauchte mich nur völlig dieser hinzugeben, dann verstand ich alles und konnte die ganze Reise – denn wir segelten immer noch ankerlos durch unermeßliche Meere des Geistes – ohne Schiffbruch zu erleiden mitmachen. Ja, ich fühlte mich dabei so sicher, daß es mir manchmal fast war, als hole mein Vormund die Gebilde seines Geistes aus mir selbst heraus – mit anderen Worten, ich erlebte damals unbewußt die beglückende Wahrheit, daß Denken nicht wie Wissen von außen her gelehrt, sondern von innen her erweckt wird. Ich fühlte oftmals das Verlangen, meinem Vormund für dieses außerordentliche Erlebnis zu danken, allein aus einem Grund, der sicher mit meiner großen Ehrfurcht vor ihm zusammenhing – denn, wie gesagt, er redete mich nie auf meine Anwesenheit im Kolleg an –, unterließ ich es immer wieder. Ja, ich hatte mich nicht einmal entschließen können, nach der Vorlesung wie die anderen zum Katheder zu gehen und mir das Kolleg von ihm testieren zu lassen. Nur bei den Abenden in seinem Hause vergaß ich diese Scheu zuweilen ganz, indem mich immer wieder das Verlangen überfiel, etwas zu sagen. Einmal nun – ich weiß nicht, ob mein Gesicht diesen Wunsch verraten hatte – hielt mein Vormund plötzlich im Sprechen inne und sagte in seiner freundlichen Weise: »Fräulein Veronika sieht aus, als wolle sie sich auch einmal zu unserem Thema äußern. Nun bin ich nur begierig, was sie sagen wird.« Ich wurde vor Freude rot und sagte also, was mir durch den Kopf gegangen war. Er nickte ein paarmal, lächelte und meinte schließlich: »Wo haben Sie denn diese Dinge her? Das hört sich ja fast an, als wären Sie in meiner Vorlesung gewesen und hätten sogar recht gut aufgepaßt.«

»Aber Fräulein Veronika ist doch auch immer in Ihrer Vorlesung, Herr Professor«, sagte einer der Studenten, worauf mich mein Vormund schnell und überrascht ansah. Dann aber schien plötzlich die Erinnerung an eine unbewußte Wahrnehmung in ihm aufzublitzen. Und nun wurde mir wirklich die Frage beantwortet, ob ich die Letzte seines großen Auditoriums war, die er immer noch eine Sekunde lang erblickte, oder ob ich schon zu den Versunkenen gehörte.

»Ich glaube gar, Sie sitzen auf dem Fensterbrett«, sagte er. »Aber können Sie denn dort überhaupt folgen? Der Platz ist doch schrecklich unbequem!«

Ich erwiderte: »Im Gegenteil, es ist der allerschönste Platz im ganzen Auditorium.« Fast hätte ich hinzugesetzt: Ich sitze dort am Tore Ihrer Augen und Gedanken.

Indessen lachte mein Vormund wieder einmal sein großes herzliches Lachen. »Nun ja, wir sind eben noch

sehr jung«, meinte er verständnisvoll. »In Ihren Jahren kann man solche Plätze halten, und man tut es sogar mit Begeisterung, das weiß ich noch aus meiner eigenen Jugend.«
Dann erzählte er mir, wie er als Student einmal die Wette gewonnen habe, daß er ein ganzes Semester lang ein Kolleg, in einem Baume unter dem Fenster des Auditoriums sitzend, nicht nur hören, sondern sogar nachschreiben werde. Er wisse es noch wie heute: der Baum sei eine große alte Linde gewesen. Man habe unter ihrem Blätterdach den Professor herrlich sehen können, ohne je von ihm bemerkt zu werden, obwohl er die Gewohnheit gehabt, immer gerade auf die Linde hinzusprechen – er hielt inne, als komme ihm da plötzlich zum Bewußtsein, daß er im Kolleg auch die Gewohnheit hatte, immer auf meinen schwebenden Platz hinzusprechen.
»Aber das interessiert doch Veronika gar nicht, was du ihr da erzählst«, mischte sich jetzt Seide ein, indem sie ihren Gatten schmollend anblickte. »Sie ist doch kein kleiner Junge, der auf Bäume klettert! Mein Himmel, du verstehst dich auch kein bißchen auf ein junges Mädchen!« Dabei legte sie wieder einmal ihren großen Schleierärmel wie einen schützenden Fittich um meine Schulter, als fürchte sie, ich könne hier mitten in ihrem Salon vom Fenstersims des Auditoriums herunterfallen. Darauf sah mein Vormund einen Augenblick lang etwas ärgerlich aus, dann sagte er, ziemlich kurz, aber doch schon wieder mit einem Unterton von Humor: »Na also –« und wandte sich, ohne das Gespräch mit mir weiterzuführen, an die Studenten.

Dagegen kam Enzio noch einmal auf den kleinen Vorfall zurück, als wir am anderen Morgen das Kolleg verließen, wo es heute ein wenig anders zugegangen war als sonst: ehe sich für die Augen meines Vormunds die Pforten der Außenwelt schlossen, hatte er sekundenlang festgestellt, ob ich wirklich wieder auf dem Fensterbrett schwebte. Ich hatte das deutlich gesehen – wie am Tage zuvor bei seiner Anrede war ich vor Freude rot geworden, es kam mir vor, als sei mir nun mit seinen Augen das Kolleg testiert worden!
Aber auch sonst hatte sich an diesem Morgen etwas Neues zugetragen: wir waren zum ersten Mal auf unserer großen Reise durch die Geistesmeere vor Anker gegangen, und zwar bei dem Gestade Platos. Mein Vormund hatte dieses wunderbare System ausführlich und in so hinreißender Weise dargestellt, daß man nur glauben konnte, wir seien nun endlich am Ziele angelangt. Ich war noch ganz erfüllt davon, als Enzio mich fragte, wohin ich heute wolle?
»Nach dieser Vorlesung«, sagte ich, »können wir beide nur aufs Schloß gehen« – ich meinte, zu der Stätte unserer Liebe, wo wir uns gefunden hatten. Aber er ging auf diese Antwort nicht ein und kam mir überhaupt ganz anders vor als sonst. Ich versuchte, während wir seitlich der kleinen gotischen Peterskirche bergan stiegen, seine Stimmung mit einem Scherz aufzulockern und fragte ihn, ob er vielleicht schon wieder Seide bei Besorgungen für unsere Hochzeit angetroffen habe?
Er erwiderte mit einem kleinen Wortspiel: »Nein, aber ich fürchte, du hast sie gestern schwer getroffen.«

»Meinst du, weil ich das zu dem Professor sagte?« fragte ich, wobei ich über mein schnelles Begreifen erschrak. Er entgegnete: nun ja, sie habe eben immer Angst, daß er so etwas wie eine Tochter in mir sehen könne, und ich benehme mich ja auch ihm gegenüber wie eine solche. Das empfände sie natürlich als Vorwurf.
»Aber das ist doch unmöglich«, sagte ich, »sie kann doch nichts dafür, daß sie keine Kinder hat.«
Er meinte: ja, das werde vordergründlich richtig sein, in einer tieferen Sicht aber könne sie vielleicht doch dafür. Diese ganze bürgerliche Welt, zu der sie gehöre, habe eben keine Zukunft mehr, und die Natur erkenne das auf ihre Weise an. Ob ich denn nicht auch spüre, daß bei solchen Frauen wie Seide einfach alles zu Ende sei?
»Da müßte ja auch für den Professor alles zu Ende sein«, erwiderte ich, »die beiden gehören doch zusammen.«
Er sah mich mit einem Blick an, als denke er schon wieder: Wo hast du denn das Spiegelchen gelassen? Ich wurde unter diesem Blick rot, denn ich war nicht so dumm, wie er meinte, ich wollte es nur sein – das Spiegelchen hing wieder einmal christlich hinterm Spiegel. »Aber denke doch an die Vorlesung, die wir eben hörten«, sagte ich. »Und wie sich alle dazu drängen! Da ist doch nichts zu Ende.«
Er erwiderte: ja, er wisse schon, daß ich für diese Vorlesung schwärme und das sei auch begreiflich. Der Professor bedeute eben ein Format, das es nur ganz selten gebe und in Zukunft überhaupt nicht mehr geben

werde, oder vielmehr nicht mehr geben dürfe. Man spüre doch an dem ganzen Habitus dieses seinetwegen groß angelegten Menschen, daß er schon nicht mehr ganz in unsere Zeit gehöre, und er selber, der Professor, spüre das wohl auch: es sei doch dieser unersättliche Hunger in ihm, alles was jemals gedacht und erforscht worden, an sich zu reißen. So raffe man nur im letzten Augenblick an sich, wenn man ahne, daß der nächste einem schon nicht mehr gehöre. Er wenigstens habe in diesem Kolleg immer das Gefühl, es sei Abschiedsvorstellung einer ganzen Kultur.

Diese Äußerungen und noch mehr der Ton, in dem sie vorgetragen wurden, machten mich nun sehr betroffen, denn ich hatte immer angenommen, daß Enzio die Geisteswelt meines Vormunds hoch verehre – er hatte sie doch studiert wie kein anderer, er war meines Vormunds bester Schüler. Ich erinnerte ihn daran.

Er erwiderte: ja, in der Tat, er habe ihn studiert wie wenige, aber doch nur um ihn zu überwinden. Man müsse schließlich wissen, worauf man einmal Verzicht zu leisten habe, denn dieser Verzicht müsse geleistet werden, das dürfe ich ihm glauben, die Dinge zeichneten sich ja am Horizont bereits sehr deutlich ab für den, der Augen habe. Da sei zum Beispiel ein Projekt, von dem ich sicher auch schon gehört habe. Sie planten hier, das sogenannte neue Kollegienhaus abzureißen und ein wirklich neues zu bauen – aus Kunststeinen natürlich. Ob ich mir wohl denken könne, daß in einem solchen Hause noch derselbe Geist wohnen werde, wie unter dem gewölbten Schieferdach der alten Universität? Ich solle mir doch dieses künftige

Haus einmal vorstellen! – Er blieb bei den letzten Worten stehen und wandte sich um.
Wir waren jetzt schon so weit zur Höhe emporgestiegen, daß der Blick frei wurde. Da lag die Altstadt zu unseren Füßen lieblich ins Tal geschmiegt wie ein in die Wiege gebettetes Kind. Die blauen Schieferdächer bedeckten die Häuser, wie Schwalbenflügel ihre Nester hüten. Der dunkle Glanz dieser Dächer wiederholte um einen Ton tiefer das schwärmerische Blau des Duftes, der die überall hervorschimmernde rote Blüte des Gesteins wie mit weichem Flor einhüllte. Oder durchsonnte und durchseelte dieses liebevolle Rot den blauen Flor des Duftes? Alles schien hier wie mit allem einig: das hochgewölbte Dach der Alma Mater und das kleinste Haus waren einander zugeordnet, sanft aufeinander abgestimmt durch den geschwisterlichen Kuß der Farben. Selbst der architektonisch unschöne Bau der Bibliothek störte nicht, weil er durch die Blüte seines Steins in den allgemeinen Zusammenklang einstimmte, sich ihm unterordnend wie die Einzeldinge auf den Bildern großer Meister der Vergangenheit.
»Enzio«, sagte ich hingerissen, »findest du nicht auch: Veilchen sind die Farben Heidelbergs! Es sollte einen Strauß davon im Wappen haben, einen großen rötlichblauen Veilchenstrauß in einem Kranz von Blättern.«
»Die Blätter sind die Wälder, nicht wahr?« entgegnete er etwas spöttisch. »Sage doch lieber gleich, Heidelberg sollte die Blaue Blume im Wappen haben, denn die meinst du doch im Grunde wieder, du kleine Vorkriegserscheinung! Aber wie wird dir das neue

Kollegienhaus vorkommen, dieser grelle weiße Fleck, den man deinem Veilchenstrauß zugedacht hat? Wofür wirst du ihn halten? Ich fürchte, für verrucht, denn er zerreißt die Harmonie des Ganzen, aber er zerreißt sie nicht von ungefähr: es gibt eben in Deutschland keine Blauen Blumen mehr, und es interessiert sich niemand mehr für Veilchensträuße – glaube mir, es geht nur noch mit Sprengstoff, Spiegelchen!« Er kam nun wieder auf meinen Vormund zurück und begann mir zu entwickeln, sein Kolleg, das ich so sehr bewundere, sei doch eigentlich ein unaufhörliches Schweifen und Suchen nach vergangener Wahrheit, ein beständiges Befragen dessen, was andere, längst entschwundene Zeiten einmal gedacht hätten – ihm komme das alles wie ein großes Museum des Geistes vor, vielleicht fesselnd, aber doch im Grunde wertlos. Denn praktisch kümmere sich eben niemand mehr um diese stolzen Systeme. Kein einziger dieser schönen, angeblich zwingenden Gedanken habe die Welt umgestalten, kein einziger diesen bedrückenden Frieden verhindern können, kein einziger werde auch aus dem Irrsal seiner Folgen hinausführen. Warum also immer tun, als ob man täte? Ihm erscheine es als die große Aufgabe der Zukunft, ja als sein ganz persönliches Ziel, dieses unfruchtbare Schweifen im Vergangenen aufzuheben und einfach eine neue Wahrheit zu setzen, schlicht, faßbar und brauchbar, zu der man sich dann auch wirklich bekennen, und die man zu leben vermöchte.

»Aber du und ich bekennen die Wahrheit, von der uns der Professor heute gesprochen hat«, erwiderte ich eifrig, »wir leben sie! Plato sagt doch, daß die Liebe zu Gott emporführt. Ich habe während der ganzen Vorlesung an uns beide gedacht. Es war mir immer, als ob der Professor nur für dich und mich spräche.«

»Vielleicht sprach er für dich«, sagte er zögernd, »aber ob er auch für mich sprach? Es ist dein Besitz, den du in seinen Reden wiederzuerkennen glaubst.« Es war etwas Gequältes in seiner Stimme, aus seinem Gesicht war das, was ich das Wunderbare nannte, wie weggewischt. Ich fühlte, daß er an der Unterscheidung litt, die er da zwischen sich und mir machte.

»Liebster, ich besitze nichts, was dir nicht mitgehört«, sagte ich tröstend. »Alles, was mein ist, ist dein – du hast es, und wenn du es auch gar nicht weißt: ich habe es für dich mit.« Nun sah er plötzlich aus, als ob er sich in seinem Innern nicht mehr frei bewegen könne.

Wir hatten während der letzten Reden die Höhe des Schlosses erreicht und gingen schweigend seitlich des Elisabethentores an der Mauer des Englischen Gartens entlang. Die Sonne stand jetzt schon höher am Himmel und hatte den Duft der Frühe aufgesogen – der veilchenblaue Wappenstrauß war verblüht. In dem schmalen lichterfüllten Tal sah die schlank hingestreckte Stadt mit ihren Kirchtürmen wie ein helles hochbemastetes Schiff aus, das, vor Anker liegend, mit seinem silbernen Kiel das Meer der Ebene berührte.

Auf einmal sagte er: »Wenn das wahr wäre, ich meine, wenn wirklich alles, was dein ist, mir mitgehörte, dann müßte auch das Umgekehrte gelten – dann müßte alles, was mein ist, auch dein sein, aber das –

das ist doch eben nicht der Fall – nein, das ist durchaus nicht der Fall!« Und nun endlich begriff ich, daß er sich durch meine Begeisterung für die Gedankenwelt meines Vormunds zurückgesetzt fühlte!

»Liebster, was meinst du damit, daß es deine Aufgabe sei, eine ganz neue Wahrheit zu setzen?« fragte ich schnell. »Bitte, sprich mir mehr von deiner Welt!«

Indem wurde mir mit eigentümlichem Eschrecken klar, daß er es heute zum ersten Mal getan hatte. – In den nächsten Tagen mußte ich mich immer wieder daran erinnern, wie er mir bei seiner Abreise von Rom gesagt hatte: »Du wußtest nicht um mich so wie die anderen wissen, denen man erst sagen und erklären muß, sondern du wußtest wie ein Vogel seine Straße und eine Wolke die Himmelsrichtung kennt, du wußtest, weil du überhaupt wußtest!«

Ich dachte an mein einstiges traumhaftes Aus- und Eingehen in den Räumen seines Innern und wie ich mich dort so sicher bewegt hatte, daß es mir kaum noch bewußt gewesen, ob ich bei ihm oder bei mir weilte. Besaß ich diese Fähigkeit nicht mehr? Konnte ich ihn nur noch lieben, aber nicht mehr verstehen? Und spürte er das? Hatte er deshalb die Räume seines Innern so lange vor mir zugeschlossen? Denn das hatte er getan, er tat es immer wieder! Und doch fühlte ich, daß er sich danach sehnte, seine Welt mit mir zu teilen, und daß er tatsächlich auf die Gedanken meines Vormunds eifersüchtig war. Dabei erinnerte ich mich unwillkürlich daran, wie ich als Kind auf ihn eifersüchtig gewesen war, als ich glaubte, meine angebetete Großmutter gebe ihm den Vorzug vor mir. Wie lieb und schonend war er damals mit mir umgegangen! Genau so mußte ich jetzt mit ihm umgehen: er durfte sich in keiner Weise durch meinen Vormund zurückgesetzt fühlen, nein, das durfte niemals sein, das konnte ich auch schon von mir aus nicht ertragen! Am nächsten Morgen, als er mich wie gewöhnlich fragte, wohin er mich heute begleiten solle, erklärte ich ihm, ich wolle nach der anderen Seite fahren wie bisher, ich wolle nach Speyer, ich wolle den Kaiserdom und die Kaisergräber sehen, ich wolle die Rheinebene kennenlernen, die er den Schicksalsraum der einstigen deutschen Kraft genannt habe. Er erhob zunächst Einwände: Speyer habe eine fremde Besatzung, das bedeute, man müßte zu dieser Fahrt eine Genehmigung von jener Seite einholen, was nicht jedermanns Sache sei. Er wollte scheinbar nicht. Trotzdem merkte ich, daß mein Wunsch ihm wohlgetan hatte, und er kam auch schließlich selbst darauf zurück, indem er die nötigen Schritte zu tun versprach. Ja, er freute sich nun offensichtlich selbst auf diese Fahrt.

Wir liebten es damals, zu einer Waldlichtung des Geisbergs emporzusteigen – es war herrlich, dort die Sonne untergehen zu sehen! Die Rheinebene lag dann wie vergoldet da, so weit und strahlend, als ob Deutschland überhaupt kein Ende habe. Man erblickte in fast überirdischer Klarheit das kleine ausdrucksvolle Massiv des Haardtgebirges und die Türme von Ladenburg. Ich meinte immer, man müsse auch die Türme von Speyer sehen, doch man sah sie nicht: zwischen uns und Speyer wob eine Dunstschicht, die wohl von den großen Fabriken herrühren mochte, aber auch sie war durchgoldet. Speyer lag darin versunken wie eine Krone im Meer. Und doch kam es mir vor, als seien wir hier oben auf dem Geisberg ihm ganz nahe, und es leuchte da noch eine andere Landschaft vor mir auf, als die mit Augen erblickte: die Landschaft der Geschichte unseres Volkes, Enzios Landschaft. Er zeigte mir dann die Richtung, wo die großen Stätten unseres Schicksals lagen: das uralte Lorsch, das noch von den Gestalten der Karolinger umwittert war, Worms, die Stadt der mittelalterlichen Reichstage, und die Stromlinie des Rheins, die von den Schweizer Bergen her, an Basel vorüber, nach Mainz und Köln führte und von dort weiter nach den Niederlanden. Und dann war es manchmal einen Augenblick lang wirklich so, als ob Deutschland kein Ende habe! Langsam wurde mir klar, daß Enzio sich durchaus nicht nach dem Deutschland sehnte, das vor dem Krieg gewesen war, sondern er sehnte sich nach einem viel größeren und herrlicheren Deutschland, und das konnte doch wohl nur das alte Reich sein, dessen Wahrzeichen da draußen in der Rheinebene ragten.

Überhaupt war bei ihm alles etwas anders, als ich es mir vorgestellt hatte. Wenn wir den Geisberg miteinander hinaufstiegen, so machte ihm seine Verwundung jetzt wieder ein wenig zu schaffen, aber er wollte das nicht zugeben, er gab nur eine andere Wunde zu, eine viel schmerzlichere, als sie ihm der Feind geschlagen hatte. Denn das Schlimmste an der deutschen Lage war für ihn gar nicht dieser schlimme Friede, sondern das Schlimmste war für ihn das deutsche Volk selbst: es hätte, so sagte er, sein tapferes Heer verraten, es verriete es noch immer. Statt den Toten Rechenschaft abzulegen, tanze und musiziere es, statt sich seiner Schmach bewußt zu sein, träume es von ewigem Frieden! Er schüttelte sich vor Abscheu. Sanft begann ich seinen schmalen, unbedeckten Kopf zu streicheln, er war wie das Tor des Waldes, in dem wir uns gelagert hatten, von der Abendsonne angestrahlt, sein Haar erschien wieder einmal unwahrscheinlich blond und deutsch, so daß sich mir der Name ›König Enzio‹ auf die Lippen drängte, denn er war doch eben ein Gefangener wie jener, aber nicht der meine, wie er immer sagte, sondern der Gefangene eines großen Schmerzes und einer großen Täuschung. Auch über diese wurde ich mir langsam klar. Wenn ich Enzio richtig verstand, so meinte er wirklich, Deutschland sei gar nicht besiegt, sondern lediglich verraten worden, nur daß er jetzt dabei nicht an die Feinde, sondern an das eigene Volk dachte. Ja, manchmal klang es geradezu, als meine er, wenn dieses nur ernstlich wolle, so könne der Krieg immer noch gewonnen werden – wie, vermochte ich mir freilich nicht vorzustellen! Enzio kam mir in solchen Augenblicken immer wie ein krankes Kind vor, das den Kopf versteckt, wenn es eine bittere Arznei nehmen soll. War sein Schmerz um unsere Niederlage so groß, daß er die Wirklichkeit nicht mehr ertrug? Oder – oder war und blieb er, ohne es zu wissen, dennoch Dichter, der sich sozusagen selbst ein Märchen erzählte?

Aber dann mußte ihm sein Dichtertum noch andere Wege zeigen können, auf denen sich seine empörte Liebe zu Deutschland sänftigen ließ.

Ich wurde diesen Gedanken nicht los, und bald fand sich auch Gelegenheit, mit ihm davon zu sprechen. Damals erzählte er mir auch von jenem abgelegenen Soldatenfriedhof vor der Stadt, wo man die Toten aus den Heidelberger Lazaretten beigesetzt hatte und den er häufig mit Starossow zu besuchen pflegte. Die Gräber seien in Gefahr, von einem tückischen Sumpfgelände verschlungen zu werden; ihm komme das immer wie ein Symbol vor. Wenn er könnte, würde er sie öffnen, und die Toten irgendwo bestatten lassen, wo die Lebenden zu ihnen aufschauen müßten.

»Und ich weiß auch, wo man sie bestatten sollte«, unterbrach ich ihn. »Hier oben auf dem Geisberg, tief im Schoß des deutschen Waldes und im Angesicht des weiten deutschen Landes, für das sie starben.« Er sah mich beinahe kindlich dankbar an: »Spiegelchen, du triffst immer das Rechte! Wie wunderbar, daß du mit mir für meine toten Kameraden fühlst!«

»Aber ich bin doch mit dir im Kriege gewesen«, erinnerte ich ihn. In seine hellen Wimpern kam ein leichtes Flimmern – wir dachten jetzt beide an die Nacht seiner Verwundung. War es der Schatten des Todes, der ihm damals selbst erschütternd nah gewesen, daß er mich plötzlich so heiß umschlang und so inbrünstig küßte? Hernach saßen wir lange Hand in Hand still und beglückt da, bis das Goldmeer der Ebene verblaßte, und das Tor des Waldes über uns zu erdunkeln begann. Es war sanft und schummrig unter den nun schon viel dichter gewordenen Frühlingsbäumen, es war auch etwas Andächtiges darunter, so als habe der Wald unsere Gespräche belauscht und mache sich bereit, die Toten aufzunehmen. Auch wir waren im Gedanken an ihre künftige Ruhestätte andächtig gestimmt, wir gingen schweigsam und leise über den schwellenden Waldboden, nur von Zeit zu Zeit stehenbleibend, um die Stätte genauer zu bestimmen, die uns für Enzios Plan besonders würdig schien. Wir waren so vertieft in diesen Plan, daß wir beide zusammenzuckten, als uns beim Niedersteigen ins Tal plötzlich aus den Gärten der Stadt Musik entgegentönte: frohe Burschenlieder und beschwingte Walzer, dazwischen sinnlos stumpf die Tongebilde eines Modetanzes.

»Sie amüsieren sich schon wieder, während unser Vaterland in Fesseln liegt«, sagte er zornig. »Und das soll nun die Heimat sein, für die meine Kameraden gefallen sind! O Gott, ich könnte dieses Volk erwürgen!«

Ich fühlte eine willige Empfänglichkeit für seinen Zorn, aber zugleich auch das Aufsteigen einer unbestimmten Bedrohung. »Erwürge niemand, Enzio«, bat ich zärtlich scherzend, »es sind alles deine deutschen Brüder! Vielleicht wollen sie sich nur betäuben – sei gut zu ihnen!«

Er murmelte: »Was heißt in diesem Falle gut? Ein besiegtes Volk ist jedermann verächtlich! Zu einem solchen Volk kann man nicht gut sein – es hätte eben siegen müssen! Wer liebt denn einen Besiegten?«

»Ich«, sagte ich leise, »ich liebe einen Besiegten – oh, wie ich ihn liebe! Und wie ich ihn geliebt habe – damals in der Nacht nach der verlorenen Schlacht!« In seine Wimpern kam aufs neue dieses leidenschaftliche Flimmern, er schlang stumm den Arm um mich. Aber dann wehrte er sich doch: an sich bedeute das Starke und Triumphierende das Liebenswerte, und nun gar bei einem Volk! Er kam dann noch einmal auf die Umbettung der Toten zu sprechen: man müßte sie bei der Nacht holen und im prunklos düsteren Triumph durch die ganze Stadt fahren. Kein Licht dürfte in den Häusern brennen, nur von Fackeln begleitet, würden die Lafetten mit den halbvermoderten Särgen an einer lautlosen Menge vorüberziehen, wie das große Geisterheer des Weltkrieges, noch einmal die Lebenden beschwörend. Das würde all den kleinen dumpfen Spießern Eindruck machen, das würde sie wecken! Aber er könne eben die Toten nicht holen, er habe nicht die Macht dazu. Das Wort ›Macht‹ klang wie ein unterdrückter Aufschrei, so daß ich ihn ganz bestürzt ansah.

»Wenn du es doch mit Versen tun könntest«, sagte ich schließlich. »Enzio, ich meine immer, du bist doch noch ein Dichter. Und sind denn Verse etwa keine Macht? Kann nicht Deutschlands Antlitz auch in ihnen wieder schön und adlig werden? Warum besingst du nicht deine toten Kameraden?«

Er erwiderte: »Weil mich niemand hören würde, Spiegelchen. Ja, vielleicht bin ich noch Dichter oder könnte es doch sein, aber was bedeutet das? Verse sind eben in Deutschland keine Macht mehr, wie du glaubst, es ist kein Volk mehr da für einen Dichter. Zwar die Menschen lesen noch Gedichte, aber nur zu ihrer Unterhaltung – es geht keine Wirkung davon aus, ich meine keine Tat, und auf die Tat allein kommt es an. Die Poesie hat eben genau so versagt wie die

Wissenschaft, nur brauche ich sie nicht mehr zu opfern wie jene, ich habe es bereits getan.« Er sagte das mit verräterischem Gleichmut. Wieder, wie schon so oft, fragte ich mich, was ihn dieser Gleichmut wohl gekostet habe? Früher war ihm Dichtung kein bloßes Mittel zur Tat gewesen, sondern ein Wert in sich selber, sie war ihm eine Form des Lebens gewesen, seine Form des Lebens!

»Ich weiß nicht, was du für eine Tat meinst«, entgegnete ich, »ich weiß nur, was mir deine Dichtung war! Enzio, du hast immer gesagt, ich sei für dich ein Stück Deutschland.« Nun erwiderte er kein Wort mehr, aber als wir am nächsten Tage wieder zum Sonnenuntergang auf den Geisberg gepilgert waren, las er mir ein wundervolles Sonett vor, das mit den Worten begann:

›Vergessenes Vaterland, Vaterland der Vergeßnen . . .‹

Das Sonett war den Gefallenen gewidmet, aber es war dennoch ein Liebesgedicht, es war eine Glocke, die den Toten klang, aber mein Herz hatte sie zum Schwingen gebracht, um meinetwillen war Enzio noch einmal zum Dichter geworden! Damals erreichte die Beseelung unserer inneren Verbundenheit ihren Höhepunkt. Die beiden Räume unseres Schicksals schienen wirklich ineinanderzutauchen, als wolle einer den anderen für immer in sich aufnehmen. Aber sie konnten ja einander nur aufnehmen um den Preis, daß jeder zur Bedrohung des anderen wurde. Ich muß jetzt von dem bedeutungsvollen Brief berichten, dessen Ankunft in eben jene Tage fiel und durch den dann langsam die unvermeidliche Wendung kam.

Es war mir natürlich ein Anliegen gewesen, Jeanette, die mütterliche Freundin meiner Kindheit, gleich nach meiner Verlobung ins Vertrauen zu ziehen und sie zu bitten, auch Pater Angelo über die Verwandlung meines Schicksals zu verständigen. Nicht daß ich sein Einverständnis dazu erbeten hätte – nachdem ich mich nun endlich im klaren befand über den Unterschied zwischen einem wirklichen Beruf zur Ordensfrau und meinem eigenen kindlichen Verlangen, Gott so vollkommen wie möglich zu dienen, war ich strahlend überzeugt, dieses Einverständnis zu besitzen. Ich glaubte jetzt sogar zu wissen, mein priesterlicher Freund, weiser und weitblickender als ich, habe meine wirkliche Bestimmung längst geahnt, und dies sei der Grund gewesen, weshalb er mich die Ausführungen meines früheren Entschlusses immer wieder zurückstellen ließ. Und in der Tat, die Nachricht, die jetzt aus Rom einlief, enttäuschte mich nicht. Zunächst gab mir die gute Jeanette ihren Segen, wenngleich – dies fühlte ich sehr wohl – nicht ganz ohne Bedenken. »Ich will mir keine Sorgen um Dich machen, Spiegelchen«, schrieb sie, »ich will in dieser Sache Gott allein sorgen lassen, dazu habe ich mich schon vor vielen Jahren entschlossen. Denn im Grunde war ich immer überzeugt, daß es so kommen werde, wie es nun gekommen ist. Weißt Du noch, wie Du als Kind einmal sagtest: Du hättest Dir vorgenommen, Enzio zu heiraten? Ich lachte Dich damals aus, um das Erschrecken Deiner armen Tante Edelgart abzulenken, aber in meinem

Innern dachte ich, Du brauchtest Dir das gar nicht vorzunehmen. Denn Du und Enzio, ihr gehörtet von Anfang an zueinander ohne jedes Warum, ganz einfach weil es eben so von Gott bestimmt war, genau so wie einst Enzios Vater und Deine Großmutter zueinandergehörten. O Spiegelchen, wie würde diese sich jetzt an Euch beiden freuen! Gott hat den heißesten Wunsch ihrer letzten Lebensjahre erfüllt – ich glaube fest, daß ihre edle Seele Dich aus der Ewigkeit segnen darf. Aber auch Pater Angelo sendet Dir seinen Segen. Ich habe ihm natürlich von Enzio, den er ja nicht kennt, sprechen müssen – schonend, denn sein Befinden hat sich, seit ich Dir zuletzt schrieb, deutlich verschlimmert. Er steht kurz vor einer zweiten schweren Operation, die darüber entscheiden wird, ob seine gütigen Augen gänzlich erblinden. Und auch seine innerliche Nacht hat zugenommen: ich sorgte sehr, daß ihn meine Mitteilung über den Unglauben Deines Verlobten erregen und ihm dadurch schaden könne. Sie erregte ihn aber gar nicht, ja, sie schien ihn nicht einmal zu überraschen – er setzt offenbar den Unglauben bereits bei jedermann voraus. Im übrigen äußerte er ganz ähnliche Gedanken, wie Du selber sie in Deinem Briefe aussprichst. Er sagte: ›Ja, sie hat den einzigen Weg beschritten, der uns noch bleibt – die Gläubigen müssen die volle Liebesgemeinschaft mit den Ungläubigen eingehen. Sie müssen aus den eigenen frommen Sicherungen hinaus und die schwere Tragik jener mit auf sich nehmen, dann werden diese auch an ihrem Segen wieder Anteil gewinnen.‹ – Ich fragte ihn dann, ob ich Dir dies schreiben dürfe, denn ich war mir nicht ganz klar, ob er vielleicht nur mit sich spräche – er tut dies jetzt manchmal. Zuerst schwieg er, dann – wie aus weiten Fernen kommend – sagte er: ›Schreiben Sie ihr, sie soll sich gänzlich auf das Sakrament verlassen.‹ Er meinte das Sakrament der Ehe, Spiegelchen, dies hast Du doch verstanden?« Jeanette fuhr dann fort, der Pater habe ferner die Befürchtung ausgesprochen, ich könne über dieses Sakrament nicht genügend unterrichtet sein. Auch gäbe es in Fällen wie dem meinen bestimmte Forderungen von seiten der Kirche, die den ungläubigen Teil beträfen und die ich kennen müsse, um sie Enzio mitzuteilen. Da er selbst, der Pater, mir in seinem jetzigen Zustand nicht genügend zur Seite stehen könne, möge ich mich daran erinnern, daß er schon vor einiger Zeit an einen ihm bekannten Geistlichen in Heidelberg geschrieben habe, um mich ihm für alle Fälle zu empfehlen. Er bitte mich, diesen so bald wie möglich aufzusuchen und ihm volles Vertrauen entgegenzubringen.

Nun, ich zögerte natürlich keinen Augenblick, den Rat meines verehrten Seelsorgers zu befolgen, und bat daher Enzio gleich am folgenden Tage, unsere Ausflüge zu unterbrechen, damit ich einen Besuch machen könne, um den mich Pater Angelo gebeten habe. Er stutzte flüchtig – selbstverständlich begriff er sofort, daß es sich, in seiner Sprache ausgedrückt, um eine ›klerikale Angelegenheit‹ handle. Allein er erhob keine Einwände, sondern erklärte nur, daß er mich zu dem Geistlichen begleiten werde. Dieser Wunsch erweckte bei mir einige Bestürzung. Ich konnte mir bei Enzios ganzer Einstellung von seiner Anwesenheit bei dieser Unterredung nur Schwierigkeiten versprechen und sagte daher ganz offen, ich würde lieber allein zu dem Geistlichen gehen. Zunächst war er betroffen, sein Gesicht erstarrte und versteinerte geradezu. Dann kam ein sehr herrischer Zug darinnen empor, er sah aus, als ob er mir erwidern wolle: Das erlaube ich ganz einfach nicht! Ich kam ihm indessen zuvor und sagte: »Enzio, du weißt doch, daß ich dich innerlich überall mitnehme, genau so wie du mich überall mitnimmst – wir sind immer beieinander, auch wenn wir nicht beieinander sind.«

Das entwaffnete ihn, und er äußerte nun nichts weiter, als daß es um den ungewöhnlich schönen Tag schade sei. Darauf fragte ich, ob er mich bis zur Tür des Geistlichen begleiten und hernach wieder abholen wolle, was ihn zu erfreuen schien. Ja, es war, als ob er sich nun seines ersten Gefühls geradezu schäme, obwohl doch dieser Besuch nach wie vor eine harte Probe für ihn blieb – er schien sie unbedingt bestehen zu wollen, denn er war auf diesem Wege ganz besonders liebevoll zu mir, als suche er mir seine erste Haltung abzubitten.

Es war jetzt bereits Hochfrühling geworden im Neckartal. Das weiße Blütenmeer schickte sich an, in einem blauen unterzutauchen: jeden Tag erwarteten wir das Aufbrechen der Fliederknospen. Als wir in die Straße einbogen, wo der Geistliche wohnte, sahen wir den ersten in voller Blüte stehenden Strauch. Er lehnte sich über die Mauer eines alten Gartens, so daß die holde Last seiner Zweige weich und wolkig in die Straße hineinquoll. Ich stieß bei seinem Anblick einen

kleinen Freudenruf aus, worauf Enzio sogleich einen Zweig herabbog, um ihn mir zu pflücken, unbekümmert um die mißbilligenden Blicke der Vorübergehenden.
Ich sagte: »Aber Enzio, dieser Flieder gehört uns doch nicht!«
»Unsinn, er gehört dir«, erwiderte er, mir den abgebrochenen Zweig reichend. Dann setzte er leise hinzu: »Du kannst doch alles von mir haben, was du willst.«
Ich fühlte, daß dies noch einmal eine Art Abbitte war. Statt einer Antwort beugte ich mich über den Zweig und küßte die duftenden Blüten. Dann reichte ich sie ihm hin – er küßte sie ebenfalls, und diese wortlose Beteuerung, daß nun alles wieder gut sei, ergriff uns beide so tief, daß wir den Rest des Weges in einem innigen Schweigen zurücklegten. Diese Augenblicke erschienen mir später immer zu den beglückendsten zu gehören, die unserer Liebe geschenkt waren. Ich entsinne mich deutlich, wie ich noch auf der Treppe der priesterlichen Wohnung immerfort dachte: Wie mächtig ist die Liebe – wie selig ist die Welt!
Man führte mich in einen großen Raum, der wenig Anheimelndes besaß, ich bemerkte das aber zunächst nicht. Erst ein leichtes Frösteln, hervorgerufen durch den Gegensatz des Sonnenscheins, aus dem ich kam, und der schattigen Kühle des nach Norden gelegenen Zimmers, ließ mich aufblicken. Die Einrichtung war überaus schlicht, unschön, ja fast lieblos. Die Möbel stimmten nicht zusammen, sondern jedem einzelnen Stück schien die Freiheit zugebilligt, auf seine eigene Weise geschmacklos sein zu dürfen. Fromm gemeinte,

aber schlechte Bilder bedeckten in ungeschickter Verteilung die Wände. Nur über dem Schreibtisch hing ein großer, edler Holzschnitt, der die heilige Veronika darstellte, wie sie, nach dem bekannten Gemälde des Kölner Meisters, das Schweißtuch mit dem Antlitz des Dornengekrönten ausbreitet, während zwei Gruppen kleiner Engel andächtig zu ihren Füßen kauern. Ich weiß eigentlich nicht, lag es an der Vereinsamung und Zufälligkeit, welche die Anwesenheit dieses schönen Bildes in einer solchen Umgebung darstellte, jedenfalls durchzuckte mich bei seinem Anblick ein leichter, aber durchdringender Schmerz, so als frage mich plötzlich die Stimme der Ewigen Liebe mitten in die unbeschreibliche Beseligung der Stunde hinein, wie sie mich einst in Rom unter dem Altar der heiligen Veronika gefragt hatte: Könntest du auch traurig sein?

Aber noch ehe ich ihr zu antworten vermochte, war der Dechant – diesen Titel führte der Geistliche – eingetreten. Erst als ich ihm gegenüberstand, kam mir zum Bewußtsein, wie ich die ganze Zeit über der naiven Erwartung gewesen war, er müsse schon äußerlich meinem priesterlichen Freund in Rom gleichen. Ich hatte mir dessen vergeistigtes Antlitz vorgestellt, die milden Augen, bei deren Blick es mir immer gewesen war, als könne er wohl mit der ganzen Welt Geduld haben. Allein der Dechant sah keineswegs aus, als ob er mit der ganzen Welt Geduld habe. Vor mir stand ein stattlicher Mann mit wohlgebildeten Gesichtszügen, der etwas sehr Herrscherliches, ja fast etwas von einem prächtigen Kirchenfürsten aus alten Zeiten hatte. Nur ein etwas kleinbürgerlicher Zug um den Mund hob diesen Eindruck wieder auf und ließ – widerspruchsvoll genug – gleichzeitig den eines sehr redlichen, gewissenhaften, dabei auch wohlwollenden Beamten zu. – Aber er gleicht ja Pater Angelo gar nicht, er ist mir ganz fremd, dachte ich enttäuscht, während er seinerseits mich sichtlich erfreut begrüßte, indem er sagte, daß er schon länger auf meinen Besuch vorbereitet sei.

Wir sprachen zunächst von Pater Angelo. Er erzählte mir, wie er selbst als junger Germaniker in Rom manchen theologischen Schulstreit mit ihm ausgefochten habe, und zwar erfolgreich. Bei den letzten Worten kam etwas leicht Kämpferisches in sein Gesicht – er schien sich heute noch an seinen damaligen Siegen zu freuen. Dann verweilte er bei seinen sonstigen römischen Erinnerungen und kam schließlich auf die Kirche in der Via Lucchesi und auf den berühmten Gesang ihrer Klosterfrauen zu sprechen, wobei er durchblicken ließ, er wisse, daß ich willens sei, bei ihnen einzutreten; kein Wunder, Pater Angelo hatte ihm ja noch geschrieben, ehe die große Wendung meines Lebens erfolgte. Ich sagte also, daß ich dies zwar vorgehabt, daß ich aber nun in Deutschland bleiben würde, weil ich mich hier verlobt hätte. Darauf kam es mir vor, als sähe der Dechant mich etwas weniger freundlich an, doch machte er kein großes Aufheben von meiner Mitteilung, sondern fragte mich nur, ob ich durch irgendein Gelübde an den Klosterberuf gebunden sei. Und als ich dies verneinte, erklärte er, auch in einer guten Ehe mit einem christlich katholischen Mann könne ich mein Leben Gott zur Ehre und nach den Grundsätzen der heiligen Kirche führen.

Damit war der Augenblick gekommen, wo ich ihm freimütig eingestehen mußte, daß mein Verlobter weder Christ noch Katholik sei. Nun ließ sich die Enttäuschung des Dechanten nicht mehr verbergen – der Unterschied zwischen dem Bilde, das er sich nach Pater Angelos Brief von mir gemacht hatte, und der Wirklichkeit war offenbar sehr groß! Er erklärte mir rund heraus, daß eine solche ›Bekanntschaft‹ – diesen Ausdruck gebrauchte er – etwas sehr Bedenkliches sei. Bei derartigen Verbindungen käme niemals etwas Rechtes heraus. Schon unter Christen verschiedener Bekenntnisse ließen sich die Dinge nicht gut an, wieviel weniger dort, wo auch die letzte Beziehung zum göttlichen Heiland gelöst und zerrissen sei. Da könne die Kirche als weise Mutter nur den Rat geben, die ›Bekanntschaft‹ – er wiederholte den mir anstößigen Ausdruck, der offenbar die Verlobung bestreiten sollte – sofort aufzugeben. Jeder gewissenhafte Priester werde mir dasselbe sagen.

»Aber Pater Angelo hat seine Zustimmung gegeben«, erwiderte ich.

»Wieso?« fragte er brüsk.

»Er meinte«, erwiderte ich, »wir müßten heute die vollkommene Liebesgemeinschaft mit den Ungläubigen eingehen, dann würden sie auch unserer Gnaden teilhaftig werden.«

Jetzt sahen mich die wohlwollenden Augen des Dechanten groß und befremdet an. »So, das hat Pater

Angelo geäußert?« sagte er. »Ja wahrhaftig, das sieht ihm ähnlich! Solche Aussprüche sind ihm zuzutrauen!« Er war so erregt, daß er aufstand und mit wuchtigen Schritten im Zimmer auf und ab zu gehen begann. Schließlich blieb er vor mir stehen und sagte mit sichtlich erzwungener Ruhe: »Also von einer Zustimmung der Kirche zu einer solchen Verbindung kann nie die Rede sein, liebes Kind. Die Kirche kann höchstens, um bei ganz Unbelehrbaren größeres Unglück zu verhüten, die Sache dulden, vorausgesetzt natürlich, daß die kirchliche Trauung und die christlich-katholische Erziehung der Kinder sichergestellt wird.«

Jetzt horchte ich auf: waren das vielleicht die Bedingungen, von denen Jeanette geschrieben hatte? Aber dann war ja alles gut! Es kam mir vor, als überströme mich in der strengen Kühle dieses unfreundlichen Nordzimmers die süße Liebe Enzios – ich glaubte seine Stimme zu vernehmen, wie er vorhin gesagt hatte: Aber du kannst doch alles von mir haben, was du möchtest! Kaum daß ich dem Wunsche widerstand, seinen Fliederzweig noch einmal an die Lippen zu drücken.

»Das wird mein Verlobter ohne weiteres zugeben, Hochwürden«, sagte ich strahlend. »Ist das wirklich alles, was die Kirche von ihm fordert?«

»Formal, ja«, erwiderte der Dechant zögernd, durch die Bereitschaft, mit der ich sprach, offensichtlich unangenehm überrascht. Er hätte wahrscheinlich lieber gesehen, wenn die Heirat an dem Widerstand meines Verlobten gescheitert wäre. »Aber wohl gemerkt«, fuhr er fort, »diese Forderung ist nur vorgesehen für den Fall, daß sich Katholiken unbelehrbar zeigen. Wer sich wirklich von der heiligen Kirche führen und erleuchten läßt, wird selber große Bedenken darin finden, sich einem Ungläubigen zu verbinden. Dieser Wunsch bedeutet ja bereits ein Spannungsverhältnis zur heiligen Kirche, weil eine äußerste Gefährdung der eigenen Seele. Denn sehen Sie, es liegen da eben zwei grundverschiedene Auffassungen der Ehe vor: für den Katholiken ist sie ein Sakrament und für den Andersgläubigen oder gar Ungläubigen lediglich eine bürgerliche Angelegenheit. Sind Sie sich über diesen Unterschied im klaren? Sagen Sie mir einmal, was ein Sakrament bedeutet?«

Ich fühlte zu meinem Ärger, wie ich bei dieser Aufforderung rot wurde: der Dechant traute mir jetzt offenbar gar nichts mehr zu! Ach, hätte er gewußt, was mir in früher Kindheit widerfahren war, wenn ich mit meiner Tante Edelgart in Santa Maria in Lucchesi das Pange lingua singen hörte! Aber davon konnte ich unmöglich zu ihm sprechen, seine ganze Art verschloß mir geradezu den Mund. Allein ich war zu gut erzogen, um mir das merken zu lassen. Bescheiden, aber doch mit einer kleinen kindlichen Empfindlichkeit, sagte ich: »Ein Sakrament ist das sichtbare Zeichen einer unsichtbaren Gnade« – so hatte es mich Pater Angelo in der Religionsstunde gelehrt.

»Gut«, lobte er, »das ist die Formel, die das heilige Konzil von Trient über das Sakrament des Altars geprägt hat. Kommen wir von daher auf das Sakrament der Ehe.« Er begann nun des längeren über dieses zu sprechen. Ich weiß nicht, inwieweit ich die Kenntnis dessen, was er sagte, hier voraussetzen darf – eine der schmerzlichsten und erstaunlichsten Entdeckungen, die mir in der Welt noch vorbehalten sein sollte, war ja die vollkommene Ahnungslosigkeit sehr weiter Kreise über die eigentlichen Tiefen der katholischen Glaubenslehren!

»Jede wahre Liebe«, so hat sich Pater Angelo später einmal zu mir ausgedrückt, »besitzt eine Beziehung zur Urliebe, durch die Gott alles erschaffen hat und durch die er alles Erschaffene wieder zu sich heimholt. Die Ehe als die innigste Liebesgemeinschaft, die wir kennen, ist ein Abbild und Unterpfand dieser Urliebe. Wie sie das Leben der Generation erneuert, so ist sie auch das Symbol eines neuen persönlichen Lebens für die beiden Gatten. Die Ehe bedeutet also einen Spiegel der Schöpferliebe wie der Erlöserliebe Gottes, oder – wie die Kirche sich ausdrückt – ein Abbild der ewigen Hochzeit Gottes mit der Menschheit. Endlich hat die Ehe auch eine Beziehung zum Heiligen Geist, von dem es heißt, daß er, als ein Geist der Schöpfung und der Liebe, das Antlitz der Erde erneuert. Durch den Heiligen Geist wird die Ehe als Sakrament erkannt und empfangen. Als solches ist sie heilig und – wie ihr Urbild, die Ewige Liebe – unwiderrufliche und unlösbare Treue.«

Soweit Pater Angelo. Nun, der Dechant drückte sich ein wenig anders aus: steifer, kühler, karger. Aber der Inhalt seiner Worte war genau derselbe. Während er sprach, ging mit ihm eine Veränderung vor: die herrscherliche Haltung und der etwas kleinbürgerliche

Zug um den Mund verschwanden gleicherweise, es war, als trete das Persönliche des Gesichtes überhaupt zurück und mache einer großen einfachen Objektivität Platz. Ich hatte auf einmal gar nicht mehr das Gefühl, daß mir ein fremder Priester gegenüberstand, nein, es stand mir überhaupt kein Einzelner mehr gegenüber. Sondern gegenüber stand mir die Kirche selber, ihre Weisheit und ihre Wahrheit, diese aber stellten sich – das wurde mir mit jedem Wort klarer – auf meine Seite! Und ich stand innerlich jubelnd auf der ihren: während ich der langen Rede des Dechanten lauschte, war es mir, als folgte ich des eigenen Herzens Spur mitten in die große Herrlichkeit der Kirche hinein. Denn das, was der Dechant da sagte, das entsprach der tiefsten Forderung der Liebe selber, ihrer Innigkeit und ihrer Hoheit! Dies hatte ich geahnt, als ich in Enzios Stimme Gottes Ruf zu hören glaubte. Dies hatte ich gemeint, als ich ihm sagte: Die Liebe stammt von Gott und führt zu Gott zurück. Auch die irdische Liebe war im Grunde die himmlische – sie war eine Form der Gnade, ein Heiligtum, ein Abbild der Ewigen Liebe – die Ewige Liebe war in ihr.
Ich bin überzeugt, daß ich den Dechanten geradezu verklärt anblickte. Dieser schloß jetzt mit den Worten des heiligen Chrysostomos: »Mann und Frau sind also nicht zwei Menschen, sondern einer.« Dabei erhob er ein wenig die Stimme, so als meine er, mit diesem Satz mir irgendwie den Boden unter den Füßen fortzuziehen. Ich bemerkte das aber nur ganz flüchtig, denn die Formel, die er da zitierte, war ja auch nur eine andere für meinen geliebten Engelspruch: »Alles, was dein

eigen ist, ist vor Gott auch sein.« Als der Dechant schwieg, konnte ich vor übergroßer Freude nichts anderes hervorbringen als: »Wie schön, wie wunderwunderschön ist das, Hochwürden!«

Er schien über meinen Ausruf etwas erstaunt zu sein. »Wunderschön, gewiß«, erwiderte er zögernd, »obwohl der Schwerpunkt gar nicht auf dem Wunderschönen liegt. Aber, auf jeden Fall, es handelt sich um eine Schönheit, die – ich wiederhole, was ich vorhin sagte – für den einen Teil besteht und für den anderen nicht.«

»Wenn sie für den einen Teil besteht, so besteht sie doch auch für den anderen«, wandte ich nun meinerseits erstaunt ein.

Jetzt setzte er wieder sein herrscherliches Gesicht auf. »Erlauben Sie einmal, liebes Kind«, meinte er, »Ihre Logik ist nicht ohne weiteres verständlich, die müssen Sie mir erst erklären.« (Ach, für den Dechanten war ich nicht das kluge Spiegelchen wie für Enzio, das hatte ich bereits bemerkt! Allein mein Spiegelchen war meiner Ansicht nach in Ordnung.) »Ich meine«, sagte ich, »den Spruch des heiligen Chrysostomos: ›Mann und Frau sind nicht zwei Menschen, sondern einer.‹ Heißt das nicht, daß sie alles miteinander teilen?«

»Es heißt, sie sollten alles miteinander teilen«, verbesserte er mich. »Aber, sie teilen es in Ihrem Falle eben nicht – sie können es nicht miteinander teilen, der Satz des heiligen Chrysostomos beweist ja gerade, daß die Ehe zwischen einem Gläubigen und einem Ungläubigen ein Unding ist – die werden niemals eins, die bleiben immer zwei, die sakramentale Auffassung

der Ehe trennt sie.« Er sagte das wieder in einem Ton, als ob er mir den Boden unter den Füßen fortziehe, während ich mich immer mehr auf festem Boden fühlte!
»Hochwürden, sagen Sie mir nur noch eines«, bat ich, »geht es nur um eine sakramentale Auffassung der Ehe oder wirklich um ein Sakrament? Ich meine, bleibt die Ehe Sakrament, auch wenn man es nicht weiß und anerkennt?«
»Natürlich bleibt sie Sakrament, denn sie ist Sakrament«, erwiderte er mit leichter Zurechtweisung, »vorausgesetzt, daß sie gültig geschlossen wurde. Das wäre ja noch schöner, wenn die Leugnung der Wahrheit die Wahrheit zu verändern vermöchte!« Schon wieder kam etwas Kämpferisches in sein Gesicht. »Man kann die Ehe mißverstehen und entweihen wie jedes Heiligtum, aber man kann ihr den Charakter des Heiligtums nicht nehmen – das gilt für jeden Getauften, mag er nun gläubig sein oder nicht. Aber«, unterbrach er sich plötzlich, »Sie strahlen ja immerfort, liebes Kind, und was wir hier verhandeln, ist im höchsten Maße ernsthaft.«
Ich fühlte selbst, wie mein Gesicht schon wieder glühte. Ach, unaufhörlich wiederholte sich in dieser Unterredung, daß alle Warnungen mich nur um so zuversichtlicher machten! Jetzt erst glaubte ich, Pater Angelo ganz verstanden zu haben, als er mir sagen ließ: sie soll sich gänzlich auf das Sakrament verlassen. »Aber dann«, sagte ich bebend vor Glück, »dann ist ja die Ehe das Sakrament, das auch der Ungläubige empfangen kann, das einzige, das letzte! Dann ist sie

ja für alle, die wir sonst von unseren Gnaden ausgeschlossen wissen, die eine große Gnadenmöglichkeit!«
Ich fühlte einen wahrhaft seligen Triumph bei meiner Schlußfolgerung, sie war in meinen Augen zwingend. Und in der Tat, es erfolgte keine Widerlegung, ich hatte nur den Eindruck, daß sie dem Dechanten sehr unbequem war. Aber das focht mich nun nicht im geringsten an. »Oh, wie herrlich weit«, fuhr ich in meiner Hingerissenheit fort, »wie großherzig ist die Kirche, daß sie auch dem Gottlosen, dem Irrenden, dem ihr ganz Fremden eines ihrer Sakramente spendet!«
»Nicht die Kirche spendet dieses Sakrament«, erwiderte er nun, »die Eheleute spenden es sich selber. Die Kirche segnet lediglich den Entschluß dazu. Also um ganz deutlich zu sein: Sie spenden das Sakrament Ihrem Gatten, und er spendet es Ihnen.«
»Ich – ich«, stammelte ich, bis ins Innerste ergriffen. »Ich könnte meinem Verlobten ein Sakrament spenden – ich, wirklich ich, und er mir!« Ich vermochte nicht weiterzusprechen – ohne, jetzt war auch das Letzte klar geworden: wie mir die Liebe als das einzige Band erschienen war, das den Gottesfernen noch mit Gott verband, so war ihr auch die einzige Gnade in die Hand gegeben, die er empfangen, ja die er sogar verspenden durfte! Die Tränen stürzten mir bei dieser Vorstellung aus den Augen, ich dachte nicht einmal daran, sie zu verbergen.
Der Dechant sah mich ein wenig ratlos an. »Nun zum Weinen ist das eigentlich ebensowenig wie zum Strahlen«, meinte er halb begütigend, halb befangen.

»Oh, verzeihen Sie doch, verzeihen Sie doch, Hochwürden«, schluchzte ich, »ich weine ja nur, weil Ihre Worte mich so glücklich machen, und ich werde auch gleich wieder aufhören –.« Ich begann, mein Gesicht mit dem Taschentuch zu bearbeiten.
Er wartete geduldig schweigend. Nur sein Armstuhl knarrte manchmal leise unter den Bewegungen seiner wuchtigen Gestalt – ich glaube, daß er sehr angestrengt über mich nachdachte. Als ich mich wieder gefaßt hatte, prägte sich in seinem Gesicht eine äußerste Gewissenhaftigkeit aus. »Sie sind ein seltener Fall, liebes Kind«, begann er wohlwollend. »Ich merke, es ist Ihnen tatsächlich um das Religiöse zu tun, glauben Sie nicht, daß ich dies verkenne. Ihr Fall hebt sich sehr stark von anderen, ähnlich gelagerten ab. Aber täuschen wir uns trotzdem nicht über die Gefahren, die Ihnen drohen. Ihr Verlobter begehrt die Ehe nicht als Sakrament, noch denkt er, Ihnen ein solches zu spenden. Das Verlangen nach der Heiligkeit der Ehe wird allein auf Ihnen beruhen – verlassen Sie sich nicht zu sehr auf Ihre Stärke!«
»Ich verlasse mich nicht auf meine Stärke, ich verlasse mich nur auf die Kraft des Sakraments«, erwiderte ich, unter Tränen lächelnd. »Und ist nicht die Liebe selbst schon das unbewußte Verlangen nach ihm?« (Ich dachte an Enzios wunderbaren Ausdruck damals auf der Treppe, an den jungen Ritter auf dem alten Kirchenbilde, dem er in letzter Zeit so oft geglichen hatte.)
Nun wollte der Dechant wissen, ob mir das auch Pater Angelo gesagt habe?

Ich erwiderte: »Nein, das habe ich durch meinen Verlobten erfahren.«
»Was haben Sie durch ihn erfahren?« forschte er, auf einmal wieder ganz herrscherlich geworden. »Daß Ihr Verlobter etwa nach dem Sakrament verlangt? Ich hatte Sie verstanden, er sei gottlos.«
Ich fühlte, wie ich abermals errötete. »Ich habe erfahren, daß die Liebe noch mit Gott verbindet, wo jede andere Verbindung mit ihm bereits zerstört ist«, sagte ich.
Nun schüttelte er wieder den Kopf über mich. »Die Liebe – die Liebe –«, meinte er, halb gerührt, halb mißbilligend. »Es gibt mancherlei Liebe, mein Kind. Die Ihres Verlobten ist vermutlich gerade der Trugschluß Ihrer hochgespannten Hoffnung, denn sie verhüllt Ihnen den Ernst der Wirklichkeit und nimmt Ihnen die Kraft zu charaktervollem Widerstand. Sie kommen mir ohnehin nicht sonderlich zum Widerstand geeignet vor. Sind Sie nicht mindestens sehr eindrucksfähig?« Ich gab ehrlich zu, daß man dies immer von mir behaupte.
»Gut«, sagte er, »wir haben also doppelten Grund zur Vorsicht. Denn, sehen Sie, die Ehe ist zwar schon von Natur her ein Mysterium, aber den Empfang der eigentlichen sakramentalen Gnaden im christlichen Sinne können wir uns für den ungläubigen Teil doch eben nur als ein Überströmen der Gnade des Gläubigen auf ihn denken – allein, nicht nur die Gnaden strömen über!« Und nun äußerte er merkwürdigerweise ganz dasselbe, was Enzio zu mir geäußert hatte. »Sie haben sich«, so sagte er, »vorhin das Wort des heiligen

Chrysostomos zu eigen gemacht, daß Mann und Frau nur noch ein Wesen seien; daraus folgt aber der gemeinsame Besitz in allem. Wie Ihr Verlobter an Ihrer Gnadenwelt, so werden Sie auch an der Welt seiner Gottesferne teilhaben; und diese Welt ist überaus mächtig, der Erfolg ist fast immer auf ihrer Seite. Diese Erfahrung bedeutet eines der schmerzlichsten Kapitel des Priesterlebens.« Er begann nun davon zu sprechen, wie ihm aus seiner Seelsorge eine Reihe von Fällen bekannt sei, bei denen durch solche Ehen, wie ich sie vorhabe, ganze Familien der Kirche und damit dem ewigen Heil verlorengegangen seien, ja, das bedeute geradezu die Regel. Und nun bemerkte ich plötzlich doch eine Übereinstimmung zwischen ihm und Pater Angelo. Auch der Dechant schien gänzlich unter dem Eindruck der ungeheuren Macht des heutigen Unglaubens zu stehen, aber während Pater Angelo die Rettung im Opfer der eigenen Sicherheit und im äußersten Wagnis der Liebe erblickte, sah er sie im entschlossenen Widerstand und in der Selbstbewahrung.

Nun, der Dechant war ohne Zweifel ein Mann von reicher priesterlicher Erfahrung. Jedes seiner Worte strömte eine unbedingte Glaubwürdigkeit aus. Er sprach eindringlich, ohne Schärfe, nüchtern und mit großer Sicherheit. Dabei ging in seinem Gesicht dieselbe Veränderung vor, die ich schon einmal wahrgenommen hatte: der persönliche Ausdruck trat zurück – wieder hatte ich das Gefühl, keinem einzelnen Menschen gegenüberzustehen, sondern der Kirche selber, ihrer jahrtausendealten Weisheit, Erfahrung und Seelenkunde, die – und nun kam etwas sehr Erschütterndes –, die auch mir gegenüber keineswegs irrte! Denn hatte mich nicht selber immer wieder das Erschauern überfallen, daß mein Heiligstes durch Enzio tief gefährdet sei? War mir je von Gott versprochen worden, daß es nicht gefährdet sein sollte? Hatte nicht auch Jeanettes, hatte nicht auch Paer Angelos Antwort das Wissen um diese Gefährdung deutlich erkennen lassen? Gehörte sie nicht wesentlich zu meinem Schicksal an Enzios Seite als die Entsprechung der Wahrheit, daß wirklich alles, was mein eigen war, sein werden sollte? Ich fühlte mit nie gewesener Klarheit, daß es so war – ich fühlte: jedes Wort, das der Dechant jetzt sprach, besaß die höchste Gültigkeit – auch für mich. Und doch stand unerschütterlich fest, daß Enzio Gottes Ruf an mich gewesen war und blieb. Ein unendlich großes, dabei aber ganz kindliches Vertrauen überkam mich, ein Vertrauen, das in demselben Maße zu wachsen schien, wie ich die Berechtigung der Warnung, die an mich erging, rückhaltlos anerkannte. Und während der Dechant fortfuhr, mir die ungeheuren Gefahren meines künftigen Weges vor Augen zu halten, tauchte in meinem Innern wieder, wie am Abend meiner Verlobung, die unvergeßliche Erinnerung an jene römische Nacht auf, in der ich an Enzios Seite durch alles Grauen seiner Welt hindurchgegangen war, bis hin zu dem lichtumstrahlten Sakramentsaltar, an dem das Meer der Finsternis sich brach. – – –

Enzio stand wahrhaftig noch vor der Tür, als ich das Haus des Dechanten verließ. Ich mußte sehr lange bei ihm gewesen sein, denn draußen war die Stimmung

gänzlich verändert. Statt des goldenen Sonnenscheins, der uns herbegleitet hatte, lagen lange schmale Abendschatten in der Straße. Die Luft, zuvor lauter und lebendig, war drückend geworden – draußen in der Rheinebene mochte sich eben das erste Gewitter des Jahres vorbereiten. Aber auch über Enzios Gesicht lagerte etwas von der fernen Rheinebene.
»Hast du lange auf mich warten müssen?« fragte ich.
Er schüttelte den Kopf. »Auf dich niemals«, erwiderte er beinahe heftig. Ich sah ihn fragend an. Er wollte erst nicht mit der Sprache heraus, ließ sich dann aber doch zu dem Geständnis herbei, er habe sich inzwischen mit Seide unterhalten, die – wahrlich wieder auf Besorgungsfahrten für meine Aussteuer – hier vorbeigekommen sei. Sie habe ihn geneckt, weil er so geduldig auf mich warte. (Natürlich hatte sie herausgebracht, bei wem ich war!) Ich nahm indessen an, daß dies nicht alles sei, was sie gesagt hatte – er war zu merkwürdig verändert. Sonderbarerweise kam ich nicht gleich auf den rechten Grund. Ich war noch zu erfüllt von dem Mysterium, das sich mir enthüllt hatte: im Innern von ihm überstrahlt, nach außen hin fast blind.
Er ging beharrlich schweigend neben mir bis zur alten Universität. Der Ludwigsplatz war um diese späte Nachmittagsstunde fast leer und so feierlich still, als träume er dem längst versunkenen Klosterfrieden nach, dessen Gruft tief unter seiner Oberfläche lag.
»Enzio«, sagte ich, nur um sein Schweigen irgendwie zu lösen, »es ist doch schade, daß man hier den alten Kreuzgang wieder zugeschaufelt hat. Es könnte auf

dem Ludwigsplatz aussehen wie in einem deutschen Rom.«

»Warum bedauerst du das gerade in diesem Augenblick?« fragte er gepreßt. Hatte ihn vielleicht Seide auch damit geneckt, daß mich der Dechant für das Kloster zurückfordern könne?

»Mir scheint, ich muß wieder einmal meinen Hut abnehmen, damit du meine Zöpfe sehen kannst«, sagte ich scherzend.

Er scherzte nicht mit – ich hatte also recht mit meiner Vermutung. »Es wäre nach dem Besuch, den du gemacht hast, wahrscheinlich nötig«, meinte er. Ich fühlte, daß er nur mit Mühe die Frage zurückhielt, was ich denn nur so lange mit dem Dechanten geredet habe? Ach, wüßte er, was ich erfahren hatte! Ich fühlte den geradezu unwiderstehlichen Wunsch, ihm wenigstens etwas davon mitzuteilen!

»Enzio«, sagte ich stehenbleibend, »sehe ich aus, als ob mich der Dechant ins Kloster schicken könne?«

Seine blonden Wimpern begannen wieder einmal zu flimmern. »Nein«, erwiderte er ehrlich.

»Siehst du wohl«, sagte ich triumphierend. »Nun will ich dir auch erzählen, was wir die ganze Zeit geredet haben, denn ich sehe ja, es läßt dir keine Ruhe! Wir haben von der Ehe geredet, und weißt du, was ich nach dieser Unterredung möchte? Ich möchte, daß wir bald heiraten könnten – Enzio, geht es nicht doch, ohne daß dein Werk leidet? Vielleicht, wenn wir ganz einfach lebten oder ich etwas dazu verdiente. Bisher habe ich immer gedacht, es könne niemals schöner sein als heute, aber jetzt weiß ich, daß es noch viel schöner,

nein, daß es viel tiefer sein kann – so tief, daß du dich nie mehr um mich sorgen würdest!«

Nun war er einfach selig: er ergriff meine Hand, und wir legten den Rest des Weges in dieser Haltung zurück.

An diesem Abend konnte ich lange nicht einschlafen. Die Nacht war mondlos; die späte Lampe meines Vormunds brannte heute nicht. Die Baumkronen des Gartens bedeckten den Ausschnitt des Himmels, der in meinem Fensterrahmen lag, wie Wolken. Nur von Zeit zu Zeit, wenn der Atem der Nacht durch die Bäume wehte, schimmerte vom anderen Ufer her die Spitze der Lichterpyramide, der Christbaum meines Vormunds, herein, ich erkannte dann im Sternenglanz die beiden Engel über meinem Lager. In der sanfthellen Dunkelheit sah es aus, als ob ihre hochaufgerichteten Flügel einander berührten. Ich lag schlaflos, aber ohne jede Unrast, von einer geradezu seligen Ruhe wacherhalten, wie eingetaucht in einen mystischen Gnadenzustand. Es war mir, als sei die ganze Welt durch das gleiche Geheimnis verbunden wie Enzio und ich, aber dieses Geheimnis hieß nicht mehr: Alles, was mein ist, ist sein, sondern es hieß: Wir sind nichts Einzelnes, wir sind Liebe – es gab kein Mein und kein Sein mehr!

Schon am nächsten Morgen teilte mir Enzio mit, daß er sich entschlossen habe, eine Stellung als Schriftleiter einer Zeitung zu suchen, die ihm erlauben werde, uns zu ernähren und gleichzeitig für seine Ziele einzutreten. Er war in dieser Hoffnung sehr fest, freudig und zuversichtlich, sogar Seide gegenüber schien er ent-

spannter, als ich ihn je zuvor gesehen hatte. Er sagte, es sei ihm auch um ihretwillen lieb, wenn ich nun zu ihm käme, er habe immer gefürchtet, sie werde mich eines Tages nicht mehr dulden. Nun müßten wir versuchen, diese letzte Zeit, die ich noch in ihrem Hause weile, gut mit ihr auszukommen; ja, er zeigte sich sogar bereit, einen ihrer Wünsche zu erfüllen, den er bisher hartnäckig abgelehnt hatte. Ich muß jetzt auf diesen etwas näher eingehen, weil er in der Folge eine unerwartete Bedeutung gewann.

Es handelte sich um eine Veranstaltung, die angeblich eine Überraschung zu Seides nahem Geburtstag bilden sollte, in Wirklichkeit aber von ihr selbst bestellt worden war. Sie hatte mir nämlich nahegelegt, Enzio zu veranlassen, für einige kleine Theateraufführungen Sorge zu tragen, um die Gäste zu unterhalten, die sie zu ihrem Fest einladen wollte. Enzio hatte dieses Ansinnen natürlich mit Entrüstung zurückgewiesen und mir gesagt, ich möge Seide erklären, daß ihm seine Doktorarbeit solche Scherze nicht gestatte. Ich hatte diese Antwort aber unterschlagen, denn seine Doktorarbeit war so gut wie fertig, und er nahm ja sonst auch nicht die mindeste Rücksicht auf sie, wenn es seine eigenen Wünsche galt, zum Beispiel unsere gemeinsamen Ausflüge. Inzwischen erinnerte mich aber Seide daran, daß der Tag ihres Festes näher rücke, indem sie plötzlich in höchst auffälliger Weise die Besorgungen zu meiner Aussteuer beiseite ließ, um für ihren eigenen Geburtstag einzukaufen. Sie müsse dies leider selbst tun, behauptete sie, denn ihr Gatte vergäße es regelmäßig und sei ihr hernach dankbar, wenn sie ihm

einige Kleinigkeiten in die Hand drücke, die er ihr aufbauen könne. (›Einige Kleinigkeiten‹ war natürlich ein sehr milder Ausdruck für diese Einkäufe.) Ich nahm daher Gelegenheit, Enzio noch einmal an jene Theateraufführungen zu erinnern, wobei ich sagte, daß ihm selber doch so viel daran gelegen sei, uns Seide gewogen zu erhalten. Er konnte nicht widersprechen, aber er meinte, ihm falle auch nicht das geringste ein, was sich für solche ›Ovationen alten bürgerlichen Stils‹ eigne. Ich fragte ihn darauf, ob man denn nicht einfach ›die guten Geister des Hauses und der Stadt‹ – so nannte doch mein Vormund die Romantiker – auftreten lassen könne? Wir würden einige Gestalten, die in Seides schönem Biedermeiersalon an den Wänden hingen, sozusagen aus dem Rahmen nehmen und sprechen lassen. Er meinte zögernd, das sei keine üble Idee, allein was man sprechen wolle, müsse erst gedichtet werden, und dazu sei er keinesfalls bereit. Ich sagte dann, er brauche gar nicht dichten, ich stellte mir die Sache so vor: Bettina von Arnim würde kommen und einen ihrer Briefe an die Günderode vorlesen; diese würde Seide mit einem Spitzentüchlein zuwinken und dabei die Hand aufs Herz legen zur Beteuerung einer romantischen Schwesterlichkeit, wie Seide sich doch schmeichle, sie zu besitzen. Clemens Brentano würde mit seiner Laute erscheinen und ein Lied aus ›Des Knaben Wunderhorn‹ singen. Der junge Eichendorff würde sein Gedicht über Heidelberg vorlesen und so fort im Zuge der Gestalten, wie sie hier einst aus und ein gegangen waren. Nur Goethe könnten wir natürlich nicht auftreten lassen, den Olympier darzustellen,

sei zu vermessen, aber vielleicht wage sich noch jemand an Hölderlin und seine ›schicksalskundige Burg‹ heran. Die Kosten der sogenannten ›Ovationen‹ aber ließen sich einfach dadurch bestreiten, daß jede der auftretenden Gestalten sich vor der Herrin des Hauses als vor dem Geburtstagskind verneige.

Er hörte lächelnd zu: »Würde es dir Spaß machen?« fragte er. Ich beteuerte das natürlich, und damit war der Fall für ihn entschieden. Ja, er war nun plötzlich ganz bei der Sache, und wir überlegten die Verteilung der Rollen auf die jungen Leute aus dem Kreise meines Vormunds. »Und welche Rolle willst du spielen?« erkundigte er sich. Ich sagte, ich würde die Modistin sein und die Kostüme beschaffen. Ich wußte nämlich, daß in den alten Schränken und Garderoben der unendlich vielen überflüssigen Gelasse unseres Hauses noch allerlei verblichener Staat vorhanden war, der dort bis in Ewigkeit aufgehoben wurde. Er erwiderte: »Nein, du wirst Marianne von Willemer darstellen und das Gedicht sprechen:

›Euch grüß' ich, weite, lichtumfloßne Räume,
Dich alten, reichbekränzten Fürstenbau . . .‹«

Ich sagte, das sei eine herrliche Idee, da hätten wir doch noch den großen Schatten Goethes auf unserer Leinwand, ohne Gefahr zu laufen, ihn zu kompromittieren.

Wir machten uns nun an die Proben. Ich hatte Enzio vorgeschlagen, sie in dem großen, freilich allzu schmalen Pensions-Eßzimmer seiner Mutter abzuhalten, aber er erklärte, wir würden besser in Starossows ›Bude‹ tagen, dort sei der entsprechende Raum und

überhaupt: wenn schon Romantik, dann wenigstens noch einmal stilgemäße. Bei seiner Mutter würde alles in belegten Brötchen ersticken. Mir ging diese Anordnung etwas gegen den Strich, denn ich war nach wie vor überzeugt, daß Starossow mich nicht leiden könne, ich fühlte mich in seiner Nähe unbehaglich. Dieses Unbehagen steigerte sich noch, als ich ihn jetzt wiedersah, seit meiner Verlobung zum ersten Mal – er hatte sich in letzter Zeit ganz zurückgezogen. Ich benutzte die Gelegenheit, ihm für die vielen Nachschriften meiner Kollegien zu danken, durch die er meine Ausflüge mit Enzio ermöglicht hatte, aber er nahm auch das sehr unverbindlich auf – ich konnte nicht im Zweifel sein, daß seine Gefälligkeit ausschließlich seinem Freund galt. Trotz aller früheren Erfahrung überraschte mich das, denn ich wußte jetzt, daß Starossow nicht nur selbst Offizier gewesen war, sondern auch aus einer bekannten norddeutschen Offiziersfamilie stammte, also aus Kreisen, die gewisse Formen zu betonen pflegen. Übrigens war seine Bude wirklich äußerst reizvoll und für unseren Zweck geeignet. Er bewohnte das sogenannte Gartenhaus der Pension. Es lag unterhalb des Philosophenweges, zu dem hinter dem Hause ein kleiner staudenreicher Berggarten emporkletterte. Das Gartenhaus bestand in der Hauptsache aus einem saalartigen Gemach, in dem ein kostbarer Flügel stand, der für gewöhnlich mit einer braunen Samtdecke bekleidet war, auf dem aber, wie ich wußte, Starossow halbe Nächte lang zu spielen pflegte. Ich wagte noch einmal eine Annäherung an diesen und fragte ihn, ob er nicht auch zuweilen bei

Tage darauf spiele – ich meinte, wenn wir da seien –, erhielt aber die ausweichende Antwort, daß er dann keine Zeit habe. Und in der Tat, er war in der Folge meistens abwesend, wenn wir kamen, denn selbst eine Rolle zu übernehmen, hatte er abgelehnt. Nur manchmal erschien er flüchtig, um Enzio einen neuen Zeitungsartikel zu überreichen, den dieser immer sofort hastig überflog. Einmal, als er ihm das Manuskript zurückgab, hörte ich, wie er sagte: »Wie unerbittlich du die Dinge aussprichst, Starossow, du bist im Grunde viel stärker als ich.« Es klang aufs höchste anerkennend, aber Starossow schien trotzdem nicht ganz befriedigt, ich hatte immer die Vorstellung, daß er mit seinen Schriftstücken einen Appell an Enzio richte, den dieser, viel zu sehr mit mir beschäftigt, gar nicht als solchen wahrnahm. Ja, manchmal hatte ich geradezu das Gefühl, als ob sich diese Schriftstücke, deren Inhalt ich doch gar nicht kannte, gegen mich richteten! Wieder erinnerte ich mich an Seides Ausspruch, Starossow sei ein abgefallener Katholik. Ich war überzeugt, daß ich ihm deshalb als Braut seines Freundes unsympathisch sei, wie er mir denn auch mit keinem Wort zur Verlobung Glück gewünscht hatte, obwohl ich annahm, daß er von Enzio ins Vertrauen gezogen sei. Diese Meinung bestätigte sich mir im Laufe unserer Proben immer mehr.

Zunächst waren nun die Kostüme unter uns verteilt worden, die ich aus den alten Garderoben hervorgezogen hatte. Es befanden sich reizende Stücke darunter: echte Empirekleider mit hochgeschlossenen Gürteln, farbige Fracks aus der Wertherzeit, Fächer mit

Blumengirlanden und kleinen Freundschaftstempeln bemalt, große Schutenhüte und Fransentücher aus dem Biedermeier – kurz, jedermann fand, was er zu seiner Rolle brauchte, und wir hatten solches Gefallen an diesen Verkleidungen, daß wir uns schon bei den Proben damit ausstaffierten, auch entdeckten wir, daß wir mit den Kostümen zugleich wie von selbst in unsere Rollen schlüpften. Was die meine anbetraf, so war ich bald so mit ihr vertraut, als spiele ich meine eigene. Jedesmal, wenn ich als Marianne von Willemer die Schlußzeilen meiner Rolle sprach:

›Hier war ich glücklich, liebend und geliebt‹,

so blickte ich Enzio an. Er wartete auf diesen Blick, er gab ihn strahlend zurück. Die Wiederholung dieses Blickes in jeder Probe war für uns beide von unendlicher Beglückung, der geheime, süße, zauberhafte Reiz des Spiels. Er war es so sehr, daß ich eines Tages unwillkürlich die Worte aus der Vergangenheit in die Gegenwart verlegte; ich sagte:

»Hier bin ich glücklich, liebend und geliebt.«

Niemand bemerkte es außer ihm. Dieser Augenblick war wieder einer jener unvergeßlich beseligenden Höhepunkte unserer Liebe.

An einem der folgenden Tage sagte er mir, daß er für kurze Zeit verreisen müsse – es handle sich um die schon erwähnte Anstellung, die unsere Ehe ermöglichen sollte. Er habe Starossow gebeten, sich während seiner Abwesenheit um die Proben zu kümmern.

Ich hatte nun in den nächsten Tagen vielfach mit diesem zu tun, denn er nahm es mit den Proben genau so ernst wie mit seinen Kollegnachschriften für mich.

Das schien allen Wünschen Enzios gegenüber bei ihm der Fall zu sein. Wenn unsere kleine Theatergesellschaft jetzt das Gartenhaus betrat, war er stets zur Stelle und bemühte sich, den Festordner im Sinne Enzios abzugeben. Ja, er trieb die Gewissenhaftigkeit so weit, daß er sich bei den Proben immer an denselben Platz stellte wie jener. Wenn ich die Verse Marianne von Willemers sprach, sah ich jedesmal sein schönes, vornehmes Gesicht zu mir hingewandt wie sonst dasjenige Enzios, als warte er wie dieser auf die letzte Zeile, aber zugleich, als wehre er sich auch dagegen! Er sah dann fast so aus wie Enzio damals auf der Treppe ausgesehen hatte, ich meine so, als ob ihn nichts und niemand in der Welt beirren könne, nur mit dem Unterschied, daß Enzio wirklich diesen Ausdruck gehabt hatte, während er bei Starossow maskenhaft wirkte, so als habe ihm jemand sein wirkliches Gesicht fortgenommen. Es überfiel mich dann immer ein eigentümliches Mitleid mit ihm. Er ist nicht stärker als Enzio, dachte ich, er ist schwächer, und darum muß er alles viel unerbittlicher ausdrücken. Dieses Mitleid zwang mich auch, Starossow immer wieder freundlich zu begegnen, obwohl er sich nach wie vor sehr ungern mit mir befaßte. Es war aber damals natürlich notwendig, daß er dies tat, ja, es ergab sich sogar einmal, daß er und ich, nachdem die anderen bereits gegangen waren, noch zusammenbleiben und über die Aufführungen verhandeln mußten. Wir erledigten es in denkbar knappster Form, auch von meiner Seite her, denn ich glaubte, nun wir allein waren, unter seiner Steifheit und Zugeknöpftheit eine geradezu

fliegende innere Hast zu spüren, die auf mich übersprang. Vermutlich ließ ich aus diesem Grund beim Abschied mein Notizbuch liegen, worin ich alles Wichtige für unsere Rollen und Kostüme eingetragen hatte. Ich bemerkte es erst, als ich schon ein gutes Stück den Berggarten hinuntergestiegen war, und drehte sofort um, das Vergessene zu holen. Ich hoffte, von Starossow nicht bemerkt zu werden, denn er hatte sich inzwischen an den Flügel gesetzt: durch den schon tief herabgesunkenen Sommerabend strömten mir die Klänge der Apassionata entgegen, die meine Großmutter leidenschaftlich geliebt hatte und die in ihrem Salon viele Male erklungen war. Eine ganze Welt von Erinnerungen überfiel mich, als ich das Gartenhaus betrat. Unwillkürlich blieb ich auf dem kleinen Vorplatz stehen und lauschte mit angehaltenem Atem. Ich weiß nicht wodurch, aber Starossow bemerkte mich. Er erhob sich plötzlich und kam auf den Vorplatz hinaus, sah mich, verlor aber kein Wort über meine Anwesenheit. Dieses vollkommene Schweigen, in dem er vor mir stand, hatte etwas Unhöfliches, dabei aber irgend etwas Hintergründiges, das mich zu verwirren drohte – ich mußte es brechen.

»Ich bin nur zurückgekommen, um ein vergessenes Buch zu holen«, sagte ich, »dabei hörte ich Sie spielen – ich liebe die Apassionata und wollte einen Augenblick zuhören.«

»Ja, dann bitte, nehmen Sie doch Platz«, murmelte er. Es klang widerstrebend, und doch durchzuckte mich plötzlich die unwahrscheinliche Vorstellung, daß er mich mit seinem Spiel gerufen habe. Er war unterdes-

sen in den Saal zurückgekehrt, wo er mir einen Sessel zurechtschob. Ich nahm in der wunderlichsten Verfassung von der Welt Platz: alles an Starossow erschien mir von einer unfaßlichen Doppeldeutigkeit, fast als seien hier im Zimmer zwei Personen gegenwärtig, von denen die eine die andere aufhob.

Er setzte sich nun wieder an den Flügel und spielte, ohne mich weiter zu beachten. Das Instrument war von zauberhaft schönem Klang, auch das Spiel besaß eine hohe Vollkommenheit, dabei aber etwas Ungewöhnliches, um nicht zu sagen Abwegiges. Ich kannte die Apassionata genau und wußte um die Auffassung, die ihre Wiedergabe erfordert. Die seine war äußerst eigenwillig. Auch brach er kurz vor der Vollendung unvermutet ab und begann die Diabelli-Variationen, die er aber auch nicht zu Ende brachte, sondern er griff nun das Bruchstück einer dritten Komposition auf, die mir bekannt war, ohne daß ich sie zu benennen vermochte. Durch dieses unvermutete Abbrechen sowie durch den Zufall, daß, während er spielte, die Tür nach der Terrasse hin aufsprang, entstand bei mir der schwermütige Eindruck, diese Musik werde von der ins Zimmer einbrechenden Nacht fortgespült und verschlungen, um dann gleich wieder aus ihr emporzutauchen. Ich mußte an die geheimnisvolle Eigenschaft jener grundlosen Gebirgsseen denken, von denen man sagt, daß sie ihre Opfer in bestimmten Zeiträumen noch mehrere Male an die Oberfläche steigen lassen, bevor sich ihre Tiefe darüber für immer schließt. Dabei fiel mir ein, wie Starossow damals zu meinem Vormund gesagt hatte:

»Auf einmal ist doch alles zu Ende, einmal muß alles zu Ende sein – wo keine Erben mehr sind, da können auch keine Vermächtnisse erfüllt werden.« Glaubte er, daß auch die Zeit der klassischen Musik zu Ende sei? War dieses ganze Spiel ein letzter Abschied? Er nahm jetzt in immer kürzerer Folge die verschiedensten Bruchstücke auf und schien mich gänzlich vergessen zu haben. Nur einmal, als er sich vorbeugte, um ein Notenblatt hervorzuziehen, fiel sein eigentümlich starr gewordener Blick auf mich, überschattet von einem tiefen, ja geradezu erschütternden Ernst – er gab seinen Zügen wirklich etwas Unerbittliches, und doch war es wieder so, als habe ihm jemand sein eigentliches Gesicht fortgenommen!

»Aber warum wollen Sie denn von allem, was Sie spielen, Abschied nehmen«, entfuhr es mir. »Es wird Ihnen doch so schwer.« Er schien flüchtig betroffen, dann sagte er mit großer Entschiedenheit: »O nein, es wird mir gar nicht schwer, und es handelt sich auch nicht um einen Abschied – der Abschied ist längst vorüber. Diese Musik hat keinerlei Macht mehr über mich, sie hat nur noch Klang, der meinem Ohr gefällt, aber sie verpflichtet mich zu nichts mehr, ich höre sie nur gern, sie ist für mich völlig gefahrlos wie alles Gewesene. Die wahre Stimme meiner Zeit tönt anders – hören Sie zu!« Er griff wieder in die Tasten, dieses Mal ohne Noten zu benutzen. Eine wilde, kriegerisch anmutende Phantasie begann. Man glaubte, Trommelwirbel und Fanfaren zu vernehmen. Ferne Signale schienen aufzuzucken und vom Durcheinanderwogen kämpfender Töne verschlungen zu werden wie auf

einem Schlachtfeld. Schließlich unterschied ich die Klänge des Zapfenstreichs, aber auch sie waren – wie vordem die klassische Musik – vom Geist ihrer ursprünglichen Ordnung abgelöst. Dieser Zapfenstreich verkündigte nicht die Ruhe nach dem Kampfe, sondern er verhöhnte sie: immer wieder brachen Elemente sinnloser Zerstörung in ihn ein. Dann fast ohne Überleitung, unfaßbar plötzlich, ging das Spiel in die feierliche Getragenheit eines Chorals über.

»Wissen Sie, was das ist?« fragte er.

»Es ist der Choral des Zapfenstreichs: Ich bete an die Macht der Liebe«, sagte ich.

Er verbesserte: »Es war der Choral des Zapfenstreichs – natürlich ist er schon vom Text her gänzlich überholt. Was hinfort geschehen muß, wird ohne Liebe sein, sonst bleibt das Ziel unerreichbar.« Ich wußte nicht, was er für ein Ziel meinte, er gab auch keine Auskunft darüber, sondern fuhr fort, den Choral zu spielen. Es lag etwas Zwangsläufiges in diesem Fortfahren, etwas widerstrebend Zorniges, das sich dann aber zu sänftigen begann, so als gewänne der Choral langsam Macht über ihn – oder war es auch nur der Klang, der ihn erfüllte?

Auf einmal unterbrach er sich und sagte: »Meine Mutter hat diesen Choral sehr geliebt, immer wenn wir in der Garnison meines Vaters dem Zapfenstreich zuhörten und die Stelle kam, wo er beginnt, faltete sie die Hände. Ich stand als kleiner Junge neben ihr auf dem Balkon und tat es ihr nach. Und dann sah sie aus, als ob sie wirklich die Liebe anbete, die – die – wie geht doch der Text weiter?«

»Die sich in Jesus offenbart«, sagte ich.
»Ganz richtig«, bemerkte er gleichgültig. »Der Text ist eben wirklich unmöglich, aber mein Vater oder vielmehr seine Zeit hat das offenbar noch nicht empfunden, und meine Mutter liebte den Text. Sie müssen wissen, meine Mutter war sehr fromm, sie betete wirklich die Liebe an. Es rührt mich immer noch, wenn ich daran denke, und doch ist Frömmigkeit ja nur eine Angewohnheit, man kann sie ablegen wie jede andere. Und wenn man sie abgelegt hat, so entbehrt man sie auch nicht mehr, im Gegenteil, man ist dann geradezu befreit. Das ist merkwürdig, nicht wahr, ich möchte fast sagen, es ist unnatürlich. Man sollte denken, man müßte sich danach zurücksehnen, aber man tut es eben nicht. Ich versichere Ihnen, es ist etwas Unerhörtes um die Befreiung von Gott, es ist geradezu ein Rausch um sie. Der Mensch, der bisher immer in Abhängigkeit von oben gestanden hat, rückt plötzlich selbst an die oberste Stelle. Denn wenn man niemand mehr über sich anerkennt, dann ist man doch der Allerhöchste und kann tun und lassen, was man will – und um dieses Tun-und-Lassen-Können, was man will, darum handelt es sich bei der Befreiung von Gott oder vielmehr von Christus. Denn Gott, das ist im Grunde nur ein unerforschter Begriff – was wissen wir von ihm? Aber Christus hat ein Antlitz, er stellt Forderungen, er allein ist der Gefährliche! Denn wie gesagt: was künftig zu geschehen hat, wird ohne Liebe sein. Warum sehen Sie das eigentlich nicht ein? Warum wollen Sie das Notwendige verhindern?«
Er sah mich mit seinem tödlich ernsten Gesicht erwar-

tungsvoll an – allein er erwartete ja etwas anderes als das, wonach er fragte!
»Und wann«, sagte ich leise, »wann haben Sie Ihre Mutter verloren?« Ich hatte die Gewißheit, daß sie nicht mehr unter den Lebenden weilte.
»Nein, natürlich lebt sie nicht mehr«, entgegnete er, »es wäre widersinnig, wenn sie lebte – leben kann nur, was sich auf der Linie der Lebendigen bewegt – sie würde die Lebendigen von heute nicht ertragen – ich sagte Ihnen schon, sie betete eben wirklich die Liebe an, die – die –«
»Die sich in Jesus offenbart«, ergänzte ich wieder.
Er senkte einen Augenblick den Kopf. In dieser Haltung hatte sein Haupt etwas von dem eines gefallenen Engels. Gleich darauf hob er es auf –.
»Wissen Sie«, sagte er, »daß Sie mich beständig an meine Mutter erinnern? Ich meine nicht äußerlich, aber von innen her: Sie beten auch noch die Liebe an, und das ist für mich das Beunruhigende an Ihnen, ich möchte sagen, das Unheimliche, ja geradezu Unerträgliche. Es ist mir, als würden in Ihrer Gegenwart alle Entscheidungen, die ich längst getroffen habe, wieder in Frage gestellt, so als wäre jemand von den Toten zu mir zurückgekehrt – eben meine Mutter –.«
Er sagte das mit einem geradezu abgründigen Freimut, der etwas Erschreckendes und zugleich Herzerschütterndes hatte. Ich dachte: Wüßte ich doch, was seine Mutter in diesem Augenblick tun würde, wenn sie gegenwärtig wäre!
Er fuhr indessen fort: »Ich denke mir auch Ihre Stimme ganz ähnlich wie die ihre. Ich bat sie nämlich

manchmal, mir den Choral vorzusingen – ich liebte ihn damals ebenso wie sie – ich liebte alle ihre frommen Lieder.« Er schlug abermals den Choral an, aber leise, fast wie unbewußt. Ich hatte wieder nur den einen Gedanken: Wenn ich doch jetzt tun könnte, was seine Mutter täte! Unwillkürlich faltete ich die Hände. Er sah es, und nun war auch die letzte Starrheit von seinem Gesicht fortgenommen: ich konnte mir vorstellen, wie er als kleiner Junge ausgesehen hatte, wenn er neben seiner Mutter auf dem Balkon gestanden und wie sie die Hände gefaltet hatte.

»Möchten Sie, daß ich den Choral singe?« fragte ich. Er gab keine Antwort, es kam nur in sein Spiel ein eigentümliches Zittern, das eine ganze Weile hindurch anhielt, während ich ihm den Choral vorsang. Allmählich kehrte Ruhe in sein Spiel zurück und ebenfalls in meine anfangs leicht schwankende Stimme. Es wurde nun alles ganz selbstverständlich, ganz einfach, als könne es gar nicht anders sein.

Endlich – die Nacht war bereits weit vorgerückt – stand er auf und sagte: »Ich danke Ihnen.« Es war dann wieder ganz selbstverständlich, daß er mich zu dieser späten Stunde heimbegleitete und daß auch dies schweigend geschah. Ich fragte mich jetzt nicht mehr, was seine Mutter an meiner Stelle sagen würde, sondern ich wußte, ich hatte fortan mit dieser Toten ein Geheimnis zu hüten, ein so unbedingtes, daß es mich nicht einmal bekümmerte, was Enzio wohl zu diesem Abend sagen würde. Starassow hatte den Freund mit keinem Wort erwähnt, denn dieser Abend war von ihm aus nur möglich geworden, weil er Enzio völ-

lig ausgeschaltet hatte. Ich wußte das sehr wohl – ach, Seide hatte ja nicht nur gesagt: Starossow sei ein abgefallener Katholik, sondern sie hatte gesagt: Enzio hat ihm das Religiöse abgewöhnt. Aber das war ein Enzio gewesen, den es in meinen Augen nicht mehr gab! Der Enzio, der mich liebte, war ein anderer geworden – so glaubte ich zuversichtlich. Im übrigen trat das Erlebnis mit Starossow, so tief es mich auch bewegt hatte, sehr bald in den Hintergrund durch die Entscheidungen, die nun über mein eigenes Schicksal zu fallen begannen, denn schon an einem der nächsten Tage kehrte Enzio von seiner Reise zurück.

Er erschien unvermutet im Kolleg meines Vormunds, ich sah ihn von meinem luftigen Fensterplatz aus, wie er im letzten Augenblick, ehe die Vorlesung begann, in die Tür trat. Seine Erscheinung und Haltung waren ungewöhnlich frisch und gestrafft, er winkte mir mit den Augen stolz und freudig zu, es mußte ein gutes Gelingen in seinem Unternehmen gewesen sein. Ich winkte mit den Augen zurück, bis die Vorlesung begann. Später trafen wir uns auf dem Ludwigsplatz, und er berichtete mir: es sei also alles gelungen, über jede Vermutung hinaus schnell, über jede Vermutung hinaus leicht und befriedigend. Zwar die Zeitung, der er sich verpflichtet habe, sei vorderhand noch eine ziemliche Belanglosigkeit, aber das komme gerade seinen Wünschen entgegen: da sei noch nichts festgelegt, da ließe sich etwas gestalten. Auf jeden Fall, er könne wirken, und sein Wirken werde uns ernähren. Er war in seinem Stolz so übermütig, daß er meinte, am liebsten würde er sich morgen oder übermorgen

mit mir trauen lassen in aller Heimlichkeit, so wie es Achim von Arnim und Bettina gemacht hätten, das läge durch die Romantikeraufführungen sowieso zur Zeit auf unserer Linie. Und dann, fuhr er fort, würden wir auf diese Weise auch Seides Hochzeitstoiletten vermeiden, die Gäste und den bürgerlichen Festschmaus, wir würden uns den ganzen Tag nur selbst gehören! So, nun hätte er seine Vorschläge zu unserer Hochzeitsfeier unterbreitet, nun solle ich die meinen nennen, denn er sehe mir ja an, ich hätte solche. Ich hatte sie freilich: jetzt war der Augenblick gekommen, wo ich ihm von meiner Unterredung mit dem Dechanten sprechen mußte, von jenem großen Sakrament, das wir uns gegenseitig spenden sollten, aber auch von den Forderungen, welche die Kirche dabei stellte. Ich fühlte im Gedanken an diese Mitteilung dasselbe strahlende Vertrauen, wie neulich dem Dechanten gegenüber. Die Geschehnisse der letzten Tage mit ihrer Überwindung der äußeren Hindernisse unserer Vermählung, vor allem Enzios völlige Umstellung in dieser Frage, seine Bereitschaft zu einer äußerst schnellen Hochzeit, schienen mir wie eine einzige Kette von Bestätigungen meiner Zuversicht. Ich war überzeugt, daß ich bei Enzio durch offene Türen gehen werde, und ich wußte auch, wo dies geschehen sollte. Seit er sich um die Genehmigung unserer Fahrt nach Speyer bemühte, begleitete mich unablässig die wunderbare Gewißheit, daß ich dort an seiner Seite eine Kirche betreten und mit ihm in der Nähe des Allerheiligsten verweilen würde. In der Gegenwart der Ewigen Liebe sollte meine Liebe zu der seinen sprechen und ihm alles sagen! Ich erwiderte ihm also nur: ja, ich hätte einen Wunsch für unsere Hochzeit, aber ich wollte erst in Speyer mit ihm davon sprechen. Er war beglückt, daß ich die Fahrt dorthin erwähnte, denn die Genehmigung war inzwischen eingetroffen. Wir verabredeten, sie gleich am nächsten Tage zu benutzen.

Der Morgen war nicht ganz klar. Die Rheinebene dampfte noch vom nächtlichen Regen, als unser Zug sie durcheilte. Dazu rauchten die mächtigen Schlote der Fabriken, an denen wir vorüberfuhren, so daß man nicht recht unterscheiden konnte, ob diese oder der Dunst der schicksalsvollen Erde das geheimnisvolle Grau webte, in das sich die Landschaft wie in ein feierliches Ornat hüllte.

Wir näherten uns dem Dom von der Stromseite her – Enzio wollte wissen, man dürfe ihn nur von dort kommend begrüßen, wo er – der kleinen bürgerlich gewordenen Stadt entrückt – auch in seiner baulichen Wirkung am herrlichsten erscheine. Und in der Tat, er stieg dort wahrhaft kaiserlich empor, ganz einsam, wie ein majestätisches Gebirge der Vorzeit über den zeitlosen Strom, der still, fast beängstigend still, zu seinen Füßen dahinzog, so daß ich nicht glauben wollte, es sei wirklich der Rhein, den ich hier zum ersten Mal erblickte! Fürchtete er sich, eine schmerzlich große Sehnsucht aufzuwecken? Oder hatten Menschenhände seine Kraft gefesselt, wie sie es dem Neckar zugedacht? War er der Sklave einer späten Zeit und ihrer nüchternen Betriebsamkeit geworden?

Wir gingen nun durch ein kleines, menschenleeres Gehölz, schweigend wie Pilger, in historische Andacht

versenkt, auf den Dom zu. Auch er erschimmerte beim Näherkommen in dem liebevollen Rot des deutschen Steins. Unmittelbar bevor wir das westliche Hauptportal betraten, ergriff Enzio meine Hand, und nun fand ich mich der historischen Andacht entrissen durch das ergreifende Bewußtsein, daß wir wirklich, wirklich gemeinsam eine Kirche betraten, daß ich an seiner Hand auf den Altar zuschritt, der das Allerheiligste barg! Wie am Tage unserer Verlobung stieg vor mir die unvergeßliche Stunde auf, als ich – von ihm geführt – durch das nächtliche Rom gegangen war, bis wir plötzlich vor dem strahlenden Sakramentsaltar des Sankt Peter gestanden hatten. Und geradeso würde ich auch einst von ihm geführt vor dem Altar stehen, wo man uns für den Empfang des Sakraments der Ehe segnen wollte. Er wußte nichts vom Sakrament und führte mich ihm dennoch zu – wunderbar war das! Wieder fühlte ich, wie schon so oft, den geheimnisvollen Zusammenhang alles Heiligsten in meinem Leben mit ihm.
Er hatte mich unterdessen bis etwa zur Mitte des mächtigen Hauptschiffes geleitet. Dort lud er mich ein, in einer Bank Platz zu nehmen und setzte sich neben mich. Ich kniete einige Augenblicke nieder, um den Altar zu grüßen, dann erhob ich mich wieder. Dabei überfiel mich flüchtig eine andere Erinnerung: wie hatte es ihn damals am Gründonnerstag in Rom erregt, als er mich knien sah! Heute blieb er völlig ruhig: seine ganze Haltung drückte eine tiefe Ehrfurcht aus – kein Zweifel, daß auch er sich hier, wenngleich in einem anderen Sinn, an heiliger Stätte fühlte. Ich fal-

tete die Hände im Schoß, und wir verharrten eine Weile still, fast wie in gemeinsamer Andacht.

Es war bereits spät am Vormittag, die letzte Messe längst vorüber, der Dom leer – wir fanden uns mit der Mächtigkeit seines Raumes allein. Er erschien verhüllt wie draußen die Rheinebene, gleichsam ergraut von der Fülle der Jahre, dabei gebieterisch hoch, die Gewölbe von fast gotisch schlanken Pfeilern getragen. Nur langsam drang mein Auge zu den Einzelheiten durch: über dem Hochaltar schwebte – wie eine Vision aus der Dämmerung der Zeiten aufgestiegen – die Kaiserkrone, darunter ein gewaltiges Kreuz und eine Anzahl leuchterbildender Grabkronen – ich ahnte, daß diese die Grüfte der Kaiser bezeichneten, die unter dem Chor ruhten. Dann nahm mein Blick seitlich vom Altar eine gekrönte Christusgestalt wahr. Trug der Heiland selbst die Krone, die jenen großen Toten entsunken war? Bewahrte er sie ihren künftigen Erben oder deutete er an, daß er der einzige, der letzte und ewige König aller Völker sei?

Nach einer Weile begann Enzio zu reden. Er sprach von den kaiserlichen Erbauern des Domes und von der weltgebietenden Hoheit des Reichs. Er nannte den Dom eine Schöpfung der Urkraft des germanischen Geblüts, den Bürgen der größten Sendung und der stolzesten Erfüllung, die jemals einem Volk zuteil geworden sei – er nannte ihn geradezu den Ausdruck der Reichsherrlichkeit. Ich weiß eigentlich nicht, warum ich bei seinen Worten erschrak, so, als schwänge da in der heiligen Harmonie dieses Raumes plötzlich irgendein falscher Klang. Aber es gelang mir, ihn zu überhören – mein Himmel, was wußte ich denn von den gefährlichen Strömungen, die in den Tiefen meines Volkes wühlten? Nichts wußte ich davon, ich wußte nur: ich liebte Enzio, und ich wollte seine Welt teilen! Er fuhr unterdessen zu sprechen fort. Seine Stimme war gedämpft, sein kühnes Gesicht, wie es sich vom Hintergrund der grauen Kirchenpfeiler abzeichnete, erinnerte wieder einmal an den jungen Ritter auf der Altartafel.

»Enzio«, sagte ich, »wenn du vom Reich sprichst, so siehst du aus, als könntest du geradenwegs mit den Kaisern zur Krönung nach Rom ziehen oder mit den Kreuzfahrern zum Heiligen Grabe!«

Er schüttelte den eigenwilligen Kopf. »Nein«, sagte er, »das gerade würde ich nicht können.« Und nun sprang er unvermittelt auf die Tragik des Reiches über, die in diesem Raum nicht minder ihr Denkmal gefunden habe wie des Reiches Größe. »Sieh dir doch einmal seine metaphysisch schlanken Pfeiler an«, sagte er. »Ist es nicht, als streife die Hochblüte der kraftvollen romanischen Zeit, die das Äußere dieses Domes geprägt hat, im Innern schon der Hauch des Verhängnisses: diese Pfeiler sind kein Zufall, sondern Prophetie! Unter jenem Chor schläft nicht nur das starke Geschlecht der Salier, das die Gruft erbaute, sondern auch der Sohn des großen Staufers, von dem der Dichter sagt:

›Er hat hinabgenommen des Reiches
Herrlichkeit –‹

Das Dichterwort gilt auch von diesem Dom: in ihm liegt des Reiches Herrlichkeit buchstäblich begraben –

er hat sie hinabgenommen.« Seine Rede riß plötzlich ab – von draußen her erklang ein Trommelwirbel. Ich sah, wie sein Gesicht einen außerordentlich herrischen, zugleich aber eigentümlich hilflosen Ausdruck annahm. In diesem Augenblick begriff ich an dem Ausdruck seines Leidens wie nie zuvor das Erschütternde der deutschen Gegenwart.

»Enzio«, flüsterte ich, »du hast das Dichterwort über den großen Staufer nicht zu Ende gesprochen. Es heißt:

›Er hat hinabgenommen des Reiches
Herrlichkeit
Und wird einst wiederkommen mit ihr
zu seiner Zeit.‹«

Jetzt zuckte etwas in seinem Gesicht auf. Auch seine Hand zuckte, aber er griff doch nicht nach der meinen, er wahrte die strenge Ehrfurcht seiner historischen Andacht. »Danke«, sagte er leise, »danke, Spiegelchen. Wie gut ist es, dich an meiner Seite zu haben.« Dann schwiegen wir abermals.

Die Trommelwirbel entfernten sich.

Und dies, begann er endlich wieder, dies, was er da eben gesagt habe – er meinte dieses Dichterwort – deute nun die eigentlich große Linie seiner künftigen Lebensaufgabe an: dieses Wiederkommen sei es, wofür er leben wolle. Denn ihm gehe es ja nicht etwa nur um einen Aufstieg unseres Volkes aus der bittersten Not, wie ich vielleicht nach seinen Zeitungsartikeln glauben werde, das alles sei nur Vorspiel, um die kleinen Leute mitzureißen! Was er meine, sei der nie verjährte Anspruch unseres Volkes, die zeitlose Sendung, eben das, was hier in diesem Dom begraben läge: die Herrlichkeit des Reiches!

Es war etwas merkwürdig Übersteigertes in seiner Stimme und in seiner ganzen Art, fast als überkomme ihn in diesem feierlichen Raum irgendein rauschhafter Zustand – ich fühlte, wie ich wiederum erschrak. Unwillkürlich zögerte ich mit der Antwort. Und doch, es war ja so begreiflich, daß er unser Vaterland wieder herrlich zu sehen wünschte wie in alten Zeiten, da es von allen Völkern geliebt und geehrt worden war als ein Hort des Friedens für den ganzen Erdteil – denn ein Hort des Friedens war das alte Reich gewesen, und von der Herrlichkeit des alten Reiches sprach doch Enzio. Er sah mich jetzt geradezu beschwörend an: »Bitte, verstehe mich, ach bitte, verstehe mich doch!« drängte er.

»Aber ich verstehe dich doch, Liebster«, sagte ich beschwichtigend. »Du trittst für das Größte ein, was es für dich auf Erden gibt, ich meine für das höchste zeitliche Gut unseres Volkes.«

»Warum sagst du zeitliches Gut?« fragte er hastig. »Das Reich ist ewig.«

Nun verstummten wir beide, verwirrt von der Plötzlichkeit eines Bekenntnisses, das er in dieser Nacktheit wohl nicht beabsichtigt und ich nicht erwartet hatte. Oder hatte ich es doch getan? Der Spiegel meines Innern zeigte jetzt sehr deutlich den Grund meines Erschreckens an, denn das Reich war nicht ewig, ewig war nichts Irdisches, ewig war nur Gott allein! Ich spürte die Nähe eines Abgrunds, der sich öffnen wollte, aber noch ein letztes Mal gelang es mir, ihn zu

verhüllen – ach, ich war doch eine Liebende, kann denn eine Liebende dem Geliebten unrecht geben? Die erste Bestürzung abschüttelnd, erfaßte ich blitzschnell die einzige Möglichkeit des Verstehens. Gewiß, nichts Irdisches war ewig, aber alles Irdische konnte Sinnbild des Ewigen werden, wenn es Gott geheiligt wurde. War nicht mit dem Gedanken des alten Reiches eine religiöse Inbrunst verbunden gewesen – bedeutete es nicht das Gleichnis des Regnum Christi? War nicht die Kaiserkrönung einstmals fast ein Sakrament gewesen? Ich fragte ihn danach.
Er zuckte bei dem Wort Sakrament leicht zusammen. Dann sagte er zögernd, wie von einem inneren Widerstreben aufgehalten – ja, von einem außerordentlichen Widerstreben: »Ich weiß nicht, was du mit dieser Frage bezweckst, ich weiß nur, daß sie mich nichts angeht. In meinem Reich wird es kein Sakrament geben. Ein Sakrament – ein Sakrament – was ist das überhaupt für ein Begriff? Er ist uns heutigen Menschen völlig unzugänglich. Ich kann mir dabei auch nicht das geringste denken.« Und nun hätte ich ihm doch vom Sakrament der Ehe sprechen müssen, er legte es mir sozusagen selber in den Mund, aber gleichzeitig war es auch, als ob er mir den Mund verschlossen habe.
»Enzio«, sagte ich, »warum sprichst du von deinem Reich? Das klingt, als ob ich ein anderes Reich meinen könnte als du.«
»Ich fürchte, das tust du auch«, erwiderte er mit unterdrückter Leidenschaft. »Du hast im Grunde nichts im Kopf als die Religion. Du hast das Reich im Kopfe,

das die Pfaffen sich erträumen, wenn sie diese gekrönte Christusgestalt hier aufstellen, sie ist das Unmöglichste, was es an einer Stätte kaiserlicher Machtentfaltung geben kann. Wenn es nach Chrisus ginge, müßte unser Volk jetzt die Niederlage annehmen und mit diesem schlimmen Frieden zurechtkommen.«

»Enzio, wenn es nach Christus ginge, so hätten wir keinen schlimmen Frieden«, sagte ich. »Wo Christus wirklich gegenwärtig ist, da gibt es weder Sieger noch Besiegte, sondern nur Versöhnte.« Nun verkrampfte sich sein Gesicht. Etwas eigentümlich Hinterhältiges trat darinnen zutage. »Ach, du meinst die vielen Kinder eines Vaters und die Tausende von Brüdern – aber die gibt es doch gar nicht! Sondern es gibt eben Sieger und Besiegte – von Versöhnung kann im Völkerleben nie die Rede sein. Der Besiegte wird immer wieder aufstehen, das ist sein gutes Recht und seine einzige Hoffnung. Denn Christus hat die Welt genau so wenig umgestaltet wie die großen Denker, er hat ebenso versagt, er ist noch viel ohnmächtiger als sie! Was sollte auch ein Volk mit einem Gott beginnen, vor dem alle Völker Brüder sind – da könnte es sich höchstens die Dornenkrone erwerben! In meinem Reiche aber soll es Siegeskronen geben –.« Er sprach das an mir vorbei in die Mächtigkeit des Raumes hinein, sehr leise, aber beängstigend hemmungslos. Die Profillinie seines kühnen, jetzt vor Leidenschaft erblaßten Gesichtes sprang so hart an meiner Seite auf, als sei sie aus den Steinen des Gewölbes herausgemeißelt, und doch schienen diese bei seinen Worten bis in ihre stillen Grüfte hinab zu erbeben. Mir war, als ob das Dichterwort, mit dem ich eben noch den Freund getröstet hatte, urplötzlich seinen Sinn verliere, und dieser Dom habe nun doch des Reiches Herrlichkeit für immer hinabgenommen. Denn die Krone, deren Abbild dort oben in der Dämmerung des Chores schwebte, war von den großen alten Kaisern einst im Namen Christi getragen worden, sein Kreuz stand auf dem Bügel. Ich sah es von ihm herab wie eine geheimnisvolle Verheißung schimmern und leuchten – hieß es nicht auch für Völker: Wir sind nichts Einzelnes, wir sind Liebe? Hieß es nicht auch so für mein eigenes Volk – war nicht gerade dieses seine eigentliche, seine uralte Sendung? Wieder suchten meine Augen die gekrönte Gestalt zur Seite des Altars. Ich glaubte plötzlich hier im Dom zu Speyer den unvergeßlichen Gesang vom Gründonnerstag in Rom zu vernehmen, wie er die gewaltigen Gewölbe der Sankt-Peters-Kuppel durchklagt hatte, einer verlassenen Stimme gleich im dunklen Weltenraum, sanft vor Schmerz, unendlich vor Liebe, nie zu stillen:

›Jerusalem, Jerusalem, convertere ad Dominum, Deum tuum.‹

Enzio hatte unterdessen weitergesprochen, ohne daß ich ihm gefolgt war. Auf einmal unterbrach er sich und sah mich unverwandt mit einem sonderbar kalt und fremd gewordenen Blick an. So hatte er mich nur ein einziges Mal im Leben angesehen, eben am Gründonnerstag im Sankt-Peters-Dom, als man das Schweißtuch der heiligen Veronika zeigte. Dort hatte meine Seele zum ersten Mal vor Christus gekniet, und heute

kniete ich vor ihm zum ersten Mal für ein ganzes Volk. –
Wir verließen dann den Dom in tiefem Schweigen, eigentümlich beklommen, doch gestanden wir uns das nicht ein. Denn gewiß, einst hatte uns der gleiche Blick getrennt, aber heute konnten wir nicht mehr getrennt werden, nein, wir konnten es nicht! Es war vielmehr sehr bald, als würden wir durch die Erinnerung an jenen Blick jetzt nur noch näher zueinander hingedrängt und müßten uns dies durch unser ganzes Verhalten unaufhörlich versichern. Wir verbrachten denn auch den Rest des Tages auf das einmütigste und in jener unbeschreiblich erleichterten Stimmung, welche Menschen, die einander lieben, überkommt, wenn sie den Schatten eines Zwiespalts überwunden haben. Er führte mich in eine kleine geschmackvoll eingerichtete Weinstube, wo wir, nachdem die anderen Gäste längst gegangen waren, noch lange sitzen blieben. Er hatte einen guten Tropfen bestellt, der uns beide heiter und gesprächig machte. Ich erinnere mich, wie wir miteinander über die sogenannte ›Orangenschlacht‹ scherzten, die ich als Kind gewonnen hatte. Auf die Unterredung im Dom kam er mit keinem Wort zurück, nur einmal, als ich ihm irgend etwas, was ich dachte, erklären wollte, sagte er: »Ach, denke doch immer, wie du willst, Spiegelchen, wenn ich es mit dir allein zu tun habe, ist mir schließlich alles recht, du liebe Einzige!« Und dann war es wieder so, als ob es nur noch ihn und mich auf Erden gäbe. Wir verpaßten denn auch glücklich nach alter Gewohnheit die Zeit, das heißt in diesem Fall den rechten Zug, so daß wir hernach beim

Umsteigen lange auf den Anschluß warten mußten. Es war jetzt Abend geworden, und die großen häßlichen Fabriken hatten ihre Tagesschicht beendet. Auf dem Bahnsteig wogte eine dichtgedrängte Menschenmasse. Im Umsehen waren wir von ihr umringt und ein Teil ihres Riesenleibes geworden. Ich wollte nach Enzios Arm greifen, um ihn nicht im Gedränge zu verlieren, aber er bemerkte es offenbar nicht, wie gebannt starrte er die Menge an. Auf einmal hörte ich, wie er sagte: »Und das alles will unsterblich sein!« Es klang eigentümlich befriedigt und zugleich verächtlich. Aber schon lief der Zug ein, und er zog nun selbst meinen Arm durch den seinen, um uns an ein Abteil heranzukämpfen. »Armes Spiegelchen«, sagte er, »nun wird es ernst mit der heutigen Rheinebene. Einst waren es die Kaiser, und heute sind es diese, die regieren wollen, aber sei nicht bange vor ihnen, das sind keine Einzelnen, das ist nur Masse, bloßes Werkzeug!«
Ich weiß nicht, ob der Abend wirklich kühl geworden war, als wir endlich im überfüllten Abteil heimfuhren, oder ob ich von innen her fror. Jedenfalls zog er plötzlich den Mantel aus und hing ihn mir um, wobei er behauptete, daß er ihm zu warm sei. Dann drückte er mich fest an sich, aber gerade in dieser innigen Nähe überkam mich die Vorstellung, die mich einst vor den Toren Roms zuweilen überfallen hatte, wenn es mir gewesen war, als könne er mir in den Gräsermeeren der Campagna entschwinden. Ich mußte mich immer wieder seiner versichern, indem ich mich von seinem Arm tröstlich umfangen ließ.
In der Nacht, die auf diesen Tag folgte, hatte ich einen

seltsamen, schwermütigen und erschreckenden Traum. Ich kniete im Dom zu Speyer, aber allein. Er war noch viel grauer und verschleierter geworden, so daß ich die Kaiserkrone über dem Hochaltar nicht mehr zu erkennen vermochte. Auch das große Kreuz im Chor war verschwunden, ich sah nur den gekrönten Christus zur Seite des Altars: sein Haupt hatte die Königskrone wieder mit der Dornenkrone vertauscht – er schien einsam und unendlich traurig wie ich selber. Plötzlich gewahrte ich die Umrisse einer Gestalt, die langsam die Stufen des Chores herab auf mich zukam. Erst als sie dicht vor mir stand, wurde mir klar, daß es Enzio war. Er trug die Krone in seinen Händen, die von ihr geheimnisvoll überstrahlt schienen – ich erkannte ihn nur an diesen: sein Gesicht war gänzlich unerkennbar, fremd und verdunkelt. Er blieb neben mir stehen und bot mir die Krone dar. »Küsse sie«, sagte er, »denn es ist die Krone meines Reiches, und mein Reich ist fortan das deine.« Indem er sprach, verdunkelten sich auch seine Hände, die Krone darin erblaßte und erlosch, ich konnte nichts mehr von ihr erkennen als das Kreuz ihres Bügels – es schien plötzlich riesengroß geworden. Ich sah, wie es den ganzen Raum vollkommen verdeckte und Enzios Gestalt gleichsam verschlang. Ja, es war mir, als sei auf der ganzen Erde nichts mehr vorhanden als dieses riesenhafte Kreuz! Ich küßte es und erwachte von der Gewalt eines ungeheuren Schmerzes geweckt, der einige Minuten lang unvermindert anhielt und sich im Wachen noch zu steigern begann. Schließlich stand ich auf und trat ans Fenster. Drunten lagen die sanften Rasenflächen des Gartens still da, vom Mondlicht entfärbt, wie mit weißen Tüchern überbreitet, die hohen Bäume standen so feierlich wie auf einem Friedhof. Kein Lufthauch bewegte sie, kein Sternenschein fiel durchs Geäst, der Christbaum über dem Tal war verhängt durch die regungslosen Laubmassen. Alles schien von einer rätselhaften Verwandlung bedroht, vor deren Wesen ich erschauerte, ohne doch ihren Namen nennen zu können. Es war, als hörte ich mit größter Deutlichkeit eine Stimme, die nicht sprach, die aber das ganze liebliche Tal mit mir zugleich vernahm. Wie mir noch vor wenigen Nächten alles durch dasselbe selige Geheimnis verbunden schien, das Enzio und mich verband, so schien es heute durch ein einziges Grauen verbunden. ›Land ohne Gnade, Land ohne Gnade‹, tönte es in meinem Innern. Ich wußte, daß ich den Traum dieser Nacht nie vergessen würde, daß er etwas Unauslöschbares und etwas Unabwendbares bedeutete. Wie gelähmt verharrte ich am Fenster im Angesicht der schweigend wissenden Nacht. Dann ganz plötzlich, scheinbar ohne jede Verbindung, schreckte mich die Vorstellung auf, Enzio habe das Sakrament, das wir uns gegenseitig spenden sollten, zurückgewiesen. Und doch hatte ich ihm ja noch gar nicht davon gesprochen! Ich sagte mir das, und es beruhigte mich etwas, so daß ich mich nach einer Weile wieder niederlegen konnte, nachdem ich mir vorgenommen hatte, das Versäumte so bald wie möglich nachzuholen.

Aber es fand sich in den nächsten Tagen keinerlei Gelegenheit dazu, denn nun traten unsere Aufführungen

für Seides näherrückenden Geburtstag in den Vordergrund. Schon als ich Enzio am nächsten Morgen wiedersah, fing er sofort an davon zu sprechen, ihm sei bei unseren letzten Proben doch noch dies und jenes aufgefallen, was man unbedingt verbessern müßte. Er habe keine Lust sich zu blamieren, denn Seide werde ihn natürlich als Festordner vorstellen oder vielmehr behaupten, daß er sich dieses Amt nicht habe nehmen lassen – ich kenne ja ihre Sprache. Er hielt mir dann lange Vorträge, wie wir unsere Rollen aufzufassen hätten, und traf alle möglichen Neuerungen, auf die niemand vorbereitet gewesen war, und die bei den Mitwirkenden allerlei Widerspruch fanden.
So kam es damals wegen der Auswahl einiger Gedichte zu einer äußerst hartnäckigen Auseinandersetzung zwischen Enzio und dem Studenten, der den jungen Eichendorff darstellen sollte. Der Student, ein nachdenklicher Schwabe, der sich durch sein Äußeres für die ihm zugedachte Rolle besonders empfahl und außerdem ein wunderschönes klangvolles Organ hatte, erklärte mit großer Eindringlichkeit, Eichendorff sei ein überzeugter Christ und Katholik gewesen, und man müsse dem Rechnung tragen, während Enzio behauptete, daß dies ganz unwichtig sei. Dabei war der junge Schwabe selbst, wie er sich ausdrückte, kein betonter Christ, aber ein gewissenhafter Philologe. Schließlich, von Enzio, der ihm willensmäßig überlegen war, immer mehr an die Wand gedrückt, setzte er sich mit einem regelrechten Schwabenstreich durch; er wandte sich an mich und verlangte mit treuherzig-listigem Blick, ich solle die Entscheidung

treffen, der er sich dann blindlings unterwerfen wolle. Ich konnte das natürlich nur zu seinen Gunsten tun. Nun mußte Enzio nachgeben, er schwieg, aber es war, als würde sein Gesicht plötzlich dunkel wie in meinem Traum, so daß ich es kaum noch zu erkennen vermochte – jetzt dachten wir beide an Speyer!

Man pflegte zu sagen, je unbedingter eine Liebe sei, um so schwerere Belastungen könne sie ertragen. Ich erlebte damals die entgegengesetzte Wahrheit: je unbedingter eine Liebe ist, um so zarter und gefährdeter wird ihre Verletzbarkeit. Alles, was mich sonst bei Enzio mit Glück und Zärtlichkeit erfüllt hatte, erweckte jetzt eine unbestimmte Traurigkeit in mir oder auch eine beklemmende Angst, eben die, welche ich einst bei der Vorstellung gefühlt hatte, er könne mir in den Gräsermeeren der Campagna entschwinden. Dabei waren seine Gefühle für mich – das spürte ich sehr wohl – keineswegs erblaßt, im Gegenteil! Wir sprachen uns weniger, aber wir sehnten uns stärker nacheinander! Wenn ich ihn jetzt bei der Schlußzeile von Marianne von Willemers Gedicht ansah, durchbebte mich sein Blick mit einer früher unbekannten atemraubenden Gewalt. Einmal, als wir uns gleich danach unter den Mitspielern begegneten, drückte er mir verstohlen, aber heftig die Hand und flüsterte mir zu: »In acht Wochen gehörst du mir ganz, Spiegelchen, und alles ist gut.« Aber wenn ich dann eine Gelegenheit suchte, um ihm von unserer Trauung zu sprechen, war es immer wieder wie in Speyer, als verschließe er mir den Mund, oder wie in der Nacht danach, als habe er das Sakrament bereits zurückgewiesen. Mit Inbrunst betete ich jeden Morgen in der Messe um das rechte Wort, aber ich fand es nicht, obwohl ich nun auch durch Seide täglich an unsere bevorstehende Hochzeit erinnert wurde. Enzio nämlich hatte es schließlich doch für angezeigt gehalten, sie in unsere Pläne einzuweihen. Sie war darüber so entzückt, daß sie ihm zu dem Schriftleiterposten bei dem Blättchen von Dingsda gratulierte, als stelle er die größte Befriedigung seines Ehrgeizes dar. Zu mir sagte sie, daß sie nur noch ihren Geburtstag vorübergehen lassen wolle, um sich ausschließlich den Vorbereitungen meiner Hochzeit widmen zu können. Es war also hohe Zeit für mich, mit Enzio zu sprechen und eine Entscheidung herbeizuführen. Aber schon schickte sich diese an, über meinen Kopf hinweg zu fallen.

Zu den verschiedenen kleinen Erweiterungen und Verbesserungen unseres Theaterprogramms, die Enzio mit so großem Eifer aufgegriffen hatte, gehörte auch der Wunsch nach einer Beteiligung der Doublettchen. Er behauptete, Seide habe sich derart an das Kokettieren mit den beiden Kindern gewöhnt, daß man diese unbedingt heranziehen müsse, und zwar durch einen kleinen Vers, den ich ihnen einprägen solle. Ich sah sehr schwarz bei diesem Ansinnen, denn Seide beschwerte sich zuweilen darüber, daß die Doublettchen kein einziges kleines Gebet gelernt hätten und auch keines lernen wollten. Sie habe sich lange Zeit bemüht, ihnen eines beizubringen, aber die Kinder sträubten sich sogar, die Hände zu falten. Seide zeigte sich deswegen sehr bekümmert über die Doublettchen, während ich mir leider denken konnte, daß deren Widerstand zum großen Teil ihr selbst gegolten hatte. Gewiß war aber, die Doublettchen besaßen eine unüberwindliche Abneigung gegen alles Auswendiglernen – das hatte sich ja schon bei meinem eigenen Empfang hier gezeigt. Ich fand es besser, diesen Widerstand nicht zu reizen, konnte mich aber Enzio durchaus nicht verständlich machen. Denn obwohl er mir gegenüber immer Seides Kinderlosigkeit und ihre verkehrte Art, mit Kindern umzugehen, tadelte, verstand er selbst von Kindern doch nicht das geringste. Er glaubte tatsächlich, man könne die Doublettchen kommandieren oder mit einer Tafel Schokolade bestechen, während mir längst klar geworden war, daß die hochmütigen kleinen Racker seit jenem trüben Ausgang unseres Versteckspiels ihre Beziehungen zu unserem Hause als erledigt ansahen. Sie betraten unseren Garten überhaupt nicht mehr. Dagegen ließen sie sich gnädig herbei, durch das Heckenloch mit mir zu verkehren, wenn ich davor erschien, offenbar immer noch von dem Bewußtsein durchdrungen, daß wir durch eine gemeinsam erlittene Kränkung zueinander gehörten. Ja, ich durfte sogar ihr neues Spielzeug, ein junges Hündchen, auf den Arm nehmen, das sie von seinem Besitzer, der es ertränken wollte, erbettelt hatten. Sie liebten es abgöttisch, obwohl es ein regelrechtes kleines Scheusal war, mit dem Köpfchen eines Mopses, den Beinchen eines Dackels und einem geradezu unwahrscheinlichen Ringelschwänzchen. Dieses Hündchen nun – sie hatten das winzige Tier auch noch Nero genannt – kam mir eines Tages unvermutet zu Hilfe. Ein Lastwagen hatte ihm das Ringelschwänzchen abgeklemmt, worüber die Doublettchen so betrübt waren, daß sie allen Ernstes von mir verlangten, ich solle Nero ein neues Schwänzchen anfertigen. Ich versprach ihnen, aus Stoff ein schönes Ersatzschwänzchen zu nähen, das wir Nero umbinden würden, machte aber die Erfüllung meines Versprechens davon abhängig, daß die Doublettchen den Geburtstagsvers auswendig lernten, wozu sie sich denn auch heldenmütig – denn es galt ja Neros Schönheit – bereit erklärten. – Die Einübungen fanden vor dem Heckenloch statt – sie waren reichlich mühevoll, denn die Doublettchen zeigten weder Neigung noch Begabung für das Erlernen dieses unglücklichen Verses: wir mußten uns alle drei sehr anstrengen, und daher konnte uns mein Vormund eines Tages, ohne daß wir sein Nahen bemerkt hatten, überraschen. Plötzlich vor uns stehend, fragte er, was denn da für interessante Sprechchöre eingeübt würden? Ich erklärte ihm die Sache, und dabei ergab sich, daß er von unseren Aufführungen gar nichts wußte. Er hörte mir mit der ganzen rührend liebenswürdigen Teilnahme zu, mit der er sich gerade den kleinen Anliegen des Alltags zuwenden konnte, und fragte schließlich, ob ich mich auch der Einübung der anderen Rollen angenommen habe? Ich sagte: nein, das besorgten Enzio oder Starossow.

»Starossow?« fragte mein Vormund mit leichtem Stirnrunzeln. »Ach, das ist dieser abgefallene Katholik – mögen Sie den eigentlich leiden? Mir sind solche Leute immer etwas verdächtig.«

Ich fühlte im Gedanken an den Choralabend die Verpflichtung, Starossow in Schutz zu nehmen. Aber ich mußte ja sein Geheimnis bewahren! »Enzio liebt Starossow sehr«, sagte ich ausweichend.

»Das heißt, er hat ihn geistig aufgefressen«, entgegnete mein Vormund mit einem leichten Anflug von Schärfe, »sonderbare Liebe!« Das richtete sich gegen Enzio! Aber auch ihn konnte ich nicht verteidigen, denn es war ja richtig, was mein Vormund sagte. Ich fühlte, wie ich rot wurde.

Er sah mich schnell und aufmerksam an. Plötzlich blitzte hinter seinen Brillengläsern etwas auf, als überspränge sein Blick – oder sein Geist – wie zuweilen im Kolleg – mit jäher Hellsicht eine ganze Reihe scheinbar getrennter Momente und durchschaue ihren inneren Zusammenhang. Ich fühlte einen brennenden Schmerz darüber, daß ich ihm immer noch nicht von meiner Verlobung gesprochen hatte, ich wollte es auf der Stelle und ohne alle Umschweife tun, aber in diesem Augenblick griffen leider die Doublettchen ein: während sie sich bis dahin, noch immer tief gekränkt, zurückgehalten hatten, überwältigte sie nun doch die unwiderstehliche Zuneigung zu meinem Vormund: sie ergriffen Nero, der – sich am Boden wälzend – ein drolliges Spiel mit seinem Ersatzschwänzchen aufführte, und präsentierten ihn ihrem einstigen Schwarm. Mein Vormund lächelte etwas zerstreut, bewunderte aber sowohl Nero wie das Schwänzchen nach allen Regeln des kindlichen Geschmackes der Doublettchen und ging dann, ohne auf Starossow zurückzukommen, weiter.

Den ganzen Tag verfolgte mich der Gedanke an mein unterlassenes Bekenntnis. Ich wußte, daß ich es ungesäumt nachholen mußte, aber ich fand keine Gelegenheit, denn ich sprach ja meinen Vormund immer nur bei den Mahlzeiten, also nie allein. Ihn in seinem Zimmer aufzusuchen, wagte ich nicht, denn ich war überzeugt, daß Seide es bemerken werde – erschrokken ward ich inne, wie tief ich wider allen Willen von Enzios Warnungen vor ihr durchdrungen war! Das Spiegelchen ließ sich eben nicht hinter den Spiegel stekken! Und doch durfte ich auf Enzios Warnungen jetzt ebensowenig Rücksicht nehmen wie auf seine Wünsche, sondern hier konnte ein anderer das Wort verlangen: mein Vormund hatte mir den Vater geschenkt, ich war ihm dafür die Tochter schuldig.

An diesem Abend legte ich mich nicht wie sonst schlafen, sondern wartete, angekleidet am Fenster sitzend, bis ich Seide in ihre Schlafstube gehen hörte. Einige Zeit darauf kamen die immer sehr aushäusigen Mädchen heim und schlichen sich die Treppe in den zweiten Stock hinauf. Noch eine Weile lang klang aus ihrer Kammer Kichern und Geschwätz an mein Ohr, dann wurde es still – das Haus entschlummerte, nur das einsame Licht aus dem Arbeitszimmer meines Vormunds schwebte durch die Bäume des Gartens und verlor sich in ihren dichten Laubkronen. Leise stand ich auf und stieg die Treppe in den ersten Stock hinunter.

Er überhörte mein schüchternes Klopfen. Ich wagte nicht, es zu verstärken – ach, immer war diese beschämende Sorge wegen Seide in mir! Schließlich trat ich geräuschlos ein. Mein Vormund saß am Schreibtisch: die Studierlampe erhellte die vor ihm liegenden Blätter und das darüber gebeugte Haupt mit der mächtigen Stirn, so daß fast der Eindruck entstand, daß Licht gehe von dieser aus, während die seitlichen Nischen und der Hintergrund des Raumes wie auf einem Rembrandtschen Gemälde im Dunkel verharrten. Ich fühlte eine solche Ehrfurcht, diesen Raum zu betreten, daß ich unwillkürlich auf der Schwelle stehenblieb. Es dauerte einige Augenblicke, bis er mich bemerkte, dann noch einige weitere, bis er mich begrüßte. Doch hatte ich nicht den Eindruck, daß ihn mein Kommen überraschte, sondern es schien mir fast, als ob er mich erwartet habe.

»Ja, so wird es am besten sein«, sagte er einfach. »Hier sind wir ganz ungestört und haben Muße. Setzen Sie sich zu mir.« Er bot mir einen Sessel neben seinem Schreibtisch an: ich fühlte, daß ich jeder Mitteilung überhoben war – er wußte alles.

»Bitte, verzeihen Sie mein Schweigen«, stammelte ich, »es war kein Mangel an Vertrauen – es war –«, ich vermochte nicht fortzufahren, denn ich konnte ihm unmöglich sagen, daß seine Gattin – und um ihretwillen Enzio – die Aussprache verhindert hatten! Aber offenbar war ihm auch dieser Zusammenhang bereits klar geworden. Er machte eine abwehrende Handbewegung, die bei seiner kraftvollen Persönlichkeit überraschend sensitiv wirkte. »Ach, ich hätte es ja selber wissen können«, sagte er lebhaft, »diese Entwicklung war eigentlich zu erwarten, ich stand nur eben gänzlich unter dem Eindruck Ihrer Klosterpläne, und daher haben Sie mich überrascht. Aber es ist schließlich Ihr gutes Recht, mich zu überraschen.« Er sagte das ohne jede Empfindlichkeit, fast scherzend.

»Nein, es ist nicht mein gutes Recht«, widersprach ich eifrig. »Mein Vater würde gewünscht haben, daß ich mich Ihnen anvertraue, und ich fühle mich doch Ihnen gegenüber als seine Tochter! Sie haben mir den Vater geschenkt, Sie haben mich ihn lieben gelehrt!«
Nun ging wieder jener wohlbekannte menschlich-zarte Ausdruck über seine Züge – sein überragendes Gesicht, auf dem immer noch die Spuren der anstrengenden Geistesarbeit lagen, wurde ergreifend schlicht. »Habe ich das wirklich vermocht?« fragte er freundlich. »Es war mein Wunsch so, einer der ganz wenigen für Sie, die ich bisher erfüllen konnte, und ich fürchte fast, er wird nun auch der einzige bleiben.« Er richtete die unter den Brillengläsern wieder einmal unwahrscheinlich glänzenden Augen auf mich, die mir im Kolleg immer wie die Pforten seines alldurchdringenden Geistes erschienen: fast schwindelnd fühlte ich ihre Nähe, denn auch in mir gab es nichts – das war gewiß –, was sein Gesicht nicht zu durchdringen vermochte. Er sollte es durchdringen! »Können Sie meine Verlobung billigen?« fragte ich mit kindlicher Hingebung.
»Ehrlich gestanden, nein«, erwiderte er, »obwohl ich Ihren Verlobten außerordentlich schätze – er ist mein begabtester Schüler, eine der wenigen großen Hoffnungen, die mir die Schlachtfelder des Krieges als Wissenschaftler gelassen haben, aber allerdings eine Hoffnung, die mir für Ihr Lebensglück keinerlei Gewähr zu bieten scheint. Ja, ich muß Ihnen gestehen, daß ich Ihrem Klosterplan, der mir ja auch nicht gerade lag, gelassener entgegensah als dieser Ehe. Denn im Kloster wären Sie wenigstens in einer Sphäre, die Ihnen

gemäß ist, während Sie durch diese Ehe in Widersprüche mit sich selbst geraten müssen, die mir schwer lösbar scheinen. Und dabei denke ich noch gar nicht einmal an die Einwände, die Ihnen Ihre Kirche machen wird, sondern ich denke ganz einfach an die tragische Situation des heutigen Christentums. Ich weiß nicht, inwieweit Sie sich über diese klar sind – haben Sie eine Vorstellung von der Einsamkeit des Christen in der gegenwärtigen Welt?« Er sagte das mit einem großen und sehr nüchternen Ernst – es schien ihm nicht das mindeste daran zu liegen, sich oder mich zu beruhigen.

Ich sagte, ich hätte eine Vorstellung. Dann erzählte ich ihm von Pater Angelos Äußerungen über den modernen Unglauben und dessen Überwindung durch die vollkommene Liebesgemeinschaft, die man mit den Ungläubigen eingehen müsse. Er hörte zu, ohne mich auch nur mit einer einzigen Frage zu unterbrechen – er pflegte nie jemand im Sprechen zu unterbrechen, sondern wenn er zuhörte, geschah es mit einer ungeteilten Aufmerksamkeit, fast als läse er in einem Buch. Als ich geendet hatte, sagte er: das seien Äußerungen einer sehr zarten und tiefen christlichen Mystik. Er selber habe eine große Zuneigung zu solchen ganz innerlichen Haltungen, allein sie hätten ihren unverlierbaren Wert nur für den, der sie einnähme. Auf andere übten sie keine Wirkung aus, im Gegenteil, gerade diese ›feinsten Positionen‹ – so drückte er sich aus – gewährten in solchen Fällen wie dem meinen die größte Anwartschaft auf das geistige Martyrium. Er hatte, während er sprach, die Brille abgenommen. Auf dem Grund seiner ungeschützten Augen, die ohne Gläser immer weit weniger kühn und glänzend erschienen, lag eine klare, ich möchte fast sagen: lichte Skepsis. Sie bestürzte mich aufs tiefste, weil ich bisher immer nur die Ungebrochenheit und Zuversicht seiner Persönlichkeit erlebt hatte. War es mit dieser ebenso wie mit seinen Augen, die im Grunde gar nicht diesen unerhörten Glanz hatten oder – oder war dieser Glanz nur der Widerschein eines heroischen Wagnisses, das gegen alle Hoffnung immer wieder unternommen und vollzogen wurde? War dies das Geheimnis seines Lichtes in der Nacht?

Er fuhr unterdessen fort, von der Einsamkeit des heutigen Christen zu sprechen, und nun saßen wir wiederum wie im Kolleg gleichsam in einem Schiff, oder vielmehr in dessen halberleuchteter Kajüte, während draußen das dunkle Meer wogte, jetzt das unserer eigenen Zeit. Es war mit dichtem Dunst bedeckt wie die Rheinebene, man konnte die Umrisse der fernen Ufer nicht mehr deutlich unterscheiden. Auch die schönen Inseln mit ihren leuchtenden Vorgebirgen, an denen wir so oft vorübergeschifft waren – ich meine die großen, herrlichen Gedanken und Systeme der Vorzeit –, waren verschwunden. Denn mein Vormund wußte ja genau so gut wie Enzio um alles, was versagt hatte, nein, er wußte es viel, viel besser als Enzio!

Manchmal, während er sprach, kam es mir so vor, als segelten wir an halb untergegangenen Schiffen vorüber, die uns mit kleinen angstvoll flackernden Lichtern zuwinkten, wie um Hilfe rufend. Dann stiegen Felsenriffe empor, an denen diese Schiffe zerschellt waren. Sie erschienen vielgestaltig, schließlich nahmen sie die ungefügen Formen jener häßlichen Fabriken an, die ich auf der Fahrt nach Speyer erblickt hatte. Und schon stand auch vor meinem inneren Auge, die dunkle antlitzlose Masse, die uns damals auf dem Bahnhof umringt hatte, nur daß sie noch viel dichter und erschreckender geworden war! Ach, sie kam ja gar nicht nur aus diesen häßlichen Fabriken, sie kam von allen Seiten her, denn Masse im religiösen Sinn – und nur von dieser sprach mein Vormund – Masse im religiösen Sinn war überall, wo der Mensch des eigenen Wertes beraubt worden war zugunsten irgendeines, gleichviel welchen Zweckes! Und nun war es nicht mehr so, als ob ich Enzio hörte, wie er verächtlich und befriedigt gesagt hatte: ›Das sind keine Einzelnen mehr‹, sondern: wo es keine Einzelnen mehr gab, da gab es auch keine wahre Gemeinschaft mehr, denn Masse, so glaubte ich jetzt meinen Vormund zu verstehen – Masse war ein blasphemischer Ersatz für die allverbindende Liebe.

Aber was hatte das mit Enzio und mir zu tun? Liebten wir uns denn nicht? Waren wir nicht füreinander Einzige auf Erden? Warum fühlte ich denn wieder dies beklemmende Erschauern wie damals vor den Gräsermeeren der Campagna, so als könne mir Enzio – nein jetzt, als könne ich mir selbst an seiner Seite für immer entschwinden? Was meinte mein Vormund? Auf einmal blitzte der Gedanke an Starossow in mir auf – glaubte mein Vormund, es könne mir an Enzios Seite ebenso ergehen wie ihm? Ich errötete bei diesem Gedanken vor Unwillen. Er sah mich bei meiner überstürzten Frage zuerst etwas verwundert an. Dann entgegnete er sehr bestimmt: »Nein, ich glaube nicht, daß man Ihnen Ihr Gesicht wegnehmen könnte, aber ich gebe offen zu, mein stärkster Einwand gegen Ihre Verlobung hängt an der Beziehung Ihres Freundes zu jenem Renegaten.« Er begann nun von Enzio und Starossow zu reden. Er sagte, beide gehörten zu jenen zahlreichen jungen Deutschen, denen die äußere Macht und Unüberwindlichkeit ihres Volkes zu einer Art von Dogma geworden sei. Darum treffe die Niederlage sie so maßlos schwer, daß sie sich einstweilen unfähig erwiesen, das Schicksal groß und edel anzusprechen. Denn groß und edel könne auch das Schicksal des Besiegten angesprochen werden: nicht im Glück, sondern im Unglück offenbare sich der letzte Wert und die letzte Würde eines Volkes. Wie dem Sieger die äußere Überwindung des Krieges, so sei dem Besiegten dessen innere Überwindung anvertraut, ein Triumph rein geistiger Art, aber eben auch ein Triumph. Freilich, um nach ihm die Hand auszustrekken, bedürfe es der religiösen Kräfte, denn nur vor Gott, nicht vor den Menschen, könne ein großes, edles Volk die Demut aufbringen, die es zur Ergreifung jenes innerlichen Sieges bedürfe. Aber diese religiösen Kräfte – es könne sich hier nur um die christlichen handeln – seien eben weithin nicht mehr vorhanden, und wo sie noch vorhanden wären, ließen sie sich zurückdrängen um einer anderen, leidenschaftlich angestrebten Überwindung des Schicksals willen. Mein Vormund nannte deren Namen nicht, aber nun stiegen vor mir die ergreifenden Gewölbe des Speyrer Domes auf, fast als ob mein Vormund Enzio und mich dort belauscht habe.

Er bemerkte mein Erschrecken, denn er unterbrach mich plötzlich mit den Worten: »Ach, es tut mir ja so leid, daß ich Ihnen dieses alles sagen mußte! Ich komme mir die ganze Zeit über vor, als hätte ich einen kleinen Vogel mitten in seinem selig unbesorgten Höhenflug gefangen und hörte nun sein Herz in meiner Hand pochen. Aber es war eben notwendig, denn Sie sind nicht für die seelische Einsamkeit geschaffen, die gerade den bedroht, der sich sein Gesicht nicht wie Starossow nehmen läßt. Aber jetzt«, fuhr er tröstend fort, »kommt die andere Seite der Dinge, die ich Ihnen nicht vorenthalten darf.« (Bei meinem Vormund gab es immer noch eine andere Seite – wie im Kolleg, so legte er sich auch im Leben nie auf eine einzige fest.) Er kam jetzt noch einmal auf sein eigenes Verhältnis zu Enzio zurück und darauf, daß er sein begabtester Schüler und die größte Hoffnung einer Geisteswissenschaft sei, die, wie die gesamte abendländische Kultur eben doch weithin noch von christlichen Elementen getragen werde: sie steckten in jedem ihrer Kunstwerke und in jeder ihrer Philosophien, die das Christentum bekämpften. »Ich kann es mir nicht vorstellen«, schloß er, »daß ein hochbegabter Mensch wie Enzio diese ungeheure Wirklichkeit nicht schließlich doch sehen und anerkennen sollte – ich will es mir offen gestanden auch gar nicht vorstellen, obgleich ich Ihnen wiederum ganz ehrlich sagen muß, daß ich für meine Hoffnung keinerlei strikten Beweis habe. Ihr Verlobter gibt sich meiner Gedankenwelt mit nicht gewöhnlicher Teilnahme hin. Ich begegne bei ihm immer wieder einer fast unheimlichen Hellhörigkeit für das, was ich meine. Aber seine eigene Stellungnahme dazu kenne ich nicht – er hält sie mit einer eigentümlichen Hartnäckigkeit zurück, ja, mit einer sehr eigentümlichen Hartnäckigkeit –«

Ein heftiger Schmerz überkam mich bei diesen Worten: offenbar hatte mein Vormund keine Ahnung davon, daß Enzio ihn in hohem Maße ablehnte: wenn er wüßte, daß er ihn überhaupt nur studierte, um ihn zu überwinden! Welch namenlose Enttäuschung bereitete sich da vor, denn einmal, einmal würde mein Vormund doch die Wahrheit erfahren! Der heftige Schmerz, den ich bei dieser Vorstellung fühlte, gewann plötzlich etwas merkwürdig Vertrautes – es war mir, als habe ich dies alles, nur in anderer Form, schon einmal erlebt!

»Kannten Sie eigentlich meine Großmutter gut, Herr Professor?« fragte ich unvermittelt.

Er hielt etwas erstaunt inne, dann sagte er, auf die Unterbrechung mit gütigem Lächeln eingehend: »Ja natürlich habe ich sie gut gekannt, wie alle Ihre Angehörigen. Sie war eine herrliche Frau, ein selbst in späten Jahren noch ganz ungebrochener Mensch: sie hat im Grunde nie entsagt, das war der ungeheure Zauber ihres Wesens, ihre scheinbar ewige Jugend. Ich kann mir denken, daß sie sehr stark auf Sie gewirkt hat, und ich kann mir auch denken, warum Sie gerade jetzt auf sie zu sprechen kommen. Aber hüten Sie sich, das adlige Heidentum Ihrer Großmutter mit dem des heutigen Menschen zu verwechseln! Ihre Großmutter vertrat noch die unbedingten Rechte der Persönlichkeit! Wie sie selbst eine Persönlichkeit von höchstem Rang darstellte, so wahrte sie auch die vornehme Haltung gegenüber dem Besitz anderer Persönlichkeiten. Sie hätte für Ihre religiöse Welt zwar kein Verständnis, wohl aber Ehrfurcht gehabt. Und hier liegt nun das Entscheidende: es fragt sich, ob Ihr Freund noch diese Ehrfurcht aufbringt. Haben Sie mit ihm schon über die kirchliche Trauung gesprochen, die ja in solchen Fällen immer eine Art Prüfstein der Gesinnung bedeutet?« Ich verneinte es – etwas verwirrt, denn ich war noch überwältigt durch den Gleichklang des Erlebens, dessen Schauer mich so gänzlich unerwartet überfallen hatten. Ach, dieser Gleichklang, den ich im Gedanken an meine teure Großmutter zu vernehmen glaubte, war ja ein ganz anderer, als mein Vormund meinte! Er hing nicht an ihrem und Enzios Unglauben, sondern er hing an der furchtbaren Bedrohtheit ihrer glänzenden Gestalt, denn genau so bedroht wie diese sah ich nun die glänzende Gestalt meines Vormunds! Und wieder ging die Bedrohung von Enzio aus, wieder hatte sie einen beklemmend verhüllten Charakter – auch meine Großmutter war ja ohne Ahnung gewesen, daß Enzio sie ablehnte, bis der tödliche Schlag die Vertrauende getroffen hatte! Ich war so erschüttert von diesem Gleichklang, daß mir meine eigene Bedrohtheit ganz nichtig erschien.

Er fuhr unterdessen fort, über diese zu sprechen. Ich sollte, sagte er, die Frage der kirchlichen Trauung, die nach seiner Kenntnis der Dinge für mich ohnehin unerläßlich sei, ruhig einmal anschneiden, obwohl wir ja nach Lage der Dinge noch lange nicht heiraten könnten, an ihr werde sich mancherlei klären.

Nun mußte ich ihm mitteilen, daß Enzio sich um die Schriftleitung einer Zeitung beworben habe. Während ich es tat, kam mir zum Bewußtsein, daß ich bisher nie daran gedacht hatte, ob diese Stellung wirklich Enzios Fähigkeiten würdig sei – ich meine, der Hoffnungen, die mein Vormund auf ihn setzte. Hatten die ersten Schatten der Enttäuschung diesen bereits erreicht? Ich sah ihn beklommen an: er war von meiner Mitteilung sichtlich betroffen, aber er sprach sich nicht über sie aus, sondern ergriff nun plötzlich sehr väterlich meine Hand und sagte: »Jetzt mache ich wirklich einmal von der Stellung Gebrauch, die Sie mir so oft mit Ihrem rührenden Vertrauen einräumen wollten. Wie ich mich seinerzeit Ihrem Vater gegenüber verpflichtet fühlte, den Aufschub Ihres Klostereintritts zu fordern, so fordere ich jetzt den Aufschub Ihrer Hochzeit. Versprechen Sie mir, die Ungeduld Ihres Freundes zu zügeln.«

Die ersten Schatten der Enttäuschung hatten meinen Vormund erreicht: ich fühlte, es ging ihm bei seiner Forderung zwar um mich, aber auch um seine wissenschaftliche Hoffnung: wieder überkam mich ein heftiger Schmerz um ihn.

»Ich bin trostlos, weil ich ein Versprechen, das Sie fordern, nicht geben kann«, sagte ich mit erstickter Stimme. »Glauben Sie mir; ich gehorche Ihnen so gerne! Aber nicht Enzio, sondern ich war ungeduldig. Weil ich ihn zu einer baldigen Hochzeit drängte, hat er jene Stellung angenommen, und ich drängte ihn, um

uns der Gnade des Sakraments bald teilhaftig zu machen – ich verlasse mich ja wirklich nur auf diese.«
Er hörte ohne jeden Einspruch zu, verständnisvoll, aber mit einem Ausdruck, als denke er wie vorhin: das ist eine tiefe zarte Mystik, allein ihre Wirkung bleibt auf das Innere dessen beschränkt, der sich zu ihr bekennt. Als ich geendet hatte, sagte er begütigend, aber bestimmt: »Ich begreife sehr wohl, daß Sie Ihrem Verlobten nicht mit der entgegengesetzten Bitte wie neulich kommen mögen. Sagen Sie ihm also einfach, Sie hätten sich mir anvertraut, das übrige werde ich ihm selbst sagen.« Ich versprach es. Als ich Enzio am nächsten Morgen vor der Universität traf – er holte mich merkwürdigerweise seit Speyer nicht mehr von der Messe ab –, schlug ich ihm vor, mich nach dem Kolleg aufs Schloß zu begleiten, um mich einmal ungestört mit ihm aussprechen zu können; wir hatten uns ja in den letzten Tagen nur noch bei den Proben gesehen. Aber er behauptete, er brauche die Vormittage jetzt für den Abschluß seiner Doktorarbeit, die unbedingt fertig werden müsse, bevor er den Schriftleiterposten antreten könne, es eile ihm damit, denn wir wollten doch heiraten, wir wollten doch bald heiraten! Er wiederholte das mit Ungeduld, und in seinen Augen war ein heißes Verlangen, aber es schien ihm gar nichts an dem vorgeschlagenen Gespräch zu liegen, denn er ging tatsächlich nicht mit. Als ich nach der Vorlesung von meinem luftigen Fenstersitz heruntersprang, war er bereits verschwunden. Das hatte ich nun doch nicht erwartet, es bestürzte mich nicht wenig, denn ich traute meinem Vormund zu, daß er seinerseits bald

mit Enzio reden werde. Wenn dieser sich nicht überrascht und gekränkt fühlen sollte, mußte ich jener Aussprache zuvorkommen.
Noch am gleichen Tage sollte es sich zeigen, wie recht ich gehabt hatte. Der ständige Umgang mit den Gestalten der Romantik war nämlich bei unserer kleinen Theatergesellschaft nicht ohne Wirkung geblieben. Jemand hatte sich ausgedacht, wir wollten einmal in der mondbeglänzten Umgebung des Schlosses proben und jeden Vers dort sprechen, wo er hingehöre oder entstanden sein könne, und zwar heute zur Feier der Johannisnacht. Der Plan war begeistert aufgenommen worden, auch Enzio hatte ihn mit einem kleinen Witzwort über ›Stilrausch und verschwärmte Mondgefühle‹ genehmigt. Aber als wir uns am Abend im Schloßrestaurant versammelten, um bei einer Bowle den Aufgang des Mondes zu erwarten, fehlte er. Einer der mitwirkenden Studenten berichtete, er sei von meinem Vormund nach dem Seminar noch festgehalten worden. Man habe beide in eifrigem Gespräch fortgehen sehen und werde gut tun, nicht auf ihn zu warten. Und wirklich erschien er auch erst, als wir bereits in die Schloßanlagen hinübergegangen waren und ich ›auf der Terrasse hochgewölbtem Bogen‹, dort wo die bekannte Gedenktafel in die Mauer eingelassen ist, eben meine Verse begann. Sofort erkannte ich an seiner Haltung: was ich ihm so gern erspart hätte, war eingetreten. Bei der geliebten Schlußzeile, die uns sonst immer zu jenem stillen, nie ermüdenden Fest des Glückes geworden war, sah ich, wie er sich heftig abwandte. Es zerriß mir das Herz, und ich machte mir

schwere Vorwürfe, weil es mir am Morgen nicht gelungen war, ihn zu dem gemeinsamen Gang zu bewegen. Kaum hatte ich zu Ende gesprochen, so eilte ich auf ihn zu und streckte ihm die Hand entgegen. Er berührte sie nur flüchtig mit der seinen, aber ich hielt diese fest.

»Enzio«, sagte ich, ihn tiefer in den parkartigen Wald hineinziehend – es war jetzt ganz gleich, was die anderen dachten –, »Enzio, ich glaube, ich weiß um das Geschehene. Ich bin so traurig, daß ich dich nicht darauf vorbereiten konnte, aber du hattest heute morgen keine Zeit und nun ist der Professor mir zuvorgekommen.«

Er machte eine ungeduldige Bewegung: »Ach, darum handelt es sich ja gar nicht! Es handelt sich darum, daß du überhaupt mit ihm gesprochen hast. Ich bat dich doch, es zu unterlassen.«

Ich sagte: »Ich konnte es nicht unterlassen, denn er ahnte bereits, daß wir verlobt sind.«

»So, hat er das geahnt?« erwiderte er gereizt. »Ja natürlich, wenn es dich gilt, ist er überaus hellhörig.«

Sein Ton verletzte mich tief – unlängst hatte er noch behauptet, ›der Professor‹ kümmere sich so gut wie gar nicht um mich! »Bitte, Enzio«, sagte ich, »denke jetzt daran, daß mein verstorbener Vater den Professor zu seinem Stellvertreter bestimmt hatte und daß ich ihm um seinetwillen Ehrfurcht und Vertrauen schulde.«

Nun wurde er erst recht unwillig: warum ich ihm nur immer mit der Stellvertretung meines Vaters komme? Die junge Generation bedürfe solcher Stellvertretung nicht, sie habe sozusagen keine Väter mehr, ihre Väter hätten versagt. Und ich gehöre doch in seine Generation. Er lasse sich von dem Professor gar nichts vorschreiben, am wenigsten den künftigen Beruf, und darum sei es jenem doch vor allem zu tun: er habe sich nun einmal in den Kopf gesetzt, daß er, ausgerechnet er, sein wissenschaftlicher Erbe sei, so festgefahren in den eigenen Geleisen sei dieser Geist, so ahnungslos, um was es heute gehe. Er fuhr noch eine ganze Weile in demselben Tone fort, eine unverständlich lange Weile. Ich hatte die Überzeugung, daß alles, was er sagte, nur vorgeschoben war, um nicht zum Eigentlichen kommen zu müssen, so als empfände er eine unüberwindliche Scheu vor einer Auseinandersetzung, die doch unabwendbar war. Er ging, während er sprach, ziemlich schnell und erregt immer tiefer in die dunklen Parkanlagen hinein. Der Mond stand am Himmel, aber unter den dichten Laubkronen der Bäume erschien sein Licht nur wie ein flimmerndes Gespinst, das hoch über uns im nächtlichen Geflecht der Zweige hing. Wenn diese sich in der lauen Nachtluft bewegten, war es, als fielen einzelne silberne Maschen auf den Weg und die zu seinen beiden Seiten ausgebreiteten Efeuteppiche nieder, so daß deren dunkle herzförmige Blätter wie kleine Metallschilder glänzten. Es war derselbe Weg, den wir am Morgen unserer Verlobung von der anderen Seite her gegangen waren. »Enzio, hier unter diesen Bäumen haben wir uns damals gefunden«, sagte ich. »Weißt du noch, wie wir immer wiederholten: »So ist es, und es kann nicht anders sein!‹«

Nun blieb er endlich stehen – die Beschwörung war gelungen. Sanfter werdend, aber mit leicht bebender Stimme sagte er: »Warum hast du mir eigentlich in Speyer nicht mitgeteilt, was du mir doch mitteilen wolltest – ich meine deine Wünsche wegen unserer Hochzeitsfeier? Der Professor hat mir etwas davon angedeutet – wie stand ich vor ihm – wie ließest du mich vor ihm stehen! Ich hatte doch keine Ahnung von – diesen Dingen!« Das letzte Wort kam schon wieder so heftig heraus, daß dessen Anspruchslosigkeit fast wie ein Ausdruck der Verachtung wirkte. »Also bitte«, sagte er, »ich möchte nicht noch einmal so vor dem Professor stehen.« Ich konnte unter den dunklen Bäumen nur die Umrisse seiner Gestalt erkennen: ihre Haltung hatte etwas Herrisches angenommen, fast wie damals in Speyer bei den Trommelwirbeln der Besatzung. Aber dieses Herrische war ja im Grunde eine Hilflosigkeit gewesen!
»Ich hatte mir fest vorgenommen, in Speyer mit dir zu sprechen«, sagte ich. »Aber dann meintest du, in deinem Reich werde es kein Sakrament mehr geben, und da war es mir, als ob du mir den Mund verschlossen hättest, denn unsere Ehe wird ja ein Sakrament sein.«
Er zuckte bei dem Wort ›Sakrament‹ zusammen, auch wieder genau wie in Speyer, nur viel heftiger, fast wie von einem elektrischen Schlag berührt. »Unsere Ehe wird ein Sakrament sein«, wiederholte er entgeistert, »was heißt das? Ich bin doch nur durch die Liebe mit dir verbunden.«
»Enzio, die Liebe ist ja das Sakrament«, erwiderte ich leise. »Du weißt, daß ich sie immer als von Gott kom-

mend und zu Gott führend empfunden habe, und nun will Gott wirklich eine besondere Gnade darauf legen.«

Er war bei dem Wort ›Gnade‹ wieder heftig zusammengefahren. »Aber es bedarf doch keiner Gnade, daß ich mit dir glücklich werde«, stieß er hervor – »wir sind doch glücklich! Was soll das alles? Ich habe doch gar kein Verhältnis zu diesen Begriffen – ich bin doch gar nicht in der Lage, eine Gnade oder ein Sakrament deiner Kirche zu empfangen!«

»Enzio, du bist nicht nur in der Lage ein Sakrament zu empfangen«, erwiderte ich, »du bist sogar in der Lage, ein solches zu spenden – dieses Sakrament teilt nicht die Kirche aus, sondern wir selber. Die Kirche segnet uns dazu – du brauchst nur die Bedingungen zu erfüllen, die du ihr in diesem Falle schuldig bist.«

»Die ich ihr schuldig bin – ich – ich?« Er sagte das, als habe er mich wohl nicht recht verstanden. »Aber ich bin doch der Kirche überhaupt nichts schuldig! Wie kannst du nur so etwas behaupten?«

»Doch, Enzio, du bist der Kirche etwas schuldig«, erwiderte ich. »Durch deine Verbindung mit mir bist du ihr etwas schuldig geworden. Dies alles hat nichts mit einem Glauben zu tun, den du nicht anerkennst, sondern mit einer Liebe, die du anerkannt hast. Die Kirche erlaubt mir unsere Heirat nur, wenn du ihre Bedingungen erfüllst.« Ich nannte diese: ich sprach ihm von unserer kirchlichen Trauung und dann – zum ersten Mal leise, tief ergriffen von der Taufe und der christlichen Erziehung seiner und meiner Kinder. Er beugte sich nicht zu meiner hauchenden Stimme herab

er schien nicht durch meine Worte bewegt, er hörte nur angespannt zu, unheimlich verhalten, unheimlich wach – ich fühlte, daß er jedes meiner Worte zu erfassen suchte und aufnahm, dabei war es aber, als ob sich sein ganzes Wesen dicht und dichter in sich zusammenschlösse, ja geradezu undurchdringlich dicht. Diese Undurchdringlichkeit aber bedeutete eine Offenbarung: ich hatte das Gefühl, als stieße ich zum ersten Mal in seinem Innern auf die eigentliche Substanz seiner niebezwungenen Angst vor meiner Frömmigkeit – diese Substanz war hart wie Kristall.
Sofort, nachdem ich geendet hatte, sagte er: »Bist du dir darüber klar, daß du nicht mehr und nicht weniger forderst als die vollkommene Aufgabe dessen, was ich als mein Lebenswerk ansehe? Ich kann den Segen deiner Kirche nicht empfangen, ohne mich ihr zu beugen, und ich kann ihr meine Kinder nicht ausliefern, ohne ihr die Zukunft auszuliefern. Solange sich der Mensch noch von einer höheren Gewalt abhängig weiß, setzt er nicht sein Letztes ein, um dieses aber wird es bei meinem Werke gehen: es handelt sich um eine unerhörte eigene Kraftentfaltung unseres Volkes, und ich denke nicht daran, sie einschränken zu lassen. Hier hört jedes Einzelschicksal auf, auch deines und meines. Hier ist unweigerlich die Grenze meiner Liebe.«
Ich fühlte bei seinen letzten Worten einen furchtbaren Schmerz, so als stürze ich mit voller Wucht auf jene kristallharte Substanz seines Innern nieder. Im ersten Augenblick war ich wie betäubt – ich hatte die Empfindung: jetzt zerspringt mein Herz, jetzt zerbricht er meine Liebe! Gleich darauf wurde ich inne, daß viel-

mehr die seine im Zerbrechen war. »Ich weiß nur eine Antwort, Enzio«, sagte ich, »meine Liebe zu dir hat keine Grenzen.«

Aber nun geschah etwas Schreckliches. Er erwiderte: »Wenn deine Liebe zu mir wirklich keine Grenzen hätte, so würdest du mir deinerseits die Trauung und die Kinder schenken, ich meine den Verzicht auf sie. Aber es ist ja gar keine wirkliche Liebe, die aus dir spricht, es ist eine Liebe, wie du sie dir selber konstruiert oder wie sie deine Kirche für dich konstruiert hat – glaubst du, daß ich dies nicht unterscheiden kann? O ich bin sehr hellhörig für diese christlich konstruierte Liebe, denn gerade sie will ich ja nicht von dir – ich will sie nicht –, ich will sie nicht! Aber du zwingst sie mir immer wieder auf! Wie ich mich auch wende, stets legst du eine religiöse Bedeutung hinein! Was hast du mir nicht alles schon gesagt: ich soll Gottes Ruf an dein Leben sein – dein religiöser Besitz ist auch der meine – alle heiligsten Erfahrungen deines Lebens sind an meine Gegenwart gebunden – unsere Liebe stammt von Gott und führt zu ihm zurück! Und die Wahrheit ist doch ganz anders! Ich habe mich dir gegenüber nie als Ruf Gottes gefühlt, ich habe nie deinen religiösen Besitz als den meinen betrachtet. Ich war innerlich nie der Begleiter deiner heiligen Stunden, meine Liebe stammt aus meinem Blut und nur aus diesem! Warum hast du dies nur nie begreifen wollen? Fühlst du denn nicht, wie furchtbar es für mich ist, wenn du mich immer wieder mit etwas zu verknüpfen suchst, wovon ich längst gelöst bin und gelöst sein will? Du warst doch sonst der Spiegel meines Innern – warum bist du es nicht mehr?« Er sagte das ohne Zorn, fast klagend, wie ich ihn noch nie hatte sprechen hören.

»Vielleicht bin ich es dennoch«, erwiderte ich verzweifelt, »vielleicht sehe ich tiefer als du: jeder Mensch sehnt sich doch nach dem Göttlichen, wenn auch nur unbewußt.«

»Nein, nein, nein«, erwiderte er. »Du irrst dich immer noch – ich muß dir die volle Wahrheit sagen! Ja, es gibt einen Zusammenhang zwischen deiner Frömmigkeit und mir, aber er ist ganz anders, als du meinst. Als du zum ersten Male – damals im Sankt-Peters-Dom – vor Christus knietest, habe ich mich zum ersten Mal gegen ihn aufgelehnt. Vorher war er mir gleichgültig, ich bemerkte ihn kaum, ich hielt ihn für überwunden. Aber als ich dich vor ihm niederfallen sah, erkannte ich seine Gefährlichkeit. Und in Speyer neulich war es ebenso –«, er stieß das wieder fast klagend hervor, es war etwas wie ein Naturlaut in seiner Stimme, alle Bewußtheit, alles Krampf- und Willensmäßige schien wie von ihm abgefallen – ich fühlte die tiefe irdische Traurigkeit, die in ihm war, ich fühlte die namenlose Qual des unreligiösen Menschen an der Seite des religiösen: diese Töne waren echt! Und nun schien mein Herz nochmals zerspringen zu wollen.

»Aber was soll denn werden, Enzio«, stammelte ich fassungslos, »ich kann dich doch nicht lassen! Ich sehne mich doch so danach, daß wir einander ganz gehören! O wie sehr sehne ich mich nach dir!«

Er gab keine Antwort, er rührte sich nicht. Sein Gesicht konnte ich im Dunkeln nicht erkennen, aber ich wußte: auch wenn es hell gewesen wäre, hätte ich es nicht erkennen können – der Augenblick, den ich einst in der Campagna und dann wieder im Dom zu Speyer geahnt hatte, war da. Aber noch etwas anderes war plötzlich da, etwas Unbekanntes, tief Verwirrendes. Wir hatten uns jetzt ganz unter den dunklen Bäumen verloren. Die Hitze des vergangenen Tages schien darunter eingeschlafen. Es duftete schwer nach allerlei fremdartigen Pflanzen – wir mußten den Regionen des einstigen hortus palatinus nahe sein. Das Gespinst des Mondes war unter den dichten Laubkronen fast unsichtbar geworden, aber ganze Schwärme von Glühwürmchen umflimmerten uns. Die großen Blütendolden einer Rhododendronhecke schimmerten ein mattes märchenhaftes Licht aus. Kein Zweig und kein Blatt bewegte sich, es war so still, daß man das Plätschern des Schloßbrunnens zu hören glaubte – oder war es das Rauschen des Neckars, das aus der Ferne so quellenzart klang? Auch die Stimmen meiner Mitspieler, die gleich uns tiefer in den Park hineingegangen waren, tönten durch die lautlose Nacht; eben begann der Student, der den jungen Eichendorff darstellen sollte, mit seiner schönen, klaren Stimme:

»Der Mondschein verwirret
Die Täler weit und breit,
Die Bächlein, wie verirret
Geh'n durch die Einsamkeit –«

Auf einmal sagte er: »Weißt du noch, wie wir damals von dem wunderschönen Garten sprachen, der hier in den Armen des Waldes schläft?« Und nun war plötzlich dennoch Licht unter den dunklen Bäumen: das silberne Netz der Mondstrahlen, hoch im blauen Äthermeer der Nacht ausgeworfen, glitt durch die dichten Laubkronen hindurch in die Tiefe des Waldgrundes hinab und schloß uns in sein schimmerndes Gefängnis ein – ich konnte Enzios Gesicht wieder erkennen: es war auf eine eigentümliche Weise schön, ja fast berükkend.

»Dies soll werden«, sagte er und riß mich mit Ungestüm an sich, so daß mir der Atem verging. Ich fühlte etwas Ähnliches wie damals, als ich geträumt hatte, daß mich die Fluten des Neckars überströmten. Halbbetäubt vernahm ich dicht an meinem Ohr seine flüsternden Worte: »Liebe mich mit deiner eigenen Liebe – liebe mich, wie ich dich liebe!« Einige Sekunden verharrte ich in einer unaussprechlich süßen Schwäche, während seine Zärtlichkeiten wie ein Sturm über mich hinweggingen. Dann schlug durch die lautlose Nacht wieder die schöne, klare Stimme des jungen Schwaben an mein Ohr:

»Du sollst mich doch nicht fangen,
Duftschwüle Zaubernacht,
Es stehn mit goldnem Prangen
Die Stern' auf stiller Wacht
Und machen überm Grunde,
Wo du verirret bist,
Getreu die alte Runde –
Gelobt sei Jesus Christ –«

Ich hatte mich schon aus seinen Armen gelöst. – –

Die Entscheidung war gefallen, aber sie sah anders aus, als meine gläubige Zuversicht erwartet hatte. Zunächst schien einfach alles über mir zusammenzubrechen. Die ganze Nacht hindurch vermochte ich nicht einzuschlafen, diese Nacht war vielmehr wie ein einziges furchtbares Erwachen. Denn nicht allein, daß Enzio die kirchlichen Bedingungen unserer Eheschließung abgelehnt hatte, auch das Fundament, auf dem meine Hoffnungen geruht, war von ihm grausam zerstört worden. Der felsenfeste Glaube, daß er Gottes Ruf an mich gewesen sei, daß unsere Liebe von Ihm komme und zu Ihm zurückführe, dieser ganze beseligende Zusammenhang gnadenhafter Aufträge und Erfüllungen war wie ein Spinngewebe von ihm zerrissen worden. Der gemeinsame religiöse Besitz, dessen ich so sicher gewesen, er hatte nie für ihn bestanden, vielmehr erfüllte der Gedanke daran ihn mit Widerwillen. Er hatte sich dagegen aufgelehnt, daß er durch mich von Gott abhängig geworden sei – oh, jetzt verstand ich, warum er so oft ausgesehen hatte, als könne er sich nicht mehr frei bewegen! Selbst jenen geheimnisvollen Zusammenfall meiner tiefsten religiösen Erfahrungen mit seiner Nähe hatte er nicht anerkennen wollen, oder vielmehr er hatte ihn anerkannt, aber in entsetzlicher Verwandlung: gerade die Augenblicke, in denen ich mich der göttlichen Liebe hingegeben, hatten ihn zur Empörung gegen sie gereizt, waren ihm zum Fallstrick des äußersten Verderbens geworden! Bedeutete das nicht den vollen Schiffbruch meiner Liebe, aber auch die gänzliche Verlorenheit und Vergeblichkeit meiner Sendung in die Welt, so wie ich sie beim Abschied von Rom empfangen und mit aller Inbrunst meiner Seele angenommen hatte? Denn Enzio war für mich der Inbegriff der ganzen Welt gewesen, der unerlösten, aber heißgeliebten, der ich das Heilandsbild der Ewigen Liebe hatte zeigen wollen! Ich hatte es ihr nicht zu zeigen vermocht, oder wenn ich es vermocht hatte, so nur, um Abneigung und Haß dagegen zu entflammen. Immer wieder glaubte ich Enzios schauerliches Wort zu hören: ›Früher war mir Christus gleichgültig, ich hielt ihn für überwunden, erst als ich dich vor ihm niederknien sah, erkannte ich seine Gefährlichkeit.‹ Denn auch er fühlte sich ja zu einer Sendung berufen, der er sein ganzes Leben zu opfern bereit war, aber diese Sendung war der meinen unvereinbar entgegengesetzt! Ich sah jetzt mit auswegloser Deutlichkeit, wovor wir uns beide im Dom zu Speyer vergeblich zu retten versucht hatten. In dieser dunkelsten Nacht meines Lebens war nichts hell als der überklar gewordene Spiegel meiner Seele, der keine Täuschungen zuließ. Nein, wir waren nicht ein Wesen, wie ich es in meiner blinden Seligkeit gemeint hatte, wir konnten es nicht sein! Der Spruch der beiden Engel hatte mich betrogen: nichts war sein geworden von dem, was mein war, und nichts durfte mein werden von dem, was sein eigen hieß! Kein Sakrament vermochte die Unvereinbaren zu vereinbaren; sondern an der Majestät des Sakraments hatte sich die Wirklichkeit enthüllt: wir waren unerbittlich zwei und würden es immer bleiben. Die heutige Entscheidung griff über den zeitlichen Raum hinweg bis in die Ewigkeit – ich fühlte mich unsäglich einsam. Zu beten vermochte ich nicht, ich vermochte nicht einmal zu weinen mein Schmerz war heiß und trocken wie die schwüle Sommernacht, nur viel dunkler als diese – ich hatte keinen

Wunsch, als den, sie möge niemals enden. Mir graute vor dem Tage, vor der Messe, vor der Kommunion, die ich so oft für Enzio mitzuempfangen gemeint. Sogar vor dem Kolleg graute mir, ich zitterte in dem Gedanken, ihm dort zu begegnen, ich hatte keine Vorstellung davon, wie diese Begegnung sich gestalten könne. Als der Morgen zu dämmern begann, schloß ich die Augen, als könne ich dadurch die fliehende Dunkelheit festhalten. Am liebsten wäre ich wie einst Jeanette, als die Konversion meiner Tante Edelgart zerbrochen war, auf meinem Lager verharrt, ich träumte davon, nie mehr aufzustehen. Nur der Gedanke, daß Seide heraufkommen und mich mit ihren Fragen bedrängen oder gar als Kranke behandeln werde, rang mir den schweren Entschluß ab, mich wenigstens beim Frühstück zu zeigen, um mich nachher wieder zurückziehen zu können. Ich erhob mich also, wobei ich es ängstlich vermied, den Blick auf die zwei Engel über meinem Bett fallen zu lassen, wie sie da immer noch beide ein und denselben Kranz haltend, die Köpfe eng aneinander geschmiegt geschwisterlich verharrten, als sei nichts geschehen!

Mein Vormund und seine Gattin saßen bereits am Tisch, als ich das Speisezimmer betrat. Seide in einem reizenden Morgengewand, kunstvoll frisiert und mit frischpolierten Nägeln, umarmte mich und sagte, wie schön es sei, daß ich gerade heute nicht zur Kirche gehen und daheim frühstücken wolle, denn sie spräche eben mit ihrem Mann über meine Zukunft, sie sei ja so beglückt, daß sie dies endlich, endlich tun könne! Offenbar hatte er in seinem Freimut mit dem Inhalt unseres nächtlichen Gesprächs vor ihr nicht zurückgehalten. Sie schien nun auch plötzlich völlig einverstanden, daß er um meine Verlobung wisse. Ja, man hätte meinen können, obwohl sie dies nicht gerade aussprach, sie habe von sich aus meinen Schritt längst gewünscht und befürwortet. Sie zog meinen Vormund immer wieder geflissentlich ins Gespräch, wenn sie sich ihren ausladenden Plänen für meine Aussteuer und Hochzeit hingab, und so schlimm das für mich auch in diesem Augenblick war, so fühlte ich mich doch erleichtert, weil sie in ihrem Eifer mein schlechtes und übernächtiges Aussehen anscheinend nicht bemerkte. Mein Vormund, der mir bei meinem Eintritt einen kurzen prüfenden Blick zugeworfen hatte, ging indessen auf ihre Unterhaltung kaum ein und war überhaupt während des ganzen Frühstücks so in sich gekehrt und einsilbig, wie ich ihn gar nicht kannte. Rührte das von seiner gestrigen Unterredung mit Enzio her, oder galt diese Verstimmung seiner Frau? Sie war heute ganz besonders liebenswürdig gegen ihn, strich ihm die Brötchen und goß ihm zärtlich besorgt dicken Rahm in seine Kaffeetasse. Als alles nichts bei ihm verfing, sagte sie schließlich: »Mein Lieber, du bist so nachdenklich! Ich glaube, es war doch gut, daß man dich so lange mit Veronikas Geheimnis verschonte, du fühlst dich immer gleich in deiner geistigen Welt gestört. Aber jetzt solltest du dich nicht bedrücken lassen, das Wichtigste für unser liebes junges Paar ist doch in Ordnung – ich meine, seine wirtschaftliche Existenz ist wohl gesichert.«

»So, scheint dir dies das Wichtigste?« gab mein Vormund trocken zurück. »Was mich betrifft, so möchte ich zunächst einmal gewisse innerliche Fragen in Ordnung bringen.« Er war bei diesen Worten aufgestanden und blieb im Hinausgehen vor mir stehen. »Sie kommen doch heute in mein Kolleg«, sagte er, »ich glaube, es wird dort einiges geben, was Sie stark angeht. Im übrigen sprechen wir uns später noch.«

Jetzt mußte ich natürlich dennoch in die Universität. Auf dem Wege war es mir, als ginge ich durch eine verwandelte Welt: die Häuser der Altstadt drängten sich nicht mehr so traulich aneinander wie bisher. Ihre dunklen Schieferdächer, diese vielen treuen Schwalbenflügel, schienen ihre Sorglosigkeit verloren zu haben. Das Schloß, obwohl vom Dunst der Frühe zart verschleiert wie am Morgen unserer Liebe, kam mir schmerzlich entzaubert vor. Selbst das weiche Farbenspiel des linken Stromufers von den beiden Türmen der alten Brücke und dem Marstall an bis zur neuen Brücke hinunter, dieses Ineinanderschimmern von perlmuttergetöntem Wasser, silberblauem Duft und lieberotem Stein schmerzte mich, so als hätten alle Dinge von meiner zerstörten Herzenseinheit mit Enzio her ihren tiefen seligen Zusammenklang verloren. Es war mir, als ginge ein Riß durch das ganze liebliche Stadtbild: der schöne doppelt behelmte Barockturm der Heilig-Geist-Kirche, wie immer um diese Stunde noch in kraftvoll tiefe Schatten getaucht, kam mir wie ein dunkles Schwert vor, das die lichtgelockten Buchenhänge der Berge gleichsam mitten auseinanderschnitt – auf diese Buchenhänge, einst die Stätte unserer seligen Stunden, mochte ich überhaupt nicht blicken! Hastig und auf ungewohnten Umwegen suchte ich die Universität zu erreichen, denn ich zitterte noch immer vor einer Begegnung mit Enzio, aber offenbar hatte auch er eine solche heute vermeiden wollen. Im Auditorium angekommen, nahm ich sofort meinen Fenstersitz ein und vertiefte mich in ein Buch, bis das Kolleg begann.

Nun, Enzio hat später behauptet, mein Vormund habe ihn mit dieser ewig denkwürdigen Vorlesung zur Besinnung rufen oder, wie er selbst sich ausdrückte, angreifen und herausfordern wollen, während ich mich einer ganz anderen Meinung darüber hingab, wer mit diesem Kolleg angerufen werden sollte. Wahrscheinlich wird man die eine wie die andere Meinung reichlich anspruchsvoll finden, denn die Vorlesung blieb natürlich durchaus im Rahmen ihres Gesamtplanes: nicht das Thema trat aus dem Zusammenhang, aber mein Vormund trat aus seiner bisherigen Haltung heraus – zum ersten Mal überschritt er die Grenzen seines großartigen Einfühlungsvermögens, ich meine die Zurückhaltung einer bloßen Darstellung der Dinge: er wurde kämpferisch, er wurde dramatisch, er wurde bekenntnishaft. Hatten wir uns bisher auf einer unaufhaltsamen Reise durch die Meere des Geistes befunden, so tat sich heute gleichsam der Meeresgrund vor unseren Augen auf. Wir blickten in die unergründliche Tiefe des Seins hinab, aus der alle die glänzenden Eilande und Gestade unserer Sicht emporgestiegen waren, und wir befragten sie nach ihrem letzten Geheimnis: das zauberhafte Wort Metaphysik tauchte, einem weißen Korallenriff gleich, am Horizont empor. – Dieses Wort, bei dem ich selbst mir immer ein mystisches Tor vorgestellt hatte, zu dem die Professoren oder jedenfalls die Hände meines Vormunds so etwas wie einen Schlüssel besäßen. Aber so war das eben nicht: mein Vormund sagte, daß die Professoren keinen Schlüssel dazu hätten – niemand vermöge dieses Tor aufzuschließen, sondern wir vermochten es nur gleichsam zu sprengen; wir konnten uns der letzten Geheimnisse nicht anders versichern, als durch einen kühnen Sprung in ihre Tiefe. Dieser Sprung war ein ungeheures Wagnis, er bedeutete eine ganz persönliche Entscheidung, aber wir durften sie trotz aller Gefährlichkeit und scheinbaren Ungewißheit getrost vollziehen, denn es war kein blinder Zufall, daß wir unter diesen oder jenen Vorstellungen über die letzten Geheimnisse standen, sondern diese Vorstellungen waren vom göttlichen Leben selbst in uns gewirkt. Mein Vormund sagte nicht ›von Gott gewirkt‹, sondern ›vom göttlichen Leben‹. Für unseren eigenen Kulturkreis aber waren alle wesentlichen Vorstellungen über die letzten Geheimnisse vom Christentum bestimmt und getragen.

Und nun trat mein Vormund zum zweiten Mal aus seiner bisherigen Haltung heraus. Hatte er in seinem nächtlichen Gespräch mit mir das Christentum scheinbar an die Kultur ausgeliefert, so lieferte er jetzt in prachtvoller Antithese die Kultur an das Christentum aus. Alles, was in dieser groß, würdig und herrlich erschien, war aus seinem Quell hervorgebrochen und wurde von seinen Kraftströmen gespeist, die zugleich den ganzen Reichtum edler vorchristlicher Kultur aufgefangen hatten und mit sich führten. Wieder saßen wir in unserem unsichtbaren Schiff und glitten noch einmal mit hochgeschwellten Segeln in eilender Fahrt an den Gestaden des abendländischen Geistes vorüber. Wir sahen seine gewaltigen Dome zum Himmel steigen, wir hörten aus ihrem Innern das Brausen der großen deutschen Musik. Wir stiegen an Land, um alte unvergänglich junge Bilder zu besuchen. Wir betraten längst geschlossene Hörsäle und befragten die großen Denker um ihre tiefsten Aussagen. Wir schlugen die Gesänge der Dichter auf, und überall klang uns der Laut derselben Sprache entgegen, manchmal voll und gewaltig, manchmal gedämpft und leise, manchmal schon fast nicht mehr erkennbar, aber bei inbrünstigem Lauschen eben dennoch mit dem gleichen Urlaut verbunden, sei es als Ja, sei es als Nein – auch dieses lebte ja zuletzt nur von jenem, wenn auch zum Gegensatz verwirrt: denn die Religion bedeutete eben die Mutter aller Dinge, es gab aber in den weiten Meeren unseres Geistes nur diese eine, sie war das schöpferische Prinzip unserer Kultur, sie war ihr Ursprung und ihre Verheißung, sie war ihre Einheit in der Vielfalt – alle Epochen unseres Kulturkreises bekannten einmütig: in ihr leben, weben und sind wir.

Dies alles sagte nun mein Vormund natürlich nicht so unvollkommen, wie ich es hier wiedergebe. Nie war er als Redner hinreißender gewesen als an diesem Morgen, nie hatte sich das Füllhorn seiner Bilder mit solchem Reichtum verströmt. Aber auch nie hatte er sich so eingesetzt und hingegeben! Es war eine große persönliche Wärme an ihm, die mir jedesmal unmittelbar zum Bewußtsein kam, wenn seine mächtigen Geistesaugen beim Sprechen wieder einmal auf mir ruhten. Ich wußte wohl, daß sie in Wirklichkeit nach innen blickten, aber ich hatte auch bemerkt, wie sie sich zu Beginn der Vorlesung versichert hatten, ob ich der Aufforderung gefolgt war und anwesend sei. Ich war überzeugt, daß alles, was mein Vormund heute zum Ausdruck brachte, nicht nur, wie er gesagt hatte, mich angehe, sondern mich auch angehen sollte – ich glaubte, daß er mir ein Wort des Trostes und der Stärkung zurufen wollte in einer Lage, die er nach seinem eigenen Gespräch mit Enzio wohl nur allzu genau kannte. Ich fühlte ihm gegenüber eine kindliche Dankbarkeit, so als ob mir eine gütevolle Vaterhand über die verwachten Augen streiche: ich war nach wie vor einsam, aber nicht mehr ganz allein.

Der allgemein außerordentlich starke Eindruck der Vorlesung klang noch auf dem Studentenabend meines Vormunds nach, der zufällig am gleichen Tage wieder fällig war. Ich glaubte mich verpflichtet, daran teilzunehmen, denn auch bei Tisch hatte mich mein Vormund wieder prüfend angesehen – ich wollte ihm so gern die Freude machen und ihm zeigen, daß es mir nach dem Kolleg ein wenig besser ginge. Auch glaubte ich nicht, daß Enzio kommen werde, er mußte doch dieselbe Scheu vor unserem Wiedersehen empfinden wie ich – es war undenkbar, daß er dieses Wiedersehen im großen Kreise suchen würde.

Wir saßen wie am Abend meiner Ankunft auf der Terrasse, aber wie anders als damals ließ sich schon äußerlich alles an! Es war die Zeit der späten Dämmerun-

gen: wir hatten weder Lampions nötig, noch schimmerten Lichterprozessionen und Christbäume vom anderen Ufer des Neckars zu uns herüber. Die Altstadt lehnte sich in der sanften Helligkeit des Juliabends wie ein müdes Kind, das noch nicht schlafen gehen mag, gegen die sommerlichen Berge, aus deren dichten Laubmassen das Schloß immer noch in der etwas zauberlosen Überdeutlichkeit der Nachmittagsstunden ins Tal hinabragte. Auch dieser Tag war sehr heiß gewesen und hatte eine drückende Schwüle zurückgelassen, über der Rheinebene zuckte fernes Wetterleuchten. Die ganze Natur schien nach Kühlung zu lechzen, selbst der wasserarm gewordene Strom, der beunruhigend leise rauschte. Wir fühlten uns alle, mein Vormund mit eingerechnet, zunächst etwas ermattet, nur Seide, deren Organismus von den Vorgängen in der Natur niemals berührt zu werden schien, bewahrte ihre unverwüstliche Lebendigkeit.
Ich saß wie immer neben ihrem Teetisch, auf dem sie heute allerlei Flaschen und Kristallbehälter aufgebaut hatte, aus denen sie eisgekühlte Getränke einschenkte. Die Studenten hatten sich in ungewöhnlich großer Zahl eingefunden und kamen sofort auf das Kolleg des Vormittags zu sprechen. Die Diskussion war bereits in vollem Gange, als Enzio plötzlich erschien. Mein Herz tat bei seinem Anblick einen schmerzhaft hohen Sprung. Ich fühlte, daß ich totenblaß wurde. Er dagegen war nicht blaß, sondern er sah gut aus: mit Staunen ward ich inne, daß er durch unsere gestrige Unterredung in demselben Maße befreit schien, wie sie mich niedergeschmettert hatte. Er begrüßte mich

sicher, aber wortlos. Auch setzte er sich nicht neben mich, sondern mir gegenüber. Als Seide mir ein Glas Bowle für ihn reichte, zitterte meine Hand beim Weitergeben so heftig, daß es mir beinahe entfallen wäre. Er merkte es und sah mich mit einem Blick an, der tief und glühend war wie seine Umarmung am gestrigen Abend, aus der ich mich mit Qual und Schmerz befreit hatte – konnte er denn nicht verstehen, daß ich sie als unlauteren Versuch empfunden hatte, mich von meinen tiefsten Wurzeln loszureißen? Er wiederholte diesen Blick von Zeit zu Zeit, ich glaubte, daß er sich nur seinetwegen mir gegenübergesetzt hatte und daß dieser immer wiederholte Blick auch der einzige Grund seiner Anwesenheit war, denn er mischte sich mit keinem Wort in die Unterhaltung ein, sondern gab sich offensichtlich teilnahmslos, als wolle er zum Ausdruck bringen, daß er sich von ihrem Thema nicht berührt fühle. Erst als ihn einer der Studenten fragte, was er denn zu dem heutigen Kolleg sage, über das man eben spreche, erwiderte er achselzuckend: gar nichts sage er dazu, denn er habe keine metaphysischen Bedürfnisse mehr, gleichviel welcher Art. Sondern für ihn gelte das bekannte Scherzwort: Metaphysik ist, wenn ein Stockblinder in einem stockdunklen Zimmer einen stockschwarzen Kater sucht, der gar nicht drinnen ist. – Die Studenten lachten mit naiver Bereitwilligkeit, während ich das Scherzwort reichlich unehrerbietig gegen meinen Vormund empfand. Dieser lachte ebenfalls, aber etwas gezwungen. Dann sagte er mit einem ganz leichten Anflug von Strenge: »Aber der Kater ist eben doch drinnen, mein Freund. Sie behaupten, keine metaphysischen Bedürfnisse mehr zu haben, und dabei ist Ihre Situation im höchsten Maße metaphysisch bedingt, und zwar nicht nur deshalb, weil jedes Diesseits von der Kraft des Jenseits lebt, sondern weil es menschliche Verbindungen gibt.« Seine mächtigen Geistesaugen flammten plötzlich zu mir hinüber – es durchzuckte mich: jetzt denkt er etwas Ähnliches wie meinen Engelsspruch! Und er dachte ja auch etwas Ähnliches, aber er drückte es anders aus: »Ihre Situation ist deshalb metaphysisch bedingt«, fuhr er fort, »weil Ihre Mitmenschen zum Teil noch metaphysische Bindungen haben. Ein Volk ist eine Einheit und hat gemeinsame Heiligtümer. Ob jeder Einzelne noch ein Verhältnis dazu besitzt, ist zunächst gleichgültig, wichtig ist, daß er unter der Verpflichtung zur Ehrfurcht steht.« Er sprach nun eine ganze Weile über diese. Dabei fielen wie am Abend meiner Ankunf einige sehr große Namen der deutschen Geistesgeschichte. Dann war es jedesmal, als ob mein Vormund selbst die vollendete Verkörperung der Ehrfurcht darstellte und zugleich den Inbegriff alles Ehrfurchtgebietenden. Ich fühlte vor ihm eine unaussprechlich große Ehrfurcht, der sich aber ein leichter, dann beständig wachsender Schmerz beimischte. Plötzlich überfiel mich wieder die Erinnerung an meine geliebte Großmutter: es war mir, als rücke die glänzende Gestalt meines Vormunds immer näher an ihre letzte leidgeprüfte Lebenszeit heran. Und doch schien er, wie er da in seiner zeitlosen Jugendlichkeit und hinreißenden Lebendigkeit unter seinen Schülern saß, unendlich weit von ihrem teuren todgezeichneten Antlitz entfernt –

nie war er mir mächtiger erschienen wie als Verkünder dieser unerschütterlichen Ehrfurcht! Sie umgab ihn wie eine nicht antastbare Majestät – oder waren es die Generationen unserer Voreltern, deren Erbe er hütete und verteidigte, und die sich nun als eine unsichtbare Ehrenwache um ihn scharten? Rührte seine beängstigende Nähe zu meiner teuren Großmutter, die mich immer wieder scheinbar grundlos überfiel, vielleicht daher? Denn gewiß, sie würde unter jenen unsichtbaren Ehrenwächtern sein, ebenso wie mein Vater unter ihnen sein würde: ich fand mich so ergriffen von dieser Vorstellung, daß ich kaum inne ward, wie es von der wetterleuchtenden Rheinebene her dumpf zu donnern begann.

Plötzlich fühlte ich mich wieder von Enzios Blick getroffen, fast wie von einer körperlichen Berührung, so als ergreife er mich mit den Augen, um mich von meinem Vormund fortzureißen – ich selber hatte diesen angesehen. In der nächsten Sekunde wußte ich, daß jetzt ein furchtbarer Zusammenstoß erfolgen werde. Er erfolgte, und er war in der Tat furchtbar: Enzio meldete sich für die Diskussion zum Wort.

Was soll ich über deren Einzelheiten berichten? In dem Kampf, der nun begann, gab es im Grunde keine Einzelheiten mehr, hier prallten einfach zwei Welten aufeinander. Enzio, von dem mein Vormund mir neulich gesagt hatte, daß er seine eigene Stellungnahme ihm gegenüber mit einer merkwürdigen Hartnäckigkeit zurückhalte, ließ plötzlich das Visier fallen und griff meinen Vormund auf der ganzen Linie an, und zwar mit unerhörter Rücksichtslosigkeit. Dieser schien im ersten Augenblick betroffen, dann aber nahm sein Gesicht sofort den Ausdruck einer bestürzenden Hellsichtigkeit an, und nun war es auf einmal so, als ob er diesen Gegner längst erkannt, ja geradezu erwartet habe. In seinen mächtigen Geistesaugen blitzte der Kampfgeist. Das ungeheure Temperament, das ich bisher nur als unterirdisch leuchtendes Feuer seines Geistes gekannt hatte, brach flammend hervor: er schlug den Gegner mit einer Wucht zurück, die etwas von dem Elementhaften einer Naturkatastrophe hatte. Aber auch Enzio focht sehr eindrucksvoll, er focht mit außerordentlicher Kraft oder besser mit Zielstrebigkeit: nie hatte ich sein kleines kühnes Gesicht so kühn, nie von so stahlharter Entschlossenheit gesehen. Er konnte sich an Geistesgegenwart und Ausdrucksfähigkeit nahezu mit meinem Vormund messen, und doch war der Abstand zwischen beiden erschreckend deutlich. Ich war mir völlig klar, daß alles, was Enzio sagte, einem Geiste zweiter Ordnung angehörte, oder vielmehr es gehörte überhaupt nicht mehr ganz den Bezirken des Geistes an, sondern denen des Willens, und dies bedeutete einen ungeheuren Unterschied, der sich selbst in der Art zu kämpfen keinen Augenblick verleugnete. Während mein Vormund, auch wenn er manchmal geradezu vernichtend dreinschlug, sich niemals die geringste Ungerechtigkeit oder Vergewaltigung des Gegners zuschulden kommen ließ, so schien sich Enzio keinerlei Großmut oder Gerechtigkeit gestatten zu können. Ja, manchmal kamen mir seine Beweisführungen fast wie beschämende Einschüchterungsversuche vor, über die mein

Vormund dann jedesmal mit ganz besonderer Vornehmheit hinwegging. Es war, als verschmähe er auf diese Art des Kampfes einzugehen. So hatte Enzio einmal die Stirn, ihn ins Gesicht hinein zu fragen, ob er wirklich glaube, daß der deutsche Bürger – er meine diese Leute mit den Kaffeetassen und der ewigen Sorge um ihr Bankguthaben – sich zum Martyrium drängen werde, wenn sich tatsächlich einmal die brutale Hand fände, sehr bestimmte Saiten einer altgewordenen Geisteswelt ganz einfach auszuschalten – man könne doch schließlich alles stillegen wie etwa den Neckar (o über dessen heute so beängstigend leises Rauschen!). Der Wille sei am Ende Herr auch über das, was gedacht werde.
»Aber nicht über das, was Wahrheit ist«, erwiderte mein Vormund. »Und hinsichtlich des Bildes, das Sie eben brauchten, so scheint es mir in Ihrem Munde nicht ganz unbedenklich. Ich entsinne mich noch, wie Ihnen das unserem Strom drohende Schicksal sonst als das schmerzliche Symbol eines gefesselten Volkes erschien. Äußere Fesseln sind sehr harmlos gegen Geistesfesseln.«
Ich weiß nicht mehr, was Enzio darauf sagte, denn ich lauschte angespannt nach dem Strom hinüber. War seine beängstigende Stille wirklich nur die Folge der langen Dürre oder wurde das entsetzliche Stauwerk bereits ausprobiert? Ich vernahm immer nur das Grollen des näherziehenden Gewitters. Auf einmal überfiel mich die Wahrnehmung, daß es auch in unserem Kreise beängstigend still geworden war. Die Studenten verhielten sich, seit Enzio in die Diskussion ein-

gegriffen hatte, merkwürdig zurückhaltend, dagegen schaltete sich plötzlich Seide ein. Sie hatte schon mehrmals verstohlen meine Hand gedrückt und mir zugeflüstert: »Er meint das Religiöse, aber regen Sie sich nur nicht auf, kleine Veronika! Er muß uns doch zu Kreuze kriechen – denken Sie doch nur an Ihre Trauung!« Jetzt legte sie in der bekannten Weise ihren großen Schleierärmel um meine Schultern und sagte, indem sie schmollend zu Enzio hinüberblickte: »Sie sind ein ganz unartiger Mensch, wenn Sie behaupten, daß sich niemand bei uns für die Wahrheit opfern werde! Was mich betrifft, so würde ich mich nie in meiner Überzeugung beirren lassen.«
Nach diesen Worten trat ein äußerst peinliches Schweigen ein. Dann verneigte sich Enzio gegen Seide und sagte mit betonter Höflichkeit: »Verzeihung, gnädige Frau, an Sie hatte ich nicht gedacht – ich danke für die Berichtigung meiner Worte.« Es klang, als sage er: Ich danke für ihre Bestätigung. Mein Vormund aber wandte sich jetzt fast heftig an die Studenten und forderte sie auf, sich zu äußern. Es äußerte sich aber niemand, sondern es hatte den Anschein, daß alle Enzios Ansichten zwar nicht zustimmten, aber doch mehr oder weniger bei ihnen aufgehorcht hatten.
Schließlich meinte einer der jüngsten etwas betreten: »Ja nun, Herr Professor, im Grunde sind wir doch alle keine Christen mehr, und daß irgend etwas Neues kommen müsse, haben wir oft gedacht.«
Ich sah, wie es in Enzios Zügen triumphierend aufzuckte. Er wollte wieder sprechen, kam aber nicht mehr dazu, denn nun – ja, ich nahm mir das nicht etwa

vor, noch entschloß ich mich dazu, sondern ich fand mich plötzlich über den Tisch hin zu ihm vorgebeugt. »Enzio«, rief ich, »bitte denke jetzt an deinen Abschied von Großmama!« Erst als ich den geliebten Namen ausgesprochen hatte, kam mir zum Bewußtsein, daß er nicht nur eine Beschwörung, sondern auch eine Welt von Klage und Anklage bedeutete. Niemand außer Enzio konnte mich verstehen, aber jeder mußte aufhorchen, keiner vermochte im Zweifel zu sein, daß ich mich mit meinem Anruf irgendwie auf die Seite meines Vormunds gestellt hatte, am wenigsten Enzio selbst. Und nun mußte ja wohl zum zweiten Mal etwas Furchtbares erfolgen. Aber es erfolgte nichts. Ich sagte schon, daß seit geraumer Weile der Donner von der Rheinebene her immer stärker geworden war. Jetzt jagten die ersten Windstöße des heraufkommenden Gewitters über die Terrasse. Seide flog von ihrem Stuhl empor und rief: der Sturm werde das Gedeck aufheben, man müsse das Service und das Kristall retten, worauf dann jedermann ergriff, was ihm zunächst erreichbar war. Auch mein Vormund, hilfsbereit wie stets, packte zu. Als ich das Eßzimmer wieder verlassen wollte, wo ich ein Tablett mit Gläsern abgestellt hatte, kam er mir mit einer Bowleschale entgegen. Ich nahm sie ihm aus den Händen, dabei sah ich, daß sein Gesicht fahl war wie die ins Zimmer hereinflammenden Blitze. Er hatte die Brille abgenommen: seine herrlichen Augen, von dunklen Schatten umrandet, schienen tief eingesunken, in ihrem Glanz zurückgedrängt, schutzlos wie noch nie, dabei aber wieder von einer bestürzenden, nein, jetzt geradezu vernichtenden Hellsichtigkeit – es war mir, als erblicke ich durch diese Augen mein eigenes Traumgesicht des Speyrer Domes! »Dieser Mensch wird unsere ganze Kultur zerstören!« rief er mir zu. »Er wird auch Sie zerstören – lassen Sie ihn so schnell wie möglich fahren, das ist der einzige Rat, den ich Ihnen geben kann!« Mit diesen Worten verließ er das Zimmer. Ich hörte ihn mit schweren Schritten die Treppe hinaufsteigen und in sein Arbeitszimmer gehen, und obwohl der Donner jetzt fast unablässig dröhnte, glaubte ich durch ihn hindurch immer wieder diese schweren, einsamen Schritte zu vernehmen, die durch das große Haus hallten, das mir nun wirklich plötzlich leer und verödet erschien, als müsse es darinnen bald für immer still werden. Ich fühlte das heftige Verlangen, meinem Vormund nachzueilen, seine Hände zu ergreifen und ihm zu versichern, daß ich immer seine dankbare Tochter bleiben werde, auch wenn ihn all seine geistigen Söhne verließen. Aber die Ehrfurcht, die er uns vorhin geboten hatte, und noch ein anderes, sehr beklemmendes Gefühlt hielten mich zurück. Und während ich eben noch Enzio zugerufen hatte, ›denke doch an deinen Abschied von Großmama!‹, so war es nun, als müsse ich mir selbst das gleiche zurufen, und es drohe meinem Vormund auch von meiner Seite her die unabwendbare Tragik jener Frühgeliebten – fast unvermittelt stand die Stunde vor mir, in der sich mein Weg innerlich von dem ihren getrennt hatte. Ein namenloser Schmerz durchzuckte mich, um den aber merkwürdigerweise irgendein mir selbst noch nicht erklärbarer Hoffnungsschimmer aus-

gegossen lag, der erste, den ich nach meiner großen Aussprache mit Enzio erblickte. Unfähig, mich von irgend jemand zu verabschieden, eilte auch ich auf mein Zimmer.
In dieser Nacht konnte ich wieder einmal nicht schlafen. Das abziehende Gewitter hatte keine Kühlung gebracht, sondern nur einen kurzen wolkenbruchartigen Regenguß, der nun aber auch schon verströmt war. Die Bäume des Gartens trieften noch – man hörte das Rinnen und Raunen von ihren Zweigen –, es war, als ob die Bäume in der Nacht leise weinten und doch zugleich durch ihre Tränen erquickt würden. Ich selbst weinte auch in wundersamem Zwiespalt der Gefühle schmerzlich und getröstet zugleich. Die Nacht war wie die vorige unaussprechlich dunkel, Mond und Sterne lagen tief in Wolken eingehüllt, als wolle der Himmel die Erde nicht mehr erblicken. Auch das einsame Licht aus der Studierstube meines Vormunds schimmerte nur matt durch die verweinten Bäume – ich hatte die Vorstellung, daß Enzio seinen Glanz gelöscht habe. Aber in Wirklichkeit war die Lampe wohl nur vom Schreibtischfenster tiefer in den Raum hineingestellt worden – mein Vormund konnte sicherlich in dieser Nacht ebensowenig arbeiten, wie ich zu schlafen vermochte. Ich glaubte von seinem Studierzimmer her durch die Stille des schlummernden Hauses immer noch seine ruhelos auf und ab wandernden Schritte zu vernehmen. Wieder überkam mich das Verlangen, zu ihm zu gehen und ihn meiner Dankbarkeit und Treue zu versichern. Aber auch immer wieder glaubte ich seinen Zuruf zu vernehmen: »Dieser Mensch wird

Ihre Welt zerstören, lassen Sie ihn so schnell wie möglich fahren!« Ich fühlte dabei denselben Schmerz, ja Unwillen über Enzio wie er – ich fühlte eine Art von Grauen wie nach meinem Traumgesicht im Dom zu Speyer, fast als habe dieses bereits begonnen, sich zu erfüllen: es war mir, als müsse ich bei meinem Vormund Zuflucht suchen. Ich wußte über jeden Zweifel hinaus, daß er mit seinem harten Urteil über Enzio recht hatte. Aber ich konnte seinen Rat nicht befolgen, ich konnte ihm nicht gehorsamen, und gerade diese für mein kindliches Gefühl so schmerzliche Erkenntnis bildete den Hoffnungsschimmer, der sich mir gezeigt hatte! Es war, als habe der herbe Zuruf meines Vormunds genau das Entgegengesetzte seiner Absicht bewirkt, so als sei dadurch eine Frage, die ich mir in der vergangenen Nacht doch selber vorgelegt, aus der Dämmerwelt meines Innern in den klaren Raum der Wirklichkeit hinausgetreten, wo sie keine Stätte fand. Denn: nie konnte ich Enzio verlassen, nein, ich konnte ihn nie verlassen, nie, nie konnte ich ihn verlassen! Ich wiederholte diese Worte unzählige Male in meinem Innern. Dabei war es mir, als begleite mich ein leiser, aber immer stärker werdender Jubellaut, der alle Schmerzen übertönte: den Schmerz um Enzios Verhalten, den Schmerz um meinen Vormund, den Schmerz, daß ich diesem nicht gehorchen konnte, den tiefen Schmerz über die Ohnmacht meiner Liebe und Frömmigkeit – es war, als seien alle diese Schmerzen zwar unvermindert vorhanden, aber so als wollten sie gleichsam in eine andere Dimension durchbrechen, wo ich sie freudig auf mich nehmen konnte, weil sie nicht fähig waren, mich von Enzio zu trennen. Ja, es sah nun fast so aus, als werde ich durch alles Vorgefallene noch viel tiefer mit ihm vereinigt als zuvor und erführe gerade in diesem Augenblick, da mein ganzer Glaube an die Macht der Liebe erschüttert war, in Wirklichkeit die unerschütterliche Macht der Liebe. Und während ich doch gestern selbst gemeint hatte, alles sei zu Ende, fühlte ich, daß vielmehr alles von neuem begonnen hatte. Wie in jener geheimnisvollen Nacht, als ich nach jahrelanger Trennung Enzios Ruf von den fernen Schlachtfeldern vernommen hatte – diesen Ruf, der mir doch zum Rufe Gottes an mein Leben geworden war: ich glaubte, ihn auch heute wieder zu vernehmen, so als sei durch mein Gelöbnis, Enzio niemals zu verlassen, die Ewige Liebe selber auf den Plan getreten – ich konnte plötzlich wieder zu ihr beten, ich war wieder mit Gott verbunden! Und nun brachen die Dinge wirklich in eine andere Dimension durch, wo das sonst Gültige ungültig, das Ungültige aber gültig geworden war: alles schwang herum, alles verwandelte sich, alles bekam einen anderen Sinn, und während es in der vergangenen Nacht so ausgesehen hatte, als ob ich mich um Enzios Gottesferne willen von ihm trennen müsse, so hieß es jetzt: um seiner Gottesferne willen darfst du dich niemals von ihm trennen, denn Gott trennt sich ja auch nicht von den Gottesfernen, sondern gerade diese hat Er in Christus gesucht und geliebt – gerade diese! Und nun fand auch in meiner Liebe ein geheimnisvoller Wandel statt: ich fühlte, wie etwas Gnadenhaftes in sie eindrang, etwas Wunderbares war geschehen: ich liebte

Enzio nicht, wie bisher, trotz seiner Gottesferne, sondern ich liebte zum ersten Mal in ihm den Gottesfernen – ich liebte ihn nicht nur mit meiner Liebe, sondern auch mit der Liebe Christi, und diese Liebe, die er für unseren Bund nicht gewollt, sie war für ihn und für mich unseres Bundes Rettung! Auf sie allein hin konnte ich wagen, was ich auf meine Liebe nicht mehr zu wagen vermochte. Mit diesem Bewußtsein schlief ich im Morgengrauen ein.

Es vergingen nun mehrere Tage in jenem lautlosen und erwartungsvollen Schweigen, das fast immer zwischen großen inneren Entscheidungen und ihren Auswirkungen liegt. Denn wenn ich auch entschlossen war, mich nie von Enzio zu trennen, so blieb eben doch seine furchtbare Forderung einer Ehe ohne Gott bestehen, ebenso wie meine Bitte, unsere Ehe Gott zu heiligen, bestehen blieb. Von daher ergab sich nur ein einziger möglicher Weg. Er war sehr schwer, er war sehr schmal und sehr schmerzvoll, aber vollkommen klar: wir mußten für nicht absehbare Zeit die Hochzeit aufschieben, aber wir konnten einander bräutlich angehören wie bisher. Ich würde auf ihn warten und wenn es noch so lange, ja wenn es bis ans Ende unseres Lebens dauern sollte – ich würde auf ihn warten wie die Liebe Gottes, die auch auf uns bis an das Ende unseres Lebens wartet! So hatte ich mir die Dinge zurechtgelegt, und so mußte ich sie Enzio vortragen, und zwar ohne Zögern, denn unsere Hochzeit war ja bereits anberaumt. Aber das war überaus bitter, ja fast unerträglich, hing ich doch mit allen Fibern meines Herzens an unserer baldigen Vereinigung. Sooft ich den schönen alten Mahagonischrank in meinem Zimmer öffnete, wo, sorglich in ein weißes Mulltuch eingehüllt, mein ›heiliges Kleidchen‹ hing, das ich trotz allen Pracht- und Schleppengelüsten Seides bei der Trauung hatte tragen wollen, traten mir die Tränen in die Augen. Ich verschob meine Mitteilung von Tag zu Tag, oder vielmehr, ich mußte sie von Tag zu Tag verschieben, denn Enzio gab mir keinerlei Gelegenheit dazu. Er betrat nach seiner heftigen Aussprache mit meinem Vormund weder dessen Haus noch dessen Auditorium, eine Zurückhaltung, die allerdings ebensowohl diesem wie mir gelten konnte. Wenn sie mir galt, so mußte ich mir sagen, daß er vielleicht mit ähnlichen Entschlüssen rang wie ich. Oder wartete er auf die meinen? War es eine Art Ritterlichkeit von ihm, mir den ersten Schritt zu überlassen? Ich hatte manchmal das Gefühl, zumal auch alle anderen Beteiligten irgendwie auf mich zu warten schienen. Ich spürte das ganz deutlich an dem Schweigen, das im Hause meines Vormunds über jene verhängnisvolle Abendunterhaltung herrschte. Mein Vormund selber kam mit keinem Wort auf seinen Zusammenstoß mit Enzio zurück. Er suchte aber auch keine Aussprache mit mir – ich wußte nicht, schreckte seine männliche Zartheit davor zurück, den bitteren Rat, den er mir erteilt, zu wiederholen? Wollte er mir durch sein Schweigen zeigen, daß dieser, obwohl in höchster Erregung hervorgestoßen, eben doch sein letztes Wort zu meiner Schicksalsfrage gewesen sei? Oder hatte er in einem Augenblick seiner bekannten plötzlichen Hellsicht bereits herausgebracht, daß ich ihm doch nicht folgen werde, auf jeden

Fall, er schwieg. Am auffallendsten aber war es doch, daß Seide es über sich gewann, mehrere Tage lang jede Äußerung über die Geschehnisse zu unterdrükken, wie ich denn bei ihr am stärksten den Eindruck hatte, daß sie auf irgend etwas, das ich tun werde, warte, und zwar mit Ungeduld. Und schließlich war sie natürlich auch die erste, die das Schweigen brach.

Als ich an einem der folgenden Tage abends das Speisezimmer betrat, fand ich es leer. Auch auf der Terrasse war nicht gedeckt worden. Das kleine Zimmermädchen mit dem tadellosen Rüschenhäubchen, das mir nachgelaufen kam, meldete, es werde heute im Salon der gnädigen Frau gespeist. Ich ging also hinüber. Seide erwartete mich bereits, sie sagte, ihr Gatte müsse heute als ›Alter Herr‹ an einem studentischen Kommers seines einstigen Korps teilnehmen, wir seien also unter uns und wollten das genießen. Sie habe deshalb auch kein feierliches Abendbrot, sondern nur einen Teetisch mit kalten Platten und Brötchen für uns beide richten lassen, denn wir brauchten keine lauschende Bedienung. Während sie mich zu sich auf ihr grünes Biedermeiersofa zog und mir vorlegte, kam sie sofort auf den Diskussionsabend von neulich zu sprechen. Sie sagte, wie schrecklich es ihr gewesen sei, daß Enzio sich so auffallend betragen habe. Aber sie verstünde auch, wie er dazu komme. Ihr guter Mann habe eben alles restlos bei ihm verschüttet. Sie könne nicht sagen, wie unendlich sie es bedauere, daß er sich in meine Heiratsangelegenheiten gemischt habe: seit er mit Enzio darüber gesprochen, sei dieser völlig verändert. Er habe ihm die Ehe mit mir vom religiösen

Standpunkt her offenbar so schwierig dargestellt, daß er ganz rabiat geworden sei. Nun müßten wir die Sache wieder in die Reihe bringen, denn es könne doch nicht länger hingehen, daß sich Enzio gar nicht blicken lasse. Ich fühlte, sie wollte mir ihre Hilfe oder ihren Rat anbieten, und sagte also schnell, ich hätte mir schon vorgenommen, mit Enzio zu reden.

»Werden Sie das auch richtig anfangen, kleine Veronika?« fragte sie mit schalkhafter Bedenklichkeit.

Ich war sicher, daß ich es in ihrem Sinne nicht richtig anfangen würde, denn sie brannte ja auf unsere schnelle Hochzeit. Ich schwieg also.

Sie wartete eine Weile. Plötzlich zog sie ihren großen fesselnden Mund etwas schief und sagte: »Veronika, was haben Sie für dicke Zöpfe!« Ich begriff, daß sie meinen eigenwilligen Kopf meinte. Aber, was sollte ich tun? Ich entschloß mich, in den Scherz zu flüchten. Lächelnd zog ich meine Nadeln aus den Zöpfen, so daß diese lang über meine Schultern herabfielen. Ob es so mit meinem Kopf besser sei? fragte ich.

Nun mußte sie wider Willen lachen. »Nein, im Gegenteil«, erwiderte sie, »jetzt ist Ihr Kopf so klein, daß Sie überall mit ihm durchschlüpfen können! Und ich meine es doch so gut mit Ihnen!« Ich beeilte mich zu sagen, daß ich dies sehr wohl wisse – das Spiegelchen steckte wieder einmal christlich geduldig hinter dem Spiegel. Dabei streichelte ich begütigend die Falten ihres lichten Sommerkleides, von dem ich annahm, daß sie ihm besonders zugetan sei, denn es stand ihr wundervoll zu Gesicht.

»Wie schön ist diese Seide«, sagte ich, ohne mir des

Doppelsinns meiner Worte bewußt zu sein. Sie aber hatte ihn sofort erfaßt.

»Und wie schön sind diese schweren Haare«, erwiderte sie, indem sie eine meiner Flechten mit ihrer etwas zu bewußt gepflegten Hand aufhob. »Was könnte man mit diesen schönen Haaren alles erreichen!« Plötzlich näherte sie ihr Gesicht dem meinen und flüsterte mir ins Ohr: »Wissen Sie eigentlich, welche Macht Sie über Ihren Freund besitzen, kleine Veronika? Schmieden Sie das Eisen, solange es heiß ist, und es ist sehr, sehr heiß! Ich habe neulich abend wohl gesehen, wie er Sie angeblickt hat – üben Sie Ihre Macht aus, üben Sie sie doch aus!« Ich konnte zuerst nicht verstehen, was sie meinte.

»Aber ich will doch gar keine Macht über ihn ausüben«, rief ich, »ich will doch gar kein Eisen schmieden, ich will –« Der mühselig geknüpfte Faden meiner christlichen Geduld, an dem das versteckte Spiegelchen befestigt war, zerriß – ich war einige Sekunden lang nur noch das leidenschaftliche Kind meiner Großmutter, deren Temperament in wahrhaft triumphalen Kaskaden bei mir durchbrach. »Ich will dieses ganze Gespräch nicht haben«, rief ich außer mir. »Also Sie wollen auf die kirchlichen Bedingungen verzichten?« fragte sie überrascht. »Das hatte ich allerdings nicht erwartet.« Nun beging ich eine große Torheit. »Nein, niemals«, rief ich erregt, »sondern ich will warten, bis Enzio selber mit der Trauung und mit allem anderen einverstanden ist, und wenn es noch so lange dauern sollte! Ich will mit ihm eins sein!«

Sie betrachtete mich sehr aufmerksam; es war, als

schätze sie mich nach einer Seite hin ab, die ihr völlig unbekannt sei. Ich weiß nicht, ob sie ihre Enttäuschung nur so meisterhaft verbarg oder ob sie mir in der Benommenheit entging, endlich sagte sie: »Ach, so ist das bei Ihnen, ja ich verstehe! Sie wollen mit ihm eins sein! Wie rührend ist das – Gott, daß es noch solche Gefühle gibt!« Sie lächelte mich zärtlich an, wechselte dann aber mit großer Gewandheit das Thema und kam wieder einmal auf die alten Porträts an den Wänden zu sprechen, von denen sie sonst immer sagte, daß sie selbst mit einigen von ihnen große Ähnlichkeit besitze. Heute behauptete sie, wir seien eben beide noch Gestalten aus einer anderen Zeit. Ich ließ das auf sich beruhen, erleichtert, daß sie mich freigab. Ach, ich ahnte noch nicht, in welchem Sinne ihre Freigabe erfolgt war! Aber als ich an diesem Abend wieder mein eigenes Zimmer betrat, war mir doch sehr klar, daß es jetzt notwendig sei, Enzio gegenüber zu handeln, denn sie würde sicher mit ihm über unsere Unterredung sprechen.

In dieser Nacht floh nicht der Schlaf mich, sondern ich floh den Schlaf. Es war kein sorgfältig erwogener oder ausgewogener Brief, den ich an Enzio richtete, es war ein Überströmen meines Herzens. Zunächst bat ich ihn um die Verschiebung unserer Hochzeit. ›Ich brauche Dir nicht zu erklären, warum‹, fuhr ich fort, ›Du weißt es, denn Du hast die Welt meiner Frömmigkeit zwar stets mit Abneigung betrachtet, aber Du hast auch ihre Bedeutung für mich niemals verkannt. Von Anfang an hattest Du ein unendlich feines Gespür für das Gewicht, das sie für mich besaß. Auch in unseren seligsten Stunden entgingen Dir nicht die leisen Regungen meiner Seele, die auf Gott hinzielten. Nie hast Du auch nur einen Atemzug lang vergessen, wie ich einst vor Deinen Augen im Sankt-Peters-Dom niederkniete, auch wenn Du es vergessen wolltest, Liebster – ach, Du wolltest es ja so gerne vergessen! Und wenn Du mir neulich gestandest, jedesmal wenn ich mich in Deiner Gegenwart dem Mysterium Christi zugewandt, hättest Du Dich dagegen erhoben, so ist auch das nur eine neue furchtbare Bestätigung für Dein tiefes, immer waches Wissen um meine Welt. Nein, ich brauche Dir nichts zu erklären, niemand weiß besser als Du, daß ich ohne die Gnade des Sakraments nicht mit Dir leben könnte, aber daß auch Du ohne sie nicht mit mir leben könntest, das, Liebster, hast Du vielleicht noch nicht bedacht, sagtest Du mir doch: wenn ich Dich wirklich liebte, würde ich auf sie verzichten. Aber ich bin überzeugt, wenn ich es täte, würdest Du mich nicht mehr so lieben können wie bisher, denn ich würde ja nicht mehr die sein, die Du doch eben geliebt hast: über Jahre der Trennung hinweg, unter Tausenden heraus, geliebt als die Eine Dir so Ungleiche, daß sie scheinbar nie zu Dir gehören konnte, und doch eben als die einzige, die Du als zu Dir gehörig anerkanntest! Zerstöre nicht, was Du so innig liebst! Und Du würdest mich zerstören, wenn Du weiterhin auf einer Ehe ohne Sakrament bestündest. Aber ebenso sicher würde ich Dich zerstören, wenn ich Dich drängte, in die Bedingungen unserer Kirche zu willigen: das ist die schmerzliche Gewißheit, die Du mich bei unserer letzten Unterredung erkennen lehrtest. Liebster, Du hast mich immer als den Spiegel Deiner Seele angesprochen, aber ich konnte Dir bisher nur ein sehr unvollkommener sein. Denn Deine zärtliche Sorge um unser Glück hatte mir den vollen Anblick Deines dunklen Sternes lange verborgen. Jetzt weiß ich um seine ganze Macht: Du kannst mit diesem Stern in Deiner Brust nicht zum Altar der Kirche treten, ja Du darfst es nicht einmal, denn Du würdest es nur können in einem furchtbaren Krampf verborgenen Hasses, der es Dir unmöglich machte, das Sakrament zu empfangen und zu spenden. Jedes Wort, mit dem ich fortführe, diesen Schritt von Dir zu erbitten, würde Deine Seele nur unerhört gefährden – ich weiß jetzt, welche furchtbaren Wirkungen der Anblick und die Sprache der Frömmigkeit für Dich besitzen! Es würde aber auch Gott beleidigen, wenn ich es täte, denn er will nur die freiwillige Hingabe – Gott zwingt niemand, Enzio, nicht einmal durch Seine Liebe! Die meine soll der Seinen nicht unwürdig sein. Und so nehme ich denn meine Bitte um unsere baldige Hochzeit zurück, nimm auch Du die Deine wieder an Dich, suche meine Seele nicht durch Deine süßen Zärtlichkeiten zu verwirren! Ich verspreche Dir, daß ich Dich niemals wieder drängen werde – nie wieder soll es sein, als könntest Du Dich an meiner Seite nicht mehr frei bewegen. Ich habe aufgehört, für unsere Vereinigung auf meine eigene Frömmigkeit und Liebe zu vertrauen. Wie uns nur ein Wunder Gottes aneinander fesseln konnte, so kann uns auch nur ein Wunder Gottes vereinen. Ich werde nie aufhören, auf dieses Wunder zu hoffen, denn ich werde ja nie aufhören, mich nach Dir zu sehnen! Ich bin Deine Braut und kann nie mehr etwas anderes sein als unauflösbar an Dich gebunden. Von mir aus wird alles bleiben, wie es war. Sage nicht, daß dies eine Rückkehr zu einer überlebten Stunde unseres Glückes ist – ich kehre nicht in jene wunschlose Seligkeit zurück, aus der ich Dich einst fragte: Kann es jemals schöner sein als heute? Ich selber war es ja, die Dich um unsere Hochzeit bat! Ich weiß, daß ich viel leiden werde, weil mir die Erfüllung unserer letzten Vereinigung versagt ist. Aber selbst dieses Leiden wird noch Süße sein, weil von der Gewißheit getragen, daß ich auch in der Unvollkommenheit unseres Glückes ein unendliches Glück besitze: das Glück, Dich zu lieben und von Dir geliebt zu sein. Ich umarme dieses schmerzliche Glück, nicht ganz Dein Eigen sein zu können, und so, Liebster, bin ich dennoch Dein Eigen!«

Nachdem ich diese Worte geschrieben hatte, trocknete ich meine Tränen, deren heißer Strom mich immer wieder beim Schreiben unterbrochen hatte. Dann küßte ich die Seiten des Briefes, schloß ihn und schlich mich im Morgengrauen aus dem Hause, um ihn vor der Abholung der ersten Post in den Kasten zu werfen: er lag schwer wie ein Stein in meiner Hand – gleich würde das Unwiderrufliche geschehen sein.

Die Straße war noch nächtlich einsam, als ich sie betrat. Keine Glocke, keine Menschenstimme klang, kaum daß sich die ersten Vogellaute regten. Nur der Neckar trug seinen schönen starken Stromlaut durch die dunklen Tore der Brückenpfeiler freudig gelassen, wie die Ströme der Urzeit gerauscht haben mochten, ehe sie des Menschen Hand zu fesseln drohte. Noch war der morgendliche Duft nicht aufgestiegen, dieser zaubervolle Blaue-Blumen-Duft, des Heidelberger Tales! Die Berge lagen in nackter feierlicher Dunkelheit über der Stadt, die, nicht lichternd wie am Abend, ganz in sie hineingesunken schien, vor tiefer Dämmerung fast unsichtbar geworden. Auch der Wald und die Schloßruine ließen sich kaum erkennen. Alles war der sonstigen Romantik bar, merkwürdig groß und einfach geworden, so als schwebe, wie am ersten Morgen der Erde, nur der Geist des Schöpfers über der Ihm hingegebenen Natur, die wie ein lautloses ›Dein Wille geschehe‹ Seiner harrte. Oder sah und hörte ich das alles nur in sie hinein auf meinem einsamen Wege? Ich wußte, daß ich in diesen letzten Tagen nicht nur die Romantik der Liebe, sondern auch die Romantik der Frömmigkeit abgestreift hatte. Von allem Zauber ihrer heimlichen Erwartungen und Hoffnungen war nichts übriggeblieben als das sanfte und doch strenge Hingegebensein an das ausweglose Gesetz meiner Liebe und an die Unerforschlichkeit dessen, vor dem auch ich in dieser Stunde nichts anderes zu sprechen vermochte als: Dein Wille geschehe. – – – Was von jetzt an zwischen Enzio und mir vorgehen sollte, ist schwer und schmerzlich zu erzählen und noch viel schmerzlicher und schwerer zu begreifen, aber ich glaube, daß ich es begriffen habe. Wie ich, so war auch er damals an jener Grenze angelangt, wo das eigene Liebesvermögen nicht mehr ausreichte, die ungeheuren Spannungen zu überwinden. Wie für mich, so hatte es auch für ihn nur noch die Gewinnung einer anderen Dimension geben können. Er hatte sie gewonnen – sie lag nach der genau entgegengesetzten Richtung wie die, welche sich mir geöffnet hatte. Wieder war in unseren Seelen zur selben Zeit eine innere Bewegung vorgegangen, deren eine geheimnisvoll von der anderen abhing, sich auf sie bezog und sie doch zugleich vollkommen ausschloß.

Ich will nun versuchen, den Hergang der Geschehnisse zu erzählen, und zwar so kurz wie möglich, denn ich fühle selbst heute, nachdem diese Schmerzlichkeiten weit hinter mir liegen, nicht die Kraft, lange bei ihnen zu verweilen. Er antwortete mir nicht, aber wir sahen uns einige Tage später am dritten Ort wieder – es war bei der Generalprobe zu Seides Geburtstagsfeier, die jetzt unmittelbar vor der Tür stand. Mein erster Eindruck von ihm war der gleiche wie unlängst auf der abendlichen Terrasse meines Vormunds. Er erschien weder erschüttert noch erregt, sondern er sah wieder gut aus, innerlich befreit und seiner selbst gewiß. Er kam nicht gleich auf mich zu, behielt mich aber unverrückt im Auge, während er sehr bestimmt und ein klein wenig lauter, als es ihm sonst eigen war, seine Anordnungen wegen der Probe gab. Jedesmal wenn ich fragend zu ihm hinübersah, begegnete ich seinem Blick, unter dem ich bis in alle Tiefen meines Seins erbebte. Dann, als ich einmal flüchtig allein stand, trat er zu mir und begrüßte mich, als sei nichts geschehen, wobei er meine Hand einige Sekunden lang mit heißem Druck fest, ja fast herrisch in der seinen behielt. Aber obwohl ich dabei bis zur unumstößlichen Gewißheit inne ward, daß auch er entschlossen war,

mich niemals zu lassen, überfiel mich eine beklemmende Enttäuschung.
Ich fragte ihn dann, ob er meinen Brief erhalten habe. Er bejahte das, ohne auf ihn einzugehen und auch ohne einen Vorschlag zu machen, mit mir darüber zu sprechen.
»Enzio, bitte hilf mir, daß wir unser Schicksal tragen können«, bat ich leise. Nun sah er zuerst todernst aus, dann aber lachte er kurz auf und sagte fast leichthin: »Ja, ja, ich werde uns schon helfen, Spiegelchen! Laß mich nur erst diese verflixte Romantik hier zu Ende bringen.« – Gleich darauf kam irgend jemand mit einer Frage wegen der Probe zu ihm und er wandte sich nun dieser zu, die übrigens einen ziemlich stürmischen Verlauf nahm, denn er zeigte sich mit vielem unzufrieden und stieß sogar einige Teile des Programms noch im letzten Augenblick um, vor allem in den Vorlesungsstücken des jungen Schwaben, von dem er verlangte, das Gedicht

›Du sollst mich doch nicht fangen,
Duftschwüle Zaubernacht‹

fallen zu lassen. Er machte gegen dieses Gedicht so bösartige und herabsetzende Äußerungen, daß ich mich des Gedankens an den Schluß unserer Mondscheinunterredung nicht erwehren konnte. Ich hatte das Gefühl, er hasse dieses Gedicht geradezu. Ja, er stellte schließlich in einer Art von improvisiertem Vortrag wieder, nur noch heftiger als neulich, den ganzen Eichendorff auf eine höchst eigenwillige, von allem Christlichen befreite Linie, die er als die ›heute noch lebendige‹ bezeichnete. Sonderbarerweise trat ihm niemand außer dem etwas schwerfälligen, aber äußerst hartnäckigen Schwaben entgegen. Ich selbst vermochte ihm auch nicht entgegenzutreten, denn ich fühlte bei seinem Vorgehen immerfort dessen tiefen und erschreckenden Zusammenhang mit unseren eigenen Schicksalsfragen. Er wußte das auch sehr wohl, und gerade darinnen, daß er mich in dieser Weise zum schweigenden Anhören seiner anfechtbaren Äußerungen zwang, lag für mich das schmerzlich Verständliche seines Tuns.

Der Verlauf des Abends bot mir keine Gelegenheit mehr, ihn allein zu sprechen. Auch der Heimweg nicht, denn ich mußte früher als die anderen aufbrechen, um die vor Müdigkeit und Eigensinn laut weinenden Doublettchen nach Hause zu bringen, die man auf Enzios Anordnung hin der Vollständigkeit halber auch zur Generalprobe geschleppt hatte, ein Mißgriff, über den ihn das Betragen der Doublettchen nicht im Zweifel lassen konnte. Trotzdem aber rief er mir, als ich mit den Kindern fortgehen wollte, zu, ich möchte sie ihm nochmals vorführen, denn diese Generalprobe sei keine gewesen, man müsse sie schon wegen des neuen Eichendorff-Darstellers wiederholen – der junge Schwabe war nämlich auf die Programmänderungen hin von seiner Rolle zurückgetreten. Ich weiß nicht warum, aber Enzios unklug herrisches Verfügen über die Doublettchen machte mich noch trauriger, als ich schon war.

Ich muß nun fortfahren, auf jene kurze, aber schreckliche Periode einzugehen, während derer ihn die Leidenschaft für das, was er sein Werk nannte, von Versuch zu Versuch trieb, mich in meinem religiösen Besitz zu erschüttern und zu entwurzeln, um den ihm unlösbar scheinenden Konflikt ganz einfach aus der Welt zu schaffen. Er unternahm diese Versuche mit allen Mitteln – hieran ist nichts zu beschönigen und nichts zu verschweigen. Es war, als seien plötzlich alle Geister des Aufruhrs in ihm frei geworden und rächten sich für die lange Zurückdrängung, die ihnen durch seine Zärtlichkeit für mich zuteil geworden war. Wie damals in seinem Gesicht der neue selige Mensch, den unser beider Liebe in ihm erweckt hatte, spurlos verschwand, so traten jetzt in seinem Wesen plötzlich Züge auf, die ich nie für möglich gehalten hätte und die auch im Grunde gar nicht in seiner Natur lagen, sondern die er durch einen bewußten Akt des Willens einfach in sich setzte, weil er sie für seine Zwecke notwendig fand. Hatte er unlängst zu meinem Vormund gesagt, daß man gewisse Geistesströme genau so gut stillegen könne wie den Neckar, so glaubte er damals – in Widerspruch zu seiner ganzen bisherigen Einsicht –, auch den Strom meines religiösen Lebens stillegen zu können; in Wahrheit legte er in jenen Tagen seine eigene Liebe still, ich meine jenes letzte gottverbundene Gefühl, das er besaß, er verwechselte es fortan mit einer triebhaften Leidenschaft und war verblendet genug zu glauben, daß ich deren Sturm nicht widerstehen werde: so tief hatte er meine Versicherung, daß ich mich niemals von ihm lösen werde, mißverstanden! Schon in dieser Verwechslung kündete sich eine Kurzsichtigkeit an, die seinen sonstigen geistigen Fähigkeiten geradezu Hohn sprach – sie sollte fortan alle seine Pläne kennzeichnen. Er verfolgte diese Pläne mit beispielloser Energie, so als könne man durch planmäßig vorgehende Willenskraft ersetzen, was an Einsicht gebrach. Doch war nicht diese Willenskraft das Erstaunliche, das ich hier zu beschreiben habe, sondern das Erstaunliche oder vielmehr das Unheimliche war, daß ihm trotz der Abwegigkeit seiner Pläne eine Weile lang die äußeren Umstände in höchst auffälliger Weise zu Hilfe kamen, so daß es geradezu den Anschein gewann, als gelinge ihm alles, zwar nicht in Hinsicht meiner Umstellung, aber in Hinsicht dessen, was er um ihretwillen unternahm, während mir – ich darf auch das vorausnehmen – zunächst nichts als Mißlingen bestimmt war.

Dies sollte sich gleich bei einem der ersten Schritte zeigen, den er für notwendig hielt zu unternehmen, ich meine bei seinem Plan, mich von meinem Vormund zu trennen, von dem er ja durch seine eigene Unterredung mit ihm wußte, wie ablehnend er unserer Eheschließung gegenüberstand. Später hat er mir gestanden, daß er meine Bitte um Verschiebung unserer Hochzeit seinem Einfluß zugeschrieben habe. Er fuhr fort, dessen Kolleg zu meiden, dagegen kam er jetzt wieder öfter in unser Haus, denn Seide hatte ihn gebeten, ihr bei der Fest- und Tischordnung ihrer bevorstehenden Geburtstagsfeier zu helfen. Ich wurde aber den Verdacht nicht los, daß es ihr dabei auch um einen kleinen Trumpf ihrem Gatten gegenüber zu tun sei. Denn sie konnte es nicht lassen, ihm gegenüber zu äußern: »Mich besucht er natürlich nach wie vor, denn er hängt ja so unbeschreiblich an mir. Ich bin um deinetwillen froh, daß ich die Beziehung aufrechterhalten kann«, worauf mein Vormund mit erstaunlichem Gleichmut erwiderte: »Nun, das ist ja sehr erfreulich.« Ich hatte aber den Eindruck, daß ihm Enzios Anwesenheit unangenehm war, obgleich er sich äußerlich nicht das geringste merken ließ. Von der furchtbaren Aufwallung am Schluß jenes entscheidungsvollen Abends war keine sichtbare Spur zurückgeblieben, auch im Kolleg, das jetzt, auf eine letzte prachtvolle Zusammenschau der abendländischen Kultur hindrängend, seinem Ende entgegenging, erschien er glänzender denn je, obwohl sich das Bild dort leicht verändert hatte. Das Auditorium war nicht mehr ganz so überfüllt wie bisher. Ich hätte die Möglichkeit gehabt, von meinem Fenstersims herabzusteigen, im Saal war Platz genug. Man konnte das natürlich dem nahen Semesterschluß zuschreiben, den manche Studenten vorausnahmen, oder auch der über dem Tal brütenden Julihitze, die vielleicht den zahlreichen Zaungästen beschwerlich fiel. Aber ich selber wurde doch den Gedanken nicht los, daß diese Veränderung mit Enzios Angriffen zusammenhing. Ich bemerkte nämlich, daß dieser doch einen ziemlich großen Anhang unter den Studierenden besaß, was mir bisher entgangen war, weil er, ausschließlich mit mir beschäftigt, sich um niemand sonst gekümmert hatte, eine Zurückhaltung, die von allen Seiten respektiert worden war. Jetzt, wo ich allein in der Universität erschien, wurde ich manchmal in die Unterhaltungen der anderen hineingezogen oder fing Gespräche in meiner Nähe auf, die mich innewerden ließen, wie man über das Kolleg meines Vormunds stritt. Es war, als sei irgendein fremder kritischer Geist in seine Zuhörer gefahren. Einmal hörte ich einen Studenten mit einem anderen die Wette eingehen, daß die ›schöpferische Synthese‹, auf die er in seiner Vorlesung scheinbar zusteuerte, bestimmt ausbleiben werde, der Student sagte: ausbleiben müsse. »Sie meinen, er weiß sie eben nicht«, erwiderte der andere. Die Antwort entging mir. Auch daß es im Seminar meines Vormunds in letzter Zeit einige Stürme gegeben hatte, erfuhr ich. Mich beunruhigten solche Äußerungen, und ich fühlte den lebhaften Wunsch, meinem Vormund wenigstens meine getreue Gefolgschaft zu zeigen. Er kam mir dabei unbewußt zu Hilfe. Seit Enzio sich nicht mehr in der Universität sehen ließ, richtete er es manchmal so ein, daß wir den Rückweg von dort gemeinsam nahmen – er selbst kam damals immer um die gleiche Stunde aus der Bibliothek. Wir gingen dann miteinander die mittäglich belebte Hauptstraße hinunter, über die stille sonnendurchglühte alte Brücke und entlang an dem noch stilleren Neckarufer, das, vom Hitzedunst erblaßt, wie verzaubert dalag – es war derselbe Weg, den mich sonst Enzio zu begleiten pflegte. Ich fühlte jedesmal die Bitterkeit seiner Abwesenheit, aber zugleich auch den rührend gütigen Versuch meines Vormunds, mir über meine Verlassenheit hinwegzuhelfen. Dabei sprach er dann meistens mit mir über das Kolleg des Morgens und fügte ihm allerlei Erklärungen und Ergänzungen hinzu, die immer ganz sachlich gehalten waren, bei denen aber doch jedesmal irgendein persönliches Wort fiel, das, ohne im geringsten meine Schicksalsfrage zu berühren, geeignet war, mich innerlich aufzurichten und in meinem religiösen Besitz zu stärken. Er tat dies immer in einer völlig unkirchlichen, ja ganz weltlichen Sprache, die ich aber nun doch schon zu verstehen gelernt hatte. Vor allem aber verstand ich die Gütigkeit seines Wunsches, mir auf seine Art zur Seite zu stehen, und einmal gelang es mir auch, ihm meine Dankbarkeit dafür auszusprechen.

Er erwiderte: »Ach, es ist ja für Sie nur die Abendröte des Christentums, die ich Ihnen zu zeigen vermag. Wenn die Sonne untergegangen ist, leuchtet sie eben noch lange nach.«

»Verbürgt nicht die Abendröte den künftigen Morgen?« fragte ich schnell. »Sie glauben doch auch, daß die Sonne wieder aufgehen wird?«

»Das weiß ich nicht«, erwiderte er ehrlich. »Nein, das weiß ich wirklich nicht; indessen man braucht auch nicht alles zu wissen. Was ich weiß, ist, daß man noch von einer großen Abendröte leben kann.«

»Aber kann die Abendröte lange leben?« fragte ich beklommen. Gleich darauf bereute ich meine Worte, denn nun mußte er gewiß wieder an Enzio denken und daß dieser gesagt hatte, man könne gewisse Geistesströme ebensogut stillegen wie den Neckar. Und schon sah ich im Gesicht meines Vormunds einen eigentümlichen Vorgang: die großen glänzenden Öffnungen seiner Augen wurden sonderbar schmal, so als streife an ihrer Hellsicht die Blässe eines Mittagsgespenstes vorüber.

»Ach bitte, denken Sie nicht mehr an jene böse Stunde«, rief ich kindlich unvermittelt. »Ich bin ja so traurig deswegen! Dieser Konflikt ist doch nur um meinetwillen über Sie gekommen!«

»Nein, dieser Konflikt wäre auch ohne Sie gekommen«, erwiderte er freundlich, aber bestimmt. »Er wäre auf jeden Fall gekommen, und Sie brauchen auch, was mich betrifft, nicht traurig zu sein. Daß Ihr Verlobter mich angriff, ist nicht so schlimm, wie Sie meinen, denn ich weiß mich zu wehren. Aber daß es viele gibt, die sich nicht wehren können, sondern die ihm verfallen werden, rückhaltlos, so wie das blinde Werkzeug der gewissenlosen Hand verfällt, das war die eigentlich gefährliche Enthüllung dieses Abends. Erinnern Sie sich, was ich Ihnen neulich von der Masse sagte? Jetzt haben Sie ein Beispiel, daß sie nicht nur aus den häßlichen Fabriken, sondern von überallher kommt – sogar aus den Universitäten.«

Ich verstand ihn nur zu gut! Hatte Enzio nicht bei seinem Kampf mit meinem Vormund die verstummenden Studenten genau so überlegen triumphierend angeblickt wie damals die dunkle Menge auf dem Bahnsteig?

»Und trotzdem ist es gut, daß jener Abend kam«, fuhr mein Vormund gelassen fort, »Enthüllungen der Wirklichkeit sind immer gut, selbst wenn sie schmerzlich ausfallen. Wie schon gesagt, ich weiß mich zu wehren! Wer Einsamkeit ertragen kann, ist von der Masse unbesiegbar. Der Abend hat mir letztlich nur um Ihretwillen leid getan, denn für Sie stellt sich die Frage der Einsamkeit in unserem Falle anders dar als für mich.«

Es war das erste Mal, daß er auf mein Schicksal an Enzios Seite zurückkam. Ich wußte, ich war ihm jetzt

ein offenes Wort schuldig. Ehrlich sagte ich, daß ich seinem Rat entgegen meine Verlobung nicht gelöst, sondern nur die Hochzeit verschoben hätte.
Er erwiderte ohne die geringste Empfindlichkeit: »Ja, so ungefähr habe ich mir das bereits gedacht, so fallen eben solche Entscheidungen aus, wenn man wie Sie jung und leidenschaftlich liebt. Das begreife ich sehr wohl, obgleich ich glaube, daß Sie in dieser mittleren Haltung nicht lange verharren können. Ihnen steht ein Wille gegenüber, den der Ihre schwerlich überwinden wird.«
»Nein, der meine wird ihn nicht überwinden, der meine nicht«, sagte ich überzeugt. »Aber es gibt nicht nur das Vertrauen auf die Macht des Willens, es gibt auch das Vertrauen auf die Macht der Gnade.«
Er widersprach mit keinem Wort; er sagte nur: »Auch diese Haltung ist Ihnen völlig gemäß, Sie können keine andere einnehmen.« Ich spürte aber, daß er selbst jetzt nicht mehr mitging, ja ich spürte fast etwas wie eine ganz leichte Unnahbarkeit an ihm, die eine Fortsetzung des Gespräches ausschloß. Wir legten den Rest des Weges schweigend zurück.
Als wir das Haus erreichten, stand Seide auf der obersten Treppenstufe der Terrasse und sagte, daß wir viel zu spät zum Essen kämen, was aber nicht der Fall war, denn wir hatten uns unterwegs keinen Augenblick aufgehalten. Später bei Tisch fragte sie ihren Gatten, ob man denn nicht die Bücher, die er brauche, von der Bibliothek entleihen und holen lassen könne, damit ihm der Weg dorthin bei der Hitze erspart würde? Er lehnte das aber ohne weitere Erklärungen ab. Ich

wußte, daß er meinetwegen etwas bei ihr wagte. Aber auch ich wagte damals einiges für ihn. Es war jetzt immer ihm gegenüber ein großes Verlangen in mir, nach kleinen Akten der kindlichen Liebe und Verehrung, von denen ich nicht zu sagen weiß, ob sie mehr der Dankbarkeit für seine väterliche Teilnahme an meinem Schicksal entsprangen oder der Trauer um das seine, die mich trotz dem stolzen Trost, in den er sich vor mir gehüllt, beständig begleitete. So gewöhnte ich mir damals an, seine Briefe zur Post zu tragen, die er auf einen Tisch im Hausflur hinzulegen pflegte, wo sie oft lange verblieben, denn Seide und ihre Mädchen hatten jetzt nur noch das nahende Geburtstagsfest im Kopfe. Ebenso lauerte ich dem Briefträger auf, um die angekommene Post sogleich zu übermitteln. Vor allem hatte ich mir das Recht herausgenommen, meinem Vormund in seiner Abwesenheit Blumen, die er liebte, auf den Schreibtisch zu stellen, obwohl ich wußte, daß Seide dies als ihr Amt betrachtete. Sie vergaß es aber meistens oder schnitt in Eile irgend etwas gerade Blühendes im Garten ab, ohne Rücksicht auf seine besonderen Lieblinge, die sie sich wie alle Dinge der Natur durchaus nicht merken konnte. So überwand ich mich einmal um seinetwillen, ohne Enzio in den geliebten Wald zu gehen, wo mich jeder Weg und Steg an die vergangenen seligen Stunden erinnerte, um nach den großen sommerlichen Glockenblumen zu suchen; mein Vormund hatte sie einmal als die eigentliche Zauberblume des deutschen Waldes bezeichnet, und natürlich hatte er mir auch den Farrengrund beschrieben, wo sie in ihrer feierlichen blauen Lieblich-

keit über den seidenweichen Waldgräsern schwebte. Er war so ahnungslos, daß er Seide bei Tisch dafür als für eine besondere Aufmerksamkeit dankte. Sie stutzte flüchtig und sagte dann ausweichend:
»Ach ja, du liebst solche wilden Blumen – heißt diese nicht Campanula?« Es klang ganz unbefangen, war es aber nicht. Er merkte es – mit jäher Überraschung blickte er mich an.
Als wir allein waren, hob Seide meinen Kopf unter dem Kinn ein wenig hoch und sagte: »O Sie kleine Schwärmerin! Was hat nicht alles gleichzeitig in Ihrem Herzen Raum! Aber ich gönne meinem Mann diese Verehrung, ich freue mich darüber für ihn, das wissen Sie doch – Sie kennen mich ja zur Genüge.«
Ich hätte beinahe gesagt: »Ach nein, ich kenne Sie gar nicht«, denn im Grunde war sie mir doch immer geheimnisvoll geblieben. Jetzt kamen mir ihre schimmernden Augen plötzlich so undurchsichtig vor, wie ein zwar nicht tiefes, aber durch irgendeinen trüben Stoff abgründig verschleiertes Gewässer. –
In den nächsten Tagen erinnerte ich mich dann mehrmals daran, daß sie mir schon vor unserem letzten Gespräch oft mit einer leichten Gereiztheit begegnet war, überredete mich aber, es auf ihre augenblickliche Überlastung zu schieben, denn das ganze Haus stand jetzt des nahen Festes wegen auf dem Kopf. Seide, die in bezug auf ihre Einladungen ebenso hemmungslos war wie bei ihren Einkäufen, hatte die halbe Stadt gebeten, für deren Bewirtung nun gesorgt werden mußte. Selbst das kleine, im Grunde unbeschreiblich faule Zimmermädchen lief gehetzt treppauf, treppab, das

tadellose Rüschenhäubchen oft recht tadelnswert verschoben. Unaufhörlich wurden Bestecke und Gläser gezählt, Tischkarten geschrieben oder die Lieferanten in der Stadt angerufen. Einige Stuben mußten ausgeräumt werden, um eine geeignete Bühne zu schaffen, auch sollte nach den Aufführungen noch getanzt werden.

Ich half, soviel ich konnte, denn obgleich Seide bei all diesen Strapazen sichtlich in ihrem Element war, klagte sie doch unaufhörlich bei mir über ihre Müdigkeit. Sie sprach davon, daß sie eigentlich immer leidend sei und ihr einfach alles zuviel werde, besonders längerer Hausbesuch greife sie namenlos an. Sie wiederholte dies so oft, daß ich mich schließlich fragte, ob ich etwa für sie Hausbesuch geworden sei, denn bisher hatte sie doch immer versichert, ich besitze bei ihr eine Heimat. Sie fuhr indessen fort: nun kämen nach dem Semesterschluß auch noch Handwerker ins Haus, sie wisse gar nicht, wie sie das bewältigen solle, aber mein Zimmer müsse notwendig neu gestrichen und tapeziert werden. Kurz, es war, als ob sie ihre eigenen Briefe von einst abgeschrieben und auswendig gelernt habe, um sie mir jetzt wieder herzusagen. Ich fragte mich bereits: soll ich in den Ferien vielleicht verreisen? Aber ich wurde der Entscheidung bald überhoben, denn Enzio, den Seide immer wieder zu einer Hilfeleistung ins Haus zog, erklärte mir plötzlich, er sei mit seiner Mutter übereingekommen, daß ich am besten in ihre Pension übersiedeln würde. Und als ich ihn betroffen fragte, warum er denn meine, daß ich hier ausziehen solle, behauptete auch er, Seide sei im Grunde doch immer leidend, ihr werde eben alles, insbesondere Hausbesuch, zuviel und so weiter.

Ich fragte: »Enzio, ist es jetzt an dem, was du schon immer befürchtet hast – ich meine, hat sie dir gesagt, daß sie mich los sein möchte? Oder – oder geht der Wunsch nach meinem Wohnungswechsel von dir aus?« Es kam mir plötzlich der Gedanke, daß er mit Seide ein gemeinsames Ziel verfolgen könne. O über dieses tiefe Wissen meines Herzens um das seine! Was einst mein Glück gewesen, ward mir nun zur Quelle schmerzlichster Erfahrung! »Laß uns ehrlich miteinander sein, Enzio«, bat ich.

»Aber warum soll denn dieser Wunsch von mir ausgehen?« fragte er nervös. »Wie kommst du darauf? Und warum sagst du, ich soll ehrlich mit dir sein?«

»Weil du nicht ehrlich gegen mich bist, Enzio«, erwiderte ich. »Du trägst es dem Professor nach, daß ich dich an deinen Abschied von Großmama erinnert habe, als du mit ihm strittest. Du meinst, ich hätte mich auf seine Seite gegen dich gestellt.«

»Aber das hast du doch auch getan«, erwiderte er vorwurfsvoll.

»Nein, Enzio, ich habe mich in einem tieferen Sinne auf deine Seite gestellt«, sagte ich. »Bist du nicht selbst um deinen schlimmen Abschied von Großmama traurig gewesen?« Es war das erste Mal, daß der teure Name in unserem Gespräch fiel – er hatte ihn stets vermieden. Auch jetzt versuchte er noch, dieses Schweigen festzuhalten.

»Oh, wie hat Großmama dich geliebt!« rief ich in ausbrechendem Schmerz. »Wie hat sie dich geliebt! Ich verstehe sie erst ganz, seit ich dich liebe: du bist doch der Sohn dessen, der ihr so einzigartig teuer war, wie du mir bist!« Nun entspannte sich sein verkrampftes Gesicht, wie immer, wenn er meiner Liebe inne ward. »Und darum«, fuhr ich fort, »hat dir Großmama auch nie gezürnt. Sie hat alles Leid um dich ganz rein und adlig durchgetragen bis an ihr Ende.« Ich erzählte ihm nun von diesem. Er hörte mit herabgeschlagenen Augen still zu. Einmal, als meine Stimme vor Bewegung stockte – es war, als ich von ihrer letzten Nacht sprach –, streckte er mir die Hand hin. Ich legte einen Augenblick mein Gesicht hinein und fühlte, wie seine Hand meine Stirn und meine feuchten Augen liebkoste. Dann konnte ich weitersprechen.

Als ich geendet hatte, sagte er leise: so habe er sich das Sterben meiner Großmutter gedacht, so stolz und so einsam, so sei es ihrer würdig gewesen. Überhaupt, ich solle nicht denken, daß er ihre große Gestalt nicht zu schätzen gewußt, aber er habe sich eben schon damals einer Zeit verpflichtet gefühlt, die nicht mehr die ihre gewesen, und heute – er nannte meinen Vormund nicht, aber ich hatte nun doch die Überzeugung, daß er sich meinem Anruf, der ihm galt, geöffnet habe.

Wir trennten uns dann, ohne daß er auf meinen Wohnungswechsel zurückgekommen war. Ich ging aber noch am gleichen Tage zu Seide, um sie geradeheraus zu fragen, ob es ihr unwillkommen sei, wenn ich noch in ihrem Hause bliebe. Sie wurde etwas verlegen, erwiderte dann aber schlicht und unverblümt: ja, sie könne mich leider nicht länger bitten, hierzubleiben, es sei sehr schade, aber wir müßten uns trennen; ich würde angesichts ihrer gesundheitlichen Lage selber die Notwendigkeit einsehen – sie wiederholte die bekannten Sprüche. Dabei fiel sie zum ersten Mal etwas aus der Rolle, denn sie vergaß bei ihren bedauernden Worten, den Arm um mich zu schlingen und mir zärtliche Augen zu machen. Dann sagte sie noch, es würde ihr am besten passen, wenn ich nach dem Semesterschluß umzöge. Ich wußte, daß ihr Gatte dann in die Ferien reiste, und war fest überzeugt, daß er auch von diesem Plan keine Kenntnis habe, sondern hernach vor die vollendete Tatsache gestellt werden sollte. Aber dieses Mal durfte mich nichts abhalten, rechtzeitig mit meinem Vormund zu sprechen; ich überlegte nur noch, wie es anzufangen sei, ohne Enzio und Seide preiszugeben. Aber sehr bald wurde ich dieser Frage enthoben, und zwar durch meine Schwiegermutter, die keineswegs, wie Enzio behauptete, mit ihm übereingekommen war, mich bei sich aufzunehmen – die Arme wußte ja noch immer nichts von unserer Verlobung und träumte höchstwahrscheinlich nach wie vor von einer reichen Frau für ihren Sohn! Dagegen hatte sich aber ihre natürliche Gutmütigkeit bei Enzios Ansinnen erinnert, daß sie mich doch eigentlich recht gern habe, daß ich verwaist in der Welt stehe und sie selber eine alte Freundin meiner Familie sei, die mich zwar nicht bei sich aufnehmen wollte, aber irgendwie beschützen müsse. Kurzum, sie erschien plötzlich bei meinem Vormund, um ihn zur Rede zu stellen, was denn eigentlich vorgefallen sei, daß man mich auf einmal vor die Türe setze. Ich war bei dieser Unterredung natürlich nicht zugegen und habe auch ihre Ein-

zelheiten nie erfahren, genug, daß mein Vormund durch sie den Plan meines Wohnungswechsels erfuhr, Enzios Mutter aber von ihm über meine Verlobung mit ihrem Sohn aufgeklärt wurde. Die Wirkung dieser Enthüllung trat sehr schnell in Erscheinung. Als wir am Tage dieser Unterredung zu Tisch gingen, sah ich sofort, es hatte eine Auseinandersetzung zwischen meinem Vormund und seiner Gattin gegeben. Er hielt offenbar stark an sich, Seide dagegen sah nicht aus, als ob sie an sich hielte oder auch nur an sich halten wolle. Es war etwas merkwürdig Entschlossenes an ihr.
»Warum sprichst du denn nicht weiter?« fragte sie scheinbar harmlos.
Er erwiderte kurz und leise: »Bitte, laß diese Dinge jetzt ruhen!«
»Aber warum denn?« beharrte sie. »Du irrst dich in der Meinung, ich wollte diese Sache als Geheimnis behandeln. Wenn du noch nichts davon erfahren hast, liegt es nur an der Rücksicht auf deine Arbeitsruhe, wie du sie selber immer von mir forderst. Veronika ist längst im Bilde und ganz einverstanden.« Bei den letzten Worten hob mein Vormund die Augen und sah mich mit einem schnellen Blick an.
»Sie wollen selbst von uns fort?« fragte er befremdet.
Der Schmerz, daß ich ihn in seinen Augen wiederum umgangen oder getäuscht hatte, und die Entrüstung über die unerhörte Lage, in die mich Seide brachte, überwältigten mich derart, daß ich mich noch einmal zu einer Kopflosigkeit hinreißen ließ. »Nein, ich will gewiß nicht fort«, beteuerte ich eifrig, »ich ganz gewiß nicht! Von mir geht dieser Plan nicht aus!«

Kaum hatte ich das gesagt, so fühlte ich, daß irgend etwas in diesem Raum gleichsam ins Rutschen kam. Auch mein Vormund mußte das fühlen, als er sich jetzt an seine Frau wandte: »Siehst du wohl«, sagte er, »Veronika will gar nicht von uns fort, das habe ich mir doch gleich gedacht. Und ich kann auch durchaus nicht verstehen, warum deine Gesundheit diese Trennung nötig macht. Sonst meintest du immer, daß Veronika dich entlaste und dir hilfreich sei. Und dann bist du doch auch eigentlich gar nicht leidend – soweit ich sehe, verträgst du im Augenblick die großen Strapazen für deine Geburtstagsfeier erfreulich gut.« Er sagte das freundlich überredend, auch fast mit einem Anflug von Scherz, wobei aber immer der Eindruck blieb, daß er mit einem äußersten Aufgebot von Ruhe und Willenskraft an sich hielt. Und doch hatte ich zum ersten Mal die bestürzende Überzeugung, daß seine überragende Persönlichkeit irgendwie nicht ausreichte, ich meine, um das immer stärker werdende Gefühl des Abrutschens zu überwinden, das sich hier im Raum bemerkbar machte.
Sie war, während er sprach, hochrot geworden, ein Vorgang, den ich in ihrem Gesicht noch nie beobachtet hatte. Trotzdem schien sie aber keineswegs verwirrt oder so, als werde sie auch nur einen Augenblick die Herrschaft über sich verlieren, sondern es war eher, als ob sie alle Kraft für irgendein unerläßlich gewordenes Vorgehen sammle, zu dem sie sich schnell und bewußt entschlossen habe.
»Es handelt sich nicht um meine Geburtstagsfeier«, sagte sie, »sondern um längst fällig gewordene gesell-

schaftliche Verpflichtungen deiner Stellung, für die ich mich einsetze. Aber wenn du dies nicht gelten lassen willst, so ist es mir auch recht. Ich gebe offen zu, daß ich noch andere Gründe für Veronikas Fortgehen habe. Es ist mir unmöglich, länger mitanzusehen, wie du dem Glück meines jungen Freundes Enzio entgegenarbeitest. Ich kann es einfach nicht ertragen, daß du Veronikas religiösen Fanatismus noch stärkst – und das tust du, obwohl du doch dem Religiösen genau so fernstehst wie den Dingen des wirklichen Lebens. Wenn man wie ich tief religiös veranlagt ist, kann man den äußeren Formen keine so große Bedeutung beimessen, und die kirchliche Trauung ist eine bloße Form. Ich verstehe Enzio sehr wohl, wenn es ihn empört, seine Heirat von einer solchen abhängig zu machen, und überhaupt, er und ich, wir stimmen miteinander völlig überein.«

»Das ist sehr begreiflich«, entgegnete mein Vormund mit etwas beunruhigender Gelassenheit, »denn zwischen ihm und dem, was er den alten bürgerlichen Menschen nennt, gibt es immerhin noch eine Ähnlichkeit; beide sind ausschließlich durch die nackte Nützlichkeit für ihren Daseinszweck gebunden. Und übrigens hat Enzio das ja neulich zugegeben, als er meinte, nur wenige von den Heutigen würden seinen Forderungen widerstehen, wenn es einmal ernstlich darauf ankäme. Der wirkliche Rangunterschied der Menschen fängt erst jenseits der Nützlichkeit bei den ewigen Gültigkeiten an.«

Nun konnte sie ihm offenbar nicht ganz folgen denn sie sagte etwas überstürzt: die Liebe sei eine ewige

Gültigkeit, eben deshalb lehne sie ja die Einmischung der Kirche ab, die diesen Charakter zu entstellen drohe. Für sie sei die Ehe eine natürliche Angelegenheit, die keinerlei religiöser Bindung bedürfe, ja vielleicht gar nicht einmal vertrage, aber um das zu verstehen, müsse man eben eine stärkere Beziehung zum wirklichen Leben haben als er, ihr Gatte, besitze. Sie fuhr noch eine Weile in derselben Weise fort. Sprachlos über diesen schlichten schlanken Umfall alles dessen, was sie sonst immer behauptet hatte, blickte ich sie an.

Plötzlich wurde mir klar, daß mein Vormund nicht mehr an sich hielt. »Mir scheint«, sagte er mit einer Ruhe, die immer beängstigender wurde, »daß gerade du und ich in diesem Augenblick sehr deutlich erleben, was man in einer Ehe fertigbringt, wenn es an deren letzter Verantwortung vor dem Göttlichen fehlt. Und um die feierliche Übernahme einer solchen handelt es sich bei den kirchlichen Bedingungen, auf denen Veronika besteht. Im übrigen ist die Frage ihres Wohnungswechsels ein für allemal entschieden: sie will in meinem Hause bleiben, und sie bleibt in meinem Hause.« Er war bei den letzten Worten aufgestanden, ein Zeichen, daß die Unterredung für ihn beendet war. Ich hatte den Eindruck, daß er sie plötzlich nicht mehr ertrug.

Sie sah einige Sekunden lang aus, als ducke sie sich unter seinen mächtigen Augen, in denen jetzt die naturhafte Flamme eines elementaren Zornes emporloderte. Dann auf einmal geisterte über ihr Gesicht ein unheimlich triumphierendes Lächeln. Sie beugte

sich mit einer damenhaft eleganten Bewegung gegen ihren Gatten vor und, als habe sie seine letzten Worte völlig überhört und fahre gelassen fort, ihm ihre Gründe über mein Fortgehen auseinanderzusetzen, sagte sie: »Und endlich, mein Freund, möchte ich auch nicht, daß du dich weiterhin mit diesem jungen Mädchen lächerlich machst.«
Nach diesen Worten trat ein schreckliches Schweigen ein. Gleichzeitig war es, als ginge ringsumher alles lautlos in Trümmer. Dann stieß mein Vormund den Stuhl, auf dessen Lehne er sich einen Augenblick gestützt hatte, zurück und sagte schwer und hart: »So, nun hast du glücklich erreicht, was du erreichen wolltest. Weil du selbst mir nie ein Kind schenken konntest, darum soll ich auch das Kind, das mir das Schicksal ohne dich geschenkt hat, entbehren – das war der einzige Sinn deiner Rede, wie es ja immer der einzige Sinn all deines Tuns und Redens ist, mir zu nehmen, was du mir selber nicht geben kannst. Und du hattest mir ja nie etwas anderes zu geben als den Egoismus deiner schrankenlosen Eitelkeit.« Er wandte sich mit einer merkwürdig erschütternden Bewegung zur Türe. Seine kraftvolle Gestalt erschien plötzlich fast hinfällig. Ich hörte wieder, wie neulich, seine einsamen Schritte durch das Treppenhaus und die vielen leeren Räume hallen – es war, als nähmen diese heute überhaupt kein Ende. Aber ich fühlte nicht wie damals den Antrieb, ihm nachzueilen, sondern in mir war das überklare Wissen, daß ich ihm von nun an nie mehr nacheilen könne: auch bei mir hatte Seide restlos erreicht, was sie wollte. Aufschluchzend bedeckte ich mein Ge-

sicht mit beiden Händen und eilte in dieser Haltung stumm aus dem Zimmer.

In dem meinen angekommen, riß ich bebend meine Schränke und Kommoden auf und begann sofort zu packen. Es bestand für mich kein Zweifel, daß ich dieses Haus noch am gleichen Tage zu verlassen hatte. Nach dem Vorgefallenen gab es keine Möglichkeit mehr, daß Seide und ich einander begegnen konnten, es gab auch keine mehr, daß mein Vormund und ich uns begegnen konnten – wenigstens soweit meine jungen scheuen Mädchenaugen reichten, obwohl doch alles, was Seide behauptet hatte, auf Lug und Trug gebaut war, wesenlos dem reinen Nichts entnommen, aber eben dadurch so ungreifbar mächtig! Wäre nur die kleinste Wirklichkeit mit diesen Behauptungen verbunden gewesen, so hätte man abwehren, kämpfen, handeln können, aber so mußte jeder Versuch dazu einfach versinken, denn es war ja nichts da, was erklärt und bekämpft werden konnte! Und doch hatte dieses, was gar nicht da war, die Bedeutung eines Schicksals angenommen, das mich aus dem Hause trieb! Wie war eine solche Verwirrung möglich? Das Gefühl grenzenloser Hilflosigkeit überkam mich. Aber nicht dies bedeutete das zutiefst Erschütternde für mich, sondern das zutiefst Erschütternde war, daß sich mein Vormund, dieser große, überlegene, edle Geist, vor dem Wesenlosen, dem sich Seide anvertraut, genau so hilflos erwiesen hatte wie ich. Oder war gerade seine innere Größe, seine Überlegenheit, sein Adel die Voraussetzung für seine Hilflosigkeit? Gab es Gemeinheiten, denen kein edler Mensch zu widerstehen vermochte, weil man ihnen nur mit gleichen Mitteln hätte widerstehen können? Galt von diesem Adel, dieser inneren Größe etwa, was er selber von meiner religiösen Welt behauptet hatte: sie wirkte nur auf den, der sie besaß, über andere vermochte sie nichts? Dabei hatte ich fortwährend das schreckliche Bewußtsein, daß dies alles durch mich über meinen Vormund gekommen sei! Ebenso wie Enzios Kampf gegen seine Geisteswelt erst durch die Eifersucht auf meine Anteilnahme an dieser ihre letzte Schärfe empfangen hatte, so war auch Seide nur durch meine kindliche Verehrung für ihren Gatten zu ihrem schamlosen Angriff getrieben worden. Das Schlimmste aber war, daß sich Seide ausdrücklich auf ihr Einverständnis mit Enzio berufen hatte. Ich stand also dennoch ihm und ihr gemeinsam gegenüber! Und dies war nun wirklich die letzte Furchtbarkeit meiner Lage – sie erschütterte mich derart, daß ich vor Beben immerfort im Packen innehalten mußte.

Nach einer Weile erschien, offenbar von Seide zur Kundschaft ausgeschickt, das kleine Zimmermädchen. Es sah sich mit unverschämter Neugier unter meinen offenen Koffern um, während es zerstreut fragte, ob es mir den Tee aufs Zimmer bringen solle. Ich erwiderte, daß ich heute keinen Tee nähme und packte weiter. Es dauerte dann nicht lange, so hörte ich unten auf dem Vorplatz Enzios Stimme, während ich gerade einen meiner Handkoffer auf den Flur stellte. Er verabschiedete sich in der Salontüre von Seide, die leise auf ihn einsprach. Wie gelähmt blieb ich stehen, während er die Treppe herauf kam. Er wurde totenblaß, als er

sich plötzlich vor mir sah – so hatte er sich die Wirkung des Geschehenen auf mich nicht vorgestellt!
»Wird es dir denn so schwer, von dem Professor zu gehen?« fragte er verstört. Ich erwiderte: »Ja, es wird mir sehr schwer, Enzio. Warum hast du mir das angetan?«
Nun fuhr er auf: nicht er habe mir das angetan, sondern es seien eben Dinge, die schon lange in der Luft gelegen, ins Rollen gekommen. Er habe mir immer vorausgesagt, daß Seide mich nicht lange in ihrem Hause dulden werde, und durch meinen unglückseligen Starrsinn, unsere Hochzeit zu verschieben, sei eben mein Aufenthalt hier für sie ins Unabsehbare gerückt. Sie habe doch geglaubt, damit rechnen zu können, daß wir in Bälde Hochzeit hielten.
Ich sagte: »Enzio, ich habe es im Augenblick nicht mit Seide, sondern mit dir zu tun. Sie hat sich ausdrücklich auf das Einverständnis mit dir berufen. Aber auch wenn sie es nicht getan hätte, ich weiß, daß du mit ihr im Einverständnis bist.«
Nun machte er Zugeständnisse, indem er gleichzeitig abzulenken suchte: allerdings, er könne nicht leugnen, daß er es begrüße, mich dem Einfluß des Professors entrückt zu sehen, da dieser ja die Laune besitze, in mein katholisches Horn zu stoßen. Aber so seien eben diese liberalen Gelehrten, sie könnten auf jedem Horn blasen und sogar anderen weismachen, sie bliesen auf dem eigenen – sie könnten eben alles.
»Aber du kannst doch auch alles, Enzio«, erwiderte ich leise, »sogar beleidigen lassen kannst du mich, wenn es deinen Zweck fördert.«

Nun wurde er wieder totenblaß. Gleichzeitig erschien aber auch ein unheimlicher Trotz in seinem Gesicht. »Ja, da hast du recht«, sagte er, »ich kann auch alles, wenn es dich gilt, und es gilt dich! Ich will dich haben, ich will dich für mich allein haben, ich will dich bald haben, und ich werde dich haben, ganz und ungeteilt.« Er riß mich mit Ungestüm an sich wie neulich in der Mondnacht, aber es gelang mir diesmal nicht, mich ihm zu entwinden – ich mußte den Sturm über mich ergehen lassen: ich konnte nur unter seinen Küssen erstarren.
Plötzlich ließ er mich fahren. »Ja, bist du denn überhaupt kein Wesen von Fleisch und Blut?« sagte er. »Weißt du denn gar nichts von der Liebe, um die es mir geht?«
Ich sagte: »Wenn es dir nur um die Liebe von Fleisch und Blut geht, warum kämpfst du denn um meinen Geist und meine Seele? Warum läßt du ihnen nicht die Freiheit, wie ich sie dir gelassen habe?«
Er fühlte den Widerspruch, in den er sich verstrickt hatte, und wurde unruhig, aber er drehte innerlich nicht um, er nahm nichts zurück, er hielt alles aufrecht, er konnte nicht mehr anders als es aufrechterhalten: ich erinnere mich deutlich, daß ich damals zum ersten Mal den bestürzenden Eindruck hatte, daß er irgendwie auf eine ausweglose Linie geraten war. Er, der sich gänzlich auf die Macht des Willens verließ, er besaß offenbar nicht mehr die Möglichkeit zur freien Entscheidung nach seinem Willen, sondern er war – in der Macht seines Willens. Plötzlich sagte er erschrokken: »Aber du weinst ja?«

Ich erwiderte: »Enzio, weißt du noch, wie du vor vielen Jahren zu mir sagtest: Weine doch über mich! Ich habe über dich geweint – ich kann nur noch über dich weinen – ich weine, weil du nicht begreifst, daß man alles, was man mit Gewalt und List erreicht, schon von vornherein verloren hat.«

Angesichts meiner Tränen wurde er kleinlaut. Er nahm meine Hand und bat mich, ihm nicht zu zürnen. Das Verlangen nach unserer Vereinigung mache ihn ganz unsinnig, ich solle doch nur diesen schrecklichen Brief zurücknehmen! Aber er selber nahm auch jetzt noch nichts zurück – ich konnte ihm kein Wort des Trostes sagen, alle meine Zärtlichkeit für ihn war wie zerbrochen. Meine Tränen trocknend, bat ich ihn, mich jetzt zu verlassen, da ich weiter packen wolle. Er fragte mich nun, ob er irgend etwas für mich tun könne. Ich bat ihn darauf, mir in irgendeiner Pension ein Zimmer zu besorgen, das ich noch heute beziehen könne, denn ich war entschlossen, seine Mutter, die mich doch als Schwiegertochter ablehnte, nicht in Anspruch zu nehmen. Dies schien ihm unlieb zu sein, aber er wagte jetzt keinen Einspruch, dagegen kam er nun damit heraus, Seide habe den Wunsch geäußert, daß ich noch über den morgigen Tag hier bliebe, denn die Aufführung könnte meine Mitwirkung nicht entbehren, auch fürchte sie, wie sie nun einmal sei, es werde peinliches Aufsehen unter den Gästen erregen, wenn ich gerade in diesem Augenblick das Haus verließe. Er brachte das etwas verlegen vor, augenscheinlich selber fühlend, welche sonderbare Rolle er spielte, wenn er nun zuguterletzt auch noch Seides gesellschaft-

liche Konventionen vertrat, aber er hatte sich wohl auch diesen Preis zu zahlen verpflichtet. O wie recht hatte das bittere Wort meines Vormunds, daß seine Welt der ihren gar nicht so fern stehe! Ich hätte am liebsten nein gesagt, aber ich überlegte mir, daß Seide dann vermutlich neue Schritte, mich zu halten, unternehmen werde, die noch peinlicher sein konnten.
Das Fest gewann unter diesen Umständen für mich einen schrecklichen Charakter. Ich fühlte mich nicht mehr ins Haus gehörig, ja, ich kam mir wie ein abgeschiedener Geist vor, der verurteilt war, noch in seiner ehemaligen Heimstätte umzugehen. Immer wieder erschrak ich vor mir selbst, daß ich noch anwesend war, während ich doch nicht wußte, wie ich es übers Herz bringen sollte, mich von hier zu lösen. Mein Vormund blieb den ganzen Tag über unsichtbar. Der Gedanke, ohne Abschied von ihm gehen zu müssen, lastete fast unüberwindlich auf mir, aber in meiner jungen mädchenhaften Unerfahrenheit glaubte ich, daß dies nun nicht anders möglich sei. Immerfort kämpfte ich mit Tränen, während ich staunend sah, daß sich Seide die gestrige Szene in keiner Weise anmerken ließ. Sie war unverwüstlicher denn je, frisch, leistungsfähig und durch das bevorstehende Fest zu ihren Ehren sichtlich freudig erregt. Da ihr Gatte von ihrem Geburtstag keinerlei Notiz nahm – jetzt war es wirklich an dem, was sie immer, wenn auch aus einem anderen Grunde behauptet hatte –, half sie sich, indem sie selber mit den von ihr eingekauften Geschenken einen großartigen Aufbau herrichtete, der wahrscheinlich, wie meine Anwesenheit, den Zweck hatte, eine Schau-

stellung für die Gäste, eine Gabe an die Konvention zu sein. Mich übersah sie mit unauffälliger Geschicklichkeit, offenbar nur von dem einen Wunsch geleitet, um keinen Preis wieder das zerrissene Verhältnis anzuknüpfen – die Maske war rückhaltlos gefallen. Ich dankte ihr das und ging ihr, soviel ich konnte, aus dem Wege. Mit dem Packen meiner Koffer war ich nun fertig. Enzio hatte sie bereits durch einen Dienstmann abholen lassen, denn ich wollte gleich nach den Aufführungen in aller Stille das Haus verlassen. Der Tag erschien mir unsäglich lang, während ich die Kostüme in dem zur Garderobe bestimmten Raum zurechtlegte, hie und da noch einen locker gewordenen Knopf annähend, eine Silberschnalle putzend oder den Fall der alten Spitzen ordnend. Auch zu den Doublettchen ging ich noch einmal hinüber, um ihnen ihr Verslein abzuhören. Sie empfingen mich am Heckenloch mit der stürmischen Forderung, Nero ein zweites Ersatzschwänzchen anzufertigen, weil er bei seinem Spiel das erste gänzlich zerfetzt hatte. Da ich dies erst für den Tag nach der Aufführung versprechen konnte, ließen sie keinen Zweifel darüber, daß sie diese nun erst recht haßten. Es gelang mir nicht, ihnen das Verslein zu entlocken.

Gegen fünf Uhr nachmittags erschien Enzio zur Gratulation und überreichte Seide einen prachtvollen Rosenstrauß, den sie den ganzen Rest des Tages ostentativ in der Hand oder auf dem Schoß hielt, obwohl inzwischen noch eine große Anzahl sehr schöner Blumengebinde für sie angekommen war. Vermutlich um seine Verlegenheit über diese Bevorzugung seines

Straußes zu verbergen, mokierte er sich dann mir gegenüber wieder einmal über jene ›Ovationen alten bürgerlichen Stils‹, die zu leiten ihm Seide anbefohlen habe. Aber auch mir kamen unsere Aufführungen heute beklemmend fragwürdig vor. Wenn sie in Starossows kleinem Gartensaal ein froh beschwingtes, anspruchsloses Spiel gewesen waren, erschienen sie mir in den Räumen und der Nähe meines Vormunds, zur Huldigung für seine Frau bestimmt, noch dazu von Enzio geleitet, wie eine bittere Ironie, auf das Motto lautend: Was einst Wirklichkeit gewesen, ist nur noch Theater, was einst Leben war, ist nur noch Schein. – Es war mir jetzt ganz unverständlich, wie ich einmal den Vorschlag zu diesem Spiel hatte machen können. Im letzten Augenblick traf Enzio noch eine Änderung, die diese Ironie ausdrücklich unterstrich, wenn auch in sehr geschmackvoller Weise – er verfügte eben doch noch immer über große Stilgefühle, wenn er wollte. Während Seide bereits in ihrem Salon die Gäste empfing, erklärte er plötzlich, daß es viel eindrucksvoller sei, wenn wir nicht, wie ursprünglich geplant war, der Reihe nach einzeln hinter dem Vorhang hervorträten, sondern im langen Zuge der Gestalten, die Flucht der viel zu vielen Zimmer durchschreitend, auf die Gäste zukämen. Ja, er stellte uns schließlich sogar an der Treppe auf und verlangte, daß wir über diese herab leise und geisterhaft – diese Worte gebrauchte er – durch das ganze Haus gehen und, nachdem wir unsere Verse gesprochen, lautlos wie ein Spuk über die Terrasse in der Dunkelheit des nächtlichen Gartens verschwinden sollten. Ich war so benommen von allem

Schmerzlichen, daß ich zunächst nicht begriff, was gemeint war. Erst als das Wort ›Der Auszug der Penaten‹ an mein Ohr schlug, erschrak ich – es kam von den Lippen des jungen Schwaben, der statt seiner Eichendorffrolle einige Lautenpartien übernommen hatte, mit denen er unser Erscheinen und Verschwinden begleiten sollte. Enzio verhandelte eben mit ihm über die geeignete Musik, wobei der Schwabe Verschiedenes zum Vorschlag brachte, indem er die Motive leicht auf seinem Instrument anklingen ließ. Auf einmal erkannte ich die wunderbare Melodie jenes nie wieder vernommenen merkwürdigen Liedes, das meinen ersten Abend in Heidelberg so schicksalhaft umschwebt hatte.

›Und ich komme immer, wann ich komme,
Und ich gehe immer, wann ich geh' –‹

Es war Enzio, der diese Worte leicht spöttisch hinwarf. »Nein, da haben Sie nicht richtig zugehört«, erwiderte der junge Schwabe. »So lautet der Text nicht; er hat einen viel tieferen Sinn – das Schicksal wird darinnen umgebogen –.« Ich konnte nicht verstehen, was er dann sagte, aber es schien, daß er dieses merkwürdige Lied, über das damals niemand recht Bescheid gewußt hatte, genau kannte. Gleich darauf wurde Enzio abgerufen. Ich trat an den Schwaben heran: »Sagen Sie mir etwas über das Lied, von dem Sie eben sprachen«, bat ich. Mein Anliegen klang vermutlich auffallend dringend, denn er sah mich mit seinen nachdenklichen Augen forschend an. Dabei ward ich mir unvermittelt bewußt, daß zwischen ihm und mir schon lange eine stille, fast geschwisterliche Sympathie bestand.

»Es ist das Liebeslied einer Frau«, erwiderte er. »Den Verfasser kenne ich nicht, und ich weiß auch nur die erste Strophe.« Er ließ wieder die Melodie auf seinem Instrument anklingen und begann mit halblauter Stimme:

»Sag mir nicht Willkommen, wenn ich komme,
Nicht Lebewohl, mein Liebster, wenn ich geh',
Denn ich komme nimmer, wann ich komme,
Und ich gehe nimmer, wann ich geh' –

Es ist ein merkwürdiger Text, nicht wahr?« sagte er. »Manche finden ihn unverständlich, aber ich sehe, daß Sie ihn verstanden haben, und ich verstehe ihn natürlich auch.«

»Ja natürlich«, sagte ich. »Bitte, singen Sie dieses Lied hernach beim Auszug der Penaten, wenn wir im dunklen Garten verschwinden. Versprechen Sie es mir!« Er versprach es mit einem brüderlichen Händedruck.

Unterdessen war Enzio wiedergekommen und gab das Zeichen zum Beginn. Er hatte uns paarweise geordnet, nur ich ging allein. Ursprünglich hatte ich die Doublettchen an die Hand nehmen sollen, aber sie waren nicht erschienen, und als wir nach ihnen schickten, kam der Bescheid zurück, sie seien vor einer halben Stunde mit Nero spurlos verschwunden; es war klar, daß sie streikten, was Enzio mit dem bösartigen Wort quittierte, sogar geborgte Kinder ließen sich hier nicht mehr gerne sehen.

Die Treppen knisterte spukhaft unter unseren Füßen,

als wir sie auf den Zehen herunterstiegen. Dann knisterten nur noch unsere alten Seidenkleider, während uns die Flucht der viel zu vielen Zimmer aufnahm, die für das Büfett und den nachfolgenden Tanz ausgeräumt waren. In den mattblanken Parkettböden spiegelte sich eine feierliche Leere. Nur die Wände waren noch geschmückt durch die Porträts unserer Vorbilder, aber in der dämmerigen Beleuchtung, die Enzio angeordnet hatte, versanken die Gesichter schattenhaft. Wie am ersten Abend meines Hierseins überkam mich die Vorstellung zu Ende gegangener Geschlechter und erfüllter Geschicke. War ich den ganzen Tag wie halbbetäubt gewesen, so war ich jetzt überwach, mit gesteigerter Empfindlichkeit allenthalben etwas Hintergründiges wahrnehmend, das mit uns zugleich am Werk war: jedes Ding, jeder Raum, das ganze Haus schien lautlos mitzuspielen. Ja, selbst die Abwesenden hatten als solche ihre bedeutungsvolle Rolle übernommen: die durchgebrannten Doublettchen, die nicht mehr tickenden Pendeluhren, die herausgetragenen alten Möbel, vor allem die schattenhaft erloschenen Porträts der großen Toten – heute erschienen auch sie mir als solche, es war mir, als sei der Traum ihrer Unsterblichkeit ausgeträumt wie der jener großen alten Musik, von der Starossow gesagt hatte: Sie verpflichtet zu nichts mehr. Im Grunde waren diese Toten schon nicht mehr vorhanden, sondern vorhanden war nur noch die Ironie eines scheinbar frohen und doch im Grunde so schwermütigen Spiels. Ich wußte, diese Ironie hatte Enzio vorgeschwebt, als er die letzte Änderung traf, diese Ironie war sein heimlicher Triumph bei der verhaßten Unternehmung, seine verborgene Verhöhnung einer von ihm verachteten und zugleich mißbrauchten Welt, die er vernichten wollte. Ich fühlte: wir spielten jetzt in seinen Augen ihren Untergang! Und ich spielte diesen Untergang mit – im Angesicht meines Vormunds, der alles, alles genau so verstehen würde, wie ich es verstand!

Plötzlich vernahm ich Seides Stimme: »Nein, wie bezaubernd ist das ausgedacht! Mein guter, verständnisvoller Enzio! Er weiß, was mir die großen Gestalten dieses Hauses bedeuten, ich lebe ja ausschließlich in der Geisteswelt meines Mannes!« Aufschreckend ward ich inne, daß wir unser Ziel, den letzten Raum, erreicht hatten, wo die Zuschauer uns erwarteten. Es war Seides Salon: ich sah, wie sie, jugendlich zurechtgemacht, mit ihren Gästen auf den schönen, nachgeahmten Biedermeiersesseln Platz genommen hatte – nicht einmal diese entgingen mir! Auch sie, die einzigen Möbel, die an ihrem Platz verblieben waren, spielten mit: nur noch das Scheinhafte war eine Weile gegenwärtig. Aber selbst die Zuschauer, vor denen wir uns jetzt, im Halbkreis aufgestellt, verneigten, begannen mitzuspielen, wie sie uns da in ihrer festlichen Erwartung entgegenblickten, unbekümmert, ahnungslos vor dem geheimen Sinn dieses Aufzugs, das Verhängnis über sich und es doch nicht erkennend.

Aber nun gewahrte ich plötzlich meinen Vormund. Er stand ganz im Hintergrund des Zuschauerraumes, etwas abseits von den anderen, so daß seine kraftvolle natürliche Haltung absichtslos zur Geltung kam, fast

wie auf dem Katheder. Seine Augen, wieder einmal unter den Brillengläsern unwahrscheinlich glänzend, schweiften über unsere kleine Theatergesellschaft hin. Jetzt blieben sie an mir hängen, auch genau wie im Kolleg – es war ungewiß, ob er mich eigentlich sah, gewiß war nur, ich sah ihn, ich sah ihn noch ein letztes Mal, ohne doch von ihm Abschied nehmen und ihm danken zu können, aber ich sah ihn wenigstens: es kam mir vor, als gehöre er gar nicht zu den anderen! Traf ihn die Ironie des Spieles nicht, die er allein verstand, traf sie nur die, die sie nicht verstanden? Oder verstand ich plötzlich diese Ironie nicht mehr?
Unterdessen waren die Spieler einer nach dem anderen aus dem Halbkreis herausgetreten und hatten ihre Rollen vorgetragen. Nur wie aus weiter Ferne hörte ich den Tonfall ihrer wechselnden Stimmen und die leisen Geräusche ihrer Kleider und Fächer. Dann wieder schlug die Laute des jungen Schwaben mit einer Weise aus ›Des Knaben Wunderhorn‹ an mein betäubtes Ohr. Auf einmal fühlte ich, daß mich jemand bei der Hand nahm und mir den Anfang meiner Rolle zuflüsterte. Es war Enzio, der sozusagen hinter den Kulissen seitlich an der Tür stand und soufflierte. Sekundenlang tauchten unsere Augen ineinander, und nun überfiel uns beide wohl zugleich die Erinnerung an jene seligen Augenblicke, die wir so oft bei den Versen Marianne von Willemers gefeiert hatten – ich glaubte, sie vor Schmerz nicht sprechen zu können. Dann aber ward ich staunend inne, daß ich sie sprach, ja daß ich sie sogar gut, daß ich sie schön sprach wie nie zuvor! Es war, als ob die ungeheure Bewegung, von der ich

geglaubt, sie müsse mir den Mund verschließen, ihn im Gegenteil öffne, so daß die Gefühle erlösend dahinströmten. Und nun übten auch die Verse ihren Zauber aus, entschwangen sich der bloßen Erinnerung und nahmen mein eigenes Erleben auf: ich wußte nicht, bezeugte ich ihre ewige Jugend oder jenes – ich wußte nur:

›Zur Gegenwart wird die Vergangenheit.‹

Das Spiel versank, die Wirklichkeit brach an. Ich war Marianne von Willemer, ich stellte die Unverlierbarkeit ihrer beglückenden Gestalt dar, aber ich war auch wie nie zuvor ich selbst: ich umarmte in ihrem Geschick das meine, ich dankte meinem Vormund, ich klagte um Enzio, ich nahm Abschied von dieser Stätte und blieb doch im Abschied unlösbar mit ihr verbunden:

›Hier war ich glücklich, liebend und geliebt.‹

Nachdem ich diese Worte gesprochen hatte, trat einige Sekunden lang ein völliges Versagen meines Bewußtseins ein. Ich verharrte regungslos, nicht wissend, wo ich war. Dann fand ich mich langsam an dem Lautenspiel des jungen Schwaben zurecht, der leise und geheimnisvoll jene seltsame majestätische Melodie anschlug und mit der Stimme begleitete, wie wir verabredet hatten. Er ging unserem kleinen Zug voraus, der sich nun wieder in Bewegung setzte. Lautlos, wie wir gekommen, glitten wir ihm nach, aus dem Hause über die Terrasse hinüber in den nächtlichen Garten. Ich spürte die Feuchtigkeit des Taues auf meinen leichten Schuhen und in meinen Haaren, ich spürte den Hauch der Erde und den Duft der schlafenden Gebüsche, deren Schatten unsere lichten Kleider entfärbten und unsere Gestalten aufzulösen schienen. Bald war es, als habe unseren Zug die Erde verschlungen. Nur die Stimme des jungen Schwaben schwebte noch eine Weile über dem stillen Garten und wiederholte aus immer weiterer Entfernung jenes seltsame:

›Und ich gehe nimmer, wann ich geh'.‹

Es war, als wolle er mich unzählige Male der tröstlichen Verwandlung dieser Zeile versichern. –

Während ich dann in meinem Zimmer das Theaterkostüm abstreifte, erklangen unten die ersten Töne der Tanzmusik. Hastig warf ich meinen Abendmantel über und huschte die Treppe hinunter, an den geöffneten Flügeltüren vorbei, wo Seide eben in Enzios Arm vorüberflog – er hatte wohl als Festordner den Tanz mit ihr eröffnen müssen. Es war einer jener grellen Modetänze, die er so sehr haßte. Er verleugnete diesen Abscheu auch jetzt nicht. Sein kleines, eckiges Gesicht hatte einen bösen, verächtlichen Ausdruck, er umfaßte seine Tänzerin mit solcher Heftigkeit, als wolle er sie in den Abgrund reißen. Sie dagegen lächelte in seinem Arm, außer Atem von der ungewohnten Anstrengung, die ihrem Gesicht etwas leicht Gealtertes und Erschöpftes gab und seltsamerweise auch etwas Törichtes. Ich wandte mich ab, und es gelang mir, unbemerkt die Terrasse zu gewinnen. Aber hier hatte sich eine Anzahl älterer Herren mit ihren Zigarren und Bowlegläsern angesiedelt. Als ich vorüberschlüpfen wollte, löste sich mein Vormund aus einer der Gruppen.

»Ah, da kommt ja unsere kleine Marianne von Willemer«, sagte er sichtlich erfreut. »Entschuldigen die Herren mich einen Augenblick, ich möchte gleich mein Kompliment zu der vortrefflichen Rezitation anbringen.« Er schüttelte mir die Hand, dann ging er neben mir die steinerne Treppe hinunter. Als wir jenseits der Gartentüre standen, sagte er: »Ich begleite Sie selbstverständlich. Sie sollen doch mein Haus nicht einsam verlassen.«

Wir gingen dann langsam die bekannte Straße am Nekkar entlang gegen die alte Brücke zu. Die Nacht war mondlos, aber um so heller leuchtete der Sternenhimmel, zu dem die Lichterpyramide der Stadt flimmernd emporstieg.

»Sehen Sie«, sagte er, »da ist noch immer Ihr Christbaum wie am ersten Abend Ihres Hierseins« – er wollte sagen: alles ist noch genauso wie damals – auch alles zwischen Ihnen und mir.

Er begann nun ganz unbefangen von den Ereignissen des vorletzten Tages zu sprechen, ohne sie doch direkt zu nennen. Er sagte, er habe sich natürlich die Frage vorgelegt, ob er trotz allem, was geschehen sei, auf meinem Bleiben in seinem Hause bestehen solle. Aber er glaube, daß dies weder in meinem Sinne noch dadurch irgendeine erträgliche Möglichkeit zu schaffen sei, ja, er habe die Überzeugung, daß man dann nur noch schmerzlichere Vorkommnisse zu erwarten habe.

Ich erwiderte, daß ich ebenso dächte wie er – ich tat es vollkommen ruhig: er hatte mir die Unbefangenheit zurückgegeben. Das Wesenlose besaß in seiner Nähe keine Macht – es war plötzlich alles wie auf eine andere Linie geschoben, genau wie vorhin bei unserem

Spiel. Er fuhr dann fort, daß er noch einiges mit mir besprechen müsse. Da sei zunächst die wirtschaftliche Frage, an die ich wahrscheinlich noch gar nicht gedacht habe, denn wie er mich kenne, gehöre ich doch eben zu den Vögeln des Himmels und zu den Lilien des Feldes, die nach dem Evangelium weder säten noch spännen. Von der wirtschaftlichen Lage aus – er hatte mein in der Inflation verlorenes Vermögen im Auge – sei der Vorschlag meines Verlobten, die Gastfreundschaft seiner Mutter in Anspruch zu nehmen, durchaus richtig. Trotzdem halte er es für besser, wenn ich mir meinen eigenen äußeren Lebensraum sicherte, gleichsam als Voraussetzung meines geistigen Lebensraumes, um den es vermutlich noch sehr schwere Kämpfe geben werde. Er glaube im Sinne meines verstorbenen Vaters zu handeln, wenn er für meine volle wirtschaftliche Unabhängigkeit Sorge trage, und er habe bereits die nötigen Schritte dazu getan. Im übrigen solle ich ihm immer schreiben, wenn ich Hilfe oder Rat bedürfe, und nach Beginn des neuen Semesters würden wir uns wohl auch in seinem Kolleg wiedersehen. – Hier muß ich das Geständnis ablegen, daß ich, entsprechend meiner Zugehörigkeit zu den Lilien des Feldes und den Vögeln des Himmels, die Großzügigkeit meines Vormunds nicht ganz erfaßte. Dagegen benützte ich die Gelegenheit, ihm noch einmal warm für alles zu danken, was er mich gelehrt und womit er mir so oft geholfen habe.
Er erwiderte freundlich: »Ja, ich weiß wohl, daß Sie einiges bei mir gelernt haben, aber es ist nicht schwer, ein aufgeschlossenes junges Menschenkind wie Sie

etwas zu lehren. Sie nehmen alles, was man Ihnen bringt, mit einer so großen Liebe auf – mit einer so unendlich großen Liebe.« – Seine Stimme war bei diesen Worten von einer tiefen Wärme. »Aber helfen«, fuhr er dann fort, »helfen habe ich Ihnen eigentlich niemals können, denn von dem, was Ihnen wirklich hilft, besitze ich ja nur den Nachklang, eben die Abendröte, wie wir schon einmal miteinander feststellten. Sie fragten mich hernach mit Recht: kann die Abendröte lange leben?« Er sagte das gelassen, beinah heiter, und doch fiel mir plötzlich dieser eigentümlich schmal gewordene Blick ein, damals am Neckar, als sein Auge das Gespenst des Mittags streifte. »Ach, ich bereue diese Frage doch so sehr«, rief ich, »und ich habe es Ihnen auch gesagt!«

Er erwiderte: »Aber Sie brauchen nichts zu bereuen – Ihre Frage war ganz richtig gestellt. Man kann von einer großen Abendröte zwar eine Weile leben, aber eben nur noch eine Weile – sie selbst, die Abendröte, – kann nicht lange leben, das ist ihrem Wesen nach unmöglich. Wenn sie erscheint, ist die Sonne bereits untergegangen.«

Wir hatten inzwischen die alte Brücke erreicht – ich fühlte unter meinen Füßen die freudige Beschwingung ihrer ansteigenden Linie –, die lieberoten Steine konnte ich im Dunkeln nicht erkennen. Auch die beiden ritterlich behelmten Türme des Ausgangs lagen fast schwarz da – von der Stadt am anderen Ufer sah man nur die flimmernde Lichterpyramide, ihre Umrisse waren verschwunden.

»Sehen Sie«, fuhr er fort, »so wie wir jetzt miteinander von einem Ufer zum anderen gehen, so ist auch unsere Zeit: wir sind sozusagen mitten auf der Brücke, und niemand kann das andere Ufer erkennen, noch wissen, ob wir es erreichen werden.« Er blieb stehen und beugte sich über die Brüstung: es war ungefähr an derselben Stelle, wo ich bei meiner Ankunft mit Enzio gestanden hatte. Das Rauschen des Stromes, von der Stille der Nacht wie vom Ohr einer Riesenmuschel aufgefangen, scholl und schwoll unter uns gegen die dunklen Pfeiler. Die Ausläufer der Strudel schwammen wie lange silberne Strähnen weithin erkennbar über dem finsteren Gewässer; es sah aus, als ob der Strom mit glänzenden Seilen an dem alten Gemäuer zöge, um die ganze Brücke mit sich in die Rheinebene hinauszureißen, über der es wieder einmal geisterhaft wetterleuchtete.

»Wie der Strom sich gegen sein Schicksal empört!« sagte mein Vormund hinabblickend. »Wie er sich dagegen auflehnt – aber es wird ihm wenig nützen!« Ich wußte, er dachte jetzt nicht an das Stauwerk, sondern an das bitterböse Wort, daß man auch Gedanken stilllegen könne wie den Neckar.

Hatte Enzio wirklich die herrliche Zuversicht seines Geistes gebrochen wie einst das liebende Herz meiner Großmutter? War dies der Grund, weshalb die schöpferische Synthese, von der die Studenten sagten: ›Er weiß sie eben nicht‹, am Schlusse der Vorlesung ausgeblieben war?

»Wenn unser Schicksal diesem Strom gleicht«, sagte ich inbrünstig, »so soll mein Herz die Brücke sein, die mich hinüber trägt. Sie ist stark und beschwingt wie diese, sie wird niemals brechen: alles, was mir teuer ist, will ich getreu hinübertragen.«

»Ich fürchte, alle Brücken werden brechen –«, erwiderte er eigentlich abwesend.

»Oh«, rief ich schmerzlich, »so haben Sie bisher nicht gedacht! Sie glaubten an die Erneuerung unseres Volkes durch seine edle Kultur! Aber ich wußte schon lange, daß ein Wandel in Ihnen vorging – oder habe ich Sie falsch verstanden?«

»Nein, Sie haben mich nicht falsch verstanden«, erwiderte er mit freundlicher Entschiedenheit. »Sie haben mich von Anfang an auf eine ganz eigene feine und mich oft überraschende Weise verstanden, nicht so, wie sonst die Studierenden ihre Professoren verstehen, sondern auf eine einmalige Weise, auf eine unmittelbare, eben auf die Ihre. Sie verstehen mich auch in diesem Augenblick vollkommen. Ja, ich habe früher anders gedacht, und es ist auch etwas in mir vorgegangen, nur kam der Antrieb dazu nicht allein von der Seite, an die Sie denken. Sie haben mich nämlich auch etwas gelehrt. Sie haben mich gelehrt, wie ein wirklich noch lebendiges christliches Gottesverhältnis sich zur sogenannten Welt verhält, ich meine zu den sonstigen Werten. Sie umfangen diese Werte mit einer unbeschreiblichen Inbrunst, und doch sind Sie bereit, Ihrem Gottesverhältnis alles zu opfern, sogar Ihr persönliches Lebensglück, während sonst überall das Entgegengesetzte geschieht: jedermann opfert die religiösen Werte ganz beliebig für das Allernichtigste auf, ja er ist sich dessen kaum bewußt, so wenig gegenwärtig sind sie ihm. Das Geheimnis, um das es hier geht, aber ist: daß man mit der Aufopferung Gottes auch die Welt opfert, daß der Verrat an der Religion den Verrat an der Kultur nach sich zieht, nach sich ziehen muß. Die abendländische Kultur wird genau so lange leben wie die abendländische Religion lebt. Nicht jene trägt diese, sondern diese jene. Wenn diese stürzt, so stürzt jene nach, das ist das einzige Zeugnis, das sie dann noch abzulegen vermag, und dieses Zeugnis wird sie ablegen, vielleicht schon sehr bald. Wie ein fallender Baum wird sie im Sturz die Wurzeln bloßlegen, aus denen sie ihre Kraft zog – ihr Sturz wird jede Täuschung über ihre Wurzeln widerlegen.«

So hatte er noch nie zu mir gesprochen! Ich fühlte, daß er mir jetzt seine innerste Überzeugung erschloß. Wußte er um meinen heißen Wunsch, ihm, wenn auch nur ein einziges Mal, mein Verständnis ganz zeigen zu können, und wollte er diesen Wunsch noch in letzter Stunde erfüllen? Oder bedurfte er in seiner neuen erschütternden Erkenntnis einer mitschwingenden Nähe? Ahnte seine Hellsicht in mir das verwandelte Erleben: es war mir, als wehe mich aus seinen Worten etwas an wie jener Sturm des Staubes damals auf dem Forum Romanum nach dem Tode meiner teuren Großmutter, als mir alle Herrlichkeit der Erde zu versinken schien.

»Ich habe den Sturz, von dem Sie sprechen, schon einmal erlebt«, sagte ich – auch meine Seele war jetzt wie ein offenes Tor –, »aber dann, nachdem ich Christin geworden bin, ist mir alles Verlorene zurückgeschenkt worden, und so muß es auch bei Ihnen sein – ich meine, für Sie kann die Kultur nicht gänzlich untergehen: Sie besitzen die Macht, sie zu retten, Sie sind doch noch Christ.«

Nun schwieg er eine ganze Weile. Ich hörte nur das Hallen seines festen ruhigen Schrittes in der stillen Straße, die wir jetzt betreten hatten, es war schon die meiner neuen Wohnung. Dann auf einmal war es mir, als ob ich seiner Wahrhaftigkeit wie einer unsichtbaren Klarheit neben mir im Dunkeln inne würde.

»Nein, diese Macht besitze ich nicht«, erwiderte er endlich schlicht. »Die Abendröte verklärt nur, aber sie reift keine Früchte mehr. Die Ehrfurcht vor dem christlichen Glauben und das Wissen um die Tiefen dieses Glaubens kann den vollen Glauben niemals ersetzen. Ich werde die Kultur nicht retten können, aber ich werde mit ihr untergehen im vollen Bewußtsein ihres unersetzlichen Wertes, gleichsam mit wehender Fahne, ohne jeden feigen Kompromiß. Es gibt nämlich noch ein anderes deutsches Bürgertum als das, welches Ihr Verlobter zu verhöhnen beliebt. Dieses andere Bürgertum wird sich der kommenden Barbarei niemals anpassen, es wird den geplanten Verrat am Geist nicht mitmachen wie jenes zu Recht verhöhnte, aber es wird sich auch niemals dagegen verteidigen können. Im Kampf mit der brutalen Faust wird es erliegen, weil es nicht mit den gleichen verruchten Mitteln kämpfen kann wie jene: seine scheinbare Schwäche ist in Wahrheit sein geheimer Ruhm. Auch diesen Ruhm werden nur sehr wenige begreifen. Verkannt, geschmäht, von der Unvernunft der ganzen Welt verurteilt, wird dieses andere deutsche Bürgertum Unsägliches erdulden, und zum Schluß wird es leise aus den Hallen seiner Väter hinaustreten, wie vorhin die Gestalten Ihres Spiels aus meinem Hause traten – wahrhaftig, das war ein Symbol, und noch dazu mit diesem merkwürdigen Liede!«

»Ich wußte, daß unser Spiel für Sie ein Symbol war«, sagte ich mit erstickter Stimme, »aber Sie wissen noch nicht, daß der Text des Liedes anders lautet, als wir früher dachten. Er heißt nicht:

›Ich gehe immer, wann ich geh' –‹

sondern:

›Ich gehe nimmer, wann ich geh' –‹«

Er schwieg hellhörig. Wieder fühlte ich die Wahrhaftigkeit seines Geistes wie eine unsichtbare Klarheit in der Dunkelheit. Schließlich sagte er: »Ja, ich verstehe: es gibt ein Bleiben im Scheiden, es gibt einen Besitz im Verzicht, ebenso wie es einen Sieg im Unterliegen gibt. In diesem Sinne wird natürlich nichts untergehen, in diesem Sinne wird es sogar eine Hoffnung geben, aber sie liegt jenseits einer Katastrophe – einer Katastrophe von ungeahntem Ausmaß.« Die letzten Worte klangen zögernd, so als eröffne sich ihm erst, während er sie sprach, einer jener großen Fernzusammenhänge, mit deren Aufhellung er seine Hörer so oft in Erstaunen setzte. Ich fühlte plötzlich ein absolutes Mitschwingen meines Geistes mit dem seinen, das mir fast den Atem verschlug.

»Sie meinen, Leid und Tod sind die Voraussetzungen der Auferstehung«, sagte ich bebend.

Er erwiderte: »Ja, das meine ich. Solange es Leiden und Tod in der Welt gibt, wird es auch Christen geben, und solange es Christen gibt, wird auch Auf-

erstehung sein. Aber jetzt sind wir am Ziel: hier ist Ihre künftige Wohnung. Gott behüte Sie, mein Kind!«
Es war das einzige Mal, daß er mich sein Kind nannte.
»Bitte, lassen Sie mich immer Ihr Kind bleiben«, bat ich mit überströmenden Augen. »Versprechen Sie es mir!«
»Das brauche ich nicht zu versprechen«, erwiderte er, »das ist so und wird immer so sein« – er streckte mir die Hand hin. Ich brachte kein Wort hervor, aber auch er sagte nichts mehr. Einige Sekunden lang fühlte ich meine Hand fest und warm von der seinen umschlossen, dann löste er sie, schob die Kapuze meines Abendmantels zurück und strich mir sanft über Stirn und Haar – es war ein stummer Segen. Gleich darauf wandte er sich schnell ab und ging, ohne sich umzublikken, die Straße, die wir gekommen waren, zurück, während ich, den Kopf an die Haustür gelehnt, seiner Gestalt nachblickte, wie sie aufrecht und gelassen in die Dunkelheit hineinging und schließlich darinnen verschwand. – – –
Ich komme jetzt zur letzten Spanne meiner Leidenszeit. Als ich an jenem Abend das fremde Pensionszimmer betrat, in dem meine Koffer und Gepäckstücke noch ungemütlich auf dem Boden standen, fand ich es mit Blumen geschmückt. Enzio hatte sie für mich gesandt, sie erfüllten den ganzen Raum mit sommerlicher Süße, die mich wie eine Zärtlichkeit aus vergangenen Tagen anmutete, oder wie jene tiefe Wehmut, die ich jetzt oft fühlte, wenn mich die Lieblichkeit der Stadt und ihrer Landschaft überfiel. Ich dachte daran, welches Glück es mir einst bedeutet

hatte, Enzios Fliederzweig zu küssen – heute mußte ich an die Blumen denken, die er ebenso verschwenderisch in Seides Hand gelegt hatte. Dazu ließ jetzt langsam die Hochspannung nach, unter deren Zeichen der Abschied von meinem Vormund gestanden hatte; es kam mir immer mehr zum Bewußtsein, daß es eben doch ein Abschied gewesen war, den Enzio erzwungen hatte. Auch die Anstrengung und Betäubung des Festes waren vorüber; in der Stille und Einsamkeit dieses fremden Hauses und Zimmers überwältigte mich erst der ganze Jammer seiner Handlungsweise. Wie hatte er mich bei unserer Unterredung über meine Großmutter getäuscht, oder – wenn er damals aufrichtig gewesen war – wie schnell hatte sich dann die lautere Regung wieder verflüchtigt! Umsonst versuchte ich mich darauf zu besinnen, daß auch diese Bitterkeit zu dem Anteil meines Lebens an dem seinen gehörte, gleichsam eine dunkle Blüte aus dem Kranz der Engel war, in dem ich so oft das Sinnbild unserer unlösbaren Verbundenheit erblickt hatte. Nein, meine eigene Liebe reichte nicht mehr aus, aber auch die andere, die göttliche Liebe, die Liebe Christi, auf die hin ich das Unmögliche noch einmal gewagt hatte, schien nicht auszureichen! Zwar es war die Liebe, die das Unverzeihliche verzieh, aber es war auch die Liebe, gegen die er sich empörte und auflehnte, denn er wollte ja keine Verzeihung, er wollte ja, daß nichts geschehen sei! Ich vermochte mir nicht vorzustellen, wie sich unser Verhältnis nun künftig gestalten sollte.

Der nächste Morgen brachte eine große Freude, nämlich einen Brief von Jeanette, auf den ich schon lange mit Ungeduld gewartet hatte und dessen Verzögerung sich nun erklärte. Was meine Großmutter in ihrer unbefangenen Ehrlichkeit so oft als Wunsch ausgesprochen hatte, war nun endlich eingetreten: Jeanettes Gatte, dieser Taugenichts, hatte nach langem, mit großer Ungeduld ertragenem Leiden wirklich das Zeitliche gesegnet und die arme kleine Gattin von der jahrelangen Überlastung durch seine Existenz und Pflege befreit. Jeanette war natürlich viel zu fromm und rührend, um sich diese Befreiung einzugestehen. Sie betrauerte ihren Gatten ehrlich. Er sei, so schrieb sie, in der letzten Zeit nicht nur durch seine körperliche Schwäche völlig von ihr abhängig geworden, wie ein Kind habe er sich auch innerlich an sie geklammert und ihr, von der ihn einst seine Untreue so weit fortgetrieben, willig alles zuliebe getan, ja, es sei ihr gelungen, ihn sogar noch mit der Kirche auszusöhnen. Sie glaube fest, daß Gott sich seiner erbarmen werde, und was ihm etwa noch an Gnade fehle, hoffe sie ihm durch ihr Gebet zu erflehen; ich möchte sie doch dabei unterstützen. Im übrigen gedenke sie ihren kleinen Haushalt so schnell wie möglich aufzulösen, denn die lange Krankheit ihres Gatten habe ihre Ersparnisse verschlungen, und sie plane, wieder eine Stellung anzunehmen, und zwar in Deutschland, möglichst in meiner Nähe, denn ich sei doch nun, nachdem ihr Gatte gestorben, dasjenige Menschenkind, das ihr am nächsten stehe. Auch Pater Angelo, dem es langsam besser gehe, bestärke diesen Entschluß. Sie freue sich unbeschreiblich auf das Wiedersehen. – Ich war mir sofort darüber klar, daß Jeanette am liebsten bei mir die alte Stellung einnehmen würde, die sie einst im Hause meiner Großmutter innegehabt hatte, sie unterdrückte diesen Wunsch wohl nur im Wissen um mein verlorenes Vermögen und vielleicht auch im Gedanken an meine baldige Hochzeit, von deren Verschiebung sie ja noch nichts wußte. Nun gingen mir plötzlich die Augen darüber auf, was das großzügige Versprechen meines Vormunds bedeutete. Würde sich durch dieses nicht vielleicht Jeanettes und meine Existenz gemeinsam tragen lassen, ja, würden wir nicht vereint alles viel besser und sparsamer einrichten können, als ich allein es vermochte? Der Gedanke, wieder mit Jeanette einen kleinen Haushalt zu führen, erschien mir so beglückend, daß ich mich gleich hinsetzte, um sie brieflich zu bitten, doch zu niemand anderem als zu mir zu kommen. Aber kaum hatte ich zu schreiben begonnen, so tauchte noch ein anderer Gedanke in mir auf: sollte ich nicht lieber Jeanette persönlich holen? Ihr Brief ließ durchblicken, daß sie von der langen Krankenpflege sehr erschöpft sei, und wenn Jeanette so etwas zugab, mußte es schon schlimm sein. War es nicht angezeigt, ihr bei der Auflösung ihres Haushaltes zu helfen? Die Universität hatte geschlossen, es waren Ferien, warum sollte ich sie nicht benutzen, um nach Rom zu fahren? Ich fühlte bei diesem Plan eine geradezu überwältigende Freude: Rom wiederzusehen, an seinen heiligen Stätten zu beten, Pater Angelo zu sprechen, und das in diesem Augenblick, als mein Herz so schwer belastet war – bedeutete das nicht einen Lichtstrahl in der tiefsten Not? Ich zerriß den angefangenen Brief, um einen zweiten zu beginnen, aber auch er sollte nicht vollendet werden, denn nun wurde mir Enzios Besuch gemeldet.

Wäre ich des Glaubens gewesen, er werde jetzt endlich eine offene Aussprache und Versöhnung mit mir suchen, so hätte ich eine große Enttäuschung erlitten. Doch ich hegte diesen Glauben nicht, ich ahnte vielmehr in dem Geschehenen ein bloßes Vorspiel. Und wirklich, aus der verblendeten Annahme heraus, es sei der Einfluß meines Vormunds, der mich zum Widerstand gegen unsere Hochzeit stärke, versuchte er, nun er mich diesem Einfluß entzogen hatte, schnell ans Ziel zu gelangen. Ohne irgendein befreiendes Wort zu sprechen, kam er sofort darauf zurück, wie unlieb es ihm sei, mich in dieser fremden Pension zu sehen, und wie dringend er wünsche, daß ich zu seiner Mutter übersiedle. Sie wisse jetzt um unsere Verlobung, sie freue sich ihrer und heiße mich als ihre Tochter willkommen, ich sollte bis zu unserer baldigen Hochzeit, an der er unerschütterlich festhalte, ihr Gast sein. Er wiederholte das Wort ›unerschütterlich‹. Ich sagte ablenkend, wir wollten später über den Vorschlag seiner Mutter sprechen; zunächst würde ich für kurze Zeit verreisen, denn ich glaubte, für uns beide sei es gut, wenn jeder von uns einmal ganz zur Ruhe käme.

Nun, die Wirkung dieser Mitteilung war eine geradezu niederschmetternde. Er fragte mit überstürzter Stimme, wer mir diesen Plan eingegeben habe, und wartete die Antwort überhaupt nicht ab, sondern stieß unvermittelt hervor, daß er mich am vergangenen Abend selbstverständlich habe begleiten wollen, aber als er nach mir gesucht, sei ich bereits verschwunden gewesen. Ich sah ihm an, er hatte meine Begleitung erraten und glaubte nun, mein Vormund habe auch diesen Reiseplan ersonnen. Statt einer Antwort gab ich ihm das eben angekommene Schreiben zu lesen, ich hoffte, er, der doch Jeanette von Rom her kannte und sich sogar besonders gut mit ihr gestanden hatte, werde nun wenigstens dieses Mißtrauen bereuen. Genau das Entgegengesetzte war der Fall: sein Mißtrauen verschob sich nur auf eine viel gefährlichere Linie, ich meine auf die letztlich kritische, das fühlte ich sofort, als ich den Namen Rom aussprach.

Ich will nun versuchen, mich wieder kurz zu fassen. Er verlangte also rundheraus, ich solle die geplante Reise aufgeben. Je dringender er aber auf mich einsprach, um so mehr befestigte sich in mir die Überzeugung, eine vorübergehende Trennung von ihm und eine Aussprache mit Pater Angelo sei zur Notwendigkeit geworden. Ich sagte ihm das rückhaltlos offen. Nun erhob er keinen Einspruch mehr, ich sah nur, wie in seinem Gesicht wieder einmal dieser Ausdruck erschien, als sage er in seinem Innern: man kann alles, was man will, und alles, was man will, das kann man auch. Ich ließ mich aber dadurch nicht beirren.

Er blieb nun einige Tage fort, während derer ich meine Reisevorbereitungen traf. Es tat mir wohl, allein zu sein, und ich redete mir ein, daß es auch ihm wohltun müsse. Schon hatte ich das Reisebüro verständigt und für das Paßvisum Sorge getragen, als er eines Morgens wieder bei mir erschien, und zwar mit der überraschenden Mitteilung, seine Mutter sei schwer erkrankt und bäte mich, ihr doch zu Hilfe zu kommen.

Ich muß offen gestehen, daß ich diese Krankheit zunächst für einen Trumpf hielt, den meine Schwiegermutter ihrem Sohne in die Hand gedrückt hatte, um mich von der ihm so unangenehmen Reise zurückzuhalten. Nicht daß ich an eine Verstellung von ihrer Seele geglaubt hätte oder an eine vorgeschützte Krankheit, wie Seide sie etwa bereitgehalten hätte; etwas Derartiges lag nicht in ihrer einfachen Natur. Aber solche Mütter wie sie werden eben krank, wenn es das Wohlergehen ihrer Söhne erfordert, ebenso wie sie unwahrscheinlich stark und gesund werden, wenn jene erkranken – das letztere hatte ich ja einst in Rom erlebt. Ich hielt diese Krankheit also für den umgekehrten Vorgang wie den damaligen, und so war es denn auch in der Tat.

Als ich an das Bett meiner Schwiegermutter trat, sah ich sofort, wie beunruhigend sie verändert war. Mit schwacher Stimme erinnerte sie mich daran, wie sie mir schon bei meinem ersten Besuch gesagt habe, sie fürchte, die Hinfälligkeit des Alters werde einmal ebenso schnell über sie kommen wie über meine Großmutter. Nun sei es an dem. Sie fuhr dann mit treuherziger Naivität fort: zwar habe sie sich immer eine andere Frau für ihren Sohn gewünscht, aber Enzio wolle doch eben nicht von mir lassen, und so müsse denn ein Ausweg gefunden werden, der auch in einer Ehe mit einem armen Mädchen seine Existenz sichere; ich solle das Studium aufgeben und ihre Pension übernehmen, die sie wahrscheinlich künftig nicht mehr führen könne. Sie ersuchte mich, sogleich in diese überzusiedeln, damit sie mir alles vom Bett aus zeigen könne, was ich künftig wissen müsse. Ich bat sie, mir zunächst zu sagen, was ich für sie selbst tun könne, denn es war wohl kein Zweifel möglich, daß sie der liebevollen Pflege dringend bedurfte. Sie wehrte sich auch nicht dagegen, schien aber keinen besonderen Wert darauf zu legen, sondern klammerte sich immer mehr an den Gedanken, die Pension, die Enzio bisher ernährt hatte, müsse in der richtigen Weise fortgeführt werden. Mit ihrer trotz aller Schwäche noch immer bemerkenswerten Energie suchte sie mich davon zu überzeugen, daß der Schriftleiterposten, den er übernehmen wolle, für ihn nicht das Richtige sei, denn seine Nerven brauchten Ruhe und Schlaf, in der Nähe von Zeitungen aber, das heißt von Politik, gehe es immer aufregend und gefährlich zu; sie schien gegen Zeitungen und Politik dasselbe Mißtrauen zu haben wie einst in Rom gegen das sogenannte tête à tête mit der Weltgeschichte. Nun wußte ich natürlich, daß Enzio niemals von der Zeitung und der Politik lassen werde, und ebenso, daß er die Pension im Grunde verabscheute. Aber die Sorge seiner Mutter um diese war so dringend, daß ich einsah, ich würde sie in unverantwortlicher Weise aufregen, wenn ich ihrem Verlangen nicht wenigstens vorübergehend nachgab – ihre Krankheit war eben eine Waffe, gegen die es keinen Kampf gab. Auch der inzwischen herbeigerufene Arzt bestätigte den Eindruck, daß hier der äußerst beunruhigende Zusammenbruch einer an sich robusten Natur vorlag, der bei den Jahren der Kranken weder leicht zu nehmen noch schnell zu überwinden sein werde und jedenfalls äußerste Schonung erfordere. Dazu kam, daß Enzio selbst sich sehr um seine Mutter besorgt zeigte. Er beschwor mich, ihre Wünsche zu erfüllen, und es kam jetzt – auch ganz wie bei seiner eigenen Erkrankung in Rom – heraus, daß die beiden eben doch Mutter und Sohn waren: ich glaubte endlich wieder einmal seinem Herzen gegenüberzustehen, einem Herzen, das ich in dieser Lage unmöglich verlassen durfte: Männer sind doch am Krankenbett so hilflos! So gab ich denn für dieses Mal das Wiedersehen mit der Ewigen Stadt auf. Ich bat Jeanette, zu mir nach Heidelberg zu kommen und teilte ihr und Pater Angelo mit, meine Hochzeit sei vorerst an Enzios feindlicher Haltung gegen die Kirche gescheitert, doch wolle ich in bräutlicher Treue bei ihm ausharren. Dann stellte ich mich getrost der Aufgabe zur Verfügung, durch die mir, wie ich zuversichtlich glaubte, zum ersten Mal Gelegenheit gegeben war, Enzio nicht nur meine eigene Liebe, sondern auch die Liebe Christi zu zeigen, der starren Gewalt ihre sanfte Gewalt entgegensetzend, die ihn in dieser Gestalt nicht empören konnte, sondern die er im Grunde selbst herbeigerufen hatte.

Es ist mir später der Vorwurf gemacht worden, ich hätte mich durch diesen Schritt freiwillig in die äußerste Gefahr begeben. Dieser Vorwurf trifft mich zu Recht. Nie kann ich mich damit entschuldigen, ich hätte nicht gewußt, was ich tat, meine Entschuldigung ist vielmehr, daß ich es wußte: ich wollte mich nicht schonen und bewahren! Gott fügte es sodann, daß ich noch einmal eine sehr deutliche Warnung empfing. Als ich nämlich Enzio meinen Entschluß mitteilte,

flammte in seinem Gesicht etwas auf, was ich noch nie darin gesehen hatte. Es war etwas Helles, etwas Überhelles und Überwaches, etwas unbeschreiblich Sicheres, das aber doch zuletzt ins Leere triumphierte. Er nahm mein Erschrecken wahr. »Was ist dir? Reut dich dein Entschluß? Woher fürchtest du dich?« fragte er argwöhnisch.
Ich sah ihn groß und ernst an. »Es reut mich nicht, Enzio«, erwiderte ich, »und ich fürchte mich auch nicht, wo es dich und deine Mutter gilt. Aber ich habe dir in meinem Brief versprochen, es solle nie mehr sein, als könntest du dich an meiner Seite nicht frei bewegen. Versprich mir das gleiche, versprich mir alles, was ich dir in meinem Brief versprach, du hast mir immer noch nicht auf ihn geantwortet.«
Darauf fragte er mich, ob dies nötig sei – es klang wie ein Anruf meines Vertrauens. Aber dieses war ja eben nicht mehr da, seit er mitgeholfen hatte, mich aus dem Hause meines Vormunds zu vertreiben! Schweigend ertrug ich die Qual um das Verlorene. Auf einmal fragte er mit ausbrechendem Schmerz: »Wirst du denn diese unglückselige Sache niemals vergessen? Hältst du es wirklich aus, daß ich immer wieder vor dir stehe wie einer, dem man nicht mehr glauben kann, und dies bei deiner – deiner Weltanschauung –.« Es war das erste Mal, daß er einen religiösen Appell an mich richtete. Aber gerade darin lag ja eine Warnung! Ich überhörte sie nicht, doch es gibt auch ein Vertrauen wider alles Vertrauen, ein Vertrauen gleichsam als letzte Beschwörung. »Enzio, ich will dir glauben, schütze mich vor meinem Mißtrauen – du allein ver-

magst es, du allein!« rief ich, mich in seine Arme werfend. Er war bewegt, er war erschüttert. Aber als er mich nun an sich drückte, durchschauerte mich trotzdem das Gefühl, daß ich am Herzen der Bedrohung selber Schutz gesucht hatte, einem Vogel gleich, der sein Nest in den Schlingen des Jägers baut. Dieser Eindruck verflüchtigte sich allerdings sehr bald, und mein Verhältnis zu ihm gewann durch die Übersiedlung zu seiner Mutter viel von seiner früheren Unbefangenheit zurück. Die trennenden Gegensätze zwischen uns verschwanden wie von selbst, die gefährlichen Gespräche waren ausgeschaltet. Die kranke Mutter stellte den gemeinsamen Mittelpunkt dar, um den sich unser beider Tageslauf drehte. Ich konnte mir zu meinem Staunen manchmal vorstellen, daß alles zwischen uns wieder so einfach und selbstverständlich werde wie damals, als er gesagt hatte: »So ist es, und es kann nicht anders sein«, denn gerade so erschien mir jetzt meine Anwesenheit am Krankenlager seiner Mutter. Hatte ich bei meinem Entschluß anfangs immer noch Trauer empfunden im Gedanken an mein aufgegebenes Wiedersehen mit Rom, so war ich bald nur noch dankbar froh, Enzio dieses Opfer gebracht zu haben. Es beglückte mich, seiner Mutter die tausend kleinen Liebesdienste zu erweisen, deren sie als Kranke bedurfte, und dadurch auch ihm Liebe zeigen zu können, denn seine Mutter war auch meine Mutter – so deutete ich damals den geliebten Spruch der beiden Engel. Aber auch im Gedanken an die mütterliche Gestalt meines eigenen Lebens, ich meine, im Gedanken an meine teure Großmutter fand ich mich beglückt: sie, die immer so peinlich darauf bedacht gewesen war, Enzios Mutter nicht zu benachteiligen, würde meinen Entschluß ohne Zweifel gebilligt haben – es war mir manchmal, als ob meine Hände über ihrem Grab nun noch die letzte schmerzliche Mißstimmung zwischen ihr und jener hinwegnehmen und alles unversöhnt Gebliebene versöhnen könnten. Ja, ich war kindlich genug, zu glauben, durch meine Anwesenheit hier eine Lösung gefunden zu haben, die Enzio und mir den herben Verzicht auf unsere baldige Hochzeit etwas erleichtere.

Mit meiner Schwiegermutter selbst – ich nannte sie nun Enzio gegenüber immer unsere Mutter – kam ich vortrefflich aus. Sie, die sich als Gesunde nie Zeit gegönnt hatte, an sich selbst zu denken, war auch als Kranke rührend anspruchslos und dankte mir für jede kleine Hilfeleistung, die sie fast mit Erstaunen entgegennahm. Vor allem aber befriedigte es sie, wie ich mich um ihre Pension kümmerte, die ihr nach wie vor viel wichtiger war als ihre Krankheit. Die Aufgabe zeigte sich nicht gerade überwältigend schwer, denn es gab hier zwei Dienstmädchen alter Schule, die sich weder dieses Namens noch ihrer Bestimmung schämten, sondern die wie ihre Herrin tüchtig zugreifen konnten. Es blieb mir, ehrlich gesagt, nicht viel mehr zu tun, als über dem Ganzen zu schweben, meiner Schwiegermutter Bericht zu erstatten und mich in meinem lichten Sommerkleidchen in den breiten Armstuhl zu setzen, um an der Gästetafel das Präsidium zu führen. Sie war entsprechend dem geschlossenen Semester ziemlich klein: einige Ausländer, die sich in die

Schloßruine verliebt hatten, und ein paar noch durch die Bibliothek festgehaltene Studenten, das war alles. Unter den letzteren befand sich auch Starossow, der mir nach jenem merkwürdigen Abend, an dem ich ihm den Choral vorgesungen hatte, ganz aus den Augen gekommen war und, entsprechend der Erfüllung durch mein eigenes Geschick, auch weithin aus den Gedanken. Er hatte seinen Platz neben Enzio, der mir gegenüber saß, und sooft ich ihn ansah, fiel mir immer etwas schuldbewußt ein, wie ich ihm damals versprochen hatte, ihm noch einmal vorzusingen. Ich wollte, als wir uns begrüßten, etwas darüber sagen, aber er kam mir zuvor, indem er ziemlich steif erklärte, er sei schon im Aufbruch und werde nächster Tage seine Ferienreise antreten. Ich hatte den Eindruck, er wollte sich an jene gemeinsame Stunde nicht mehr erinnern, wahrscheinlich bereute er sie bereits; ich konnte mir dies gut von ihm vorstellen. Es erstaunte mich auch nicht, daß er mir gegenüber ganz in seine ablehnende Haltung zurückgefallen war. Er vermied es offensichtlich, mit mir zu sprechen, und wandte sich, wofern er sich nicht ganz schweigend verhielt, geflissentlich nach der anderen Seite. Nur manchmal, wenn mein Blick, während ich ebenfalls in eine andere Unterhaltung vertieft war, zufällig sein schönes vornehmes Gesicht streifte, begegnete ich unversehens seinen Augen, die mich genau so starr und hilflos anblickten wie damals, als er zu mir gesagt hatte: »Es ist mir in Ihrer Gegenwart, als würden alle Entscheidungen, die ich längst getroffen habe, wieder in Frage gestellt.« Aber das dauerte immer nur eine Sekunde, schon wandte er sich, wie von meinem Anblick heftig abgestoßen, wieder nach der anderen Seite. Auch wenn ich ihm zufällig auf der Treppe oder im Garten begegnete, zog er sich sofort feindselig in sich zurück, sobald ich Miene machte, ihn anzusprechen. Er änderte dies Verhalten selbst dann nicht, wenn ich in Begleitung Enzios war – auch diesem fiel nachgerade etwas daran auf.

»Es ist schade, daß du mit Starossow in keinerlei Verhältnis kommst«, sagte er zu mir. »Was hast du eigentlich gegen ihn? Ihr wart niemals gute Freunde, aber jetzt sprecht ihr überhaupt nicht mehr zusammen.« Ich erwiderte, das läge wohl mehr an Starossow als an mir, er wollte das aber nicht wahrhaben. »Ach, Unsinn«, sagte er, »das bildest du dir ein. Es ist ausgeschlossen, daß er etwas gegen dich hat. Starossow bejaht alles, was zu mir gehört, also auch dich – in diesem Punkt ist er geradezu fanatisch. Du solltest ihm wirklich vor seiner Abreise noch ein gutes Wort sagen.« Er suchte dann selbst die Verbindung zwischen uns herzustellen und fragte den Freund, ob er mir nicht einmal vorspielen wolle, ich hätte ihn doch seinerzeit darum gebeten. Darauf erwiderte Starossow ziemlich kurz, das könne nach den Ferien geschehen. Dabei ging eine dunkle Welle über seine hohe blasse Stirn, und er sah mich sekundenlang einschüchternd an: ›Hüte deine Zunge‹, drohte dieser Blick! Zum ersten Mal fiel mir die Frage schwer aufs Herz, was Enzio wohl sagen würde, wenn er um den Abend wüßte, an dem ich Starossow den Choral vorgesungen hatte. Im übrigen reiste dieser nicht ab, und eines Tages klagte mir das Stubenmädchen, er gebe keine

Antwort, wenn man ihn frage, wann im Gartenhaus gestöbert werden könne, das er doch bereits vor einer Woche für die Ferien gekündigt habe. Aber Herr Starossow sei in letzter Zeit überhaupt so wunderlich geworden, das könne man schon an seinem Klavierspielen erkennen – was zuviel sei, das sei eben zuviel. – Diese Bemerkung war richtig: kaum hatte Starossow beim Abendbrot den letzten Bissen zu sich genommen, so stand er auf und zog sich in sein Gartenhaus zurück, von wo ich ihn dann oft die halben Nächte hindurch spielen hörte, und zwar wiederholte er immer in derselben monotonen Weise den Verlauf jenes merkwürdigen Abends, den ich bei ihm zugebracht hatte. Er fing mit einigen klassischen Kompositionen an und ging dann, nachdem er eine nach der anderen kurz und hart abgebrochen hatte, zu jenen kriegerischen Motiven über, die er als die wahren Stimmen unserer Zeit bezeichnet hatte, um endlich die Trommelwirbel und Signale des Zapfenstreichs aufzunehmen. Ins Phantastische gesteigert und ins Verwilderte entstellt, verfolgte er sie bis zu jenem Punkt, wo der Choral einsetzen mußte – hier hörte er regelmäßig auf. Es lag etwas bewußt Herausforderndes in diesen steten Wiederholungen. Gegen meinen Willen kam mir der Gedanke, daß ich dieses Spiel hören sollte. Aber zu welchem Zweck? Wollte er sich mit ihm von jener merkwürdigen gemeinsamen Stunde lossagen? Wollte er den Choral, den ich ihm vorgesungen hatte, ausdrücklich verneinen? Oder wollte er mich mit seinem Spiel rufen? Sollte ich da einsetzen, wo er abbrach? Wartete er darauf, daß ich dennoch käme, um ihm wieder vor-

zusingen? Auch dieser Gedanke wandelte mich flüchtig an, aber Enzio ließ mir damals keinen Raum, ihm nachzuhängen.
Wir näherten uns jetzt dem Zeitpunkt, der ursprünglich unser Hochzeitstag gewesen wäre, und das Zusammensein in der Wohnung seiner Mutter war zu innig, um nicht immer wieder den Vergleich wachzurufen mit dem, was hätte sein können. Da waren die tausend kleinen Dinge des Alltags, die nicht nur seine Mutter und ihr Heim, sondern auch ihn betrafen. Ob es nun ein verlegtes Buch galt, oder ob die Mädchen sich unterstanden hatten, das unberührbare Heiligtum seines Schreibtisches aufzuräumen, immer kam er mit seinen kleinen Nöten und Zornigkeiten hilfesuchend zu mir, fast als wäre ich nun dennoch seine Frau! Bei dem Gedanken daran fühlte ich mein Herz heiß und schmerzlich schlagen. Ich fühlte aber auch, wie das seine schlug. Verkehrten wir im Krankenzimmer seiner Mutter immer wie Geschwister miteinander, so änderte sich das sofort, wenn wir es verlassen hatten. Es war dann, als verschlage ihm etwas den Atem, und er verabschiedete sich oft ganz kühl und hastig von mir. Dann wieder konnte er sich gar nicht von mir trennen. Ich war damals abends meistens mit den Abrechnungen des Tages beschäftigt, zu denen ich immer erst kam, wenn die Pflegerin, die zu meiner Schonung für die Nächte angenommen war, mich bei der Kranken abgelöst hatte. Diese Arbeit, zu der mich meine Schwiegermutter nachdrücklich anhielt, fiel mir sehr schwer, denn ich hatte von meiner Großmutter die Neigung geerbt, Dinge, die mit Geld zusammenhin-

gen, reichlich großzügig zu nehmen. Es wurde daher oft spät, bis ich mit meiner lästigen Aufgabe zustande kam. Ich saß dann in dem langen, schmalen Eßzimmer an der abgeräumten Gästetafel unter den Familienbildern, deren Gesichter von dem nachgedunkelten Farbengrund der Leinwand herab so freundlich, so verläßlich, so offen und gutartig auf mich niederblickten. Es mußte wohl an diesen alten, nachgedunkelten Porträts liegen, daß ich im ersten Augenblick jedesmal erschrak, wenn Enzio plötzlich so hell und wach – so überhell und überwach in der Tür erschien. Und er erschien fast regelmäßig, ja er kam, wenn wir uns längst gute Nacht gesagt hatten, oft zwei-, dreimal zurück mit irgendeiner Frage, deren Überflüssigkeit ihm selbst Verlegenheit bereitete. Oder auch er setzte sich zu mir und sagte, er wolle mir beim Rechnen helfen, denn er wußte natürlich, daß ich damit schwer zustande kam. Aber wenn wir uns dann gemeinsam über die Ziffern beugten, wurde ich erst recht nicht damit fertig, und er versuchte auch gar nicht, mir zu helfen. Es war dann oft eine ganze Weile so still zwischen uns, daß wir nur noch das Schlagen unserer Herzen hörten und die fernen Geräusche des Neckars, die durchs offene Fenster hereinwogten – er lebte immer noch sein herrliches freies Stromleben! Mir fiel plötzlich ein, wie ich in meiner ersten Nacht hier geträumt hatte, daß mich seine Wasser hinwegrissen und verschlängen. »Wie laut er in der Nacht tönt«, sagte ich beklommen. Er erwiderte: »Ja, das Lebendige ist nicht zu fesseln.« Und nun war es auf einmal, als sei es gar nicht der Neckar, dessen Rauschen wir vernahmen, sondern die Stimme unseres eigenen Blutes, das sich in allen Tiefen unseres Lebens gegen unser Schicksal erhob, wie der Strom gegen das seine.

›Und ich komme immer, wann ich komme . . .‹

ging es mir durch den Sinn. Er sah mich gespannt an: ich fühlte, er wartete, daß mich der Zauber seiner Nähe und seiner Liebe überwältigte, und er überwältigte mich ja auch – oh, wie er mich überwältigte! Aber es war etwas anderes in dieser Nähe und dieser Liebe als früher. Es war nicht mehr die süße, sanfte Anziehung der Zärtlichkeit darinnen, auch nicht die Mächtigkeit eines fordernden Willens, der wie ein magnetischer Strom auf mich gerichtet war. Verwirrt stand ich auf und sagte ihm gute Nacht.

Er umklammerte meine beiden Handgelenke. »Geh nicht – geh nicht!« stieß er herrisch hervor.

Mit schmerzhafter Heftigkeit rang ich mich von ihm los. In der Türe wandte ich mich nochmals um.

»Und ich gehe nimmer, wann ich geh' . . .«,

sagte ich aufschluchzend, aber es war, als geriete meine Stimme dabei in den Starkstrom seines Willens, so daß mir der Sinn ihrer Worte zerbrach, und kaum war ich hinaus, so mußte ich meine ganze Kraft aufbieten, um nicht zu ihm zurückzukehren. Noch tief in der Nacht in meinem Zimmer glaubte ich durch alle Mauern hindurch unausgesetzt die Mächtigkeit seines auf mich gerichteten Willens zu spüren. Erschütternd wurde es mir zur Gewißheit, daß der Trost und die Befriedigung, die ich ihm durch meine Anwesenheit hier zu schenken geglaubt hatte, lichte Täuschungen gewesen waren, daß meine Nähe ihm vielmehr Qual und Unrast bedeutete und bedeuten mußte! Es machte ihn jetzt plötzlich vieles an mir ungeduldig, was er früher geliebt hatte, wenn er mich halb zärtlich, halb spöttisch eine kleine Vorkriegserscheinung nannte. Er fand alles, was ich sagte, viel zu innerlich oder zu kindlich, manchmal war ich ihm auch zu aufrichtig. Er beanstandete mein Tempo, ich meine, daß ich mich nie eilen und hetzen ließ. Oder er beschwerte sich, weil ich mir gewisse Worte seiner Zeitungssprache nicht aneignen wollte. Am meisten ärgerte es ihn, wenn ich mich in den römischen Schal meiner Großmutter einwickelte, denn es fröstelte mich damals fast beständig, obwohl wir noch sommerliche Tage hatten. Ich wußte, daß diese fortgesetzte Kritik an mir nur Ausdruck eines tieferen Ungenügens war: sein Wille umschweifte gleichsam meine Existenz von außen, während er sich anschickte, sie von innen her zu unterhöhlen. Denn es war ja gar nicht seine Leidenschaft allein, durch die ihm meine Nähe Qual verursachte, sondern mit dieser Nähe zugleich war die Nähe einer ganzen Welt gegeben, deren Wirklichkeit für ihn nicht mehr bestand, und in deren Wirklichkeit er sich nun doch beständig hineingezogen sah.

Damals fühlte ich mich oft ganz unvermittelt an die Zeit erinnert, in der meine Tante Edelgart so ungut gegen mich werden konnte, wenn ich morgens aus der Messe kam. Zwar verlor er kein Wort über diese selbst, aber er suchte mir ihren Besuch zu erschweren, indem er behauptete, die Krankenschwester sei von ihm angenommen worden, damit ich in der Frühe ausschlafen könne, und ich durchkreuze diese Absicht.

Dann wieder gab er mir zu bedenken, daß seine Mutter morgens mit dem Frühstück auf mich warten müsse, oder daß ihr Zustand zu ernst sei, um mich von zu Hause zu entfernen. Es gelang mir auch nie, dies von ihm unbemerkt zu tun, er kontrollierte, ob ich in die Kirche ging. Es war kein Zufall, wenn er mir bei meinem Rückweg von der Messe begegnete; zuweilen faßte er mich sogar an der Kirchentür ab unter dem Vorwand, mir irgendeine dringende Bestellung ausrichten zu müssen, in Wirklichkeit, um mir vorzuhalten, daß ich nun schon am frühen Morgen müde und elend aussähe. Wie anders hatte er sich einst zu meinen Kirchgängen gestellt! Er wußte das so gut wie ich. Aber wenn ich ihn dann anblickte, begegnete ich immer wieder dieser überhellen, überklaren, unbeirrbaren Sicherheit seines Blickes, von dem ich mich bis in die Messe hinein beunruhigt fühlte. Diese Unruhe wurde zuweilen so groß, daß ich mich bei der Frage ertappte, ob er mich auch in der Kirche noch beobachte.

Inzwischen wurde meine Schwiegermutter zwar nicht kränker, aber schwächer, eine Tatsache, für die der Arzt keinen rechten Grund anzugeben wußte, und der er auch zunächst nur geringe Bedeutung beimaß, die aber von der Kranken selbst unbeschreiblich ernst genommen wurde. Sie glaubte, daß ihr Ende herankäme, dem sie übrigens wie allen Dingen mit dem tröstlichen Gleichmut ihrer phlegmatischen Natur entgegensah. Eines Tages nun eröffnete sie mir mit einer gewissen Feierlichkeit, sie sei jetzt ganz um die Existenz ihres Sohnes beruhigt, denn ich würde die Pension vortrefflich weiterführen. Es bleibe ihr nicht mehr zu wünschen übrig, als ihn und mich noch miteinander vermählt zu sehen. Ob ich ihr denn nicht diese letzte Freude des Lebens schenken könne? Ich merkte bald, sie hatte es sich zur Aufgabe gesetzt, meinen Widerstand gegen eine baldige Hochzeit zu brechen. Wie sie immer nur für die Wünsche ihres Sohnes gelebt hatte, so schien sie nun entschlossen, auch noch durch ihren Tod etwas Entscheidendes für ihn herauszuschlagen. Umsonst versuchte ich, sie durch die Versicherung abzulenken, daß mein ganzes Herz Enzio gehöre und ich niemals von ihm lassen werde. Mit der ihr eigenen Nüchternheit erklärte sie, ein solcher Entschluß sei für sie vollkommen wertlos, wenn er nicht zu einer baldigen Heirat führe. Enzio brauche einfach eine Frau, die für ihn sorge, wenn sie selber von ihm gehen müsse, und wofern ich ihn lieb hätte, werde mir das doch genau so am Herzen liegen wie ihr. Sie wiederholte diese Forderung wie ein eigensinniges Kind täglich mit einer unglaublichen Dringlichkeit, dabei verschlimmerte sich ihr Zustand beständig, so daß Enzio sich genötigt sah, den Schriftleiterposten, den er in eben jenen Tagen hätte antreten sollen, wieder aufzugeben, denn seine Übersiedlung an den Erscheinungsort der Zeitung hätte die Kranke in gefährlicher Weise aufgeregt – der Gedanke an eine ernste Wendung ihres Zustandes war jetzt wirklich nicht mehr von der Hand zu weisen. Um so dringender wurde ihre Bitte an mich, ich durfte ebensowenig hoffen, sie von ihrem Wunsch abzulenken, wie mich ihr verständlich zu machen – wie hätte ich meine religiösen Bedenken einer Frau verständlich machen sollen, die angesichts des Todes keinerlei Fragen nach dem letzten Schicksal ihrer Seele stellte? Ich war in meinem bisherigen Leben nur zweimal dem Tode begegnet: meine Großmutter hatte ihre edle Seele zwar ohne jeden Glauben, doch mit unbeschreiblicher Hoheit ausgehaucht. Meine Tante Edel aber war wie eine schon Selige hinübergegangen. Jetzt stand ich zum ersten Mal der Erwartung eines Todes gegenüber, bei dem weder menschliche Größe noch göttliche Gnade zugegen waren. Unwillkürlich mußte ich mich eines Briefes von Pater Angelo erinnern, in dem er mir einmal geschrieben hatte: ›Lassen Sie sich nicht täuschen, mein Kind, wenn Sie zuweilen – sogar von den Kanzeln – verkünden hören, daß der Tod ein großer Meister des Bekehrens sei. Er ist es Jahrhunderte lang gewesen, und er mag es hie und da noch immer sein, aber das sind Rückstände aus der Zeit eines altmodischen Sterbens. Das Geheimnis des modernen Todes ist, daß selbst er die gottentfremdete Seele nicht mehr umzuwandeln vermag: bereiten Sie sich darauf vor, Menschen sterben zu sehen, ohne auch nur das geringste Verlangen nach einer Versöhnung mit Gott, nach einer vom Irdischen befreiten, verklärten Existenz. Bereiten Sie sich darauf vor, daß diese Menschen eine verklärte Existenz gar nicht wollen, daß ihnen der Gedanke an eine solche noch viel peinlicher ist als das Untertauchen im Nichts.‹ Nun, ein solcher Mensch war meine Schwiegermutter. Sie nahm den Tod nicht anders auf als irgendeine andere unerfreuliche, aber unvermeidliche Einrichtung des Daseins. Soweit es

ihre sinkenden Kräfte gestatteten, fuhr sie fort, mir ihre Erfahrungen über die Pension mitzuteilen. Sie sprach über den Verkehr mit den Gästen, über erprobte Kochrezepte, Aufstellungen von Rechnungen und Steuererklärungen, nur nicht von dem größten aller Geheimnisse, vor dessen Toren sie doch zu stehen meinte. Es beunruhigte mich unaussprechlich, denn war nicht auch ihre Seele für Gott kostbar? Ich betete damals täglich, daß mir ein Weg gezeigt werde, ihr zu Hilfe zu kommen. Schließlich versuchte ich es mit dem Bilde, das von meiner Tante Edelgart auf dem Totenbett gemacht worden war und mit dem Jeanette schon so oft Menschen im Sterben getröstet hatte. Aber als ich sie fragte, ob man dem einst so beängstigend verschlossenen Gesicht meiner armen Tante nicht ansähe, welche Gelöstheit und welchen Frieden ihr die Versöhnung mit Gott verliehen habe, reichte sie mir das Blatt mit dem unfaßlichen Ausspruch zurück: »Ach, wenn du nur Enzios Frau werden wolltest, so könnte ich genauso aussehen. Aber du läßt mich ja nicht in Frieden sterben.«
Sie wiederholte diese Worte in den nächsten Tagen immer wieder mit erstaunlicher Beharrlichkeit, aber auch mit einer gewissen Unruhe, ja, es kam angesichts meines Zögerns in ihre gelassene Erwartung des Endes zum ersten Mal etwas wie Furcht vor dem Tode – es war die Furcht, Enzio unversorgt zurückzulassen. Ich mußte mir eingestehen, daß ich, die ich ihr die Krankheit zu erleichtern gehofft hatte, nun vielmehr das Sterben schwer machte, denn auch der Arzt zeigte sich jetzt beunruhigt, obwohl er immer noch keinen

Grund für diese schlimme Abnahme der Kräfte zu finden vermochte. Die Krankenschwester aber, eine noch junge Person mit einem kühlen, merkwürdig wissenden Gesicht, sagte achselzuckend: »Wenn einer sterben will, dann will er eben sterben. Ich halte das Ganze für eine Suggestion.« Dieser Ausspruch erschreckte mich sehr, obwohl ich ihn zuerst gar nicht verstehen konnte – wer sollte denn diese Suggestion ausgeübt haben, und konnte man jemand etwas suggerieren, was er innerlich ablehnte? Denn das Sterbenwollen sah doch meiner Schwiegermutter gar nicht ähnlich! Ich beobachtete sie mit scheuen Blicken. Es war mir immer schwer gefallen, in ihrem Äußeren die Mutter Enzios zu erkennen: dieses nüchterne, von einer etwas dumpfen Mütterlichkeit erfüllte Gesicht hatte nicht die mindeste Ähnlichkeit mit seinen kühnen, geistig anspruchsvollen Zügen. Und doch erinnerte es mich plötzlich an die Worte: ›Man kann alles, was man will, und alles, was man will, das kann man auch.‹ Dabei war es keineswegs ihr Wille, dem ich gegenüberstand, nein, ihr Wille war es durchaus nicht! Ich fühlte, wie etwas Unheimliches auf mich zukam. Verwirrt nahm ich mir vor, wenigstens das mir Mögliche zu tun, um meine Schwiegermutter etwas zu beruhigen. Da ich immer noch fest überzeugt war, daß es ihr in erster Linie um die Sicherstellung von Enzios Existenz gehe, die ja nun, nachdem er den Schriftleiterposten aufgegeben hatte, wirklich wieder an dieser Pension hier hing, erzählte ich ihr, Jeanette wolle demnächst nach Deutschland kommen. Ich erbot mich zu dem Versprechen, mit ihrer Hilfe neben meinem Studium die Pension hier weiterzuführen, wenn sie selbst, meine Schwiegermutter, wirklich ihre frühere Kraft nicht wiedererlangen sollte. Sie hörte mir gespannt zu, während sie mich mit ihren leeren, traurigen Augen inständig flehend anblickte. Als ich geendet hatte, begann sie bitterlich zu weinen. Mit tiefer Beschämung erkannte ich, daß ich sie unterschätzt hatte – diese arme alltagserfüllte Frau besaß in ihrem Mutterherzen eben dennoch eine Stelle, wo sie sich über sich selbst erhob. Stumm um Verzeihung bittend, küßte ich ihre welke Hand, aber sie entzog sie mir mit zorniger Gebärde. In diesem Augenblick trat unglückseligerweise Enzio ein.

Sie schluchzte ihm fassungslos entgegen: »Veronika hat mir so weh getan, ach, sie hat mir so weh getan! Du weißt gar nicht, wie lieblos sie ist – ich will sie nicht mehr um mich sehen! Bitte, sage ihr, sie soll hinausgehen!« Sie war so aufgebracht, wie ich sie nur ein einziges Mal im Leben gesehen hatte, damals bei ihrer schrecklichen Szene mit meiner Großmutter, der ich hier den späten versöhnenden Abschluß zu geben geglaubt hatte. Wie jene ihre Frauenliebe, so hatte ich jetzt ihre Mutterliebe tödlich getroffen! Wieder einmal war mir ein Beginnen, das von mir aus in der reinsten Absicht unternommen worden, grausam aus der Hand geschlagen.

Sie verlangte unterdessen mit der ganzen heftigen Empfindlicheit der Kranken, Enzio solle mich hinausschicken. Ich kam dem schweigend zuvor. Er folgte mir auf dem Fuß. Draußen fragte er mich, was ich eigentlich zu seiner Mutter gesagt habe, daß sie so erregt sei. Ich erwiderte: ich hätte ihr versprochen, mit Jeanettes Hilfe die Pension weiterzuführen, um die sie sich Sorge mache.

Nun wurde er blaß. »Also die Pension willst du weiterführen«, sagte er mit mühsamer Beherrschung. »Ja, wahrhaftig, das sieht dir ähnlich! Verstehst du denn nicht, daß du meiner guten Mutter Steine statt Brot reichst?« Es war eine ganz offene maßlose Entrüstung in seiner Stimme. Hatte er seine Mutter gebeten, mich an seiner Statt zur Hochzeit zu drängen? Merkwürdigerweise war diese Frage niemals vor mir aufgestiegen, aber jetzt stellte ich sie ihm – es war die Flucht vor einer anderen Frage, die ich nicht auszusprechen wagte –, das Unheimliche, das mich beim Ausspruch der jungen Krankenschwester überfallen hatte, kam jetzt ausweglos auf mich zu.

Er blieb bei meiner Frage völlig unbefangen. »Wäre es nicht weit natürlicher, zu denken, daß meine Mutter dich aus sich heraus gedrängt hat?« fragte er zurück.

Ich mußte das zugeben. Aber es war doch eben nicht so – es war nicht so! Ich fühlte wie nie zuvor die unbändige Kraft seines Willens, die wie ein dunkler Strom von ihm ausging, während er so unbefangen hell, so unbegreiflich hell vor mir stand! Es war mir, als müsse ich seine Mutter vor diesem dunklen Strom retten, dem ich selbst nur eben Widerstand leistete.

»Enzio, es ist furchtbar, aber deine Mutter möchte sterben«, begann ich. »Du mußt sie bitten, daß sie bei uns bleibt. Nur du kannst sie im Leben festhalten. Sie ist zu allem fähig, wenn es dein Glück gilt.«

Er blickte verständnislos. Kein Zweifel, er war sich der Wirkung seines Willens auf die Kranke nicht bewußt – aber dies bedeutete ja geade das Unheimliche! Er war eben nicht mehr Herr seines Willens, sondern dieser Wille war Herr über ihn.

Indessen fragte er mich, wie ich darauf komme, daß seine Mutter sterben wolle? Ich berief mich auf die Äußerung der Krankenschwester.

Er meinte wegwerfend: »Ach, die Schwester ist eine überspannte Person! Eine solche Suggestion ist doch undenkbar. Ich bitte dich – da müßte man doch erst einmal wissen, wer sie ausgeübt haben soll und zu welchem Zweck?«

»Man braucht nicht selbst darum zu wissen, und man kann sie doch ausüben«, sagte ich erschauernd.

Er betrachtete mich aufmerksam. Bis dahin war er völlig unbefangen geblieben, aber jetzt wurde er unruhig. »Bitte, sprich gerade heraus, was du meinst«, sagte er schroff.

Ich zitterte jetzt am ganzen Körper. »Enzio, du weißt selbst, worauf sich dein Wille richtet – deine Mutter spürt ihn, denn sie liebt dich – sie möchte dir um jeden Preis helfen – und wenn sie – wenn sie –« Ich wollte sagen, wenn sie dafür sterben müßte.

»Du bist also der Meinung, daß ich diese Suggestion ausübe«, unterbrach er mich empört. Das ausgesprochene Wort rief bei mir noch größeres Entsetzen hervor.

»Nicht du selbst, Enzio«, stammelte ich, »nicht dein bewußtes Ich – das – das sind Mächte.« Unwillkürlich drängte sich mir der nie vergessene Ausdruck auf die

Lippen, den einst Jeanette von meiner Tante Edelgart gebraucht hatte. Mich schüttelte jetzt dasselbe Grauen wie vor dieser. Einige Sekunden lang starrten wir uns sprachlos an, dann sagte er kurz auflachend: »Ja natürlich, die Dämonen gehören immer zum Gottesglauben – das ist die andere Seite deines Wahnsinns!« Er machte eine wegschleudernde Bewegung. Gleichzeitig erhoben sich aber diejenigen, die er so verächtlich abtun wollte, zu einer furchtbaren Bestätigung ihrer Anwesenheit. Ich sah, wie sie beim Nennen ihres Namens aufgeschreckt in seinem Gesicht erschienen, es sah plötzlich aus, als werde es von unsichtbaren Händen zusammengedrückt, so daß seine Worte wie eine geheimnisvolle Auspressung wirkten.

»Wenn du schon an Dämonen glaubst«, sagte er mit völlig veränderter, langsamer und wie damals im Mondschein fast klagender Stimme, »so, bitte, frage dich einmal, wer mich an sie ausgeliefert hat? Ich glaube nämlich nur an eine Dämonie der Frömmigkeit, die sich nicht opfern will und wenn der andere darum in die Hölle führe.« – – –

Von jetzt an wird man mich nicht mehr verstehen, ja, ich weiß nicht einmal, ob man mich verstehen darf. Ich wage es nicht zu entscheiden. Auf jeden Fall, man wird mich nicht verstehen. Was weiß denn die Mehrzahl der Christen – ich meine jene immer nur um den Besitz der eigenen Seligkeit bemühten – von den Qualen eines Herzens, das gezwungen ist, sich an der Hölle eines geliebtesten Menschen zu entzünden? Was weiß sie von den abstürzenden Gefilden des Schicksals, wo alle Gewißheiten frommer Seelen fragwürdig werden, sich gleichsam umwenden und in ihr Gegenteil verkehren, so daß schließlich diejenige Haltung als die rettende erscheint, die eigentlich die verlorene ist? Ich habe in meinem Leben nur einen gefunden, der ganz darum wußte.

Es war sicherlich kein Zufall, daß ich in eben jenen Tagen endlich die langersehnte Antwort aus Rom erhielt. Jeanette teilte mir kurz mit, sie werde auf mein letztes Schreiben hin die Auflösung ihres kleinen Haushalts nach Möglichkeit beschleunigen und sei überglücklich, mich in Bälde wiederzusehen. Ihre Zeilen waren einem längeren Brief Pater Angelos beigefügt, dem ersten wieder von ihm selbst geschriebenen. ›Ihre Nachrichten, mein Kind‹, so hieß es in diesem merkwürdigen Brief, ›haben mich in keiner Weise überrascht, um nicht zu sagen, daß ich sie erwartet habe. Die Haltung Ihres Verlobten gegenüber den kirchlichen Bedingungen Ihrer Eheschließung, das heißt im Grunde gegen die religiöse Auffassung der Ehe überhaupt, entspricht vollkommen dem Zustand der heutigen Welt, die sich anschickt, von der bloßen Gleichgültigkeit gegen Christus und seine Kirche zur offenen Feindschaft gegen diese überzugehen. Es gibt eine natürliche Haltung, dieser Feindschaft zu begegnen, und es gibt eine übernatürliche. Die erste trennt sich von dem Gottlosen, um die eigene Seele zu bewahren, die übernatürliche Haltung harrt an seiner Seite aus. Die natürliche ist allgemein verständlich, die übernatürliche wird den meisten unbegreiflich bleiben. Selbst fromme Christen, ja vielleicht sogar gerade diese, werden sie verurteilen. Das muß ohne Zweifel so sein:

hüten Sie sich, an dieser Tatsache je Kritik zu üben, am wenigsten, wenn sie Ihnen von seiten kirchlicher Kreise entgegentritt. Die Kirche weiß, was sie tut, zweifeln Sie niemals an ihrer jahrhundertealten Weisheit! Denn nur die wenigsten sind den Forderungen dieser übernatürlichen Haltung gewachsen, ja im Grunde ist ihnen nur die göttliche Gnade selbst gewachsen. Vom Menschen her schließt diese Haltung stets die äußerste Gefahr des Unterliegens in sich ein-gerade diese Gefahr bedeutet ja ihren eigentlichen großen und letzten Einsatz. Aber ist denn Unterliegen wirklich eine christliche Gefahr? Vergessen wir doch nicht, daß Christus erst jenseits des Todes und des Grabes siegte, daß gerade diese der Preis seines Triumphes waren! Wer will den überwinden, dessen Sieg die Niederlage voraussetzt? Darum lassen Sie sich in Ihrem Entschluß nicht beirren: halten Sie dem Ungläubigen die Treue! Verlassen Sie ihn nicht in seiner Dunkelheit, verlassen Sie ihn unter keinen Umständen! Teilen Sie bewußt seine Dunkelheit, und er wird unbewußt Ihr Licht teilen, denn wenn Sie, die Sie Gott lieben, bei ihm bleiben, so bleibt eben die Liebe zu Gott bei ihm – seien Sie durch Ihre Gottesliebe seine letzte Verbindung mit Gott!‹

Ich las diese Zeilen viele Male, indem ich jedes ihrer Worte gleichsam ans Herz drückte. Denn klang mir nicht aus ihnen wiederum der Engelsspruch entgegen, der meiner Verbindung mit Enzio von Anfang an das unentrinnbare Gesetz gegeben hatte, jetzt zu erschreckend unbedingter Forderung erhoben? Ich sagte mir keineswegs, daß Pater Angelo die letzte Entwicklung

der Dinge noch nicht kannte, daß sich also seine Worte nur auf meinen Entschluß bezogen, Enzio die bräutliche Treue zu halten – ich las sie wie ein absolutes Gebot. Ich hatte von mir aus nur die Möglichkeit, sie so zu lesen. Und doch, Gott ist mein Zeuge, seit meiner letzten Unterredung mit Enzio war mir jedes stürmische Verlangen nach ihm, ja sogar jedes zärtliche Verlangen vollkommen genommen: alle Träume der Beglückung und Beseligung an seiner Seite waren vom Baum meines jungen Lebens abgefallen, verweht im Grauen vor der furchtbaren Anklage: ›Wer hat mich an die Dämonen ausgeliefert?‹ Und doch war ja gerade diese Anklage das eigentlich Dämonische gewesen; er hatte das Religiöse eingesetzt, um mich den Forderungen des Religiösen zu entreißen. Aber wie nach dem Wort des Evangeliums bei der Austreibung des Teufels durch den obersten Teufel eben der Teufel übrigbleibt, so bleibt bei der Austreibung des Religiösen durch das Religiöse eben dieses übrig. Und nun vollzog sich der Wandel meines Innern fast augenblicklich. Es waren keine Übergänge sichtbar, sondern es war, als ob eine bisher für unerschütterlich gehaltene Mauer ganz plötzlich lautlos in sich zusammenstürze – ich entschloß mich nicht, ich fand mich entschlossen.
Aber ich wußte damals noch nicht, was ich eigentlich auf mich nehmen wollte, denn ich hatte mich seinerzeit bei dem Dechanten nur nach dem Gesetz der Kirche erkundigt, nicht danach, was den erwarte, der es zu erfüllen unterließ. Der Gedanke daran beunruhigte mich. Aber konnte es möglich sein, daß zwischen mir und der geliebten Kirche sich ein Gegensatz erhob?

Würde sie, die alle Seelen retten wollte, mich etwa in meiner Absicht verkennen? Ich fühlte die Verpflichtung, sie zu fragen. Am liebsten hätte ich mich wieder Pater Angelo vertraut, aber seine Antwort mußte zu spät kommen. Nicht daß ich den Tod meiner Schwiegermutter gefürchtet hätte, sie fand sich merkwürdigerweise seit der schlimmen Szene mit mir etwas erholt, fast so, als sei diese eine Art von Krise ihres Zustandes gewesen, aber die Angst um Enzio ließ mir keine Ruhe mehr! Dabei fühlte ich sehr wohl, wie er an seiner furchtbaren Beschuldigung litt, ja er litt unbeschreiblich an ihr, aber er nahm wiederum nichts zurück, er konnte nichts zurücknehmen, es stand eben nicht mehr in seiner Macht. Nein, die Entscheidung ließ sich nicht bis zu Pater Angelos Antwort verschieben – ich dachte also an den Dechanten. Aber würde dieser mir glauben, daß ich aus religiösen Gründen handeln wolle? Er würde es bestimmt nicht tun, die Überzeugung hatte ich von unserer ersten Unterredung her gewonnen. Ich entschloß mich kurzerhand, mein Anliegen einfach in den Beichtstuhl der Frühmesse zu tragen. Freilich konnte ich mir auf diese Weise den Priester nicht aussuchen, ich mußte hinnehmen, wer sich gerade anwesend fand. Aber ich wußte mich dadurch nur um so mehr von Gottes unmittelbarer Fügung abhängig, diese Zuversicht ging auch in mein Gebet ein. Ich erinnerte mich daran, daß die sakramentale Gnade gleicherweise über dem Beichtenden wie über dem Beichtiger waltet – ich betete für diesen, ich betete mit Hingebung und Vertrauen. Ich erinnerte mich auch, für ihn um die Unterscheidung der Geister gebetet zu haben, denn ich war mir immerhin bewußt, welch schwere Anforderung ich an sein Verständnis stellte. Als ich den Beichtstuhl betrat – es war der einzige, der an diesem Morgen die Anwesenheit eines Priesters erkennen ließ –, erfolgte zunächst eine ungeheure Enttäuschung. Ich fand mich nämlich dem Dechanten gegenüber, den ich gerade zu vermeiden gewünscht hatte. Aber schon klang mir das priesterliche Segenswort entgegen, ein Zurücktreten war nicht mehr möglich. Ich mußte das Zusammentreffen als Gottes Fügung annehmen, und ich tat es : es gelang mir, alles, was ich auf dem Herzen hatte, klar und deutlich vorzubringen, ja, ich bezog mich dabei, um die Fügung ausdrücklich anzunehmen, nun ganz offen auf unsere frühere Unterredung.

Er fuhr nicht heftig auf wie einst in seinem Zimmer, ohne jede Schärfe, nur mit ungeheurem Ernst sprach er auf mich ein: es sei gekommen, wie es habe kommen müssen. Ich sei Schritt für Schritt zurückgewichen. An jedem neuen Scheideweg, an dem mich Gott befragt, hätte ich mich ausdrücklich für die Beibehaltung der Gefahr, ja für deren Steigerung entschieden. Kein Wunder, daß ich ihr nun auch erlegen sei! Denn ein vollkommenes Erliegen stelle es dar, wenn ich mich bereit fände, die religiösen Bindungen meiner Ehe und damit deren Gnaden zu opfern. Er eröffnete mir dann, daß ich nach dem Gesetz der Kirche vom Empfang der heiligen Kommunion ausgeschlossen sei, wenn ich mein Vorhaben ausführe.

Ich hatte dies in keiner Weise erwartet, es erschütterte mich bis auf den Grund der Seele: die heilige Kommunion war in dieser ganzen Zeit mehr denn je mein Trost gewesen. Ich hatte geglaubt, sie werde auch in der furchtbar schweren Ehe mit Enzio mein Trost und meine Hilfe bleiben.

Zunächst war ich vor Schmerz wie betäubt, aber dann auf einmal war es, als falle in den dunklen Beichtstuhl mitten durch die Worte des Dechanten hindurch ein Lichtstrahl, so daß sie mir, ohne doch von ihrer furchtbaren Bedeutung das geringste zu verlieren, gleichsam zu Hilfe kamen, den Engelsspruch bis in seine letzte Unbedingtheit zu erfüllen.

Der Dechant hatte unterdessen eine Antwort erwartet; er fragte mich, ob ich ihn recht verstanden hätte. Mühsam gelang es mir, die Worte hervorzubringen: »O ja, Hochwürden, ja, ich habe Sie verstanden. Was Sie mir eröffnen, ist furchtbar, aber ich muß auch das als Opfer auf mich nehmen, damit sich Gott der Seele meines Verlobten erbarmt.«

Nun war er geradezu entsetzt. Offenbar hatte er bisher noch nicht erfaßt, was ich meinte. Sicherlich war er wieder der Meinung gewesen, daß ich von Leidenschaft verblendet sei. Das leise Knacken des Holzwerks hinter dem Gitter verriet mir die Heftigkeit seiner Erregung. Trotzdem fuhr er auch jetzt nicht auf, alles, was ihn als Mensch kennzeichnete, war hier im Beichtstuhl völlig ausgelöscht, weggesunken in die unpersönliche Ruhe des geistlichen Werkzeugs. Es dauerte lediglich einige Sekunden, bis er wieder zu sprechen vermochte. »Sie reden von einem religiösen Opfer, dessen Wirkung Sie vertrauen«, sagte er. »Wenn ich Sie recht verstehe, bilden Sie sich ein, durch die eigene Unseligkeit die Seligkeit eines anderen erkaufen zu können. Welch ein Ungedanke! Spüren Sie nicht selbst den Widersinn? Solange Sie noch im Stande der Gnade verharrten, war es immerhin vorstellbar, daß der andere an dieser Gnade teilnahm, aber durch den Schritt, den Sie jetzt vorhaben, drehen sich die Dinge um: Sie werden an der Gnadenlosigkeit des anderen, Sie werden an seiner Gottesferne, seiner Sünde, seiner Schuld teilnehmen.«

»Aber ich will ja auch daran teilnehmen, ich meine, ich will sie um der Liebe Christi willen mit ihm tragen«, hauchte ich.

Jetzt verstand er nicht mehr das geringste. »Wie können Sie sich einbilden, daß Sie um der Liebe Christi willen handeln, wenn Sie diese Liebe doch ausdrücklich verraten?« sagte er. »Die Wahrheit ist, Sie liefern Ihre eigene Seele Christi Todfeind aus.«

»Ja, das tue ich, das tue ich«, stammelte ich erschauernd, und doch war es wieder so, als fiele in den dumpfen, dunklen Beichtstuhl von irgendwoher ein nicht erklärbares, geheimnisvolles Licht durch seine Worte hindurch, denn hatte sich nicht Christus selbst an seine Todfeinde ausgeliefert? Er fuhr indessen eifernd fort: »Machen Sie sich doch einmal klar, ob es irgendeine Lage gibt, in der Sie das verantworten können? Stellen Sie sich den Heiland doch einmal vor in Seiner göttlichen Erbarmung, wie Er Seines Vaters Haus, den Himmel und des Himmels Seligkeit verlassen hat, um das Los der Unwürdigen zu teilen, in der Gottverlassenheit am Kreuz den Tod der Sünder sterbend! Und diesen göttlich liebevollen Christus weigern Sie sich zu bekennen aus Liebe zu einem Unwürdigen?« Er brach plötzlich ab.

»Aber diese Liebe zu einem Unwürdigen ist ja gerade mein Bekenntnis zu Christus«, schoß es mir durch den Sinn. Doch jetzt hatte der geheimnisvolle Strahl auch ihn erreicht – er verstand plötzlich den Doppelsinn seiner eigenen Worte. Ohne Zweifel war dieses Verstehen für ihn ein überaus bestürzender Vorgang, der seine ganze bisherige Betrachtungsweise gleichsam umstieß und zu Boden riß. Seine große, schwere Gestalt zuckte wie vom Blitz getroffen zusammen. Er verstummte. Dann begannen sich seine Lippen in lautlosem Gebet zu bewegen. Auch ich begann nun zu beten. Dabei wurde das unbekannte Licht, das hier strahlend eingefallen war, immer durchdringender und mächtiger, als würden wir beide in eine übernatürliche Klarheit zusammengefaßt. Obwohl ich jetzt nichts mehr sprach, nichts mehr erklärte, fühlte ich, daß meine Seele vor ihm ausgebreitet lag wie vor Gott und daß er sie in ihre letzten Beweggründe hinein erkannte. Von jetzt ab unterwarf sich der Dechant seiner furchtbaren priesterlichen Aufgabe ohne jedes Widerstreben und mit lückenloser Treue. Er wurde von jetzt ab auch in bezug auf meine Seele in einer Weise erleuchtet, die immer zu den größten geistlichen Wundern gehören wird, die ich erleben durfte. Nicht daß er sich etwa Pater Angelos Anschauungen zu eigen gemacht hätte, geschweige denn die meinen, er machte sich nichts zu eigen, sondern er gab sich in dieser Sache Gott zu eigen, er harrte geduldig bei mir aus.

»Ich habe erkannt, mein Kind«, begann er nach einer Weile wieder, »daß Ihr Plan nichts mit eigentlichem Glücksverlangen zu tun hat. Ihr Erliegen war kein Erliegen im gewöhnlichen Sinne, ich meine, kein Erliegen Ihrer religiösen Haltung, sondern Ihr Erliegen war – religiös. Sie wähnen, die Nachfolge Christi zu vollziehen durch einen Akt stellvertretenden seelischen Entbehrens und Leidens. Ich glaube an Ihren subjektiv reinen Willen. Aber trotzdem ist es nicht ausgeschlossen, daß Sie objektiv im Irrtum sind. Ich meine, daß die innere Aufforderung, der Sie nachzukommen glauben, auf einer Täuschung beruht, ja, ich halte dies sogar für wahrscheinlich, denn Gott kann nicht die Zerstörung Ihres religiösen Menschen fordern, die mit diesem Schritt unvermeidlich eintreten würde. Bedenken Sie doch, daß es das Opfer eines Gottes war, das Sie wiederholen wollen – an diesem Punkt liegt, soweit unsere Augen reichen, die unerbittliche Grenze, die unserer Nachfolge Christi gesteckt ist. Nur Gott selbst kann wagen, den Himmel und die Seligkeit des Himmels zu verlassen! Sie werden mir wahrscheinlich einwenden: ja, nur Gott selbst kann dieses Opfer in mir darbringen – ich glaube, jetzt die mystischen Wege, die Sie gehen, zu kennen. Aber auch wenn von Ihrer Seite keine Täuschung vorliegen sollte, so vermag die Kirche ihre Stellungnahme Ihnen gegenüber nicht zu ändern. Sie kann nicht um einer unerhörten Ausnahme willen die Ordnung, das Gesetz des Ganzen gefährden. Sie kann nicht um einer bloßen Möglichkeit willen den sicheren Weg Ihres Heils preisgeben und vor allem, sie kann nicht das

Heil der Kinder opfern, die Sie einst Ihr eigen nennen werden. Wenn Sie auf Ihrem Vorsatz beharren, so vermag die Kirche Sie nur einer letzten Gnade zu befehlen, ich meine, einer Gnade, über die sie selbst nicht mehr verfügt, sondern die sich Gott allein vorbehalten hat, und über die sie infolgedessen auch nicht das geringste aussagen kann. Dies muß ich Ihnen mit höchstem Ernst vor Augen halten. Prüfen Sie sich noch einmal auf das gewissenhafteste, bevor Sie diesen in die äußerste Ungewißheit führenden Schritt tun! Ich werde für Sie beten. Beten auch Sie, beten Sie viel, beten Sie, daß Gott allein entscheide! Machen Sie Ihn zum absoluten Herrn Ihrer Entschlüsse! Beten Sie endlich auch für mich! Gott wird uns beide nicht verlassen.« Er verabredete dann einen Zeitpunkt mit mir, an dem ich wieder zu ihm kommen sollte. Ich versprach ihm, diesen einzuhalten. Dann gab er mir den Segen, und ich verließ den Beichtstuhl.

Ich hatte mich lange darin aufgehalten; die Messe war inzwischen weit vorgeschritten. Der zelebrierende Priester stand bereits, die Hostie in der Hand, vor dem Altar, der jetzt, ganz in golddurchflutete Rauchwolken gehüllt, lieblich schimmerte: es war jener mich immer unbeschreiblich rührende Augenblick unmittelbar vor der Kommunion, wenn die Kirche gleichsam ihre Arme öffnet, alle Mühseligen und Beladenen zum Gastmahl der Ewigen Liebe einladend. Überall in den Bänken erhoben sich die Kirchgänger, um ihr zu folgen. Ich wollte mich ihnen wie sonst anschließen, aber schon überfiel mich ein erschütternder Zweifel, ob ich es noch dürfe. Der Dechant hatte nichts darüber gesagt, er hatte nur verlangt, ich solle mich vor der Entscheidung nochmals prüfen. Aber war nicht diese in meinem Innern bereits gefallen? Hatte ich nicht den verhängnisvollen Schritt schon getan? Konnte ich es mit der Demut vor dem kirchlichen Gesetz, konnte ich es mit meiner Pflicht zur innersten Wahrhaftigkeit vereinen, über diese Entscheidung hinwegzugehen? Zitternd trat ich in die Bank zurück und bedeckte das Gesicht mit den Händen. Ich wollte versuchen, auf geistliche Weise an der Kommunion teilzunehmen, wie ich es gewohnt war zu tun, wenn ich aus irgendeinem Grund einmal dem Tisch des Herrn fernbleiben mußte. Aber auch die geistliche Kommunion vermochte ich plötzlich nicht mehr zu vollziehen. Eine nie gekannte Traurigkeit überkam mich; ich fühlte mit gerade vernichtender Klarheit: die beiden großen Sakramente der Liebe waren unlösbar aneinander gebunden, denn es gab ja nur eine Liebe, die, von der göttlichen ausströmend, in der menschlichen widerstrahlte, und wer diese als Sakrament preisgab, der hatte auch das Sakrament jener preisgegeben. Nein, nicht die Kirche schloß mich aus, sondern ich hatte es selbst getan. Erschauernd fühlte ich, daß ich bereits an einer anderen Kommunion teilnahm, der Kommunion mit Enzios Welt. Und während mein Ohr vom Altar her das dreimalige trostvolle Gebet des Priesters vernahm: »O Herr, ich bin nicht würdig – – aber sprich nur ein Wort, so wird meine Seele gesund«, war es mir, als erkranke meine Seele auf den Tod. Ich vermochte die Nähe des Altars nicht mehr zu ertragen. Abermals erhob ich mich und suchte eine der letzten leergebliebenen Bänke auf. Dort in einem Winkel, wo sich der lieberote Stein des Kircheninnern zu blauer Dämmerung entfärbte, kniete ich nieder und vergrub wieder den Kopf in meinen Händen. Der Vollzug meines Opfers hatte begonnen, aber es war plötzlich nicht mehr die geringste Hoffnung auf des Opfers Kraft in mir.

Ich weiß nicht, wie lange ich in dieser Haltung verharrte; die Messe mußte längst zu Ende sein. Auf einmal spürte ich einen körperlichen Schauer, als berühre jemand von rückwärts meinen gebeugten Nacken. Aufblickend sah ich, daß rings um mich her alles leer war. Ich wandte mich um: die Flügeltüren der Kirche waren weit geöffnet; draußen in ihrem Rahmen stand eine steile schmächtige Gestalt, und obwohl ich ihr Gesicht nicht erkennen konnte, bestand kein Zweifel, daß mich ihre Augen unverwandt anblickten. Die Gestalt stand an derselben Stelle, wo Enzio im Anfang unserer Brautschaft so oft auf mich gewartet hatte, aber sie besaß nichts von der schmerzlichen Helle und Überhelle der seinen, sondern sie erschien mir, wie sie da gegen das Licht gewandt verharrte, vollkommen dunkel – Gott verzeihe mir, aber ich hatte die Vorstellung, daß ein schwarzer Engel dort draußen auf mich warte, um mich von dieser Stätte hinwegzuführen, an die ich nun nicht mehr gehörte, eine Erwartung, die gleich darauf von der nüchternen Wahrscheinlichkeit verdrängt wurde, Enzio sei gekommen, mich zu holen, weil der Zustand seiner Mutter sich verschlechtert habe. Ich ging zu ihm hinaus, aber er empfing mich mit der Frage, warum ich heute nicht wie sonst an den

Altar getreten sei? Er hatte mich also während des Gottesdienstes beobachtet; er mußte das auch früher schon getan haben, denn er sagte ›wie sonst‹. Darum also hatte ich mich in der Kirche so oft durch ihn gestört gefunden! Ich sah ihn an; seine Augen leugneten nichts, sie verbargen auch nichts; es war eine ungeheure Spannung in ihnen, die ihm fast die Selbstbeherrschung raubte. »Warum bist du heute nicht wie sonst an den Altar getreten?« drängte er.

Aber auch mich verließ jetzt jede Selbstbeherrschung. Der Schmerz machte mich fassungslos. »Weil ich arm geworden bin wie du« erwiderte ich.

Nun sah er geradezu verstört aus. »Was heißt das, arm geworden wie ich?« fragte er. »Ich fühle mich in keiner Weise arm.«

»Es heißt«, entgegnete ich, »daß ich jetzt von den Sakramenten ausgeschlossen bin.«

»So, hat der Pfaffe in dem alten Kasten dir damit gedroht?« stieß er hervor.

Ich erwiderte: »Er hat mir nicht gedroht; es handelt sich um ein Gesetz der Kirche, das in meinem Fall in Kraft getreten ist; um deinetwillen, Enzio, bin ich ferngeblieben.«

Nun endlich verstand er, nun endlich wagte er zu verstehen! Wir gingen denselben Weg wie damals, als ich, auch von dem Dechanten kommend, ihn um unsere baldige Hochzeit gebeten hatte.

»Du willst also – du willst – du willst dennoch – endlich – endlich willst du!« Es brach wie Triumph durch seine Stimme. Er wandte mir sein heißes Gesicht zu, aber gleich darauf wich er zurück. War ich so von Leid

entstellt, daß er vor mir erschrak? Kein Zweifel, er erkannte, was mich dieses Opfer kostete. Und nun hatte ich auf einmal dennoch eine Hoffnung, die einzige, die es noch gab: er würde das Opfer nicht annehmen, er konnte es nicht annehmen, denn er sah ja, wie es mich zerstörte! Es trat nun ein langes furchtbar tiefes Schweigen ein. Ich wartete von Minute zu Minute, er werde es brechen. Er tat es nicht – er schwieg.
Die nächsten Tage waren qualvoll. Ich hoffte immer noch auf seine Umkehr. Ich hoffte wider alle Hoffnung, beschwörend und verzweifelnd. Er wußte, daß ich es tat – alles, was damals zwischen ihm und mir vorging, war von einer unerhörten Deutlichkeit, ja, von einer geradezu gespenstischen Helle; trotzdem verstand ich nicht das geringste. Während ich auf der einen Seite vor der Unbegreiflichkeit erschauerte, daß Enzio ein unannehmbares Opfer annahm, erschütterte mich auf der anderen die Gewißheit, Gott habe es nicht angenommen, denn ich fühlte nach wie vor keinerlei Vertrauen in dessen Kraft. Aber dies konnte natürlich auch nicht sein – ein solches Vertrauen in mein Opfer hätte ja die Teilnahme an Enzios Welt eingeschränkt und aufgehoben. In Wirklichkeit war mein Opfer angenommen worden, Gott ließ seine Darbringung bis an die äußersten Grenzen zu, aber ich vermochte diese Annahme nicht zu erkennen, ich vermochte sie nur in tiefster Verzagung zu erleben und zu erleiden. Die Zerstörung meines ganzen inneren Menschen, die der Dechant vorausgesehen hatte, brach unaufhaltsam herein. Wie eine nicht mehr gültige Münze, so erschienen mir nun plötzlich alle Schätze

meines inneren Besitzes entwertet. Ich fühlte meinen Christenglauben als eine ungeheure Hilflosigkeit, ich fühlte ihn als namenlose Einsamkeit, ja Verlorenheit, und ich sah die Bestätigung dieser Einsamkeit und Verlorenheit überall. Wie durch einen höllischen Spuk entfesselt, enthüllten sich mir plötzlich die Bedeutungen aller möglichen Äußerungen meiner Umgebung, die ich früher nur unvollkommen begriffen hatte, die mir aber anscheinend unauslöschlich in Erinnerung geblieben waren, so als seien sie mir eingebrannt worden und verursachten nun einen späten glühenden Schmerz. Unaufhörlich fielen mir gewisse skeptische Bemerkungen aus den Hörsälen ein, auf die sich ein bitteres Wort bezog, das ich einmal von meinem Vormund gehört hatte: ›Es ist fast, als ob das Christentum für hochwertige Geister etwas Ungeziemendes geworden sei.‹ Allen Hohn auf meinen Glauben, den Enzio mir entgegengeschleudert hatte, schien mir plötzlich mein eigenes Herz entgegenzuschleudern; es war, als trüge ich ein fremdes Herz in meiner Brust, über das weder Gott noch ich selber Macht besaß, sondern ich war diesem meinem fremden Herzen ausgeliefert. Wenn ich ehedem so oft gefürchtet hatte, Enzio könne mir für immer entschwinden, so hatte ich jetzt die Gewißheit, daß ich mir selbst entschwand, entschwinden mußte. Wie hatte doch einst meine Tante Edelgart gesagt? »Die Seele des Menschen ist im All befestigt einzig durch die Erbarmung Gottes, und sobald sie sich von dieser löst, kann man sie nicht mehr erkennen; sie ist dann nur noch wie ein Spuk um leere Häuser.«

Die kühlen wissenden Augen der jungen Nachtschwester sahen mich manchmal sonderbar prüfend an. Und eines Tages fragte sie mich, ob ich mich eigentlich krank fühle, ich sei so merkwürdig durchsichtig geworden. Ich hätte ihr am liebsten geantwortet: ich weiß nicht, ob ich krank bin, ich weiß überhaupt nichts mehr von mir, aber daß ich durchsichtig geworden bin, glaube ich wohl. Ich kam mir genau so vor wie damals, als Jeanette von mir gesagt hatte: »Das ist ja gar nicht mehr unser Spiegelchen, das ist ein kleines fremdes Gesicht aus Glas.« Denn wirklich, es war jetzt, als könne alles und jedes widerstandslos in mich eindringen. Ich spürte, wie die Abgrenzungen meiner Person mehr und mehr hinfällig wurden. Überall in meinen inneren Räumen gab es Breschen, wo nichts mehr von mir standhielt. Mein Sein schien in lauter kleine Stücke zu zerspringen, ich erkannte mich selbst nur noch als eine Stätte bloßer Wahrnehmungen, so als sei ich nichts mehr als der nackte wehrlose Spiegel einer fremden, mir feindlichen Welt.
Wenn ich nachts im Halbschlaf dalag – und ich brachte es fast nie mehr zum wirklichen Schlummer –, so war mir zumut wie einst, als ich an Enzios Seite durch das schlafende Rom gegangen war, losgelöst von mir selber, allen Witterungen und Schauern seiner Welt hilflos preisgegeben. Jetzt ging ich durch das schlafende Deutschland! Aber es war nicht mehr meine traute Heimat, das Land der schwärmerischen Wälder und der wundervollen alten Städte, der feierlichen Dome aus dem liebevollen deutschen Stein erbaut! Zwar sie alle waren wohl noch da, aber so, als

seien sie unaussprechlich fragwürdig geworden. Ich erkannte die ergreifenden Umrisse von Speyer, die freundlichen Dörfer in den weichen Schwingungen des Neckartals, die beiden ritterlich behelmten Türme der schönsten aller Brücken. Aber alles war seiner Gegenwärtigkeit schon halb entkleidet, seltsam ungewiß, so als könnten jeden Augenblick die Gebäude auseinanderfallen oder ihre Dächer aufgehoben werden. Manchmal sah ich alle Häuser nur noch als Ruinen – ich sah mich selbst wie eine kleine entseelte Gestalt um ihre Trümmer huschen. Auch die Wälder hatten ein gespenstisches Aussehen und dampften wie von einem fremden Todesrauch. Es lag etwas Grausiges in diesen Sichten, aber durchaus nichts Überraschendes, sondern es war, als könne es gar nicht anders sein: ich hatte die bestimmte Vorstellung, daß ich ein Deutschland sah, welches das meine verschlungen hatte, wie, ja wie ich selbst verschlungen worden war zu einem bloßen Spuk um leere Häuser – um vollkommen leere! Denn das Schauerlichste war, daß ich bei diesen gespenstischen Wanderungen niemals Menschen erblickte, oder wenn ich sie erblickte, so schienen sie zur dunklen Masse zusammengeballt, die ein unsichtbarer Wille in Bewegung setzte. Einmal glaubte ich, aus dem dumpfen Gewühl das zornige und verzweifelte Schluchzen der Doublettchen zu vernehmen, von denen Seide immer behauptete, sie hätten kein einziges Gebet gelernt. Aber als ich nach ihnen zu suchen begann, waren es gar nicht mehr die Doublettchen, sondern kleine ungetaufte Kinder, wie ich sie auch einmal mit Enzio haben würde. Ich wollte sie an die Hand nehmen, aber ich fand sie nicht, ich fand nur noch allenthalben Schutt und Asche! Und nun war plötzlich auch die Masse spurlos verschwunden: alles schien nur noch erfüllt und überspült von dem lautlosen Strömen zahlloser aufgelöster Wesenheiten. Die Welt war wie vom Menschen abgelöst, ein einziges Spiel der wilden namenlosen Kräfte mit sich selber – genau so wie damals im nächtlichen Rom! Nur das Ende war ganz anders: der lichtumstrahlte Altar, vor dem einst mein nächtlicher Gang an Enzios Seite geendet hatte, wollte sich nicht zeigen; die Kirchen und Dome, die ich sah, waren tot und leer wie meine Seele. Ich fühlte bei ihrem Anblick Entsetzen, das sich von Stunde zu Stunde steigerte und im Morgengrauen, wenn in den ersten Messen die Kommunionen begannen, seinen Höhepunkt erreichte durch das furchtbare Bewußtsein, daß ich an einer anderen Kommunion teilnahm. Stand ich dann auf, so schlugen meine Zähne wie im Fieber einer schweren Krankheit aneinander. Ich nahm mir vor, zu dem Dechanten zu gehen und alles, dessen ich mich unterfangen hatte, zurückzunehmen, aber ich brachte diesen Gang nicht fertig, ich war wie gebannt zu bleiben. Bebend fühlte ich, daß ich wie Enzio nicht mehr Herr meines Willens war. Nur einmal gelang es mir, Pater Angelo mein Herz auszuschütten, es war in jenem kurzen verzweifelten Brief, dessen Antwort mir Jeanette später aus Rom mitbringen sollte.

Der schlichte Pflichtenkreis des Tages war damals mein einziger Halt. Staunend ward ich inne, daß ich aller äußeren Handlungen noch fähig war, während mir die Herrschaft über die inneren entglitt. Ich besorgte nach wie vor die Pension und pflegte meine Schwiegermutter, die mich ohne viele Worte wieder in ihrem Krankenzimmer zuließ, aus dem ihr Zorn mich kurz zuvor verwiesen hatte. Sie begann sich jetzt tatsächlich immer mehr zu erholen, und es trat ganz offenkundig zutage, daß ihrem bedenklichen Zustand keine entsprechende Krankheit zugrunde gelegen hatte, wodurch sich die Behauptung der jungen Nachtschwester in einer für mich freilich nicht überraschenden Weise bestätigte. Auf meine Verheiratung mit ihrem Sohn kam sie nie wieder zurück; es war ja nun auch nicht mehr nötig. Sie war offenbar von ihrer Suggestion befreit. Aber auch Enzio sprach niemals mehr von unserer Hochzeit, obwohl er doch das unannehmbare Opfer angenommen hatte. Sondern wie sein Sieg über meine religiösen Bindungen mich zerstörte, so schien er auch selbst von ihm bedroht zu werden – ich spürte mit lähmender Klarheit, daß er seiner nicht froh wurde. Oft hätte ich seine Hände ergreifen und ihn anflehen mögen: zerstöre doch nicht dich und mich! Aber er wußte es ja – er wußte es ja!

Nur der Gedanke, daß Jeanette bald kommen werde und – da ihr doch immer alles bekannt war, was man gerade nötig hatte – mich in ihre Arme schließen und zu mir selbst zurückführen werde, gewährte mir manchmal einen flüchtigen Trost. Einmal fiel mir auch das Wort ein, mit dem sie einst den berühmten Ausspruch des Descartes abgewandelt hatte: ›Ich bete an, darum bin ich.‹ Aber ich selbst vermochte damals kaum noch zu beten, rein pflichtgemäß erfüllte ich nur, was ich dem Dechanten versprochen hatte. Ich erhoffte von diesen Gebeten nichts, ich empfing von ihnen nichts mehr. Auch den Besuch der Kirche unterließ ich, die Gegenwart des Allerheiligsten, dem ich mich nicht mehr zu nahen wagte, flößte mir einen unaussprechlichen Schmerz ein. Auch weinen konnte ich nicht mehr – die Brunnen meiner Augen waren versiegt wie die Quellen meiner Seele. Trotzdem mußte ich meine Lider immer kühlen, bevor ich in meinem lichten Sommerkleidchen – ach, es war mir viel zu weit geworden – in den Eßsaal ging, um an der Gästetafel das Präsidium zu führen. Aber Enzio bemerkte meine geröteten Augen dennoch. Es erschien dann immer wieder wie damals vor der Kirche dieses plötzliche Zurückweichen in seinem Gesicht, so als ob er meinen Anblick nicht ertrüge. Er wandte sich oft während des ganzen Essens ausschließlich an den neben ihm sitzenden Starossow, der sonderbarerweise noch immer nicht abgereist war. Dieser sah mich in letzter Zeit überhaupt nicht mehr an, und Enzio machte auch keine Versuche mehr, uns einander zu nähern. Er selbst beanspruchte den Freund jetzt unausgesetzt für seine Zeitungsartikel und Pläne, in die er sich, nachdem es seiner Mutter besser ging, wieder mit Leidenschaft gestürzt hatte. Ich wußte nichts Näheres darüber, denn seit unserer Fahrt nach Speyer sprach Enzio niemals mehr mit mir über Deutschland oder das, was er sein Werk nannte. Aber Starossow und er schienen sich mehr denn je darüber einig. Das ging so weit, daß sie manchmal sogar einander im Äußeren ähnlich wurden. Wenn sie zusammen sprachen, nahm Starossows schönes, vornehmes Gesicht immer etwas von dem hellen, harten Willensausdruck Enzios an. Ich wunderte mich nicht, als ein neu hinzugekommener Gast die beiden einmal als Brüder ansprach. Enzio erwiderte: »Ja, wir sind auch sozusagen Brüder, jeder von uns würde für den anderen über Leichen schreiten.« Aber wenn ich dann nachts allein in meinem Zimmer war und die furchtbaren Klarheiten meiner inneren Gesichte einsetzten, diese geisterhaften Mondscheinbeleuchtungen einer verwandelten Welt, so drehte sich plötzlich das Verhältnis der beiden um und erschien halb Spuk, halb tödliches Verhängnis. Ich glaubte dann, daß Enzio ein unerklärliches Mißtrauen gegen den Freund hege, der sich vergeblich gegen seinen Willen empörte. Und vergebliche Empörung schien mir auch Starossows Spiel zu sein, mit dem er immer noch die halben Nächte überschwemmte.

Eines Abends nun, als ich mich bereits in mein Zimmer zurückgezogen hatte, pochte die Pflegerin meiner Schwiegermutter bei mir an und bat mich, ihn doch zu veranlassen, dieses rücksichtslose Spiel abzubrechen, die Kranke, die heute besonders reizbar sei, fühle sich dadurch in unerträglicher Weise gestört. Ich hätte Enzio gern mit dieser Mission betraut, aber der Zufall fügte es, daß er gerade abwesend war und erst in der Nacht zurückerwartet werden konnte. Auf die Mädchen hörte Starossow nicht, ebensowenig auf die Pflegerin. Es blieb mir daher nichts übrig, als selbst zu gehen. Ich empfand es unangenehm, aber doch nicht so, wie ich es zu anderer Zeit empfunden hätte; alle

Dinge meiner Umwelt waren damals für mich gleichsam ausgelöscht.
Während ich die Treppenstufen des Berggartens hinaufstieg, mußte ich daran denken, wie ich vor Wochen den gleichen Weg gegangen war, um meine vergessenen Notizen zu holen. Die späte Stunde, die geöffneten Fenster des Gartenhauses, das Spiel, alles ließ sich genau so an wie damals, nur das Jahr war weiter vorgerückt: auf den Wegen lagen die ersten frühverfärbten Waldblätter und das Licht des abnehmenden Mondes, von dem kein Mensch zu sagen weiß, warum es so geisterhaft anders ist als das des zunehmenden.
Das Gartenhaus war wieder unverschlossen. Ich trat in den Vorraum ein. Die Türe zu dem kleinen Saal stand offen. Einige Sekunden lang verharrte ich, von dem Spielenden unbemerkt, auf der Schwelle. Dann gewahrte er mich. Und nun hörten die Wiederholungen auf, alles wurde ganz anders. In seinem Gesicht, diesem maskenhaft starren, leuchtete es auf. Er erhob sich und ging mir mit einer erschütternden Gebärde der Freude entgegen. Aber kaum hatte er einige Schritte getan, so stockte er, wieder trat eine Veränderung ein: ein Nachtwandler schien aus einem wunderschönen Traum emporzuschrecken.
»Warum kommen Sie?« stieß er hervor. »Warum erinnern Sie mich wieder an jenen Abend? Ich will ihn nicht nochmals erleben – ich kann ihn mir nicht verzeihen – ich kann ihn auch Ihnen nicht verzeihen. Vielleicht ist es eine Schonungslosigkeit, wenn ich es Ihnen sage, ja, es ist bestimmt eine solche. Aber was bedeuten in meiner Lage Schonungslosigkeiten? Es ist ein-

fach meine Pflicht, sie zu begehen – ich habe ja nichts mehr als die Treue gegen meinen Freund, glauben Sie denn, daß Sie alles mit mir machen können, was Sie wollten –« Er sagte das mit monotoner, dabei überstürzender Stimme. Die ganze Erscheinung, dieser Todernst seines jetzt wieder zur Maske erstarrten Gesichtes, die blassen Augen unter den schweren Lidern, die Haltung der Gestalt, alles hatte das Fanatische eines Menschen angenommen, der bereit ist, über Leichen zu schreiten, wie Enzio einmal von ihm gesagt hatte. Was meinte er mit seiner Treue gegen diesen? Trieb sie ihn wirklich so weit, daß er die letzte rührende Erinnerung an den Glauben seiner Mutter verleugnen wollte?

»Ja, es ist einfach meine Pflicht, diese Schonungslosigkeit zu begehen«, fuhr er mit verhaltener Erregung fort, »denn Sie glauben offenbar noch immer, daß Sie mich bekehrt haben. Aber Sie irren sich, Sie haben mich nicht bekehrt, Sie können mich gar nicht bekehren, Sie – Sie –« Ich fühlte, er wollte mich verletzen. – »Sie können überhaupt niemand bekehren!«

Ach nein, ich konnte es nicht – wie tief war ich selbst davon überzeugt! Der ganze Jammer meiner Lage faßte mich bei seinen Worten an. »Aber ich bilde mir ja gar nicht ein, daß ich irgend jemand bekehrt habe«, sage ich müde. »Beruhigen Sie sich doch! Alles, was Sie an jenem Abend so tief bewegte, ging doch ganz allein von Ihrer Mutter aus.«

»O nein, es ging von Ihnen aus«, erwiderte er aufflammend. »Meine Mutter wäre heute eine alte Frau, und sie ist längst gestorben, aber Sie sind jung, Sie stehen im vollen Leben. Sie stehen so stark darin, daß mir alle anderen Menschen fern und farblos vorkommen, und dies bedeutete den Anruf: er war für mich etwas Unerhörtes. Aber es ist mir inzwischen klar geworden, daß es nur ein vermeintlicher Anruf war – wirklich anrufen können nur solche, die auf der Linie ihrer Zeit stehen, und Sie stehen eben auf der Linie der Vergangenheit, also auf der Todeslinie. Die Wahrheit ist: Sie sind im Grunde gar nicht mehr vorhanden.« Während er sprach, hatte sich das Fanatische in seinem Gesicht zu einer Art stiller Wut gesteigert.

Er erschien jetzt wie ein Mensch, der sich anschickt, nicht nur über die Leichen anderer, sondern auch über seine eigene Leiche hinwegzuschreiten. Es hätte einem Furcht bei seinem Anblick ankommen können, aber ich fürchtete mich nicht mehr – wovor hätte ich mich fürchten sollen?

»Ja, wie gesagt, Sie sind im Grunde gar nicht mehr vorhanden«, fuhr er mit pedantischem Triumph fort. »Oder vielmehr, Sie dürfen gar nicht mehr vorhanden sein: es ist notwendig, daß Sie ausgeschaltet werden – es kann und darf in Zukunft niemand mehr gestattet sein, die Liebe anzubeten, die – die –« Ich vermochte ihm heute nicht mehr einzuhelfen – nie – nie war ich mir meiner furchtbaren Verwandlung so bewußt gewesen wie in diesem Augenblick.

»Aber ich stehe ja auf der Linie Ihrer Zeit«, rief ich verzweifelt. »Sehen Sie denn nicht, daß ich im Grunde schon nicht mehr vorhanden bin.«

Er starrte mich verständnislos an, urplötzlich verzerrte sich sein Gesicht wie von einem furchtbaren körperlichen Schmerz überfallen. Die steil aufgegipfelte Wut seines Fanatismus stürzte gleichsam ab, sein Kinn fiel schlaff herunter, es war, als klaffe sein Gesicht in zwei Hälften auseinander.

»Aber dann hat ja alles, was ich sage, keinen Sinn mehr«, stotterte er. »Nein, dann hat überhaupt nichts mehr den geringsten Sinn. Wie merkwürdig ist das! Ich meinte immer, wenn Sie ausgeschaltet wären, so würde die Bahn für das neue Leben frei sein. Und nun ist sie frei, aber es hat keinen Sinn mehr. Denn aller Sinn, den es gab, hing doch eben daran, daß Sie noch da waren, daß da immer noch einer die Liebe anbetete, die – die –. Ja, daran hing der einzige Sinn. Und nun gibt es nur noch die blinde wilde Treue zu dem, was gar keinen Sinn hat – gar keinen – gar keinen –« Er wiederholte die letzten Worte unzählige Male mit inbrünstiger Verzweiflung. »Aber«, unterbrach er sich plötzlich, »ich bin ja schon wieder im Begriff, untreu zu werden! Nehmen Sie mir doch nicht den letzten Wert, den ich noch habe – gehen Sie – ich beschwöre Sie – gehen Sie!« Er drängte mich förmlich zur Tür. Ich leistete keinen Widerstand. Wie gehetzt eilte ich den Berghang hinunter. Hinter mir her klangen die furchtbaren Dissonanzen seines Spieles, das die Saiten des Instrumentes zu zerreißen drohte, wie es die Lieblichkeit der Nacht zerriß. Drunten im Krankenzimmer meiner Schwiegermutter schloß die Nachtschwester mit zornigem Ruck das Fenster. Bei seinem Klirren fiel mir ein, daß ich den eigentlichen Zweck meiner Unterredung mit Starossow ganz versäumt

hatte. Aber das war natürlich nicht nachzuholen. Ratlos blieb ich stehen.
Plötzlich sah ich, wie im unteren Teil des Gartens, der vom Mondlicht grell beleuchtet war, die Pforte geöffnet wurde. Jemand trat ein, ich konnte die Gestalt nicht erkennen, aber ich vernahm den Schritt, es war Enzio, der zurückkehrte. Und schon wurden wieder einmal alle Schleier meines inneren Spiegels fortgezogen – die hellsichtige Stunde überfiel mich: ich hatte die Gewißheit, ein Verhängnis nahe sich und alles hinge daran, daß Enzio mich jetzt nicht bemerkte. Aber das war unmöglich. Zwar stand ich auf einem kleinen Vorsprung des Berggartens, wo die Waldbäume noch dicht genug waren, um mein helles Kleid nicht aufleuchten zu lassen; er konnte mich nur durch das Gefühl der Nähe erkennen, aber natürlich, er erkannte mich daran. Ich sah im Halbdunkel, wie er mit seinem leicht gehemmten Schritt den Berghang heraufkam. Den Klang dieses Schrittes verschlang das wilde Spiel. Ich fühlte ein leises magnetisches Beben, das, über den Erdboden hinlaufend, von dem nahenden Verhängnis ausgehen mußte. Jetzt hatte Enzio mich erreicht.
»Du bist noch auf und ganz allein im dunklen Garten?« sagte er. »Was tust du hier zu dieser Stunde?« Es war eine spürbare Befremdung in seiner Stimme, obwohl er doch gewohnt war, daß ich manchmal noch spät abends im Garten weilte. Und schon fragte er: »Warst du bei Starossow?« Ich erwiderte, daß mich die Pflegerin zu ihm geschickt habe, weil unsere Mutter durch das Spiel gestört werde.

»Aber er spielt ja trotzdem«, sagte er erregt. »Und wie er spielt! Was ist das für ein Unding – ich werde es gleich abstellen.«
Er ging bereits weiter. Ich hätte ihn zurückhalten sollen, und ich wollte das auch – ich hatte die überklare Gewißheit, es müsse schrecklich sein, wenn er und Starossow sich in diesem Augenblick begegneten. Aber ich fühlte mich wie gelähmt, denn das Verhängnis war ja bereits da! Starossow schlug jetzt auf die Tasten los, als ob er sie in tausend Stücke schmettern wolle. Plötzlich brach er ab – offenbar war Enzio bei ihm eingetreten. Ich vernahm seine Stimme; Starossow antwortete. Beide sprachen sehr leise; ich konnte kein Wort unterscheiden, ich unterschied nur die wechselnden Klangfarben.
Dann stürzten alle räumlichen Gebundenheiten ein – ich verstand, das heißt, ich verstand natürlich keine Worte aber ich verstand ohne Worte: eine furchtbare Abrechnung fand im Innern des Gartenhauses statt, Anklagen wurden geschleudert, Verpflichtungen wie klirrende Gefäße zu Boden geschmettert. Einmal schlug mein eigener Name an mein Ohr. Dann wurde es einige Minuten lang atemlos still. Endlich fiel ein Schuß.
Als ich wankend und fliegend in den Gartensaal stürzte, stand Enzio mit abgewandtem Gesicht am Fenster, in einiger Entfernung lag Starossow hingeschmettert am Boden. Sein Gesicht war unkenntlich, wie von einem purpurnen Vorhang verhüllt, der sich flutend bewegte. Ich kniete neben ihm nieder: »Sorge für einen Arzt, Enzio, ich bleibe bei dem Verletzten«,

sagte ich mit jener unnatürlichen Ruhe, wie sie nur die äußerste Erregung eingibt.
Er verharrte regungslos; er schien mein Kommen nicht bemerkt zu haben. Ich mußte meine Worte wiederholen. Langsam wandte er sich um. »Es bedarf keines Arztes mehr«, sagte er eisig, »und es wird auch keiner mehr gewünscht. Ein Ungetreuer hat sich selbst gerichtet. Hüte dich, ihm in den Arm zu fallen, laß ihn, geh hinaus!« Es dauerte Sekunden, bis ich ihn verstand. Und nun begann die schauerlichste Szene meines Lebens. Während Enzio sprach, hatte ich das Blut vom Gesicht des Verletzten gewischt; auch ich sah, daß er keines Arztes mehr bedurfte – die äußerste Nähe des Todes ist unverkennbar. Wie aus weiter Ferne hörte ich meine eigene Stimme: »Enzio, hole einen Priester!«
»Ich habe dir doch gesagt, du sollst hinausgehen – bitte, tu es augenblicklich!« Seine Stimme, leise, aber hart, war vollkommen fremd.
»Enzio, ich beschwöre dich, hole einen Priester!«
»Ich denke gar nicht daran, aber du gehst jetzt endlich hinaus!« Er stand noch immer regungslos am Fenster mit gekreuzten Armen. Sein Gesicht, totenblaß und fast ebenso verfallen wie das Antlitz des am Boden Liegenden, erschien völlig unerbittlich. Ich erhob mich und wankte zur Tür; dabei fühlte ich, wie mir sein Blick folgte. Zuerst dachte er offenbar, ich wolle seinem Befehl nachkommen, aber dann ward er meiner Absicht inne. Mit einem Sprung war er an meiner Seite und vertrat mir den Weg.
»Ich dulde nicht, daß du den Pfaffen rufst«, herrschte

er mich an. »Jetzt bleibst du hier, bis die Sache zu Ende ist!« Er schloß die Tür ab, desgleichen die nach der Terrasse – er machte mich zu seiner Gefangenen! Ich sah, wie er die Schlüssel zu sich steckte. Dann war es mir, als legte ich den Kopf an seine Kniee und hörte wieder meine eigene Stimme: »Enzio, laß den Freund nicht gnadelos verscheiden, hole einen Priester! Erbarme dich doch über seine Seele! Erbarme dich doch über deine eigene! Lade nicht noch größere Schuld auf dich, als du schon trägst!« Wie lange ich so flehte, weiß ich nicht, ich hatte kein Bewußtsein der Zeit, ich war wie das Meer, wenn es an einem Felsen weint. Auch er schien keine Zeit zu kennen.

Endlich sagte er: »Was redest du da eigentlich immerfort von meiner Schuld, wo es sich doch um die deine handelt? Du hast mir diesen Menschen entfremdet, auf deine verwünschte Religiosität hat er sich bei seinem Abfall berufen, du hast seine Schwachheit in den Tod getrieben! Er war das Geschöpf meines Geistes, ich wollte ihn zum Werkzeug meines Zieles machen, und er sagte, ich hätte ihn zur Masse herabgewürdigt. Um deinetwillen hat er mir und meinem künftigen Werk geflucht.« Seine Worte fielen wie Keulenschläge auf mich nieder. Ein maßloser Haß brach aus ihnen hervor – sprach das wirklich Enzio, der mich einst so zärtlich liebte? Ich erkannte ihn nicht mehr – auch er hatte sein Antlitz vollkommen verloren, aber an wen – an wen? Es war mir, als drängen jetzt von allen Seiten, der verschlossenen Türe spottend, unsichtbare Schatten in den Raum ein wie einst in das Sterbezimmer meiner Tante Edelgart. Ich glaubte das

Rauschen derer zu hören, die schwarze und die weiße Flügel haben, aber die mit den schwarzen Flügeln schienen um ein Unendliches vermehrt, so als hätten sie jahrhundertelang Zeit gehabt, sich zu sammeln, und es waren doch nur wenige Jahre seit dem Tode meiner Tante Edelgart vergangen. Keiner drängte mehr die Schwarzgeflügelten zurück wie einst der unbekannte Priester, den Giulietta hereingeholt hatte, keiner konnte sie zurückdrängen – hier war niemand als ich. Mit Entsetzen ward mir klar, daß jedes Wort, das diesen Sterbenden noch retten konnte, an meinen eigenen armen Lippen hing! Eine wahre Todesangst um ihn befiel mich, aber auch eine Todesangst um Enzio: wer würde je den Fluch von seinem Haupte nehmen, wenn ihm der Sterbende nicht mehr vergab? Wankend schleppte ich mich zu diesem zurück und fiel bei ihm nieder.

»Starossow, wenn Sie mich noch hören können, denken Sie an Ihre Mutter! Beten Sie mit ihr die Liebe an, die sich in Jesus offenbart! Nehmen Sie den Fluch zurück – verzeihen Sie, und Gott wird Ihnen verzeihen!«

Er gab keine Antwort. Ich hielt mein Ohr dicht an seinen Mund – der Blutstrom, der daraus hervorbrach, ergoß sich über mein weißes Kleid. »Starossow, verzeihen Sie dem Freund, und Gott wird Ihnen verzeihen!«

Vom Fenster her erklang das schauerliche Wort: »Ich will keine Verzeihung, ich fluche wieder!« Die Schwarzgeflügelten erfüllten jetzt den ganzen Raum, ich glaubte zu spüren, wie sie dicht neben mir zu Häupten des Sterbenden Aufstellung nahmen. Aber auch zu Enzios Häupten standen sie, ich sah sein entstelltes Gesicht unmenschlich, unerbittlich entschlossen, dabei entsetzlich klein und nichtig, so als werde es von steilen dunklen Schwingen wie von einem riesenhaften Helm überragt, der es erdrückte: er fluchte jetzt unaufhörlich. Dabei trat bei aller Unerbittlichkeit etwas erschütternd Ohnmächtiges darinnen zutage. Noch einmal wollte ich die Hände zu ihm erheben, aber schon lähmte mich die abgründige Gewißheit, daß es eine geheimnisvolle Grenze gibt, jenseits derer auch der vermessenste Wille nicht mehr wollen kann, sondern wo er, von keiner Macht der Welt mehr aufgehalten, einfach wollen muß. Oh, mein Gott, dieser Vorgang ist unvergeßlich, alle Maßstäbe zerbrechend – niemand, der ihm nicht beiwohnte, sollte sich je unterfangen, über das äußerste Maß des Bösen zu urteilen! Es geht nicht mehr vom Menschen aus! Ich sah in diesem Augenblick nicht Enzio, sondern ich sah das Mysterium iniquitatis – ich sah es gleichsam von Angesicht zu Angesicht.

Der Sterbende begann jetzt zu röcheln. »Starossow, denken Sie an Ihre Mutter! Beten Sie mit ihr die Liebe an, die sich in Jesus offenbart! Nehmen Sie den Fluch zurück!«

Umsonst – was vermochte meine Stimme? Ich besaß ja die Gnade nicht mehr – ich hatte ja auch mein Angesicht verloren – wir waren alle drei von der Erbarmung Gottes gelöst! Mein Kleid war über und über rot, auch meine Hände waren mit Blut bespritzt, so als hätte ich sie tief in eine Schuld miteingetaucht, die doch nicht die meine war. Aber gab es denn ein Mein und Dein? Wollte ich, daß es ein Mein und Dein gab? War das nicht gerade, was ich nicht gewollt, als ich mich ausgeliefert hatte! Noch einmal richtete sich eine Kraft in mir empor, die aber nicht die eigene war, sondern an der diese vielmehr hinzuschwinden schien – ich fühlte mich jetzt selbst wie sterbend.

»Starossow, wenn Sie den Freund treffen, so treffen Sie mich. Alles, was sein ist, ist mein, auch Ihr Fluch – wir sind nichts Einzelnes, wir sind Liebe! Verzeihen Sie um meinetwillen! Beten Sie mit mir die Liebe an, die sich in Jesus offenbart!« Zu spät! Auf seinem Antlitz lagen schon die Schatten der Vernichtung. Den Mund, den ich beschwor, versiegelte bereits das ewige Schweigen. Die Dämonen schienen Sieger geblieben. Und nun – ich hatte den Fluch auf mich genommen – nun stürzten sie sich über mich! Ich fühlte einen kurzen tödlichen Schmerz, dann hörte alles auf. – – –

Über die ferneren Geschehnisse kann ich nur berichten, was mir Jeanette später erzählte. Sie hat mir den Namen meiner Krankheit niemals genannt, ich kenne ihn ebensowenig wie den der Krankheit meiner unglücklichen Mutter, er ist auch gleichgültig. Die letzten Bollwerke meiner Persönlichkeit waren eben gefallen, die Gewalten brachen hemmungslos herein und rissen gleicherweise Leib und Seele ins Verderben. Selbstverständlich waren die Ärzte machtlos – wie hätten Menschenhände mich noch retten können? Ich war ja nicht mehr dort, wo der Mensch Macht besitzt; des Menschen Herrschaft war zu Ende. Wenn meine kranken Nächte vordem einem schauerlichen

Gang durch Enzios Welt geglichen hatten, so war ich jetzt am Ende dieser Welt angelangt: die Pforten der Hölle taten sich auf. Aber diese glich in keiner Weise den Bildern, die religiöse Phantasie gewohnt ist, sich von ihr zu machen – man stieg nicht zu dieser Hölle nieder, sondern die Hölle stieg herauf. Ich sah, wie sich ihre Flammen von der Rheinebene heranwälzten, schon färbte schwarzer Rauch die liebevollen Steine meiner Heimatstadt. Die schönste aller Brücken stürzte in den Strom. Ich hörte, wie das Brennen und Brausen des Feuers immer näher wogte. Niemand hielt es auf – niemand konnte es aufhalten, denn es gab ja keine Menschen mehr auf Erden. Es gab nur noch die letzte schauerliche Einsamkeit.
Sicherlich bedeutete es eine gnadenvolle Fügung, daß Jeanette gerade an dem Tag in Heidelberg eintraf, an dem die Ärzte mein Leben aufgegeben hatten. Seit meinem letzten Brief von steigender Unruhe um mich erfaßt, hatte sie, wie sie mir später erzählte, den Schlußakt der Auflösung ihrer kleinen Häuslichkeit einer Freundin anvertraut und war Hals über Kopf mit ihrem Handköfferchen zur Bahn gelaufen. Es fällt mir nicht schwer, mir den Zustand vorzustellen, in dem sie bei ihrer unerwarteten Ankunft in Heidelberg meine Umgebung traf. Meine arme Schwiegermutter war damals mit der gleichen Selbstverständlichkeit von ihrem Krankenlager aufgestanden, mit der sie kurz zuvor noch hatte sterben wollen: sie kämpfte wieder einmal für ihren Sohn, ich meine, sie kämpfte um mein Leben – es war wohl der schwerste Kampf, den sie für ihn gekämpft hatte. Aber von seiner Verfassung will

ich an dieser Stelle nicht sprechen! – Jeanette sagte mir, meine Schwiegermutter sei ihr bei der Ankunft schluchzend um den Hals gefallen; die beiden kannten einander ja noch von Rom her. Ich selbst kannte Jeanette nicht mehr, als man sie an mein Lager führte – ich erkannte damals niemand. Aber Jeanette, die kleine treue Jeanette, die immer alles wußte, was man gerade nötig hatte, erkannte dies natürlich auch bei mir. Statt auf die erregten Vorschläge meiner Schwiegermutter einzugehen, die immerfort erwog, welche ärztliche Autorität man noch an mein Lager rufen könne, verlangte sie mit ihrer stillen, gefaßten Stimme einen Priester, der mir die Letzte Ölung spende. Ich kann mir denken, wie dieses Wort auf meine Umgebung als ein Donnerschlag wirkte, aber ich zweifle nicht daran, daß Jeanette, wie stets mit Selbstverständlichkeit ihr Unverständliches verstehend, die Schrecken meiner armen Schwiegermutter zu mildern wußte, indem sie tröstend auf den Doppelsinn dieses Sakraments hinwies, von dem wir glauben, es erweise sich, je nachdem es Gott gefällt, als Sterbesegen oder als Genesungskraft. Trotzdem wird das Erscheinen des Dechanten in der Wohnung meiner Schwiegermutter für mich immer ein unaussprechlich großes Wunder bleiben, das Jeanette damals vollbrachte, anscheinend kampflos, denn jetzt hatte sich der Tod wirklich diesem Hause genähert, niemand brauchte ihn mehr vorzutäuschen, niemand konnte wagen, die Befehle zu überhören, die in seinem Namen ergingen.

Jeanette hat mir dann ferner erzählt, man habe nach

dem Empfang der heiligen Ölung zum ersten Mal bei mir die Zeichen eines flüchtig erwachenden Bewußtseins bemerkt, so daß man wagen konnte, mir die Eucharistie zu reichen. Meine eigene Erinnerung geht nur bis zu dem Augenblick zurück, als mein Ohr das Kommuniongebet vernahm: ›O Herr, ich bin nicht würdig – aber sprich nur ein Wort, so wird meine Seele gesund.‹ Was war geschehen? Hatte ich denn nur geträumt, daß ich vom Sakrament der Liebe Gottes ausgeschlossen sei? Ich sah den zarten Schimmer der Hostie, ich sah die Kerzen auf dem kleinen Tisch, den Jeanette in Eile für die heilige Handlung geschmückt hatte – ach, es war kein hundertfach umstrahlter Altar wie im Dom von Sankt Peter, vor dem einst mein Gang durch Enzios Welt geendet hatte, und doch endete auch jetzt ein nächtlicher Gang durch seine Welt: das gespenstische Wogen der Vernichtung stand urplötzlich still – die Dämonen ließen von mir ab, gaben mich frei, entflohen. Ich spürte ihr Entweichen, obwohl ich viel zu schwach war, um es auszudenken, ich konnte mich nur noch wie ein Kind in die Gewißheit meiner Rettung schmiegen. Gleich darauf verließ mich wieder das Bewußtsein. Ich versank in einen Schlaf, von dem meine Umgebung glaubte, daß es der letzte sei. Nur Jeanette hat sich während seiner ganzen Dauer immer wieder zu der zarten Hoffnung bekannt, er bedeute die Wendung zum Leben.

Als ich wieder zu mir kam – es war wohl erst nach vielen Tagen – konnte ich mich zunächst auf nichts besinnen. Die letzte Vergangenheit war ausgelöscht, ich glaubte mich in meiner Kindheit, denn ich nahm ohne die geringste Verwunderung Jeanette wahr, wie sie mit ihren leichten, geräuschlosen Schritten im Zimmer hin und her ging. Ihr altes unscheinbares Gesichtchen hatte einen stillen Glanz, so als sei ihr eben eine große Freude widerfahren. Aber so sah Jeanette meistens aus. Ich folgte ihr mit den Augen: Jetzt öffnete sie das Fenster, durch das goldene Morgensonne und lieblich linde Luft hereinströmten; noch immer glaubte ich, in Rom zu sein. Aber nun schob Jeanette mein Bett auf weichen Rollen dichter ans Fenster heran. Ich sah Berge, sanfte Buchenhänge, herbstlich glühend wie der liebevolle deutsche Stein. Ich sah schwalbenfarbene Dächer, ich sah die Spitzen schlanker Kirchtürme von zartem Duft umschwebt, dem Blauen-Blumen-Duft des Heidelberger Tals! Waren denn die Bilder des vergangenen Grausens nur ein Traum gewesen?

»Aber Heidelberg steht ja noch«, sagte ich staunend, »ist denn das Schreckliche nicht bis hierher gekommen, Jeanette?«

Sie erriet natürlich, daß ich noch aus der dumpfen Erinnerung an meine wirren Träume sprach. »Nein, hier ist das Schreckliche nicht hergekommen, Spiegelchen«, sagte sie, meine Hände zärtlich streichelnd, »und hier kommt es auch nicht her: sieh dir deine wunderschöne Heimatstadt nur an, du hast sie doch so lieb – jeder muß sie lieben – Liebe ist ein starker Schutz, das weißt du doch, ma petite?« Ich sagte »ja« und glitt wieder in meinen Dämmerzustand zurück.

Es ging nun langsam mit mir aufwärts, unendlich langsam, so als komme mein Geist aus unermeßlichen Fernen zurück, mit gebrochenen Schwingen, müde und umhüllt von einem seltsam grauen Schleier. Immer wieder gab es Tage, an denen ich in die Vorstellung zurücksank, dort draußen, jenseits des Portals der Berge, wo ich die Flammenschatten erblickt hatte, müsse eine Wüste beginnen. Aber zumeist wußte ich schon, ich hatte nur geträumt. Ich wußte auch wieder, ich befand mich im Hause meiner Schwiegermutter, und diese hatte selbst die guten Plätzchen gebacken, die man mir zum Tee reichte. Ich wußte, mein Vormund schickte die schönen Bücher, aus denen Jeanette, die aus Rom gekommen war, manchmal ein Gedicht vorlas. Ich wußte, die Doublettchen waren mit Nero zu einem Krankenbesuch hier gewesen und sehr verstimmt abgezogen, als man sie auf späterhin vertröstet hatte. Ich wußte, es war ein Brief von Pater Angelo da, den ich aber erst nach meiner völligen Genesung lesen sollte. Und eigentlich wußte ich auch, von wem das Bild der beiden Engel kam, das einst im Hause meines Vormunds über meinem Bett gehangen hatte und das nun auch hier, von Jeanette befestigt, darüber hing. Ja, ich wußte genau, von wem das Bild kam, aber ich wollte es nicht wissen, und jeder schien das stillschweigend zu verstehen. Jeanette sprach nie von Enzio, und auch der Dechant nannte ihn nicht, wenn er mich zuweilen besuchte – er und Jeanette waren wochenlang die einzigen Personen, die außer dem Arzt mein Zimmer betreten durften. Am meisten aber staunte ich doch, als nicht einmal meine Schwiegermutter ihren Sohn erwähnte, die jetzt nach langer Zeit zum ersten Mal wieder für einige Minuten bei mir eingelassen wurde. Ich ahnte nicht, daß der Arzt dieses Schweigen angeordnet hatte. Später habe ich erfahren, wie oft Jeanette mit diesem überlegt hat, ob und in welcher Weise man nur wagen solle, mich an die Ereignisse zu erinnern, die meine Krankheit verschuldet hatten. Schließlich kam ich selbst einem Ergebnis dieser Überlegungen zuvor.

Der Dechant oder sein Kaplan brachten mir während meiner Krankheit häufig die heilige Kommunion, und der kleine Tisch, den Jeanette zum Altar hergerichtet hatte, blieb dauernd zu diesem Zweck geschmückt. Sooft ich sein kleines Kruzifix betrachtete, das inmitten zweier Kerzen auf dem blütenweißen Tischtuch stand – meine Schwiegermutter hatte ihren schönsten Damast dazu hergeliehen – befiel mich ein stilles Staunen. Nur die große Schwäche und der sonderbare graue Schleier, der noch immer über meinem Geist und allen Dingen lag, hinderten mich, es auszusprechen. Aber schließlich richtete ich doch an Jeanette die Frage, wie sie es denn nur zuwege gebracht habe, die Widerstände dieses Hauses gegen das Erscheinen eines Priesters zu besiegen.

Sie nahm meine Hände und sah mich bange und doch zuversichtlich an. »Ma petite«, sagte sie, »bist du auch wirklich stark genug, die Antwort zu vernehmen? Bereite dich auf eine große Freude vor! Enzio selbst hat damals, als du mit dem Tode rangest, den Priester geholt. Ich sagte ihm, du würdest, wenn du bei Bewußtsein wärst, nach ihm verlangen. Da stand er sofort stumm und blaß auf, um zu ihm zu gehen. Ich glaube, es war eine Erlösung für ihn, daß er wenigstens dies noch für dich tun konnte, aber es war auch ein Bußgang ohnegleichen. Du mußtest beinahe sterben, bevor er ihn antrat, aber er hat ihn angetreten – verstehst du nun das Geheimnis, daß du in diesem Hause kommunizieren darfst und freust du dich darüber, ma petite?«

Während sie das sagte, war es mir wie Schuppen von den Augen gefallen, aber ich konnte mich nicht freuen. Die Dämonen waren entwichen, aber sie hatten eine Trümmerstätte zurückgelassen, auf der nichts mehr zu blühen vermochte: die Wüste, die ich immer jenseits des Portals der Berge glaubte, war ja doch in meinem eigenen Innern. Ich brach in Tränen aus.

Jeanette verstand mich und weinte treulich mit mir, aber sie gab sich nicht damit zufrieden. Einige Tage später las sie mir den Brief Pater Angelos vor; es war die Antwort auf jene verzweiflungsvollen Zeilen, die ich kurz vor meiner letzten schrecklichen Begegnung mit Starossow an ihn gerichtet hatte.

›Sie schildern mir‹, hieß es in dem Brief des Paters, ›die unsäglichen Ängste, durch die Sie hindurchgeführt werden. Am tiefsten hat mich in Ihrem Brief erschüttert, was Sie mir über die völlige Abwesenheit des Menschen in Ihren nächtlichen Gesichten schreiben. Denn die Katastrophe, auf die unsere Welt scheinbar zutreibt, wird ja dadurch bedingt sein, daß der Mensch sein Menschentum verleugnet, unmenschlich wird und dadurch zunächst in einem geistig-ethischen Sinne nicht mehr da ist. Er wird aber schließlich auch in einem tatsächlich wörtlichen Sinne nicht mehr da sein, sondern der unmenschlich gewordene Mensch muß in seiner letzten Folgerichtigkeit die Anwesenheit des Menschen auf Erden überhaupt auslöschen. Wie Ihr Verlobter begonnen hat, Sie und Ihre Welt zu zerstören, so zerstört er letzten Endes auch sich selbst und seine eigene Welt. Aber fürchten Sie sich nicht, mein Kind! Was vom natürlichen Standpunkt aus der Dämonie geopfert scheint, das ist in der religiösen Sicht das Lösegeld von aller Dämonie. Zwar besteht in unserer Zeit fast überall der verhängnisvolle Irrtum, den unmenschlichen Menschen, und das ist der dämonische, durch den Menschen überwinden zu können; er weicht aber nur dem göttlichen Menschen, dem bloßen Menschen widersteht er – diesen hat er ja bereits besiegt und ausgeschaltet. Der göttliche Mensch erscheint nur im Antlitz Christi! Darum, was Sie auch erlitten haben und noch erleiden werden, halten Sie dem Dämon unerschütterlich das Bildnis Christi entgegen: stellen Sie dieses Bild in Ihrer Liebe und in Ihrem Leiden dar! Um dieses Bild der Welt zu zeigen, sind Sie einst von Rom aufgebrochen – ich glaube, die große Stunde Ihrer Mission ist nahe, wenn sie auch ganz anders aussieht, als Sie es erwartet haben.‹

Während Jeanette diesen Brief vorlas, stürzten mir schon wieder die Tränen aus den Augen. Für meinen erschütterten Geist waren die Worte des Paters viel zu hoch – ich fühlte mich durch sie zerschmettert. »Ach Jeanette, ich habe Enzio dieses Bild nie zeigen können«, schluchzte ich, »ich habe immer nur versagt, ich bin gänzlich unterlegen.«

Sie erwiderte: »Doch, Spiegelchen, du hast es ihm gezeigt. Er hat es viele Male erkannt am unverhülltesten, wenn du es in deinem grenzenlosen Leid um ihn am wenigsten glaubtest – dieses Erbarmen war ja gerade der Anlaß seiner Empörung. Gewiß, du bist erlegen, aber Gott hat dein Erliegen zum Sieg gemacht – du wirst deinen Freund sehr verändert finden.«

Sie sprach mir nun in den nächsten Tagen oft von Enzio, mit dem sie natürlich wieder ebensogut ausgekommen war wie einst in Rom während seiner schweren Schaffensperiode, als sie den Unzugänglichen so freundlich versorgt hatte. Sie erzählte mir, wie er nächtelang vor meinem Krankenzimmer auf dem Flur zugebracht habe, unter Qualen harrend, daß sie einmal aus der Tür schauen und ihn trösten werde – sie habe ja als einzige meiner Umgebung nie ganz die Hoffnung auf meine Genesung verloren! Er sei dann immer so rührend dankbar gewesen, wenn sie ihm das in ihrem schlechten Deutsch versichert habe und manchmal auch auf französisch – er habe sogar das recht gern gehört. Bei den letzten Worten lächelte Jeanette schalkhaft, und ich wußte wohl warum.

»Aber jetzt«, fuhr sie fort, »mußt du ihn selber trösten, Spiegelchen, und zwar sehr bald, denn er ist viel elender daran als du. Vergiß nicht, daß ihm durch Starossows Tod auch der Glaube an so manches, was er plante, aus der Hand geschlagen worden ist – deine Schwiegermutter deutete mir einiges davon an. Und dann hat er ja auch hören müssen, was du in deinen Fieberträumen sagtest. Du bist also Sieger auf der ganzen Linie, Spiegelchen, und jetzt mußt du dich so benehmen, wie sich jeder Sieger benehmen sollte.«

Ich wußte das selbst, aber meine grenzenlose Schwäche wich noch vor jeder Begegnung mit dem Leben angstvoll zurück. Und schließlich war es weder Jeanette noch Pater Angelo, sondern der Dechant, der mich wie ein verstiegenes Kind von dem gefährlichen Steg, auf dem ich in meiner hilflosen Zerbrochenheit hängengeblieben war, herunterholte und mich auf den sicheren Boden jener schlichten Frömmigkeit stellte, auf der ich künftig zu verharren hoffe. Auch er begann nämlich jetzt von Enzio zu sprechen. Er erzählte mir, dieser habe ihm in jener Nacht, als er ihn gerufen, um mir die Sterbesakramente zu reichen, freiwillig versprochen, für den Fall, daß ich am Leben bliebe, in alles zu willigen, was die Kirche von ihm fordere. »Das heißt natürlich nicht«, setzte der Dechant hinzu, »daß er Ihren Glauben teilen wird. Es wird Ihr Glaube sein und nicht der seine, aber er wird ihn künftig wie den seinen ehren. Sie haben ihm also wirklich die Gnade der inneren Umkehr errungen, aber jetzt müssen Sie auch selbst ein wenig Gnade sein.«

Ich wußte, daß ich es mußte. So war ich also wirklich, wie ich es immer geglaubt, von Enzios Hand zum Heiligtum geführt worden, und dieses Mal hatte er es selbst gewußt und gewollt. Das war erschütternd wunderbar! Aber merkwürdigerweise blieb bei dem Gedanken daran doch noch alles in mir still und tot, als ginge es mich gar nichts an.

Der Dechant erkannte es und betrachtete mich eine Weile mit nachsichtiger Güte. Dann aber sagte er festen Tones: »Mein Kind, nun tun Sie einmal ganz einfach und redlich Ihre Christenpflicht ohne Rücksicht auf sich selber und geben Sie dem verzweifelten Menschen, der an Ihnen schuldhaft geworden ist, die Hand, damit er sich wieder aufrichten kann. Verzeihen Sie ihm ohne Vorbehalt! Verzeihen Sie ihm auch das Unverzeihlichste! In der Verzeihung des Unverzeihlichen ist der Mensch der göttlichen Liebe am ähnlichsten. So, und nun wollen wir zusammen beten, daß Ihnen Kraft und Mut geschenkt werde. Sehen Sie dabei die zwei Engel über Ihrem Bett an – nur die Dämonen drohen immer – ›Fürchtet euch!‹, aber die Engel Gottes sagen – ›Fürchtet euch nicht!‹« – – –

Es war einer jener allerletzten, schon sehr zart und licht gewordenen Herbsttage, die manchmal denen des ersten Vorfrühlings so ergreifend gleichen, als ich die Bitte über mich gewann, Enzio zu mir zu führen. Jeanette hatte mein Bett wie gewöhnlich dicht ans Fenster geschoben; noch immer strömte südlich linde Luft herein, obwohl die Buchenhänge am jenseitigen Ufer des Neckars ihren braunen Purpur niedergelegt hatten. All die vielen, vielen Blätter, die in ihren goldgrünen Jugendtagen mein jubelndes Glück gesehen hatten, waren zur Erde gesunken. Das durchsichtig gewordene Geäst der Waldbäume schlang sich wie ein silberbrauner Schleier um die Höhen. Die sommerlichen Gärten waren verwelkt, die geliebte Stadt lag schmucklos da, aber ein Kleinod in sich selber, schimmernd vom zarten Rot des liebevollen deutschen Steines wie in einem herbstlosen Blütenflor.

Als Jeanette die Tür öffnete, um Enzio eintreten zu lassen, hielt ich meine Hände krampfhaft gefaltet, um ihr Zittern zu verbergen. Noch immer hatte meine Schwäche keine Vorstellung, wie sich diese Begegnung gestalten solle. Aber kaum, daß ich den Freund sah, wurde alles unsagbar schlicht und einfach. Er trat wortlos an mein Lager und kniete neben ihm nieder, den blonden deutschen Kopf erschütternd tief geneigt. »Liebe, Einzige, Einzig-Liebe, was hast du erduldet!« stammelte er. »Ich habe deine Seele verwüstet und dich dem Tode ausgeliefert – und du hattest mir einmal das Leben gebracht!«

Ich wollte sagen: Gott kann mir das Verlorene zurückgeben, wenn es Sein Wille ist; aber nun war es plötzlich, als hätten wir dies alles schon einmal miteinander erlebt – damals auf dem unbekannten Schlachtfeld des Weltkriegs, als mein Gebet den Sterbenden gesucht hatte. Jetzt hatte er die Sterbende gesucht. »Auch du hast mir das Leben gebracht«, flüstere ich. »Du hast mir die Liebe Gottes gesandt, als ich mit dem Tode rang –«, ich konnte nicht weitersprechen, ich konnte ihm nur die zitternde Hand hinstrecken. Er stürzte sein Gesicht hinein, ich fühlte, wie ihre innere Fläche feucht wurde.

»Ich wußte wohl, du würdest mir verzeihen«, sagte er leise, »aber du vermagst es nur um der Liebe dessen willen, den ich so sehr gehaßt habe. Nun ist sie meine einzige Hoffnung geworden – jede andere Liebe habe ich verwirkt – ich weiß, du kannst sie nicht mehr fühlen, sie ist tot.«

Wieder wollte ich sagen: Gott kann mir alles zurückgeben, wenn es Sein Wille ist; aber schon wurde ich inne, es war bereits geschehen. Wie junge Lebensflut durchströmte mich die Nähe des Geliebten – zum ersten Mal seit meiner Krankheit richtete ich mich ohne fremde Hilfe auf. »Nein, die Liebe ist nur durch den Tod hindurchgegangen, um zu leben«, hauchte ich, »Gott gibt sie mir in diesem Augenblick durch dich zurück.«

Er zuckte wie vom Blitz gerührt zusammen und erhob das totenblasse Gesicht. »Durch mich – durch mich? –« fragte er taumelnd, »aber das ist doch unmöglich – ich habe mich selbst ebenso zerstört wie dich, mein Leben ist dahin, du hast einen Vernichteten vor dir.« Ich schlang die Arme um seinen Hals: »Wenn dein Leben vernichtet ist, so nimm das meine – du weißt doch: alles, was mein ist, ist dein.« Er ließ seinen Kopf stumm an meine Brust sinken. Und nun tauchte wirklich unser ganzes Sein und Wesen ohne Vorbehalt und ohne Täuschung ineinander. Der Spruch der Engel war erfüllt, der Kranz in ihren Händen, meines Lebens Kranz, er war auch der seine – auf immerdar gab es nur noch ein Leben für ihn und für mich.